三生三世十里桃花

【新版】

SHILI TAOHUA

唐七公子◎著

唐七公子

CS 湖南文艺出版社 HUNAN LITERATURE AND ART PUBLISHING HOUSE 博集天卷 CS-BOOKY

图书在版编目（CIP）数据

三生三世十里桃花 / 唐七公子著. — 长沙 : 湖南文艺出版社，
2012.10
ISBN 978-7-5404-5771-6

Ⅰ. ①三…　Ⅱ. ①唐…　Ⅲ. ①言情小说-中国-当代
Ⅳ. ①I247.5

中国版本图书馆CIP数据核字（2012）第218068号

上架建议：长篇小说·言情

三生三世十里桃花

作　　者：唐七公子
出 版 人：刘清华
责任编辑：丁丽丹　刘诗哲
监　　制：蔡明菲　潘　良
策划编辑：邢越超
特约编辑：张建霞
整体装帧：姚姚设计工作室
出版发行：湖南文艺出版社
（长沙市雨花区东二环一段508号 邮编：410014）
网　　址：www.hnwy.net
印　　刷：北京鹏润伟业印刷有限公司
经　　销：新华书店
开　　本：700mm × 1000mm　1/16
字　　数：360千字
印　　张：20.5
版　　次：2012年10月第1版
印　　次：2015年1月第5次印刷
书　　号：978-7-5404-5771-6
定　　价：29.80元

（若有质量问题，请致电质量监督电话：010-84409925）

目录 I

目录 Ⅱ

前传 爱恨之间

近来，她感到有些嗜睡。

奈奈说："大约是因怀着小皇子，以至分外渴睡些，娘娘无须忧心。"

奈奈是照顾她的婢女，也是九天之上整个洗梧宫唯一肯对她笑，唤她一声"娘娘"的仙子。其他仙子大多看不起她。因为夜华没有封给她什么名分。也因为她没有仙籍，只是个凡人。

奈奈推开了窗，有风拂过，窗外传来一阵脚步声。奈奈的声音含着惊喜："娘娘，是太子殿下来看您了呢。"

她像个木偶人，缓缓从锦被中坐起，靠着床栏，不知睡了多久，她的脑子不大清醒，虽然刚刚才醒，但仍然犯困，困得不行。

被褥陷下去一些，黑发玄服的太子夜华落座在床沿。

她拥着被子往后一移，一阵静默，她想他大约生气了，不知从什么时候起，她见到他会有这种惧怕，但惧怕，似乎已成为一种本能。不能让他以为自己仍在闹脾气，不能开罪他太甚，她模糊地想，忍着战栗低声搭话："今晚，星星还亮得好吗？"声音却是颤抖的。

他顿了好一会儿才回答："素素，现在是白天。"

她习惯性地想要去揉眼睛，碰到缚眼的白绫时才突然想起，眼睛已经没有了，再怎么揉，还是一片漆黑，什么都看不见。于这茫茫天宫之上，她是个格格不入的凡人，还是个瞎子。

夜华沉默了好一阵，手却慢慢抚上她的脸："我会和你成亲，我会是你的眼睛。"

素素，我会是你的眼睛。

那只手放在她的脸上，微微冰冷，动作甚至算得上轻柔，却像一把刀子瞬间扎进她的心。那一夜的噩梦再次恶狠狠地袭来，她恐惧得浑身发抖，一把将他推开。又为这一推惶恐，着力解释："我……我不是故意推你，你不要生我的气……"

夜华来拉她的手："素素，你怎么了？"

心底的疼像一笔浓墨落在白宣上肆意浸染，她颤着牙齿撒谎："突……突然有些犯困。你去忙你的吧，我想要睡一会儿，不用管我。"

又是一阵沉默。

她是真的不想他再管她。

从前万分依恋的怀抱万分依恋的人，如今已变得让人不能忍受。有时候她会很好奇，他既然那么喜欢那个女子，当初又为什么要答应她那个荒唐的要求。当初当初，悔不当初。

良久，有脚步声起。夜华离开了。奈奈将门轻轻扣上。

她抱着被子空落落坐了一阵，待身子不再发抖，才重重地躺回到床榻上。脑子里一时纷乱如云，一会儿是东荒的俊疾山，一会儿是夜华的脸，一会儿是血淋淋的匕首，和她那双被剜下的眼睛。

她模模糊糊地想，等生下腹中这个孩子，一定要回俊疾山，那里才是自己的地方，这段孽情，从哪里开始，就应该在哪里结束。而且，一定要快。

她将手放在缚眼的白绫上，喃喃说着疼，声音里带着哽咽，却没有哭出来。

又睡了一阵，奈奈蹑手蹑脚地推门进来，轻轻唤她："娘娘，娘娘，您醒着吗？"

她压着嗓子咳嗽了一声："什么事？"

奈奈顿住步子："素锦天妃遣婢女送了帖子过来，邀您一同品茶。"

她烦闷地掀起被子遮住脸："就说我已经歇下了。"

素锦近来频频向她示好，她精神好时也曾猜测，或许是因为得了她的眼睛，害她成了瞎子，素锦天妃她多少有些内疚。随即却又失笑自己的天真，素锦她怎么会内疚，明明是她让夜华剜掉了自己的眼睛。

这些人，她一个都不想再见到，一个都不想再搭理。她已经不再是三年前那个初来乍到、局促不安却又可笑地想要讨所有人欢心的小姑娘了。

日近西山，奈奈将她摇醒，说是暮天的晚霞正好斜照到院子里，景致动人，又有不疾不徐的凉风，正适宜到院中坐坐散一散心。她睡了一天，筋骨躺得极懒散，也觉得该走动走动。

奈奈搬了把摇椅，要将她搀过去。她抬手阻了她的服侍，自己尝试扶着桌子和墙根一步一步挪出去。走得有些吃力，时而磕绊，但心中却感到一线光明，一定要早些适应，这些都是必须的，只有这样，以后回到俊疾山才能一个人好好生活。

她躺在摇椅中吹了半刻和风，又有些昏昏欲睡。

恍惚中，似乎还做了个梦，梦中，又回到了三年前俊疾山上她初见夜华的时候。

玄衣黑发的俊美青年，手持一柄冷剑，一身是血地倒在她的茅草屋跟前。她呆了半晌，手忙脚乱将他拖进屋，上药止血，瞠目结舌地看着他的伤口自行愈合。不过两日，濒死的一身重伤竟已恢复如初，青年醒来沉默地看她许久，开口是一把极沉稳的好声音。青年谢她的救命之恩，非要报答。她自觉不过日行一善，施舍了青年两服草药，算不得什么大恩，却绕不过他的执着。她开口要金山银山，青年却只用幽幽目光看着她："姑娘未免不把在下这条命放在眼中。"自古来算是没哪个救命恩人当得她这般没奈何，她被烦得无法，两手一摊："那你不如以身相许。"青年愣了愣。

但这句荒唐话后，他二人竟真的就成了亲，就有了腹中的孩子。

她自记事始，便一个人住在俊疾山中，只知四时更替有春夏秋冬，山中灵物有鸟兽虫鱼，她没有亲人，所以也没有名字。青年叫她素素，说从此以后，这就是她的名字，她偷偷开心了好几天。

后来，青年将她带到九重天上，她才知道青年原是天君的天孙。那时，他还尚未被立为太子。

然在这九重天上，没有人承认他是她的夫君。他也从未与天君提过，自己在东荒娶了个凡人做夫人。

那一夜，她去青年的寝殿送羹汤，寝殿四围无人把守，素锦天妃的声音凄凄切切地传出来："你娶一个凡人，不过是报复我背叛你嫁给了天君，是不是？可我有什么办法，我有什么办法，四海八荒的女子，谁能抵挡得了天君的恩宠？呵，告诉我，夜华，你爱的仍然是我，对不对？你叫她素素，不过是因为，不过是因为我的名字里嵌了个素字，对不对？”

那和现实吻合得一丝不差的梦境到此戛然而止，她惊出一身冷汗。愣了许久，她抬手抚摸高高隆起的肚子。怀胎已三年，大约，近期就要临盆。

入夜后，奈奈久久不曾来服侍她歇下，她还没有办法独自洗漱，只好开口催她。奈奈过来帮她掖了掖盖在腿上的花毯，答她：“娘娘，再等等吧，或许殿下今夜要过来也未可知呢。”

她哑然失笑。那件事发生后，夜华便再不曾过来歇息。她知道，今后也不会了。也没有什么，即便他过来，也只是相对无话，或许还要惹他生气。

她在这里是个十足的弱者，从前她不知这一点，总以为有他的庇护，但那件事给了她当头一击，若是唯一可依靠之人也成了加害你的人……她的手不自禁地又开始颤抖，赶紧握住。

其实那时候，在东荒的俊疾山上，若夜华告诉她他已有了一位放在心尖上的意中人，她想，她绝无可能那样荒唐地同他成亲。

那时候，她并没有爱上他，她只是常年生活在碧林深山之中，一个人感到十分寂寞。

可他什么也没说，他娶了自己，以礼相待，还将自己带上九重天。

这九重天境，不复俊疾山只有他们二人的清净单纯，时时都有闲言碎语撞进她耳中，关于他同素锦天妃。她天生擅长粉饰太平，所以他和素锦天妃的种种纠葛，她虽然俱有耳闻，却可以当作从未耳闻。

她想，不管怎样，他最后娶的是自己，他们是对着东荒大泽拜了天地发了誓言的，她还有了他的孩子，她这么爱他，总有一天他会被自己感动。

而他，也确实逐渐地对自己温柔了。

她甚至庆幸地以为，他即便不爱自己，是不是也有点喜欢自己了呢？

爱这种东西，有时候，会让人变得非常卑微。

可那件事情发生了。于是她一梦醒来，代价是失去双眼，失去光明。

那一日，天朗风清，素锦天妃邀她去瑶池赏花。她以为是女眷们的小宴，傻乎乎地接了帖子。到了瑶池，才知道只有她们两人。

屏退了宫娥，素锦天妃拉着她一路行到诛仙台。

诛仙台上云雾缭绕，素锦站在诛仙台上凉凉地对她笑："你知道吗？天君要将夜华封作太子，将我赐给夜华做夫人。"

她从来弄不懂他们这些神仙的规矩和把戏，只感觉胸腹间一股血气上涌，也不知道是愤怒，还是迷茫。

一身华服的天妃依然矜持地笑："我和夜华情投意合，这九重天上本就不是一个凡人该待的地方，生下孩子，你就从这诛仙台上跳下去，回你该回的地方吧。"

她不知道跳下诛仙台是不是真的可以回到俊疾山，那时候她也从没有想过离开。她愣愣地问："是夜华让我回去的吗？我是他的妻子，理所应当，是要跟着他的。"

现在想来，那一番话，实在是自取其辱。

可那时候她一直侥幸地以为，夜华至少是有一点喜欢自己的，只要他有那么一点点喜欢自己，那自己也是一定要待在他身边的。

素锦有些好笑地叹气，突然抓住她的手，带着她向诛仙台边缘倒去。

她以为素锦要将自己推下诛仙台，赶紧用手抓住台缘的木桅。可翻下高台的却是素锦。她还没有反应过来，身旁已掠过一个黑色的影子，跟着跳了下去。

夜华抱着素锦站在她的面前，冷冷地看着她，那一双黑色的眼睛里，酝酿了滔天的怒火。

素锦在他怀中气息微弱地开口："别怪素素，想来，她也不是故意推我的，就是听了，听了天君要将我赐给你的消息，有些冲动。"

她睁大眼睛，难以置信，她明明，明明什么也没有做。

"不是我，不是我，我没有推她，夜华，你信我，你信我……"她一遍又一遍地试图向面前的青年解释，惊惶地，毫无章法地，像个跳梁小丑。

他手一挥，低叱道："够了。我只相信我所看到的。"

他不愿听她解释，他不相信她。他抱着素锦，眉间焦灼，眼中像淬了寒冰，匆匆迈下诛仙台，将她丢在一旁。

她不知自己是怎么回到院中的，脑中一遍又一遍，皆是他眸中的灼灼怒火。

那一夜刚入夜，夜华匆匆来到她的院子，神色晦暗地站在她的跟前："素锦的眼睛被诛仙台下的刀兵之气灼伤，素素，因果轮回，欠了别人的债，是一定要还的。"顿了顿，又道："别害怕，我会和你成亲，从今以后，我会是你的眼睛。"

此前，他从未提过要在这九重天上同自己成亲。她心中一时冰凉，愤怒和恐惧一齐涌上来。她料不到自己竟有一日会如此失态，抓住他的手近乎歇斯底里："你为什么要我的眼睛，是她自己跳下去的，是她自己跳下去的，与我半点干系都没有，你为什么不信我？"

他目光沉痛，继而冷笑："诛仙台下戾气缭绕，她自己跳下去？不想活了？素素，你真是变得越来越不可理喻。"

她看着他眼中渗出寒意，一时茫然。在这九重天上，他是自己的唯一。自怀上腹中的孩子，她就一直想着，想着等孩子生下来之后，有一天一定要和他牵着孩子的手，看十里云海翻涌，万丈金芒流霞。他不知道光明对于自己，有多么重要的意义。

她被剜去了双眼。奈奈照顾了她三天，三天之后，素锦站在了她的面前，笑说："你这双眼睛，我用着甚好。"

她大彻大悟。

你有没有爱过一个人。

你有没有恨过一个人。

其实那本是他们二人间的爱恨情仇，她不过一个路人，模模糊糊被牵扯进来，是命中的劫数。

这两日，她已不再日夜颠倒，学会了靠耳朵捕捉蛛丝马迹，应辨晨昏。

午膳用过后，奈奈跌跌撞撞地跑进院子，上气不接下气："娘娘，娘娘，天君方才颁下天旨，要将，要将素锦天妃赐给，赐给太子殿下。"

她笑笑，夜华被封作太子已有一段时日，这也是迟早的事。可素锦终究还是做不了夜华的正妻。她近来听说，天君当年与青丘之国的白止帝君有过约定，继任天君，必迎娶他的女儿白浅为后。这些事情，夜华从未告诉她，但有些东西，她想晓得还是可以有办法知道，她并不像他们所想的那么笨拙，那么没有办法。

其实，她从一开始，就不该招惹这些神仙。

肚子突然开始剧烈地疼痛。

奈奈一叠声叫喊："娘娘，你怎么了？"

她捂住肚子勉力道："大概，是要生了。"

分娩过程中，她晕过去又疼醒来。据说素锦换眼时，夜华守了她一天一夜。但此时她生育他的孩子，她的身边儿只有奈奈作陪。剧烈疼痛中最是容易软弱，她克制着自己不去叫夜华的名字。已经够悲惨了，所以不能再更加的悲惨。

奈奈哭着说："娘娘，你放开我的手，我去找太子殿下，我去找太子殿下。"

她已经疼得说不出话来，只好一遍遍朝奈奈做口形："奈奈，你陪我一会儿，就一会儿。"

奈奈哭得更加厉害。

是个男孩。

她不知道夜华是什么时候过来的，醒来的时候感到他握着自己的手，一双手仍是冰凉，带得她一颤，她忍住没有将手抽出来。

他把孩子抱过来，道："你可以摸摸他的脸，长得很像你。"

她没有动。是她怀胎三年的孩子，伴着她无数个日日夜夜，她当然喜欢这个孩子，但她没有办法带着他在俊疾山生活下去。已经打定决心抛弃他，就不要去碰他，不要去抱他，不要让自己对他产生更深的感情。

夜华在她身旁坐了很久，孩子时而哭哭闹闹，他一直没有说话。

夜华走后，她将奈奈叫到面前来，告诉奈奈，自己给孩子起了个小名叫阿离，劳她以后多多照顾他。奈奈懵懵懂懂地应了。

夜华天天来看她，他本不是一个多话的人，她以前倒是话多，但近来没兴趣说什么，二人大多时候都只是沉默。好在即便她不说话夜华也并没有生气，大约体谅她还在坐月子。偶尔在沉默中想起失去双眼前最后所见是夜华浸满寒意的目光，这种时候，她还是忍不住要发抖。

夜华没有和她说起他同素锦的婚事，奈奈也没有。

三个月后，她身体大好。夜华拿来很多衣料，问她喜欢哪一种，要为她做嫁衣。

他说："素素，我早说过，要和你成亲。"

她觉得莫名，既然要和自己成亲，为什么当初又要剜掉她的眼睛。

后来她想通了，夜华他只是可怜自己，觉得她一个凡人，又没了眼睛，虽然是自作自受，但可恨的同时，也十分让人怜悯。他可以有许多侧室，给她这样一个不痛不痒的名分，也没有什么。

她想她一定得走了，这九重天上，再也没有任何可让人留下的理由。

奈奈陪着她散步，两人一次又一次地重复洗梧宫到诛仙台的路线。奈奈奇怪，她告诉这个忠心的小宫娥，她只是喜欢闻这一路上的芙蕖花香罢了。

半个月过去，她已能凭着感觉畅通无阻地来往于洗梧宫和诛仙台之间。

骗过奈奈是很容易的事情。

她站在诛仙台上，突然觉得心像风一样轻。阿离有奈奈照顾，她很放心。立在这云雾茫茫的高台之上，她突然很想再告诉夜华一次，她没有推过素锦，不是她欠了素锦，是他们欠了她，欠她一双眼睛和半生平顺安稳。

在俊疾山上，夜华曾给过她一面漂亮的铜镜。那时，他要去远方做一件重要的事，她一个人孤单，他便从袖袋里取出这样一个宝贝，告诉她，无论他在哪里，只要她对着镜子叫他的名字，他都可以听到，若他不忙，便陪她说话。

她其实不知道为什么来到这九重天上，她仍将这镜子带在身边，大概因为这是夜华送她的唯一一件东西。

她将镜子取出来。很久没有叫他的名字，已经有些生涩。她说："夜华。"

顿了很久，耳边传来他的声音："素素？"

她沉默片刻，再次开口："我要回俊疾山了，不用到处找我。我一个人会过得很好。帮我照顾好阿离。我以前一直梦想有一天能牵着他的手陪他一边看星星、月亮、云海、阳光，一边给他讲我们在俊疾山上的故事，现下怕是不能了。" 想了想又补充道："别告诉他他的母亲只是一个凡人，天上的神仙不太看得起凡人。"

明明是很普通的诀别话，一瞬间却突然想要落泪，她连忙抬起头看天，却又想起，早就没了眼睛，泪水又从何而来？

夜华的声音有些压抑："你在哪里？"

"诛仙台，"她静静道，"素锦天妃告诉我，跳下诛仙台，我就可以回到俊疾山了。我现在已经习惯看不到东西，俊疾山是我的家乡，周围都很熟悉，我一个人生活也不会不方便。你不用担心。"停了停，又道："其实我当年，不应该救你，若是时光能够重来，我不会救你的，夜华。"

就听到他急促地打断她的话："素素，你站在那里不要动，我马上过来。"

她终究还是没有再一次向他辩解，那时素锦并不是她推下的。终归是此生不会再见，有些事，是不是、对不对已经不再那么重要。

她轻声道："夜华，我放过你，你也放过我，我们从此，两不相欠吧。"

铜镜自她手中跌落，哐当一声，隐没了夜华近似狂暴的怒吼："你给我站在那里，不许跳……”

她翻身跃下诛仙台。风声猎猎中一声长叹，夜华，我对你再没什么要求了，这样很好。

那时候，她并不知道，诛仙台诛仙，只是诛神仙的修行。而凡人跳下诛仙台，却是灰飞烟灭。

那时候，她也并不知道，自己其实并不是个凡人。

诛仙台下的戾气将她伤得体无完肤，却也正是因为那可敌千千万万绝世神兵的戾气，劈开了她额间的封印。她从未料到额间那颗朱砂痣竟是两百年前，鬼君擎苍破出东皇钟时，她为将他重锁回去与他大战一场被他种下的封印。它敛了她的容貌记忆和周身仙气，将她化作一个凡人。

前尘往事接踵而至，她的脑子在一片混沌中清明，忍着千万戾气灼伤仙身的苦楚，她暗暗告诉自己：“白浅，你生来仙胎，不用修行便是神女。可四海八荒哪有这么便宜的事情，不历这一番天劫，你又怎么飞升得了上神。这须臾几十年的爱恨恩怨，不过是一场天劫。”

她昏倒在东海之东折颜上神的十里桃花林里，折颜将她救醒后大是感叹：“你阿爹阿娘并几个哥哥发了疯似的寻你，我也是急得这两百多年来没有睡个安稳觉，你这眼睛，你这满身的伤痕，究竟是怎么一回事？”

诛仙台上绝杀之气太甚，毁了她些微记忆，她的脑中略有模糊，但至伤的那些还印得十分深刻。怎么一回事？一场劫数罢了。

她笑着对折颜道：“我记得你这里有一种药，吃了就可以把想忘记的事情全忘干净？”

折颜挑起眉头来：“看来你这些年，过得很伤情。”

伤情是句实话，幸得只有几年。

眼前热气滚滚的汤药极是氤氲。

她一饮而尽，这世间再没俊疾山上的素素了，那不过是青丘之国白止帝君的幺女白浅上神做的一场梦，带着无尽苦楚和微微桃花色。

梦醒之后，梦中如何，便忘干净。

楔子

（三百年后）

东海水君新得麟儿，为准备儿子的满月宴，凌霄殿上的朝会已是连着几日告假，天君睁一只眼闭一只眼，全由着他去。

多宝元君心下好奇，不过一个酒宴而已，何需如此大费周章。

于是乎，这日退朝后，特特追上了素来与东海水君交好的南斗真君，意欲打探个究竟。

九重天上本就无聊至极，众仙对东海水君告假之事的关注可不是一日两日，见多宝元君开了个头，便纷纷朝殿前的南斗真君围了过去。

南斗真君大是疑惑："各位仙友难道不知，半月后东海夜宴，青丘的那位姑姑也要前去吗？"

东海之外，大荒之中，是为青丘。

说到这里，特特揖起双手向正东方向的青丘拜了拜，才续道："那位姑姑有眼疾，见不得强光，东海龙宫的珊瑚墙琉璃瓦却过于璀璨刺眼，是以东海水君正满天满地寻找青荇草，要编成毡子挡了这些太亮堂的东西。"

此言一出，凌霄殿前一片哗然。

南斗真君口中的姑姑，乃是白止帝君膝下小女，姓白，单名一个浅字，因是上辈的远古神祇，为表礼数，众仙便都唤她一声姑姑。

盘古一把巨斧开天辟地以来，各族间征战不休，天地几易其主，远古神祇大多应劫，消失的消失，沉睡的沉睡。

还活在这世上的，左右数来，不过九重天上的天君一家、隐在东海之东十里桃林的折颜上神及青丘之国的白止帝君一家而已。

说到这白浅，还牵扯到天家一桩不算秘辛的秘辛。

据说五万年前，白浅曾和天君膝下的二皇子桑籍订亲，本也是门当户对的一桩好姻缘，可桑籍不知怎么的就看上了白浅的婢女，死活要与白浅退婚。

白止帝君不堪受辱，偕了折颜上神一同到九重天上来找天君讨说法。

天君震怒，流放了二皇子，让他去北地，封了个北海水君。又颁下天旨，以天族名义，为继任天帝聘下了白浅为后。

三百多年前，天君召告四海八荒封长孙夜华为继任天帝。

九天神仙满以为不日便将喝到夜华君同白浅的喜酒。可这三百年来，却从未有他二人将共结连理的传闻。

只听说夜华君虽有个儿子，正妃之位却一直虚空以待。而白浅上神则一直待在青丘之国，谁的帖子也没办法将她请出来。

男未婚女未嫁，两家却并不着急，这也是个奇事。

众仙矜持地感叹一回，转而都赞东海水君好福气。姑姑几万年不曾出过青丘，如今却让他请动了，实在有面子。

南斗真君点头道："本也是很有面子的一件事，然东海水君近日却十分烦忧，因未曾料到姑姑会接下帖子赴宴，是以此前也请了北海那位水君。前日听说夜华君近来带着小天孙游东荒，也打算顺道来东海贺一贺喜。三位免不了须在宴席上碰面，东海水君如今胆战心惊，就怕到时候酿出什么祸事。"

这九重天上大多是有些资历的老神仙，对北海水君、青丘白浅上神和继任天帝的事皆有耳闻。可也有刚飞升不久的小仙傻乎乎地问："青丘的那位姑姑是谁，她和夜华君、北海水君曾结下了大梁子吗？"

众仙便少不了七嘴八舌解释一番，此番解释中又少不了勾出来那许多的奇闻逸事。

傻乎乎的小仙抓不住重点，满脸神往地摇未画扇面的白纸扇："北海水君宁愿得罪白止帝君也要同那位姑姑的婢女成亲，倒不知那婢女是何等风姿。"

多宝元君掩着嘴角咳嗽一声："本君倒是见过那女子，当初二皇子挽了她跪到天君跟前，要给她一个名分，确实是不可多得的美人，不过比起白止帝君家的那位娘娘，却还差得远。本君虽未曾见过姑姑，但听闻姑姑神似其母，比其母倒还要美上三分。”

各路神仙中仙龄最长的南极仙君捋着垂地的白胡须沉吟道：“小老儿倒是见过一次姑姑的，那时小老儿还是天君座下的童子，随天后娘娘去折颜上神处看桃花。姑姑就站在桃树枝上跳舞，因隔得远，只能看到灼灼桃花间大片红衣，那舞姿却曼妙得很，曼妙得很。”

众仙皆是一阵唏嘘，叹道如此倾城佳人也会被退婚，天意实在难测，扼腕一番后，心满意足地散去。

此后，东海水君发出的满月宴请帖在四海八荒贵极一时，都是后话。

SHILI TAOHUA

第一章 前尘往事

若水神君嫁去东海的大姑娘不满三年就给东海水君添了个男丁，若水、东海两家皆大欢喜。

东海水君本人更是得意非凡，为儿子做满月酒的请柬撒遍了天上地下，连阿爹阿娘住的狐狸洞也送来了一份。

阿爹阿娘已游方在外数百年。大哥、二哥、三哥相继安家立室分了封地，四哥则去了西山寻找走失的坐骑毕方鸟。是以狐狸洞如今只剩我一人当家。

我拿了帖子逆光对着洞外的水帘子照了半晌，因想起阿娘生我时难产，似乎正是请这东海水君他曾祖父家的稳婆帮忙才少吃了许多苦头，于是抱了只南瓜大小的夜明珠，准备去东海走一遭。

我识路的本事不大好，临行前便去隔壁的迷谷老儿处要了枝迷谷树的树枝丫。

迷谷树天生黑色木理，孕出的迷谷花五色芳华。不过那花除了夜里用来照明，没有半点旁的用处。

深得我心的倒是迷谷的树枝丫，只要佩一枝在身，就万万不会迷路。

迷谷老儿本体是一株迷谷树，鸿蒙之初就长在南荒的招摇山上。

阿娘怀着四哥时，有一回同阿爹闹别扭离家出走，迷路迷到招摇山。阿爹寻到阿娘的时候，担忧阿娘下次独自离家再迷路，于是干脆把招摇山唯一的那棵迷谷树扛回了青丘，栽到了家门口。

青丘是仙乡福地，这棵迷谷树沐日月精华、顺四时之气，三千年之后竟修成了人形。又过三千年，坐化成了个不大不小的地仙。

阿爹送了他几捆竹子做贺礼，他便用这几捆竹子并些茅草，在狐狸洞旁盖了三间棚，同我们做了邻居。

因做的是青丘之国的仙，便随了其他的小仙，唤阿爹一声君上。

迷谷老儿其实并不老，我出生两千多年后他才修成人形，唇红齿白的，一双桃花眼微微上挑。

青丘的女仙大半都请阿娘做媒向他提过亲，可一次都没成。

迷谷老儿看起来虽一副风流形状，却很重礼数。每次一见我，都要两手一揖，恭敬唤一声“姑姑”。这个礼数，我很受用。

今次迷谷老儿将树枝丫递给我时，神色间颇郁郁，不知被何人招惹，若是问他免不得听他一顿唠叨。我琢磨着还是慎言，得了东西便立刻捏了个诀招来祥云，按上云头直奔东海。

东海之东有十里桃林。

三哥听说我要去东海赴宴，曾专程捎信过来，让我回程时去折颜府上找他讨两壶桃花醉。

折颜正是十里桃林的主人，一只老得连他自己都记不得自己确切年龄的老凤凰。

阿娘说，折颜是开天辟地以来大洪荒时代孕出的第一只凤凰。父神亲自将他养大，地位比起如今的天君还要高上几分。

我出生时，这世间已寻不到父神的神迹。

阿爹阿娘带我去看折颜，他斜挑了眉角抿着嘴朝阿爹笑：“这就是你家娘子新近给你添的姑娘？这小模样长得倒真是不错。”

折颜和青丘之国的渊源主要是从阿娘开始。

据说万万年前，折颜曾向阿娘求过亲，连聘礼都送上了门。

但阿娘瞧上的却是我那榆木脑袋阿爹，直了脖子硬是不点头。

为此折颜还和阿爹酣畅淋漓地打了一架，打完后两人却结拜了兄弟。

过了年，阿爹八抬大轿将阿娘迎来了青丘，还是请的折颜主婚。

按辈分算，我和上面的几个哥哥都得尊折颜一声“伯父”。

但他从来“为老不尊”，坚决认为自己其实很是年轻，谁敢在称呼上把他叫老了他就能把谁记恨个千千万万年。

于是，我们只得胆战心惊地跟着阿爹阿娘直唤他的名字。

折颜虽然酿得一手好酒，本人却并不喜欢宴席上的觥筹交错。

“退隐三界、不问红尘、情趣优雅、品位比情趣更优雅的神秘上神”是他对自己的定位。

是以仙家们邀折颜饮酒作乐的帖子，他素来一笑置之。

众仙家邀他同乐，本也是对这没供着什么实职却地位崇高的上神表示亲近之意。这厢里他置之得久了，那厢里仙家们大概也就摸出个名目，道是这位闲散上神只可尊敬不可亲近，于是，再邀他的心思也就淡了。

折颜乐得清净，一心一意地在桃花林里务起农来。

到得东海边上，我掐指算了算时辰，离正式开宴还有一天半。

想起三哥的嘱托，便打算先转道去折颜府上走一趟，向他讨一坛子桃花醉。灌两壶给三哥捎带回去，再灌一壶并着夜明珠给东海水君送去当作贺礼，剩下的埋在狐狸洞跟前慢慢喝。

这正是桃花盛开的时节，十里桃林十里桃花，漫山遍野的灼灼芳华。

我熟门熟路地朝桃林深处走，一眼看到折颜正盘腿坐在空地上啃桃子，偌大一个桃子，转眼就只剩一个核了。

折颜笑盈盈地朝我招手："这不是白家小丫头嘛，真是越长越俊了，过来，"他拍拍身边的空地，"坐这里来，让我仔细瞧瞧。"

天上地下的神仙里头，也没几个辈分高得可以叫我小丫头了。

这声小丫头令我油然生出一种自己其实还很嫩的错觉，感慨无比，受用无比。

我"从善如流"地坐过去，折颜就着我的袖子擦了擦手。

我思索着要怎么开口才能顺利讨到那坛酒，就听折颜扑哧笑道："你待在青丘几万年，这一趟出来得倒是甚好。"

我愣了半晌，没太弄清楚他这句话是个什么缘由，只得赔笑道："这里的桃花也开得甚好，甚好。"

他笑得更深："前些天，北海水君带着他娘子来我这里闲赏了几日桃花。我还是第一次看到他那小娘子，真是天真可爱得紧。"

这下我倒笑不出来了。

北海水君那小娘子唤作少辛，这名字还是我给起的。

也记不清是多少年前，我和四哥去洞庭湖游玩，在半人高的芦苇荡里，发现了条被欺负得气息奄奄的小巴蛇。

我看着可怜，便央四哥将它带回了青丘。

那时小巴蛇已修成了精，虽软趴趴的，但也勉强能化出个人形，这便是少辛。少辛在青丘养了两年伤，伤好后，说要报答我，就留了下来。

那时阿爹阿娘已常不在青丘，狐狸洞由四哥当家，四哥安排她做了个洒扫婢女。此前狐狸洞一个婢女也没有，洒扫这活计全是我在做。

我乐得清闲，便成天地不着家，在大哥、二哥、三哥、折颜处换着厮混。

日子就这么安安生生地过了两百年，一日阿爹阿娘回来青丘，说为我订了门亲事。未婚夫便是北海水君桑籍。

当时的桑籍还是天君座下盛宠的二小子，住在九重天上，并未被封到北海去。

天君将桑籍和我订亲的事广布八荒四海，各路神仙无人不知无人不晓。

知了晓了就要上门来闲嗑闲嗑顺便道句恭贺。

四哥与我不胜其烦，干脆收拾了包袱双双躲去了折颜的桃花林。

这一躲就躲出了问题。

等吃饱了桃子再回到青丘，少辛不见了，灰不溜秋的狐狸洞里只压了封桑籍的退婚书。说是他对少辛日久生情，此生非少辛不娶，对不起我云云。

我自以为这算不上什么大事。一来桑籍我从未见过，谈不上有感情。二来少辛和我相处的时日不长，即便有感情也难说多么深厚。三来连林子里的牲畜都有资格选择模样好的配偶，众生平等，没道理桑籍就该被剥夺这个权利。说句客气话，他们配成一对，于我倒真是没有什么。

然而这事终于还是闹到了天君跟前。

倒不是我去闹的。

据说是桑籍亲自挽着少辛的手跪到了天君的朝堂上，说要给少辛一个名分。

这事不到半天，就传遍了海内八荒。

有善心的道："青丘白家的幺女真可怜，从前还道是桩好姻缘，订亲不过三年就被夫家抛弃，以后可还怎么嫁人。"

也有碎嘴的嚼舌根："也不知那条巴蛇长得是怎样的倾国倾城，竟然比得过九尾白狐的天生媚态？"

至此，阿爹阿娘，大哥、二哥、三哥并折颜一行才知道我被退了婚。

折颜当即拽了阿爹阿娘直奔九重天去寻天君讨说法。

具体怎么讨的说法我不大清楚。只知道此后桑籍便失了宠，天君匆匆封了他个北海水君的职，职位还在他弟弟四海水君连宋之下，明眼人一瞧就晓得这是被流放了。至于他和少辛的婚事，始终都未被承认。

阿爹对这事发表的唯一感想是："死小子，便宜他了。"

折颜倒还厚道，半是看热闹半是惋惜地叹了句："为了个女人毁了自己一生前程，何苦来哉。"

那时我年少天真不知事，总觉得主角既是桑籍和少辛两个，便与我没多大干系，算不得我吃亏。

后来天君亲自在朝堂上颁了旨。这倒霉催的天旨大意说，虽然太子未定，但青丘白家的幺女白浅已被天族定下了，是天族的儿媳，未来的天后娘娘。

换言之，自己的儿子们谁想做继任天君，就非得娶青丘白家的白浅不可。

明着看是隆恩，不过这隆恩太隆了，天君座下其他几个儿子为避争宠的嫌隙，基本上不来搭理我。当然，我也未曾有幸去搭理过他们。而别的神仙们又碍于天族颜面，不敢冒着和天族翻脸的危险来找阿爹下聘。从此，我便彻底无人问津，成为一个嫁不出去的女神仙。

三百多年前，天君封了长孙夜华君做太子，继任帝位。

对这半途冒出来封作太子的夜华，我全无了解，只听说桑籍被流放后，因座下其他几个儿子均资质平平，天君一度很是抑郁。幸亏三年后，大儿子央错为他添了个敦敏的孙子，天君他老人家才从抑郁中自拔出来，甚感欣慰。

这敦敏的孙子，便是夜华。

依照天君当年颁下的天旨，这位夜华君便是我未来的夫君了，我须得同这位少年神君成亲。夜华那厢，据说已娶了个叫作素锦的侧妃，恩宠盛隆，还生了个小天孙，自然无心与我的婚事。我这厢，虽不像他那般已有了心尖上的人，可一想到他晚生我九万年，论辈分当叫我一声姑姑，论岁数当叫我一声老祖宗。便狠不下心来，逼自己主动做成这桩婚事。

以至于婚事拖累至今，搞不好已成了整个四海八荒的笑柄。

北海水君桑籍引出的这桩事里，我岂是不亏，简直亏大发了，自然对始作俑者讳莫如深，弄死他的心都有了。

我琢磨着折颜此番特意提起北海水君，绝不是与我添堵，应是抛砖引玉，全为挑出一段含有猛料的下文，于是赶紧合他的意做出兴味盎然的样子来，竖起耳朵洗耳恭听。

他嘴角的笑纹裂得益发深："那小娘子害喜可害得厉害，不过几万年时间，已为北海水君添了三胎，现下肚子里这个，据说是老四，可见巴蛇确实是能生的。那小娘子因害喜的缘故，成天吵着要吃桃，这个时节，桃花倒是处处开遍，可要说起桃来，天上地下，除了我这里，也再没其他地方有得吃了。是以北海水君厚着一张脸皮找上了门，既然他这么求了，我也不好意思不给。”

我瞪了他一眼，低下头去捋裙子上的几道褶痕。因一向觉得折颜是同我们青丘拴在一条绳上的蚂蚱，这个事情上他竟然不同我们同仇敌忾，还慷慨地送北海水君桃子，着实让人失望。

他看了我一会儿，扑哧笑出声来：“你看你，脸都绿了。不就几个避子桃嘛。”

我猛抬头，动作太突然，一时不慎撞上他低下来的额角。

他却浑不在意，拿腔拿调地揶揄我：“看吧，听我给了别人蜜里调油的小夫妻俩避子桃，一下子心就软了不是。我说，那避子桃也不过就是让北海水君家这几万年里暂时添不了老五，失不了他多少福气，也损不了我多少阴德的。”

其实，北海水君什么时候添得了五皇子与我又有什么相干，那避子桃左右吃不死人。当年若不是他退婚，也惹不出后来这一大堆破事。折颜此番给他这个教训，我由衷地赞赏。但既然折颜他老人家已认定其实我很是心软，我也不好多说什么，只能默默受了。他又是一番安抚，大意总脱不了天君一家子乌龟王八蛋，子子孙孙无穷尽都是乌龟王八蛋之类。

骂完天君一家后又问起我家里人一些近况，也聊些别的，从东荒外沧海桑田几万年如何变化，到海内小打小闹又起了几场战事，再到谁家的谁谁看上了谁家的谁谁不日就有良缘将要铸成。折颜处总有无穷八卦，我虚心求教，他零七零八各路杂事竹筒倒豆子也似一股脑儿灌给我听。

起初我还惦记着那坛子桃花醉，三两下就被绕得头晕，讨酒的事也忘个干净。

待夜幕降得差不多时，还是折颜提醒：“小三子让我给他制了两壶酒，就埋在后山碧瑶池旁那株没长几片叶子的杜衡底下，你今夜就歇在那处，顺便挖了酒给小三子带回去，就两壶，可别洒了，也别偷喝。”

我撇嘴：“你也忒小气了。”

他探身来揉我的发：“那酒你可真偷喝不得，若实在想喝，明日到我酒窖里搬，搬得了多少你就搬多少走。”想起什么似的又含笑嘱咐：“夜里别四处走，今日我这处还有旁的客人，你们这个时候相见，我觉着不大合宜，还是不见为好。”

对他前头那一句，我自是打千作揖地千恩万谢，心里的算盘却早打好了，近年不同小时候，来一趟十里桃林越发不易，那两壶桃花醉是要偷喝的，他酒窖里的酒，也是要可着劲儿搬的。

对他后头那一句，他这个嘱咐却是个白嘱咐，近时我不大爱热闹，夜里也不大喜欢四处游逛，更不大结交朋友。这位客人是个什么客人，我没有太大兴趣。不过他让我避着，我自然避着。

SHILI TAOHUA

第二章 蓦然重逢

四哥帮忙造的小茅棚颤巍巍地立在碧瑶池旁。到折颜府上厮混，我向来独住这一处。

当年离开桃林的时候，这小茅屋已十分破败，如今遭了几万年的风吹雨打太阳晒，它却仍能傲然挺立，着实令人钦佩。

掏出颗夜明珠四下照照，折颜上心，小茅棚里床铺被褥一应俱全，很合我意。

门旁竖了支石耒，正是当年我用来掘坑栽桃树苗的，现下用它来挖那两壶桃花醉，倒是正好。

今夜里九重天上的月亮难得的圆，折颜说的那棵杜衡极是好找。

我比画着石耒，对着杜衡脚底下的黄泥地一头砍下去，呵，运气好，一眼便看到东岭玉的酒壶透过松动的黄土，映着几片杜衡叶子，焕发出绿莹莹的光来。我欢喜且迅猛地将它们扒拉出来，抱着飞身跃上屋顶。小茅棚抖了两抖，坚强地撑着没倒。

屋顶上夜风拔凉拔凉，我打了个哆嗦，摸索着将封死的壶嘴拔开、壶口拍开。刹那间，十里桃林酒香四溢。我闭眼深吸一口气，越发地佩服起折颜那手酿酒的绝技来。

我平生做不来多少风流事，饮酒算是其中之一。

饮酒这桩事，得重天时、地利、人和。今夜长河月圆，是谓天时。东海桃林十里，是谓地利。小茅棚顶上除了我一个，还栖息了数只乌鸦，勉强也算人和了。我就着壶嘴狠抿几口。啧啧咂了遍舌，有些觉得，这东岭玉壶里的桃花醉比之前我喝的，味道略有不同。不过，许是太久没喝折颜酿的酒，将味道记模糊了也未可知。

一口复一口，虽没有下酒的小菜，但就着冷月碧湖，倒也是同样畅快。

不多时，饮了半壶。风一吹，酒意散开来，就有些迷迷瞪瞪。

眼前莹黑的夜仿似笼了层粉色的幕帐，身体里也像燃了一把火，烧得血嗞嗞作响。我甩甩头，抖着手将衣襟扯开。那熬得骨头都要蒸出汗来的高热却如附骨之疽。神志迷蒙着抓不了一丝清明，只是隐约觉得这可不像是单纯醉酒的形迹。那热逼得我退无可退，全不知要捏个什么诀才能将它压下去，或者什么诀都不能将它压下去。

我摇摇晃晃地站起来想要纵身下去到碧瑶池里凉快凉快，却一个趔趄踩空，直直从屋顶上摔了下去。

神思中预感这一摔一定摔得痛，奇的是身体却并无触地的钝痛之感，只觉转瞬间被一个凉凉的物事围着圈着，降下来不少火气。

我费力地睁开眼睛，模糊地辨出眼前这物事是个人影，着一身玄色的长衫，不是折颜。

天旋地转，白色的月光铺陈十里夭夭桃林，枝头花灼灼叶蓁蓁，两步开外的碧瑶池也浮起层层水汽，忽地便化作一片熊熊天火。

我赶紧闭上眼，身体已是烫热得疼痛。只循着那一丝凉意拼命朝面前的人影身上靠，仰起的脸颊触到他下巴脖颈处一片裸露的肌肤，好比一块冰凉的玉石。手指已经有些不听使唤，我颤抖着去解他腰间的系带，他便开始推我。我赶紧贴上去安抚："莫怕，莫怕，我只是凉凉手。"他却推拒得更加厉害。

这十几万年来，我不曾用迷魂术引过什么人，今夜却是无法。昏昏沉沉地集中念力睁开眼睛看他时，我心下尚且有些惴惴，不知道久未用这门术法，如今倒还中不中用。他显得有些疑惑，一双眸子阴沉难定，却慢慢将我搂住了。

锦鸡打鸣三遍，我慢悠悠醒转，隐约觉得昨夜似乎做了个十分有趣的梦。梦里我一副风流形状，恣意轻薄了一位良家少年郎。虽然这个轻薄，不过就是抱着他凉了凉手。折颜捎带给三哥的那两壶酒，果然有问题。我揉着脑袋仔细回忆那少年郎的模样，迷蒙中却只记得一袭玄色长衫和十里夭夭的桃林。其实这个梦，像是梦又不像是梦。

折颜的桃花林与东海本就隔得不远。我并不着急。去后山的酒窖里另搬了三坛子陈酿，并着那一壶半的桃花醉一同装进袖子里，才同折颜告辞。

他哼哼唧唧，嘱托我回去后记着让四哥过来帮他翻山前的那两亩薄地。

我如实相告："四哥的毕方鸟离家出走，他一路追去已许久没回狐狸洞，你这个算盘倒是要落空。”折颜脸色难得的端肃，长叹一声：“早晓得当年不该帮他从西山将毕方猎回来，搬起石头砸自己的脚，说的想必就是我现下此种境况。”我宽慰了他两句，顺手从他袖中挑了几个鲜桃路上解渴。

今日确是大吉，举目遥望，东海碧浪滔滔，半空处祥云朵朵，看来各路的神仙都已到齐。

我从袖子里取出一条四指宽的白绫，实打实将眼睛蒙好，准备下水。

东海什么都好，就是水晶宫过于敞亮。而我这眼睛，自三百年前，便不能见太亮堂的东西。

阿娘说，这是娘胎里带出来的病。

说是阿娘怀我的时候，正逢天君降大洪水惩戒四海八荒九州万民。那时阿娘因害喜，专爱吃合虚山上的一味合虚果，几乎将它当作主食。大洪水一发，东海大荒的合虚山也被连累得寸草不生。阿娘断了合虚果，其他东西吃着食不甘味，身体明显弱了许多。生下我来，也是皱巴巴一头小狐狸，顺便带了这莫名奇妙的眼疾。

胎生的这眼疾在我身体中藏了十几万年，原本与我相安无事，三百年前却寻着一个伤寒的契机发出来，甚是顽强，任什么仙丹灵药都奈何它不得。幸而阿娘聪明，让阿爹借黄泉下的玄光为我造了条遮光的白绫，去特别晃眼的地方就将它戴上，这么着，倒也无什么大碍。

伸手就近在浅滩里探一探，东海水拔凉拔凉，冷得我一个哆嗦，赶紧用上仙气护体。手中的仙诀方才捏了一半，突然闻得身后有人“姐姐，姐姐”地唤我。

阿爹阿娘统共只生了我们兄妹五个，下面再没什么别的小狐狸。一边琢磨着唤我的是谁，一边转过身来，面前已站了一长排妙龄少女，个个锦衣华服，大约是来赴宴的哪路神仙所携的家眷。

打头的紫衣小姑娘神情间颇有气恼：“我家公主唤你，你怎的不应？”

我发了一会儿愣，见七个里头数最中间那位白衣少女头上的金钗分量最足、脚下绣花鞋上的珍珠个头最大……侧身向她颔了颔首：“姑娘唤我何事？”

白衣少女白玉似的脸颊一红：“绿袖见姐姐周身仙气缭绕，以为姐姐也是来东海赴宴的仙人，正想烦姐姐为绿袖引引路，不承想姐姐的眼睛……”

黄泉玄光造出的白绫自然与普通的白绫不同，覆在眼上其实丝毫不妨碍视物，况且有迷谷指引，引路实在小事一桩。我朝她点了点头："你瞧得不错，我确是来赴宴的，眼睛不妨事，跟在我身后吧。"

方才说话的紫衣小姑娘抖起精神："好哇，我家公主同你说话，你竟然这个态度，是不晓得……"被她家公主扯了扯袖子。

近年的小神仙倒是有趣，个个这么活泼，比我年轻时强上许多。

水下行路十分无聊，绿袖公主的侍女们耐不住寂寞，一路喁喁叙话，令我这个同路的也沾光捡个便宜，一路有闲书可听。

一说："大公主以为故意将我们甩掉，让我们赴不了宴，她便能在宴会上独占鳌头了，却不晓得我们自己也能顺着找来，到时候定要在水君跟前告她一状，让水君罚她在南海思过个几百年，看她还敢不敢再这样欺负人。"

原来是南海水君的家眷。

一说："大公主美则美矣，与公主比起来却还有云泥之别，公主且放宽心，只要公主去了，这满月宴大公主定是占不了先的。"

原来是两姐妹争风吃醋。

一说："天后虽已立下了，但夜华君定然看不上青丘那老太婆，十四万岁，比咱们家水君还大上好几轮，奴婢真替夜华君可惜。公主的美貌天上地下都难得一见，有此等美貌方当得上夜华君的良配，今番东海宴上若是能与君上他情投意合，可算盘古开天来第一桩美事了。"

我愣了半天，才反应过来"青丘那老太婆"说的是我，顿有白云苍狗、白驹过隙之感，真真哭笑不得。

见侍女们越说越没个谱，绿袖公主微嗔道："休得胡言。"

几个胆小的赶紧闭了嘴，稍胆大的吐了吐舌头，最胆大的紫衣小姑娘誓死力谏："传言此次夜华君是领着小天孙游东荒，小天孙一向最得君上宠爱，听说大公主那处已备了份极别致的厚礼打算相遇小天孙时相送，大公主如此耗费心机祭出这样多手段，公主岂可甘居人下？"

这个紫衣裳倒是个有见识的，听得出来也读过几天书。

绿袖公主脸红了红："那个礼，我倒也备了，但说不准小天孙喜不喜欢……"

她们主仆自去议论。我走在前头，有些感慨，想不到天君得意的这个敦敏的孙子夜华君，于情场亦是位高手，未见其人已闻得他两段桃花缘，真乃文武双全，这一辈的神仙不可小觑。

行了多半个时辰才到得东海之下三千尺的水晶宫。

我却十分疑心方才在岔路口选错了路，因面前这高高大大的楼宇殿堂，和记忆中竟是分外不同，实在没半点能跟明晃晃的水晶沾上干系。

绿袖公主也是目瞪口呆，指着墨绿的宫墙问我："那上面铺的，怕都是青荇草吧？"

我一个陆生陆长的走兽，对水里的东西委实知之甚少，含糊答她："大约是吧。"

事实证明迷谷老儿的迷谷树质量甚有保障，这黑乎乎的东西，它确实是东海水君的水晶宫。

守在宫门旁引路的两个宫娥瞧着绿袖公主呆了一呆，赶紧接了她的帖子，一路分花拂柳，将我们一伙儿八个同领了进去。

一路前行，本该亮堂堂的水晶宫，却比阿爹阿娘的狐狸洞还要阴沉。幸而沿路置了些光芒柔和的夜明珠，才勉强没有让我栽跟头。料不到这一辈的东海水君，品位竟奇特成了这样。

不过沿途置的夜明珠的小景摆得倒还有些趣味，看得出来花了心思，改日可同他切磋切磋。

离开宴分明还有些时辰，大殿里各路神仙却已三个聚成一团，两个凑作一堆。想当年阿爹做寿开的那场寿宴，众宾客虽无缺席，却没一个不是抵着时辰来。现今不过东海水君给男娃做个满月的堂会，不论大神小神竟都如此踊跃，想来世道确实变了，如今的神仙们，大抵都闲得厉害。

两个宫娥将绿袖公主引到东海水君跟前。这一辈的东海水君，眉目间颇有几分他祖上的风采。

我落在后头，混迹在大堆的神仙里，转身想寻个小仆领我去厢房歇上一歇。赶了半天路，着实有些累，却不想整个大殿的活物都在看着绿袖公主发呆。

客气地平心而言，绿袖的姿容，放在远古神祇中间，也就是个正常，远远抵不上我的几位嫂嫂。看来，如今这一辈的神仙里头确实无美人了。

看他们如痴如醉的模样，许是见个美人不易，我不好意思打断，前后转悠了一会儿，自寻了个空子溜出去，心中盘算着先随便找地方打个盹儿，待开宴后送了礼吃了饭，早些回去。迷谷送别我时脸上郁郁的神气，虽怕他唠叨当时忍住了没问他，闲时再回头想想，我还是有些好奇，须回去问问他。

拐过九曲十八弯，偌大一个东海水晶宫愣是没寻着个合适的地方够我躺一躺，正准备返回大殿，却突然搞不清回去的方向。一摸袖袋，才发现迷谷枝丫不在了。这下可好，凭我认路的本事，不要说开宴，宴席结束前能赶回去就要阿弥陀佛谢天谢地了。

世间本没有路，随便乱走一走，总能走出路。四哥这句教导我深以为然，此时丢了迷谷枝丫，与其坐以待毙，不如凭运气先胡乱走一走。

谁料到这一走，竟闯进了东海水君家的后花园。

不得不说，这座后花园的品位与整座宫殿的风格搭配实在合宜。绿油油一片真灿烂，很有一种迷宫的风情。我自提腿迈进来已有个把时辰，愣是没寻到半个出口。看来此处实在妙，既可观景又可关人，倘东海水君往后有什么仇人前来寻隙，将这些仇人往他这后花园一关，我担保东海可享百世长安矣。

眼看已过了好些时辰，仍是在同一个地方打转。

琢磨半天，还是听天由命吧。

就近往个岔路口一站，弯腰从地上捡起根枯树枝，放在手中掂掂，闭眼一扔。树枝落下来，双叉的一面定定地指向左边那条道。我拍了拍手将指缝沾的碎叶拍掉，转身向右边那条小道拐去。

老天爷一向最爱耍人，遇到此种需听天由命的境况，和老天爷作对才是真英明。

我在心中将自己一番佩服。此前一个多时辰，在这园子里晃荡过来又晃荡过去，不消说人，连只水蚊子都没碰到。此番树枝这么一丢，相反的岔道这么一拐，不过走了百来十步，就遇到一只活生生的糯米团子。

糯米团子白白嫩嫩，头上总了两个角，穿一身墨绿的锦袍，趴在一丛两人高的绿珊瑚上，稍不注意，就会叫人把他和趴着的珊瑚融为一体。

看上去，像是哪位神仙的儿子。

我看他低头拔珊瑚上的青荇草拔得有趣，靠过去搭话："小糯米团子，你这是在做什么？"

他头也不抬："拔草啊，父君说这些杂草下面藏着的珊瑚是东海海底顶漂亮的东西，我没见过，就想拔来看看。"

父君？原来是天族的哪位小世子。

我见他拔得辛苦，一时慈悲心起，忍不住施以援手，从袖子里掏出来一柄扇子递到他面前，切切关照："用这扇子，轻轻一扇，青荇去无踪，珊瑚更出众。"

他左手仍拽了把草，右手自我手中接过扇子，极其随意地一扇。

顿时一阵狂风平地而起，连带整座水晶宫震了三震。乌压压的海水于十丈高处翻涌咆哮，生机勃勃得如神剑离鞘、野马脱缰。不过半盏茶工夫，东海水君原本暗沉沉的水晶宫已是旧貌换新颜，怎明亮二字了得。

我有些吃惊。

破云扇能发挥多大威力，向来是看使扇的人有多高的仙力。倒没想到糯米团子年纪小小，竟如此厉害，不过轻轻一扇，就颠覆了整个东海水晶宫的品位风格。

我很想拍手赞一声好，费劲忍住了。

小糯米团子跌坐在地上，目瞪口呆，眼巴巴地望着我，嚷嚷："我是不是闯祸了？"

我安慰他："放心，闯祸的不止你一个人，那扇子是我给你的……"

没等我说完，小糯米团子的眼睛一下子睁得老大，我琢磨大概是我这张四分之三缚白绫的脸，于他一个小孩子家多少有些吓人。正打算抬手遮一遮，却见小糯米团子噌噌噌风一般扑过来抱住我的腿，大喊一声："娘亲——"

我傻了。

他只管抱了我的腿撕心裂肺地号，信誓旦旦地边号边指控："娘亲娘亲，你为什么要抛下阿离和父君……"顺便把眼泪鼻涕胡乱一通全抹在我的裙角上。

我被号得发怵，正打算帮他好好回忆回忆，沧海桑田十几万年里，我是不是真干过这抛夫弃子的勾当，背后却响起个极低沉的声音："素……素？"

小糯米团子猛抬头，软着嗓子叫了声父君，却仍是使劲抱住我的腿。

我被他带累得转不了身。又因为长了他不知多少辈，不好意思弯腰去掰他的手指，无奈地干站着。

那身为父君的已经疾走几步绕到了我跟前。

因实在离得近，我又垂着头，入眼处便只得一双黑底的云靴并一角暗绣云纹的玄色袍裾。

他叹息一声："素素。"

我才恍然这声素素唤的，堪堪正是不才在下本上神。

四哥常说我健忘，我却也还记得这十几万年来，有人叫过我小五，有人叫过我阿音，有人叫过我十七，当然大多数人称的是姑姑，却从未有人，叫过我素素。

碰巧小糯米团子撒手揉自个儿的眼睛，我赶紧后退一步，含笑抬头："仙友眼神不好，怕是认错人了。”

这话说完，他没什么反应，我却大吃一惊。离离原上草，春眠不觉晓，小糯米团子他阿爹的这张脸，倒是……倒是像极了我的授业恩师，墨渊。

我恍了恍神，不，这个人长得极像墨渊，但毕竟不是墨渊。他比墨渊看上去要年轻些。

七万年前鬼族之乱，天河汹涌，赤焰焚空，墨渊将鬼君擎苍锁在若水之滨东皇钟里，自己修为散尽，魂飞魄散。我拼死保下他的身躯，带回青丘，放在炎华洞内，每月一碗生血养着。至今，他应仍是躺在炎华洞中。

墨渊是父神的嫡长子，世间掌乐司战的上神，其实，我从不相信有一天他竟会死去，便是如今，偶有午夜梦回，仍觉不信。每月一碗心头血将他养着，也是总觉得他有一天会再醒来，再似笑非笑地唤我一声小十七。一天一天，竟就这么等了七万年，实在是段绵长岁月。

神思正缥缈着回想这段伤感的往事，却没注意面前糯米团子的爹忽然抬手。广袖掠过眼前时我反射性地紧闭双目，他已不客气挑下我缚眼的白绫，冰凉手指抚过我额间，一顿。

糯米团子在一旁抖着嗓子喊啊啊啊登徒子登徒子。

登徒子，是个好词。

许多年来，我为人一直和气又和顺，连那年红狐狸凤九煮佛跳墙把我洞前的灵芝草拔得个精光，我也未与她计较。这会儿，额头的青筋却跳得颇欢快。

“放肆”二字脱口而出。多年不曾使出这两个字，久阔重温，已微有生疏。到底多少年，没人敢在我脑袋上动土了？

糯米团子约莫被我震住，牵着我的裙角怯怯道：“娘亲……娘亲是生气了吗？”

他爹良久不见动静。

拿捏气派，最要紧是六个字：敌不动，我不动。不过，要将气派拿得够足捏得够沉，则重在后头的十个字：敌若先动，我自岿然不动。

虽则几万年未出青丘，端起架子来，所幸我并未手生。

糯米团子抬眼看看他爹，又看看我，默不作声地朝我贴了贴，似张锅贴整个贴在我腿上。

糯米团子爹沉默良久，抬手将白绫重新为我缚上，退回去两步方淡淡道：“是了，是我认错人，她不比你气势迫人，也不比你容色倾城。方才，冒犯了。”

隔了这半近不近的距离，我才看清，团子爹玄色锦袍的襟口衣袖处，绣的均是同色的龙纹。

神仙们的礼制我约略还记得些许，印象中九重天最是礼制森严，除了天君一家子，上穷碧落下黄泉，没哪个神仙逍遥得不耐烦了敢在衣袍上绣龙纹。这么说来，此君来头倒颇大。再看看他手上牵的糯米团子，我一瞬通悟，这玄色锦袍的青年，说不得正是天君那得意的孙子夜华君。

我的气，顿时就消了一半。

夜华君，我当然晓得，他是我阿爹的乘龙快婿，年纪轻轻，就许给我做了夫君。

撇了天族同青丘的恩怨，单就夜华与我二人独看，这样琼枝玉树般仅五万岁的青年，因缘际会却要同一个十四万岁高龄的老太婆成亲，少不得是件令人扼腕之事。我们青丘其实很对不住人家。

因这层关系，我一直对他深感歉意。以至目前这当口，虽是我被冒犯了，但想到他是夜华君，竟硬生生生出一种其实是我冒犯了他的错觉。另一半的气也瞬间吞进肚子，只担心姿态还不够和蔼，脸上的笑还不够亲切，回他方才的那句解释："说什么冒犯不冒犯，仙友倒是客套得紧。"

他看我一眼，目光冷淡深沉。

我往旁边一让，让出路来。小糯米团子犹自抽着鼻子叫我娘亲。

既然迟早我都得真去做他后娘，此时反驳倒显矫情，我微微一笑生生受了，小糯米团子眼睛一亮抬脚就要扑过来，被他爹牵住。

夜华君抬头神色复杂地看我一眼，我报他一笑。

糯米团子犹自挣扎，他干脆将团子抱起来，很快便消失在尽头拐角处。

目送他二人消失得连片衣角都看不见时，脑中灵光一闪，陡然想起一桩大事：我此时，其实正迷着路，把他们两父子放走了，谁来带我走出这园子？

赶紧追过去，却是连人影都瞧不见了。

第三章 东窗事发

绕过夜华父子俩消失的拐角，我左顾右盼，发现偏北方向，一女子淡妆素裹，正朝我疾步行来。

我眯着眼睛看了半天，欣慰地发现，今天这一天，将注定是精彩而梦幻的一天。

那女子虽步履匆匆，还挺了个大肚子，姿态却甚是翩跹。我将破云扇拿出来掂了掂，寻思着若是从左到右这么一挥，有没有可能直接将她从东海送到北海去。可一看她挺着的大肚子，终归心软将扇子收了回来。

到得我面前，她扑通一声，极干脆地跪了下去。

我侧开身来，并不打算受她这一拜，她迷茫地看了看我，竟膝行着跟了过来。

我只好顿住。

她抬眼望着我，泪盈于睫，模样没什么变化，脸蛋却是比五万年前圆润很多。

我琢磨着现今这世道神仙们是以瘦骨嶙峋为美，还是以肥硕丰腴为美，想起众神公认的美人绿袖，她的身段算得轻盈，估摸此间应还是以瘦为美。

我这个人偶尔有个不像样的毛病，遇到不大喜欢的人，她不喜欢听什么我就控制不住偏要说什么。此时只得掐着自己暗中提醒待会儿千万别提体态千万别提体态。几万年未见，我虽对她略有薄怨，但到底是长辈，她既然礼数周全，我也不能失了风度，说出什么不体面的话来。

她仍是一闪一闪亮晶晶，满眼都是水星星地望着我，直望得我脊背发凉，方才抬手拭泪哽咽："姑姑。"

我终于还是一个没忍住，脱口而出："少辛，你怎么胖成这样了？"

…………

她呆了一呆，颊上腾地升起两朵红晕来，右手抚着隆起的肚腹，很有点手足无措的意思，嗫嚅道："少辛，少辛……"

嗫嚅了一半，大抵反应过来我方才那话不过是个招呼，并非真正要问她为什么长胖。又赶忙深深伏地对我行了个大揖，道："方才……方才自这花园里狂风拔地，海水逆流，少辛……少辛想许是破云扇，许是姑姑，便急忙跑过来看，果然……果然……”说着又要落泪。

我不知她落泪是为了什么，倒是并不讨厌。

破云扇曾是我赠她的耍玩意儿，那时她大伤初愈，极没有安全感，我便把这扇子给了她，哄她：“若是再有人敢欺负你，就拿这扇子扇她，管教一扇子就将他扇出青丘。”虽从未真正使过，她却当这扇子是宝贝，时时不离身旁，可离开狐狸洞的时候，不晓得为何并未带走。

老实说，巴蛇这一族，凡修成女子的，无不大胆妖丽。少辛却是个异数，许是小时候被欺负得狠了，即便在青丘养好了伤，也仍是个惊弓之鸟。那时候，放眼整个青丘，除了我和四哥，没有谁能靠近她两丈之内，就连万人迷的迷谷主动向她示好，她也是逃之夭夭。

终有一天，这小巴蛇情窦初开，绣了个香囊给我四哥，有点传情的意思在里头。可白真那木头却拿了香囊转送给了折颜，回来后还特地找来少辛，道折颜很喜欢香囊的花样，可颜色却不大对他的意思，能不能再帮着绣个藕荷色的。少辛那双眼圈，当场就红了。难为她后头还真帮折颜绣了个藕荷色的。但自此后，却更是活得近乎懦弱和小心翼翼。

再之后，便是她和桑籍私奔，桑籍退我的婚。

其实我到现在都还不是十分明了，当年那杯弓蛇影到了一定境界的小巴蛇，怎么就会对桑籍毫无警戒，最后还同意与其私奔的。

四哥说，这还用得着想吗，多半是桑籍看少辛年轻貌美，一时色迷心窍，便拿棍子将少辛敲昏，麻袋一套扛肩上，将人拐走的。

当是时四哥正跟着折颜编一套书，书名叫《远古神祇情史考据之创世篇》。他正着手写的那一篇，主题思想刚好是爱情从绑架开始。

我想了想，这毕竟是具有专业背景知识的推论，不信也得信，就信了。

此情此景，我本可拂袖而去，可一看少辛那可怜巴巴的模样，又实在硬不下心肠。旁边正好有一个石凳，我叹了口气，矮身坐下去：“许多年未出青丘，没承想一出来便能遇到故人。无事不登三宝殿，少辛，你当知我极不愿见你，却特地跪到我面前，必是有求于我，你我主仆一场，你出嫁我也未备什么嫁妆，此番刚好补上。我便许你一个愿望，说吧，你想要什么？”

她却只是呆呆地望着我：“少辛料到姑姑会生气，可……可姑姑为什么不愿见少辛？”

我大是惊讶，讶完了后略想想，就我这处境，不能保持欢快的心态来见她，着实情有可原。然而，如何含蓄又优雅地表达出我不愿见她其实是在迁怒，这是个问题。

还未等我作答，她又膝行两步，急急道："姑姑从未见过桑籍，姑姑也说了不会喜欢桑籍，姑姑和桑籍成婚不会快乐。桑籍喜欢少辛，少辛也喜欢桑籍，姑姑失去桑籍，还可以得到更好的，夜华君不是比桑籍好百倍千倍吗，夜华君还会是未来的天君。可少辛……少辛失去桑籍，便……便什么都没有了。少辛以为……少辛以为姑姑是深明大义的神仙，姑姑会气少辛不打一声招呼就擅自离开青丘，却绝不会气，不会气少辛和桑籍成婚的。姑姑，姑姑不是一直希望少辛能堂堂正正地活在这世上吗？"

几万年不见，当初讷于口舌的小巴蛇，如今已变得这样伶牙俐齿了，造化之力神奇，时间却比造化更神奇，真是桩可叹之事。

我将破云扇翻过来摩了摩扇面，问她："少辛，你可恨当年芦苇荡里欺侮你的同族们？"

她半是疑惑半是茫然，点了点头。

"你也知道，其实他们之中有些人，并不是真心想欺侮你，只是若他们伸手来保护你，便必然也会被欺侮，所以他们只得跟着最强的，来欺侮你这个最弱的？"

她再点头。

我支了颔看她："你能原谅这些被迫来欺侮你的人？"

她咬了咬牙，摇头。

绕了这么大个圈子，总算能表达出中心思想，我很快慰，连带着语气也和蔼温柔不少："既是如此，少辛，推己及人，我不愿见你，着实是桩合情合理的事。我一个神女，却修了十多万年才修到上神这个阶品，也看得出情操和悟性低得有多不靠谱了，实在算不得什么深明大义的神仙，你过誉了。"

她蓦地睁大眼睛。

这么个美人儿，还是个身怀六甲的美人儿，非得被我搞得这么一惊一乍，本上神是在造孽。

然待我低头看自己的腿时，亦不由得睁大眼睛。

本应离开花园却不知从哪里突然冒出来的小糯米团子正轻手轻脚地扯我裙摆，嫩白小脸上一副极不认同的模样："娘亲干吗要说自己不是深明大义的神仙，娘亲是天上地下最最深明大义的神仙。"

我沉默了半晌，万分不可思议地问他："你是土行孙吗？"

他抬头朝我身后的珊瑚树努嘴。

糯米团子的爹，九重天上的太子夜华君从珊瑚树的阴影里走出来，神情却与方才迥然，唇畔携了丝笑意，缓缓道："夜华不识，姑娘竟是青丘的白浅上神。"

我打了个哆嗦，他一个五万岁的毛头小子称我姑娘，生生称得我一身鸡皮疙瘩。

我斟酌回他："不敢当不敢当，老身不偏不倚，长了夜华君九万岁，夜华君还是依照辈分，唤老身一声姑姑吧。"

他似笑非笑："阿离唤你娘亲，我却要唤你姑姑，唔，浅浅，这是什么道理？"

听着浅浅二字，我又打了个哆嗦。这个话，说得未免亲厚了些。

少辛看着我们默不作声。

场景无端生出一丝尴尬，久不入尘事，即便尴尬，其实多少是个新鲜，但众目睽睽下，须得将他这话辩回去。

我咳一声回他："你同我说道理，那你们躲在珊瑚树后听了这许久的墙根，又是什么道理？"

大的那个一派自在毫无反应，小的这个却急忙从我膝盖上滑下来，着急地指着珊瑚树后掩映的小路辩解："我和父君可没故意要偷听，父君说娘亲你在追我们，于是才从那边路上折回来。走近了看到这位夫人和娘亲在说话，我们就只好回避。"

他小心翼翼地看我："娘亲你来追我们，是因为舍不得阿离，要跟阿离和父君一起回天宫的吧？"

我觉得他这推论太过离谱，正要摇头，那身为父君的却斩钉截铁地点头："对，娘亲她的确是舍不得阿离。"

小糯米团子欢呼一声，乐呵呵地瞧着我，眼睛忽闪忽闪："娘亲，那我们什么时候回天宫？"

夜华代答："明天就回去。"

小糯米团子再欢呼一声，继续乐呵呵地瞧着我，眼睛忽闪得更厉害："娘亲，就要回家了，你这么久没有回家，感觉会不会很兴奋？"

这次夜华倒没有接话。

我听见自己呵呵干笑了两声，道："很兴奋。"

我始终没有机会同他们解释，方才我赶着追过来，只不过想让他们顺便将我带出这鬼园子。不过眼下这境况，虽然乱七八糟吧，倒也算殊途同归。

自夜华出现后，少辛便一直安静地跪伏在地上。偶尔望向夜华的目光中，却有几分愤愤不平。

当年桑籍若不退婚，照天君对桑籍的宠爱，如今的天君太子，如何也轮不上夜华。可天地万事讲个因果，因果因果，桑籍种了彼种因，理所当然需承此种果。我不过火上浇几滴菜花儿油，在他需承的因果之上，平添几分不痛不痒的怒气罢了，已算修养良好了。

因半途冒出来这父子二人平白将我同少辛的叙旧打断，倒是断得甚合我意，心情颇佳，临走前便将破云扇重放回少辛手中，向她道："我只给你一个愿望，回去好好想想到底向我讨什么，想好了便来青丘找我吧。有了这扇子，此次，迷谷他们再不会拦你了。"

夜华垂眼瞧了瞧少辛，目光转向我道："我以为……"却顿住了下文，转而道："你倒是很好心。"

这么一桩小事，诚然说不上好心歹心，终归同她主仆一场，闲着也是闲着，于她而言是天大之恩，于我不过徒手之劳，此种话却没道理同他细说，随口道："有见识，我一向的确就是这么好心。"

小糯米团子恋恋不舍地看着少辛手中的扇子，眼巴巴道："我也想要。"

我揉了揉他的脑袋："还是个小孩子，要什么杀伤性武器。"随手从袖袋里掏出块糖来，堵了他的嘴。

夜华着实方向感良好，令人惊喜。

到得花园口子上，我暗自思忖，和夜华一同出现在东海的宴会上，究竟算不得多么明智，抬了袖子要作别。小糯米团子立刻做出一副哀莫大于心死的模样。我颇为难，只得违心安抚："现下着实有些琐事需了，实不得已，明日一定来与你们会合。"

小糯米团子沉默半晌，却颇懂道理，虽仍是不悦，只扁了扁嘴，便来与我拉钩让我作保。

夜华在一旁似笑非笑："浅浅莫不是害怕与我父子二人一同入宴，会惹出什么闲言碎语？"

浅浅两个字听得我本能地哆嗦，回头客气向他道："夜华君倒是爱开玩笑。"

他不置可否，笑得益发深，这形貌倒有几分当年墨渊的风姿。

我被那笑纹照得恍了好一会儿神，反应回来时他正拉了我的手，轻轻道："原来浅浅也知道，你我早有婚约，倒的确是不用避什么嫌的。"

他一双手长得修长漂亮，似不经意地笼了我的左手，神情悠闲，眼中仍含着笑。如今他这形容神态，与那来挑我白绫的冷漠神君，简直不似同一个人。

我心中五味杂陈，料想如今这世道，有婚约的男女青年大抵都如此相互调笑。这个世道，比我小时候的世道要奔放太多了，不常出来，着实容易同年代脱节。可本上神的情况有几分特殊。他这些风流态，本上神想要做自然也是做得出，但一想到我在这花花世上已活了九万年，夜华他才刚打娘胎里落出来，便硬生生觉得与他做此种亲密状，本上神未免太过猥琐。这，不是犯罪吗？可贸然抽出手，又显得本上神风范不够大度。

思考再三，我抬高右手去触他的发，情深意重地感叹："当年我与你二叔订婚时，你还尚未出世，转眼间，也长得这般大了，真是白驹过隙，沧海桑田。岁月这东西，着实不饶人啊。"

他愣了愣，我顺势将两只手都收回来，与他再点了一回头，就此抽身离开。

岂料生活处处有惊喜，我这厢不过走了三步路，方才大殿里惊鸿一瞥的东海水君，便堪堪从天而降，似一棵紫红紫红的木桩子，直愣愣插到我跟前来，三呼留步。

他这三声留步实在喊得毫无道理，唯一的那条路如今正被他堵了个严实，莫说本上神现下是化了人形，就算化个水蚊子，也很难挤得过去。

我后退两步，由衷赞叹："水君好身法，再多两步，老身就被你砸死了。"

他一张国字脸涨得珊瑚也似，拜了一拜夜华，又恭顺地问候了两句小糯米团子，才侧过身来看我，面露风霜，一双虎目几欲含泪："不知本君何处得罪了这位仙僚，竟要仙僚在本君大喜之日，拿本君的园子撒气。"

我顿时汗颜，原来是东窗事发。

夜华在一旁凉凉瞅着，时不时伸手顺顺小糯米团子油光水滑的头发。

其实，充其量我只能算个帮凶，可小糯米团子叫我一声后娘，我总不能将他供出来一同连坐。这哑巴亏，只能自己吃了。然我实在好奇，他到底是怎么发现这园子的设计风格是被我颠覆了的，忍了半天没忍住，到底问了出来。

东海水君气得吹胡子瞪眼，指着我浑身乱颤了好一会儿，方平静下来："你你你，你还要抵赖，我园中的珊瑚精亲眼所见，方才那大风是一绿衣小仙所为，这岂是你想赖就赖得了的。"

我低头打量了一回自己身上青色的长衣，再抬头打量一回夜华手下那只墨绿色的糯米团子，顿时恍然。东海水君对那珊瑚精口中的"小仙"二字，怕是在理解上，生了点歧义。这厢指的是形貌，那厢却理解成了阶品。小糯米团子是夜华长子，天君重孙，品阶自是不低。而我此番着的这身行头，却委实看不出是个上神。东海水君此番错认也是情有可原。

这事原是我的错。东海水君难得生个儿子，开堂满月宴，我虽是他红纸黑字递了名帖真心实意请来的客人，可也实实在在触了人家霉头。他认定了我要抵赖，我虽从未想过抵赖，然不知者不罪，我自是不与他一般见识。

东海水君已是毫无耐性，目眦欲裂："仙僚毁了本君的园子却无半点愧疚之色，未免欺人太甚，本君……"

我打断他的话："水君教训得是。"仔细回忆了番红狐狸凤九每次开罪我之后是怎么做小伏低的，依样画葫芦，垂首敛目道："小仙方才是惊吓得狠了，未免失态，还请水君海涵。小仙常年守在十里桃林，此番头回出来，便闯下这样的祸事，虽是无意为之，却败了水君兴致，也失了折颜上神的脸面。小仙羞愧不已，还请水君重重地责罚，罚得水君气消了才好。"

夜华轻飘飘瞟了我一眼，一双眸子潋滟晴光。

来人家家中做客却拆了人家后花园，这个事其实很丢脸，幸亏东海水君错认我在先，不如将错就错就让它错个彻底。不过，既然注定是要丢脸，丢折颜的脸固然是比丢阿爹阿娘的脸要好得多。当年我与四哥年幼不晓事，双双在外胡混时，皆打的折颜的名号。惹出再混账的事，折颜也不过微微一笑，倘若落在阿爹身上，却定要扒掉我们的狐狸皮。

东海水君呆呆地望着我："十里桃林的那位上神不是……不是……"

他屏气凝神，神情肃穆，竟还避了折颜的讳。这阔额方脸的水君，原是个遵制又奉礼的老实人。

我一乐，从袖袋里取出那颗南瓜大小的夜明珠，并事先罐好的一壶陈酿交到他手中，语重心长地叹道："水君可是不信？这也怪不得水君。我家君上的确几万年都不曾与各位仙家有过应酬了。此番乃是因青丘之国的白浅上神，咳咳，上神她到桃林做客，不幸抱恙，但此前已接了水君的帖子，不愿失信于水君，是以派了小仙前来东海道贺。"一指夜明珠："此为拾月珠，乃是白浅上神的贺礼。”再一指他手中的陈酿：“此为我家君上亲手护养的桃花酿。”黯然垂头：“君上嘱小仙以此二礼聊表恭贺之意，务必令水君多挣一分喜色。却不料此番小仙竟闯下如此大祸，实是……实是……”

我正欲潸然泪下，眼泪还没挤到眼眶子，那厢东海水君已是手忙脚乱地劝慰开来：“仙使哪里话，仙使远道而来，未曾相迎却是小神的过失，左右不过一个园子，如此倒还亮堂些。”手一拱向桃林的方向拜了拜：“二位上神挂念小神，以此重礼相贺，小神感念不尽。”手一挥：“仙使一路想必也很劳累，便随小神去前殿，吃一杯解乏酒吧。”

我自是百般推托，他自是千般盛情。夜华过来，极其自然地握了我的手道：“不过吃一杯酒，仙使实在客套得紧。”

我出了一脑门汗，指着被夜华紧握的右手对东海水君道：“其实，小仙乃是男扮女装。”

东海水君目瞪口呆，好半天，方讷讷道：“实是断袖情深。”

原以为说是男子与男子便可避嫌，却不想如今的神仙们皆见多识广，本上神此番真是跳进黄河也洗不清。呜呼哀哉。

SHILI TAOHUA

唐七公子

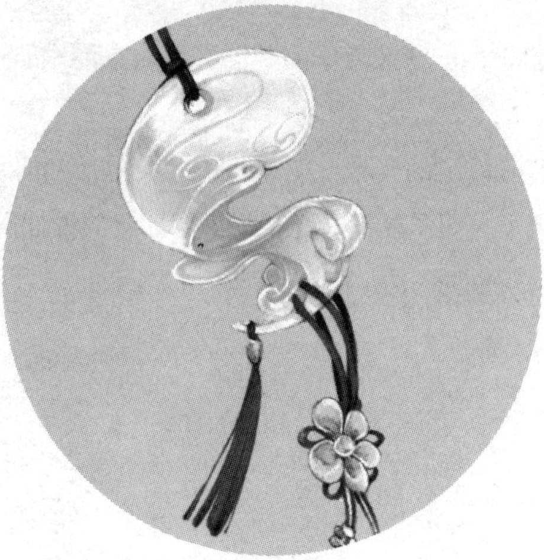

第四章 心有灵犀

东海水君在前头引路，小糯米团子一个人颤巍巍地走中间，夜华拽着我的手殿在最后。

我不过小小撒一个谎，这谎多半还是为了维护他生的那只糯米团子，他大可睁一只眼闭一只眼，却偏偏要来与我作对，委实气人。

我也懒得再顾及上神的风范，干脆用了法术要挣开他来。他轻轻一笑，亦用了法术来挡。

我与他一路斗法，他有恃无恐，我却得时时注意前头东海水君的动静，一心两用，斗到最后，竟是惨败。

不久前四哥与我说，如今这世道，真真比不上当年远古洪荒的神祇时代，一众神仙们只知成日里逍遥自在，仙术不昌，道风衰败，着实令人痛心。我竟信了他的鬼话，夜华君的法道精进至此，真是他爷爷的仙术不昌，他奶奶的道风衰败。

东海水君转过头来，赔起一张笑脸，双眼却仍直勾勾地望着我与夜华相握的那双手："君上，仙使，前方便是大殿了。"

小糯米团子欢呼一声，乖巧地过来牵住我那只空着的手，做出一副天君重孙的庄重凛然之态。

若现下处在我这位置的，是夜华储在天宫里那位侧妃，列出这等排场来，倒也合情合理。可这个位置上如今却是本上神，真是想破头也想不明白，本上神就算是同夜华有个八竿子打得着的关系，但毕竟这个关系还未坐实，此时被他这么牵着，也不晓得他要做甚。

那金雕玉砌的殿门已近在眼前，本上神的头，此刻有些隐隐作痛。

大殿里的神仙皆是眼巴巴地等着开宴，夜华甫一露面，便齐齐跪作两列，中间腾出一条道来，直通主位。待我们三个全坐下，方唱颂一声，一一入席。这就开宴了。

坐得最近的神仙过来敬酒。敬了夜华再来敬我，口中恭顺道："今日竟有幸在此拜会到素锦娘娘，实乃小神之幸小神之幸……"

夜华在一旁端了酒盏，只做出一副看戏的模样。我要唱的这个角儿，却真正尴尬。

东海水君煞白了一张脸，拼命对着那犹自荣幸的神仙使眼色。

我实在看不下去，对着他嘿然一笑道："小仙其实是夜华君失散多年的亲妹妹，如今在折颜上神处当差。"

夜华饮酒的动作一顿，杯中酒洒了不止一两滴。

东海水君茫然地望着我。

那来敬酒的神仙，却仿佛吞了只死苍蝇，端着斟满的酒杯进也不是，退也不是。好半天才讷讷道："小神眼拙，自罚一杯，自罚一杯。"

我和蔼一笑，并不当真，陪着他亦饮了一杯。

底下觥筹交错，狐狸耳朵尖，推杯换盏之间，隐隐听得几声议论。一说："今日未见姑姑，实在遗憾，不过见着折颜上神的这位仙使，倒也聊可遣怀。你们看，姑姑今日不来，是否因知晓夜华君和北海水君皆来赴宴，是以……"

一说："仙友此言不虚，依本君看，姑姑此番失约，折颜上神却派仙使赴宴，此中大有文章。各位须知，因折颜上神的怪脾气，此番东海水君是并未向他递帖子的。"

一说："有理有理，怪道是，折颜上神的这位仙使，竟还是夜华君的妹妹。"

又一说："小老儿倒是怀疑，这位仙使真是夜华君的妹妹？小老儿在天宫奉职这许多年，竟从未听说夜华君有个妹妹。"

再一说："仙友方才是没瞧见，夜华君牵了那仙使的手吗？如此看来，兄妹一事，倒也有几分可信。"

我想，若此刻东海水君宣布宴罢，这些神仙们都要乐得手舞足蹈，再找个僻静之处酣畅淋漓大论一番。而今却要苦苦在这台面上熬着，只偶尔交头接耳一两句，忍得真是辛酸。

听了半晌，没听出更有趣味的东西，提起酒盏自饮了一杯。夜华皱眉撤了我的酒壶："你倒是酒量好，小心喝过了，又来耍酒疯。"

我十分不屑，东海水君这酒，虽也算得上琼浆玉液，可拿来和折颜酿出的酒一比，委实是白水。却也懒得理他，左右已撕破了脸皮，只怨本上神今日运气不好，出门未翻皇历。

宴到一半，我已毫无兴致，只想快快吃完这顿饭，好早些回狐狸洞。

当此时，东海水君却啪啪啪拍了三个巴掌。

我勉强打起精神，便见一众舞姬袅袅娜娜入得殿来，手中都握了绢扇，穿得甚是凉快。我心下好奇，此番又不是东海水君做寿，一个小娃娃的满月宴，还要歌舞助兴？

丝竹声声入耳。我只管探身去取被夜华撤到一旁的酒壶。

当年有幸被鬼君擎苍绑去他的大紫明宫叨扰几日。大紫明宫的舞姬，清丽者有之，淡雅者有之，妖艳者亦有之。不得已与她们虚与委蛇三五日，四海八荒便再无舞姬能得我意。

瞟了一眼身旁的夜华，他亦是百无聊赖。

小糯米团子却乍然一叹："呀，是这个姐姐。"

我顺着他的目光往殿中看去，白衣的舞姬们正扮作芙蕖花的白花瓣，正中间托了个黄衣少女。那女子乍看并无甚奇特之处，形貌间略略寻得出几分东海水君的影子来。

我难免转过头去看几眼东海水君。

东海水君此时倒是灵敏，察觉我的目光，咳嗽一声尴尬一笑道："正是舍妹。"又上前一步到小糯米团子身边："小天孙竟认得舍妹？"

糯米团子看我一眼，吭吭哧哧："认是认得。"却又立刻摆手坚定立场，"不过本天孙与她不熟。"说完又偷觑一眼他的父君。

东海水君的舍妹如今正眼巴巴地望着坐在我身侧的夜华君，目光热切又沉寂，哀伤又欢愉。

夜华把着酒盏纹丝不动，一瞬间倒又变作了我初见时的冷漠神君。

这是唱的哪一出？落花有意，流水无情？善感女碰上冷郎君，妾身有心做那藤绕树，无奈郎心如铁妾身满腔真心尽错付？

我满意点头，是出好戏，自己给自己倒了杯酒，看得挺快活。正到兴味处，丝竹却戛然而止，东海水君的舍妹朝夜华的方向拜过一拜，便在众舞姬的簇拥下飘然离去。

夜华转过头来看我，似笑非笑："仙使何以满脸失望之色？"

我摸了摸面皮，打了个干哈哈："有吗？"

又熬了一个多时辰，方才宴罢，本应各各散去。夜华却将小糯米团子往我怀中一推："阿离先由你照看着，我去去便回。"

各路神仙恰来拱手道别，我一个恍神，他便连人影都不见了。

被些许琐事压了好几个时辰的清明陡然翻上灵台，我脑门上立马渗出几大滴清汗，他该不会把我那唬小糯米团子的话做了数，真将我拽去天宫吧。

想到这一层，手上软和和的小糯米团子登时成了个烫手的山芋。

我匆匆迈出大殿。而今眼目下，快点找到糯米团子的爹，将糯米团子还回去是正经。

问了几个小仆从，却无一人见过夜华君。我只得绕弯子，改问东海水君那舍妹如今仙驾何处。

方才夜华形色匆匆，淡薄之间隐含亲切，疏离之间又暗藏婉约，如此神态，以本上神十多万年所见的风月经验，定是会佳人去了。

小仆从遥遥一指，便指向了路尽头的东海水晶宫后花园。

我拉着糯米团子站在园门口，不胜唏嘘。

须知本上神年纪虽大，其实没什么方向感，进去方便，却不知能不能出得来，斟酌半日，慎重地觉得，还是在这口子上候着吧。

小糯米团子却不依，握着小拳头做恶狠狠状："娘亲再不进去棒打鸳鸯，父君便要被那缪清公主抢走了。"又叉腰抚额做悲叹状："自古以来后花园便是是非之地，多少才子就是在这里被佳人迷了魂道失了前程，累得受苦一生的。"

我傻了片刻，哑然道："这这这，这些话都是谁教你的？"

小糯米团子呆了一呆："三百多年前，天上白日飞升来一个小仙，叫成玉的，天君祖爷爷封了他个元君号，称成玉元君，便是他告诉我的。"他揉着头发茫然道："难道不对吗？"

对是对，不过，夜华君眼皮子底下，这位成玉元君竟敢教糯米团子这些东西，且还教到了团子的耳中心底，也算是项能耐本事，如此妙人．日言碰上了定要结交结交。

小糯米团子干脆来拉了我的袖子，硬要把我拖进园子去。

他一个小人，我也不好反抗，只得出言相劝："你父君青春正健，那缪清，是叫缪清吧，那缪清公主也是青春年华正宜婚嫁。年轻男女相互思慕乃是人之常情，他两个既已做了鸳鸯，你我再去当那打鸳鸯的大棒，无端坏人姻缘，却是造孽。你与那缪清公主又不是有解不开的深仇大恨，非要坏了她的姻缘才尽兴，得饶人处须得且饶人些。"

许是我后面那句话放得过重，小糯米团子嘴巴一扁，我赶紧安抚，又是亲又是摸，他才镇定下来，软着嗓子道："她虽曾救过我一次，但我也好好向她道了谢，她却自以为从此后便在父君面前有所不同，每每父君领着我去娘亲的俊疾山小住，她便前来痴缠，甚是讨厌。"

我忍不住教育他两句："救命之恩直比海深，岂是道个谢就能了事的。"

若是道个谢便能不再挂心，我如今却不知要逍遥多少，只管记着我和墨渊做师徒时圆满融洽的情分，断不会再有这许多的愧疚遗憾困在心中不得纾解。

小糯米团子短短反省了一回，却又马上跺脚："她不守本分，她明知父君已有妻室，却还来纠缠父君。她住娘亲的房子，用娘亲的炊具，还来抢娘亲的夫君。"

我望了一回天，脑中闪过夜华君那张和墨渊一个模子印出来的脸，很是感慨。

这倒怪不着缪清，本上神看那么一张脸看了几万年，如今才能略略把持住。寻常女子，要能在那样一张面皮跟前谨守住本分，还尚属困难。倒是东荒的俊疾山，什么时候变作了素锦的财产，我却有些疑惑。

略略一问，小糯米团子便和盘托出。

他说得颠三倒四，我竟也能顺藤摸瓜筹出个大概，不禁佩服自己。

原来糯米团子他亲娘并不是夜华君的侧妃素锦，却是地上一个凡人。如今糯米团子的寝殿里，还挂着那凡人的一幅丹青。说是青衣着身白绫覆面，正是现下我这副模样。三百年前，却不知什么缘故，那凡人甫产下小糯米团子，便跳下了诛仙台。诛仙台这地方我有过耳闻，神仙跳下去修为尽失，凡人跳下去定是三魂七魄连个渣都不剩。小糯米团子想来并不知道这一层。

那凡人被接上天宫前，正是长在东荒的俊疾山。夜华君念旧，将她在山上住过的屋子加了封印，每年都领小糯米团子来小住十天半月。

我委实钦佩夜华君的胆色，这些恩怨情仇宫廷旧事，他竟一点也不瞒着小糯米团子，倒不怕给他这儿子酿成心理阴影。

而缪清同团子和夜华的因缘，却要追溯到百来年前。

百来年前的一天，小糯米团子一个人在山上林子里捉兔子玩，灵气引来路过的蛇妖。蛇妖只道是哪家道童，想他周身的仙气滋补，便要来吃了他。幸而遇到来俊疾山踏青的东海公主缪清，将他救了下来。按小糯米团子的指引，送回了山上的小屋。那小屋因加了封印，外人本看不见，然小糯米团子敬缪清公主是救命恩人，亮明了身份，并将她领回屋子吃茶。茶毕，缪清公主正要告辞，却遇上突然归来的夜华君。瞬时天雷勾动地火，正值情窦初开年纪的缪清公主，对夜华君一见钟情了。

夜华不愿欠东海公主的人情，许了缪清一个心愿。

百十年来，缪清几乎就守在东荒俊疾，夜华父子一来，便为他们洗衣做饭蒸糕点。一个公主却来做这些仆从的活计，夜华觉得不妥，那厢公主悄然低首无限娇羞："这便是我的心愿，求君上成全。"夜华无法，只得随她。

然则，以上只是小糯米团子的片面之词。看这光景，夜华君倒是个多情种，很难说未曾对这善解人意的东海公主动过心。

我顿觉空虚，夜华活到如今，也不过五万来岁，就惹出这许多的情债，委实是个人才。

本上神五万岁的时候，却还在干什么来着？

小糯米团子神色复杂，看着我欲言又止。

我凛然道："身为男子最做不得吞吞吐吐的形容，一不留神就猥琐了，有什么却说，痛快些。"

他包了一包泪，指着我："娘亲这不在乎的模样，是不是已心有所属，不要阿离和父君了？"

我哑然。夜华与我虽有婚约，却不过初相识，实难谈得上什么在乎不在乎。

小糯米团子却后退两步，捂脸痛心疾首："爹要娶后娘娘要嫁后爹，阿离果然应了这名字，活该尝不了团团圆圆，要一个人孤孤单单，你们都不要阿离，阿离一个人过罢了。"

我被他吼得心惊肉跳。

他亲娘当年抛下他跳了诛仙台，小小年纪必然有些心结。如今郁结进肺腑，怕是不好。

我赶紧赔了笑脸来抱他："我既是你娘亲，便绝不会不要你。"

他指控道："可你不要父君。你不要父君，父君就会娶了那缪清，父君娶了那缪清，另生一个宝宝，便不会再要阿离。"说着就要泪奔。

我大感头痛，为了不使他失望，只得做出一副甜蜜样，咬牙切齿道："你父君是我的心我的肝儿，我的宝贝甜蜜饯儿，我又怎会不要他。"

说完自己先抖了一抖。

小糯米团子大感满意，抱着我的腿继续朝花园里拖。我别无他法，只能随他去。心中却切切期盼夜华君此刻并不在园子里，省得我真来演一出棒打鸳鸯的大戏。

倘若不幸，让本上神一举猜中，他此番的确是在园中会佳人，那夜华君，今日来搅你姻缘，乃是为了你儿子的心理健全，却怪不得我了。

绕过拱门，不远处一顶颇精致的亭子里，着玄色长袍，负手而立的男子正是夜华。旁边坐的那黄衣少女，也正是缪清公主。

本上神太英明，他果然是来会佳人了。

小糯米团子摇了摇我的袖子："娘亲，该你出场了。"

他倒入戏得快。我头皮麻了一麻，思忖着要怎么做这开场白才好。

我识得的熟人中，只有大哥白玄桃花最多。

大嫂每次处置大哥那些桃花，都用的什么手段来着？

哦，对。首先是眼神，眼神必得冷淡，上下打量一番那桃花，看美人譬如看一棵白菜。

其次是声音，声音必得缥缈，对那事主就一句话："这回这个我看着甚好，倘若夫君喜欢，便将她收了吧，我也多一个妹妹。"此乃以退为进。

大哥虽逢场作戏者多，对大嫂却是矢志不渝，非卿不可，此招方能生效。这么一比，我与大嫂的情况却是不同。这个法子用不得。

我踌躇半日，小糯米团子已疾走几步，跪到他父君跟前，道："孩儿见过父君。"

夜华眼睛眯了一眯，越过糯米团子盯着我。

我硬着头皮走过去，颔首算是见过礼，将糯米团子从地上拉起来，拍拍他膝上的灰，再找个美人靠抱他坐下来。

背后夜华君目光凌厉，我一套动作完成得很是艰难。

缪清公主主动开口道："姐姐是？"

我努力做出一副皮笑肉不笑的神态，揉着小糯米团子的脸："这孩子，唤我一声娘亲。"

缪清一瞬间像遭了雷劈。

我内心其实也很愧疚。这缪清公主模样不错，虽与南海的绿袖公主比起来还有差距，却大大小小也算个美人。她与我无冤无仇，我这个作为，委实不算地道。再则我一个长辈，却来小辈面前挑事，挑的还是这种风月事，若让人晓得，一张脸也不晓得往哪里搁。

我心中凄苦，面上却还得把戏份做足，继续皮笑肉不笑："眼下这乌云压顶的光景，倒是造出个好气氛，于妹妹而言大约更适合幽会，于姐姐我嘛，倒是无端令我生出几分作诗的兴致。"

夜华干脆靠在一旁亭柱子上听我胡扯。

小糯米团子不明所以，呆呆地掉头来望我。我点他的额头嗔笑："天苍苍，野茫茫，一枝红杏要出墙。"再望那缪清公主，道："妹妹说，可是应景？"

她已傻了。俄顷，两行热泪顺着眼角扑簌落下。扑通一声，跪到我跟前："娘娘息怒，缪清……缪清不知是娘娘凤驾，缪清万不敢做娘娘的妹妹。缪清只是思慕君上，并不求君上能允缪清些什么。此番兄长要将缪清嫁去西海，那西海的二王子却是……却是个真正的纨绔。因婚期日近，缪清无法，得知君上将携小天孙来东海赴宴，才出此下策以舞相邀。缪清只愿生生世世跟随君上，便是做个婢女伺候君上，再不做它想，求娘娘成全。"

原是这么回事。这姑娘，对夜华倒是真情。此情，何其动人。其实，天宫那么大，就让她分一个角落又如何。但这终归是夜华君的家事。她若不是这么情真意切一片真心可昭日月，我一棒子打下去又何妨。如今，却真真做不出了。

情爱一事，本无道德可谈、对错可分，糯米团子尚小，日后可悉心教导。我却万万再不能这么助纣为虐。想到这一层，忍不住叹了口气，抱住糯米团子起身便要走。

糯米团子委委屈屈地死扒着美人靠："娘亲你方才还说父君是你的心你的肝儿，你的宝贝甜蜜饯儿。别人来抢父君，你却又任由她抢去，你说话不算话。"

我一个头变两个大。

靠在亭柱上的夜华愣了一愣，突然笑了，前移一步挡住我的去路，指间分出我一缕头发，良久，缓缓开口："我是你的心肝儿？"

我呵呵干笑，后退一步。

他再近一步："你的宝贝儿？"

我笑得益发干，再退一步。

他干脆把我封死在亭角："你的甜蜜饯儿？"

此番我是干笑都笑不出来了，嘴里发苦，本上神这是造了什么孽啊造了什么孽。

我眼一闭心一横："死相啦，你不是早知道吗，却偏要人家说出来，真是坏死了。"

我怀中的小糯米团子抖了一抖，面前的夜华亦抖了一抖。

趁他们发愣的间隙，我将小糯米团子往美人靠上一甩，丢盔弃甲，逃之夭夭。

本上神此番，狼狈。

几万年都未有过这么狼狈。

SHILI TAOHUA

唐七公子

第五章 大紫明宫

因丢了迷谷枝丫，再则夜色又黑，能在人更前绕出东海已是近年积了大德，如此，我倒并不指望天明前可赶回青丘。

然东海乃是四面水路。我从四只爪子着地还是个狐狸时，就活在陆地上，自是看这四条路皆是模样一致，无甚区别。是以出得水面，才发觉竟生生搞错了方向，将北方那条路误作了东方。

现今耳目下，天上朗月皎皎。我坐在东海北岸的礁石上，却委实发愁。

原路返回，从东海泅回去固然不难，可再碰上夜华君，面子上总不大好过。左思右想，今夜还是在这北岸上生生受一晚，明早再做打算罢了。

人间四月芳菲尽，白日里倒还暖和，夜里却十分寒凉。身上衣裳甚单，海里腾腾的白气迫得我连打了三个喷嚏。终于还是跳下礁石来，一头扎进旁边的林子里。

这林子虽不如折颜的好，那树枝高而嶙峋，铺下一层一层叶子来，挡风却是不错的。既然挡风不错，挡光自然也不错。是以九重天上虽挂了轮清月吐辉，林子里却伸手不见五指。我将缚眼的白绫取下来叠仔细了，再从袖子里摸出来颗鸽蛋大小的夜明珠，琢磨着找个三枝的树杈躺一夜了事。

林中着实杂乱，虽也是个走兽，又有夜明珠照明，我这眼睛却显见得比不过一般同类。才不过跌跌撞撞走了三丈路，不留意便滚进了脚底下一个大洞。

四哥跟着折颜写书，四海八荒曾搜罗了不少荒唐故事。

有一回便是说东荒众山中一座叫焰空的孤山，山脚下立了座牌楼，牌楼下一个无底洞中，住了个美貌的妖孽。那妖孽烟视媚行，倒是个善妖，不幸爱上一个修真的凡人，奈何凡人一心飞升，妖孽却执着，扯出好一段恩怨纠缠，到后来毁了自身修行，也连累了满山性命。四哥将这个故事放在所著书史的训诫篇中，以此警戒后辈的小神仙。

如今坑我这洞和四哥书中所描的无底洞颇为类似。但此山非是焰空山，此洞也不该是无底洞。不过，洞底下却保不准不会住个美貌痴情的妖孽。若能见上一见，将她点化了，送给四哥照管他那毕方鸟的坐骑，也算此番出青丘结了趟善缘。

想到这一层，心中踏实许多，任由身子无休无止地朝底下落。

半炷香过后方才坠到洞底，令双腿踩了实地。

眼前豁然开朗。术法造的天幕上月朗星稀，下面一弯曲觞流水，水上立了座草亭，比阿爹阿娘的狐狸洞略宽敞些。

草亭里正有一双男女做交颈鸳鸯。

我本意是来寻个尚未作恶的妖孽点化，却不想活生生撞见别人闺阁逗趣，一愣，一尴尬。

男子背对着我，看不清形貌。女子半张脸埋在男子肩窝，清清秀秀的眉眼，看不出是个妖。许是乍然瞧见我从洞里灰扑扑落下来，一双杏眼满含惶恐。

我朝她亲切一笑，以示安抚。她却直勾勾只管盯着我。

因这一双幽会的男女乃是抱作一堆，那男子许是感受异常，也侧身转头来看。

隔了大半个水塘，这一眼，却让我譬如大夏天被活生生浇了一道热滚滚的烫猪油，又腻又惊。

许多年来刻意忘怀的一些旧事，纷纷从脑子里揭起来。

男子的眉间似有千山万水，定定瞧着我，半晌道："阿音。"

我垂下眼皮，肃然道："原是离镜鬼君，老身与鬼君早恩断义绝，阿音二字实当不得，还是烦请鬼君称老身的虚号吧。"

他不说话，怀中的女子颤了两颤，倒让我望得分明。

我有些不耐。然近年小字辈的神仙们与鬼族处得不错，总不能因了我个人的恩怨，毁了好不容易建起来的情谊。有这么一层顾虑，脸色究竟不能做得太冷。

他叹道："阿音，你躲我躲了七万年，还准备继续躲下去？"口吻甚诚恳，仿似见不到我还颇遗憾，很是令人唏嘘。

我大感好奇，明明我两个的关系已鱼死网破到了相见争如不见的境地，他倒如何再能说出这么一番体己话来的。

再则，说我躲他，却着实是桩天大的冤案。虽说活的时间太长就容易忘事。我揉着太阳穴切切回忆一番，却依然觉得，七万年来我与他不能相见，绝不是我有心躲避，此乃是缘分所致。

七万年，说长不长，说短不短。东荒那方大泽沧海桑田二十个来回，也就到头了。

七万年前某一日，前鬼君擎苍出外游猎，看上了九师兄令羽，将他绑去大紫明宫，要立为男后。因我那时和令羽一处，便倒霉催地被顺道同绑了去。

我五万岁时拜墨渊学艺。墨渊座下从不收女弟子，阿娘便使了术法将我变作个男儿身，并胡乱命了司音这假名字。

那时，人人皆知墨渊上神座下第十七个徒弟司音，乃是以绸扇为法器的一位神君，是墨渊上神极宠爱的小弟子。绝无人曾怀疑司音神君原来却是个女神。

我与令羽虽同被绑架，因我只是个顺道，管得自然松懈些，三顿饭外，尚许四处走走，不出大紫明宫便不妨事。

后来我时常想，在大紫明宫的第三日午膳，许是不该吃那碗红烧肉。如若我不吃那碗多出来的红烧肉，四海八荒到今天，未必还是这番天地。

那时，我午膳本已用毕，厨子却呈上来这碗决定命运的红烧肉，说是擎苍上午猎的一头山猪，割下来大腿专门蒸了两碗，一碗送去了令羽那里，一碗顺道赏了我。我看它油光水滑，卖相甚好，也就客客气气，将一碗吃尽了。

须知此前我已用过午膳，这一碗红烧肉算是加餐。因而饭后例行的散步，便少不得比寻常多走两步。便是多走的这两步路，让我在人生路上初遇还是皇子的离镜，生生改了自己半辈子的运程。

有千里之堤溃于蚁穴之说，也有一个馒头引发的血案之说。是以一碗红烧肉将我的人生路铺得坎坷无比，倒算不得荒唐。而今再回首，本上神却难免感叹一声。这声感叹里头，有遗憾三分，怅然七分。

尚且记得那日天方晴好，太阳远远照着，透过大紫明宫灰白的雾障，似个咸蛋黄遥遥挂在天幕边。

作陪的宫娥与我进言，御花园里有株寒月芙蕖很稀罕，现下正开花了，神君若还觉着胀食，倒可以过去看看。又给我指了道儿。

我摇着绸扇一路探过去，因认路的本事不佳，半日都未寻到宫娥口中稀罕的芙蕖。好在这御花园里虽是浅水假山，但扶疏花木中偶得燕喃莺语，细细赏玩，颇有趣味。

我自娱自乐得正怡然，斜刺里却突然蹿出个少年，襟袍半敞，头发松松地散着，眼神迷离，肩上还沾了几片花瓣。虽一副刚刚睡醒的形容，分毫掩不了名花倾国的风采。

我估摸着许是那断袖鬼君的某位夫人，略略向他点了点头。他呆了一呆，也不回礼，精神气似乎仍未收拾妥帖。我自是不与尚未睡醒的人计较，尽了礼数，摇起扇子继续游园。待与他擦肩而过时，他却一把拽了我的袖子，神色郑重且惑然："你这身衣裳颜色倒怪，不过也挺好看，哪里做的？"

我一时反应不过来，眼巴巴地瞅着他，说不上话。

这身衣裳通体银紫，因连着好几日白日里穿入夜里洗，颜色比新上身时是暗淡了些，却也算不上什么怪异。擎苍绑架我和令羽之前并未打过招呼，算是个突发事件，我也来不及准备换洗衣物，入得大紫明宫来，左右就这一身衣裳。他们备的衣物我又穿不惯，只好洗得勤些。

面前的少年拉着我转一圈又上下打量，恳切道："我还没见过这样色彩的东西，正愁父王做寿找不到合意的祝礼，这倒是个稀罕物。小兄弟做个人情，将这身衣裳换给我吧。"话毕已拿住我，雪白肤色微微发红，羞赧且麻利地剥我衣服。

虽化了个男儿身，可我终究是个黄花女神仙。遇到这等事，依照传统，再不济力也要反抗一番。

彼时，我两个正立在一方莲池旁，和风拂来，莲香怡人。

我那挣扎虽未用上术法，只是空手赤膊的一挣一推，却不想中间一个转故，竟牵连得两人双双落进莲池。鬼族的耳朵素来尖，一声砸水响引来许多人看热闹。此事委实丢脸。他向我比个手势，我揣摩着是别上去的意思，点了点头，便与他这么背靠着背，在水底一道蹲了。

我们忧愁地蹲啊蹲，一直蹲到天黑。估摸水上再没人了，才哆哆嗦嗦地爬上岸去。

因有了这半日蹲缘，我两个竟冰释前嫌互换了名帖，称起兄弟来。

这丽色少年委实与那断袖鬼君有干系，却不是他夫人，而是他亲生的第二个儿子。便是离镜。

只记得当时，我讶然且唏嘘，原来身为一个断袖，他也是可以有儿子的。

那之后，离镜便日日来邀我吃茶斗鸡饮酒。

我却委实没精神。因新得了消息，说擎苍威逼，婚期就定在第二月的初三，令羽抵死不从，撞了三次柱子被救回来，又开始绝食。

那时我人微力薄，莫说救了令羽一同逃出大紫明宫，只我一人想要逃出去，也困难得紧。因信任墨渊闭关出来后必会救我们出水火，我在这里过得倒并不十分难受。原想擎苍既对令羽满心思慕，那令羽的境况倒也无甚可操心，却哪知他会将自己弄到如此境地。

我日也心忧夜也心忧。

离镜瞧着不耐，脾气一上来，将擎着的酒杯一砸："这么件小事，你却宁肯日日做出一副愁苦形容也不来找我帮忙，分明是不拿我当兄弟。你不认我这个哥哥，我却偏是要认你这个弟弟。我管保二月初三前帮你将他运出宫就是。你对他有什么话，也好好写清，我今晚帮你带过去叫他放宽心。说是昨日他又投了一回湖。我倒从来不晓得，现今的神仙如此娇弱，投个湖也能溺得死。也只得我父王，竟还能将这看作天大的事。"

我甚无语。不将此事叨扰于他，原是想他和擎苍终归父子，与他惹了麻烦却不好。他既执意要帮忙，我也就默默地从了。

因势必欠他一个人情，后来陪离镜饮酒作乐，我少不得更卖力些。

原本饮酒我最怕与人行雅令。那时年少，玩心太重，整日里跟着几个糊涂师兄游手好闲斗鸡走狗，招摇过市徒作风流，诗文音律一概不通，每每行雅令我便是桌上被罚得最多的一个。行通令却是我最上手的，不管是抽签还是掷骰子，便是划个拳猜个数，我也能轻轻松松就拿个师门第一。这番我却是要讨好离镜，是以行雅令假装行得很愉快，只管张口混说低头喝酒便是，行通令却假装行得抓耳挠腮。

离镜很是乐呵，遂周详计划一番，决定初二夜里，助我将令羽偷出宫去。

如此，我们两个的关系简直一日千里，短短十日，便飙到了一万里，到了谈婚论嫁的程度。

倒并不是我同他谈婚论嫁。却说是他的妹妹胭脂，不知怎的，看上了我。

离镜这胭脂妹妹我见过一次，长得和他不大像，估摸是随母亲，虽没有十分姿色，却也是个清秀佳人。

他兴高采烈，只说亲上加亲。虽然我与他原本也没什么亲。然我这厢委实愁苦。我若生来便是个男儿身，倒也无甚可说，是个喜事。但显见得我生下来并不是个带把的公狐狸。与离镜说我一介粗人，配不上胭脂公主，他却只当我害羞，微微一笑了事。我在心中骂娘多次，全没有效用，悲愤得很。

一座大紫明宫，令羽在东隅苦苦支撑，我在西隅苦苦支撑，也算和谐平衡。

一日入梦，梦见令羽当真嫁了那断袖鬼君做王后，我也当真娶了胭脂。离镜亲热地挽着我，指着令羽道："音弟，快唤声母后。"令羽则来牵我的手罩上他的腹部，头上顶了片金光，甚慈爱与我道："几个月后，母后便要再为你们生下一窝小弟弟来，阿音，你欢喜不欢喜？"我僵着脸干笑："欢喜。"

待醒来时，贴身的中衣全被冷汗打湿透了。待要下床喝口凉水压惊，撩开帐子，却见离镜着了件白袍，悄无声息地立在床头，炯炯地将我望着。

我从床上滚了下去。

彼时已三更，窗外月色虽不十分好，照亮这间小厢房却也够了。

我趴在地上想，不怪不怪，他许是睡不着，来找我解闷。

就果然见他蹲下来，沉吟半晌道："阿音，我说与你一个秘密，你想不想听。"

我思忖着，他这等时辰还不睡，专程来我居处要同我说个秘密，显见得为这个秘密熬得十分苦闷。我若不听，不够兄弟。三思后，憋屈着点了一回头，违心道："想听，你说。"

他害羞道："阿音，我喜欢你，想同你困觉。"

我方从地上爬起来，一头又栽了下去。

据我所知，离镜因厌恶他老子的断袖行径，风月事上素来十分正直，寝殿里储了许多美人，个个都胸大腰细腿长。彼时我化的是个男儿身，颜色虽无甚变化，胸部却着实是平的，听罢他这番言论，受的惊吓可想而知。

他自以为剖白心迹，已算与我打了商量，就来剥我衣裳。我死命护着前襟。他恼怒道："你既已默许，又这般扭捏做甚？"

须知本神君那时没言语，万万不是默许，乃是傻了片刻。

他初次见我便是扒我衣裳，也不过十数日又来扒一回。泥人尚有三分土性子，更何况彼时我大大小小也占个仙位，封了神君。

实在忍无可忍，一个手刀砍出去，将他放倒在地。谁知力道施得过重，又恰巧砍在他颈后天柱穴，机缘巧合，他昏了，重重地压在我肚子上，从头到脚的酒气。

酒气入鼻，我琢磨着他方才那些作为皆是发酒疯，想着同个醉鬼计较什么，又想地上究竟寒凉，遂捞了床被子胡乱将他一裹，打了个卷儿推到床脚，自去床上睡了。

翌日大清早，我两眼一睁便看见他，可怜兮兮地裹着昨夜那床被子趴在我床沿边上，边皱眉边揉颈项："我怎么睡在你这里？"

我在胸中掂量一回，又掂量一回，缓缓道："你昨夜喝了酒，三更跑到我房里，说喜欢我，要同我困觉。"

他抓头发的手僵在半空中，脸色乍青乍白。半晌，结结巴巴道："我……我不是断袖。我……我若是那个，又怎么会把……把亲妹妹说与你当媳妇？"

我拢了拢衣襟，欣慰道："诚然你不是个断袖。"

却不想我这拢衣襟的动作深深刺激到他。

他抬起右手来颤巍巍指着我："你……你这样……分明……分明却是怕被我占了便宜的形容。"

我呆了一呆，涩然道："诚然你昨夜也确实差点扒了我衣裳。"

那之后，连着几日未见离镜。先前他几乎日日骚扰于我，近时倒杳无消息。

说句良心话，离镜其人，为人虽聒噪些，带来的酒是好喝的，和他斗鸡斗蛐蛐儿也是愉快的。是以，几日不见，我甚怀念他。

胭脂公主邀我逛后花园，不经意说起她这位哥哥。我才知离镜近日夜夜眠花宿柳，过得很是放荡风流。

胭脂细心和顺，担忧道："莫不是神君与二哥哥出了什么嫌隙，以往你两个却如连体生的般，日日形影不离的。"

我摸着后脑勺回想一番，以为除去那夜他醉酒调戏我未遂外，我同他一直处得挺和睦。再则兄弟如衣服，老婆如手足。他同他的手足们行那繁衍香火的大事，加个衣服委实多余。美人在抱实乃风雅事，旁边再站个男子虎视眈眈盯着你怀中的美人，却就有些风雅过头了。纵然我并不是个真男子，故而绝不会觊觎他怀中的女美人，他却不知，必定要防范一番。做男子不易，做个有众多老婆的男子更不易。想到这一层，我体谅他。

胭脂巴巴地瞧着我要问个究竟。我在心中揣摩一番，觉得这些话说与一个女儿家听不大好。尴尬了半日，随便找个理由，胡乱搪塞过去了。

未几，二月初一。

大紫明宫张灯结彩，我的伙食也改善不少。

自接到我那封书信，因得了宽慰，几日来令羽勉强还算安生。

不过，送他出宫却是极机密之事，我在信中并未提及，是以婚期日近，他未免又开始惶恐。光上午两个多时辰，就咬了一回舌、服了一回毒且上了一回吊，很是能折腾。

我在厢房来来回回转了十圈，掂量还是得去离镜的寝殿跑上一趟，与他商议商议，看能不能将计划提前一日。

到得离镜寝殿前，却被两个宫娥拦住，说二王子殿下携了两位夫人出外游猎，未在宫中。我思忖一番，留言于宫娥，待二王子殿下回宫，劳烦她二位通报一声，说司音神君得了个有趣的把戏，等不及要与他看。

我枯坐在房中嗑了半日瓜子，未等到离镜，却等来了我的师父墨渊。

墨渊腋下夹了个被团，被团里裹了条人影，那形容，约莫就是自杀未遂的九师兄令羽。

我一个瓜子壳儿卡在喉咙口，憋得满面青紫。他皱着眉头将我打量一番，过来帮我拍了拍胸口。

我咳出瓜子壳来，想着今日终于可以逃出生天，再不用为令羽担惊受怕，顿时欢喜。

他放下令羽来将我抱了一抱，紧紧扣住我的腰，半晌才放开，淡淡道："不错，令羽瘦了一圈，小十七你倒是胖了一圈，算来也不见得是我们吃亏。"

我讪讪一笑，捧了捧瓜子递到他面前："师父，您吃瓜子。"

那夜我们的出逃并不顺利。

擎苍掳了我和令羽，纵然他对令羽满心恋慕，然令羽不从，便是个强迫。墨渊顾及神族和鬼族的情谊，并不兵戎相见，只低调地潜进大紫明宫来再将我和令羽掳回去，已算很卖他面子。然他却很不懂事，竟调了兵将来堵在宫门前，要拿我们。便怪不得墨渊忍无可忍，大开杀戒。

令羽因一直昏睡，未见得那番景致。我瞧着眼前鲜血四溅的头颅们，却甚是心惊。

墨渊素来不曾败过。拎着我和令羽跳出宫门时，我回头一望，只见擎苍拿了方天画戟，站在暗红的一摊血泊中，目眦欲裂。

我一直未见到离镜。

墨渊拎着我和令羽从大紫明宫连夜奔回昆仑虚，一路无语，令羽仍昏着，便更无语。

那是我永世不能忘怀的夜晚，却永世也不愿再记起。

奔回昆仑虚后，墨渊将令羽托给四师兄照看，匆匆领我去了他的丹药房，一个劈手将我敲昏，锁在他的炼丹炉里。

从昏迷中初醒时，我思忖这许是墨渊的惩罚，警示我未将令羽照顾妥帖，害他伤情多半月，瘦了一圈。

却忽闻天雷轰轰。

此时才反应过来，这怕是我的天劫。墨渊将我安置在此处，应是让我避劫。

我虽生来仙胎，但要有点前途，路也是靠自己闯的。从一般神仙飞升成上仙，再从上仙飞升成上神，少则七万年，多则十四万年，历两个劫数。历得过，便寿与天齐；历不过，便就此绝命。

那时候，我跟着墨渊已整整两万年。按理说，推演自己的天劫将在何时何地以何种形式落下来，再提早预演些历劫之法，应不在话下。却因我素来厌恶推演之术，只觉那些印伽无趣至极，每每墨渊授课时，便积极地打瞌睡，以致学了许久，不过恍惚能掐算个凡人的命数。即便如此，十次有五六次，也还是不中的。

我深知自己道薄缘浅，以这般修为历那般劫数，譬如鸡肚里剖出个鸭蛋，绝无可能。

所幸七万年来我混日子混得逍遥。便是顷刻魂飞魄散了，也无甚遗憾。是以对这趟天劫，看得还算淡。只略略晓得就是当下一年了，其他便茫然得很。

我窝在炼丹炉里，待了好一会儿，才骤然想起，这厢我躲了，却寻哪个来替我？需知天劫之所以为天劫，自然比不得一般劫数，一旦落下来，必定要应到人身上，才算了结。

轰轰的天雷震得我头脑一片空白，使出浑身的解数想要从炉子里钻出来，却终是不能。我生平第一次意识到，自己这两万年的求艺生涯，活得混账。

第二日，大师兄揭开炉盖子，语重心长道："十七，昨日师父站在这炉子旁生生为你受了三道天雷，你往后还是好生学些本事吧。下回飞升上神，却再让师父帮你历劫，就不好了。"

墨渊代我挨了天劫，在我从炉子里爬出来之前，已闭关休养去了。

我在他洞前跪了三日，一把鼻涕一把泪，巴巴地念："师父，你是不是伤得很重？你这个伤势还休养不休养得好？徒弟实在是个混账，成天带累你。你万万不能落下病根，你若是有个万一，徒弟只有把自己炖了给你做补汤吃。"

这辈子只有那么一次，我哭得如此失态又伤心。

SHILI TAOHUA

唐七公子

第六章 鬼族之乱

那之后，我十分努力，日日在房中参详仙术道法，闲暇便看些前辈神仙留的典籍。我这样用功，看得大师兄很是宽慰。

每学会一个把式，我便去墨渊洞前耍一番。他虽不晓得，我却求个心安。

一日，我正在后山桃花林参禅打坐。大师兄派了只仙鹤来通报，让我速速赶去前厅，有客至。

我折了枝桃花。墨渊房中那枝已有枯败的痕迹。他近来虽闭关，未曾住在房中，我却要将它打整妥帖，待他出关时，才住得舒适。

我将桃花枝拈在手中，先去前厅。

路过中庭，十三、十四两位师兄正在枣树底下开赌局，赌的正是前厅那位客人是男是女。我估摸是四哥白真前来探望，于是掏出颗夜明珠来，也矜持地下了一注。进得前厅，却不想大师兄口中的客人，堪堪正是许久未见的鬼族二王子离镜。

当是时，他正仪态万方地端坐在梨花木太师椅上，微阖了双目品茶。见我进来，怔了一怔。

墨渊那夜血洗大紫明宫，我甚有条理地推测，离镜他这番，莫不是上门讨债来了？

他却疾走两步，亲厚地握住我双手："阿音，我想明白了，此番我是来与你双宿双飞的。"

桃花枝啪嚓一声掉地上。

十三师兄在门外大声吆喝："给钱给钱，是女的。"

我很是茫然。想了半天，将衣襟敞开来给他看："我是个男子，你同你寝殿的夫人们处得也甚好，并不是断袖。"

诚然我不是男子，皮肉下那颗巴掌大的狐狸心也不比男子粗放，乃是女子一般的温柔婉约敏感纤细。但既然当初阿娘同墨渊作了假，我便少不得要维持着男子的形貌，直至学而有成，顺利出师门。

离镜盯着我平坦的胸部半晌，抹一把鼻血道："那日从你房中出来后，我思绪良多。因害怕自己当真对你有那非分之想，是以整日流连花丛，妄图……妄图用女子来麻痹自己。开初……开初也见些成效，却不想自你走后，我日也思念夜也思念。阿音，"他忘情地来拥住我，沉缓道，"为了你，便是断一回袖又有何妨？"

我望了一回梁上的桃花木，又细细想了一回，觉得现今这情势，令人何其莫名其妙。

背景里传出十四师兄的哈哈一笑："给钱？到底是谁给谁钱？"

纵然离镜千里迢迢跑来昆仑虚对我表白了心意，然我对他委实没那断袖情，只得叫他失望了。

天色渐暗，山路不好走，我留他在山上住一夜。奈何大师兄知晓有个断袖上山来拐我，竟生生将他打出了山门。

我钦佩离镜的好胆色，被大师兄那么一顿好打，也并不放弃。隔三岔五便派他的坐骑火麒麟送来一些伤情的酸诗。始时写的是"在天愿作比翼鸟，在地愿为连理枝"，三五日后便是"相思相见知何日，此时此夜难为情"，再三五日又是"衣带渐宽终不悔，为伊消得人憔悴"。

因写这些诗的纸张点火好使，分管灶台的十三师兄便一一将它们搜罗去，做了点火的引子。我也拼死保卫过，奈何他一句"你终日在山上不事生产，只空等着吃饭，此番好不容易有点废纸进账，却这般小气"，便霎时让我没了言语。

那时我正年少，虽日日与男子们混在一处，总还有些少女情怀。纵然不曾回过离镜只言片语，他却好耐性，日日将那火麒麟遣来送信。

我有些被他打动。

一日，火麒麟送来两句诗，叫作"天长地久有时尽，此恨绵绵无绝期"。我饱受惊吓，以为此乃遗书，他像是个要去寻短见的形容。惊慌中立刻坐了火麒麟，要潜去大紫明宫规劝他。火麒麟却将我径直带到山下一处洞府。

那洞是个天然的，收拾得很齐整，离镜歪在一张石榻上。我不知他是死是活，只觉天都塌下来一半，跳下火麒麟便去摇他。摇啊摇啊摇啊摇，他却始终不醒。我无法，只得祭出法器来，电闪雷鸣狂风过，一一地试过了，他却还是不醒。火麒麟看不下去，提点道："那法器打在身上只是肉疼，上仙不妨刺激刺激殿下脆弱的心肝儿，许就醒转过来了。”

于是我便说了，说了那句话。

“你醒过来吧，我应了你就是。”

他果然睁开了眼睛，虽被我手中绸扇蹂躏得甚惨烈，却是眉开眼笑，道：“阿音，应了我便不能反悔，将我扶一扶，我被你那法器打得，骨头要散了。”

我始知这是个计谋。

后来大哥告诉我，风月里的计谋不算计谋，情趣罢了。风月里的情趣也不算情趣，计谋罢了。经过一番情伤后，我以为甚有理。堪堪彼时，却并未悟到其中三昧。

离镜将寝殿中的夫人散尽，我便同他在一处了。正逢人间四月，山上的桃花刚刚盛开。离镜因已得手，不再送酸诗上来。大师兄却以为他终于耗尽耐性，十分开心。我们的仙修课业也托福减了不少，大家都很开心。

离镜因对大师兄那顿好打仍心有戚戚焉，虽住在山脚下，也不敢再到山上来。故而，每日我课业修毕，到墨渊洞前报告完了，还要收拾收拾下山，与他幽一幽会。日子过得疲于奔命。

离镜不愧是花丛里一路蹚过来的，十分懂得拿人软肋，讨人欢心。现今还记得，他送过我许多小巧的玩意儿。莎草编的蛐蛐儿，翠竹做的短笛，全是亲力亲为，颇为讨喜。固然不值钱这一点，让人微有遗憾。

他还送过我一回黄瓜藤子上结的黄瓜花。在大紫明宫时，胭脂与我说过，她这哥哥自小便有一种眼病，分不清黄色和紫色。在他看来，黄色和紫色乃是同一种颜色，而这种颜色却是正常人无法理解的奇异颜色。送我那朵黄瓜花时，他显然以为此花乃绝世名花。我不与他计较，黄瓜花好歹也是朵花。于是将它晾干了，夹在一本道法书里珍藏起来。

我伤情之后，不再回忆当年与离镜情投意合的一段时光。的确也过了这许多年，此间的种种细节，不太记得清了。

便从玄女登场这段接下去。

玄女是大嫂未书娘家最小的一个妹妹。大嫂嫁过来时，她还是襁褓中的一名婴孩。因当年大嫂出嫁时，娘家出了些事故，玄女便自小由大哥大嫂抚养，与我玩在一处。

玄女也是个美人，不知怎的，却偏偏喜欢我的样貌。尚在总角之时，便整日在我耳边念叨，想要一副与我同模样的面孔。我被她念叨几百年，听得辛苦。因知晓折颜有个易容换颜的好本事，有一年她生辰，便特地赶去十里桃林搬来折颜，请他施了这项法术，将她变得同我像了七八分。玄女遂了心愿，甚欢喜。我得了清净，也甚欢喜。如此皆大欢喜。

然不几日，却发现弊病。不是说折颜这项法术施得不好，只是我这厢，瞧着个同自己差不多的脸整日在眼前晃来晃去，未免头晕，是以渐渐便将玄女疏远了，只同四哥成日混在一起。

后来玄女长成个姑娘，回了她阿爹阿娘家，我与她就更无甚交情了。

我同离镜处得正好时，大嫂来信说，她娘亲要逼玄女嫁个熊瞎子，玄女一路逃到他们洞府。可他们那处洞府也不见得十分安全，她娘亲终归要找着来。于是她同大哥商量，将玄女暂且搁到我这里避祸。

得了大嫂的信，我着手收拾出一间厢房来，再去大师兄处备了个书，告知他将有个仙友到昆仑虚叨扰几日。大师兄近来心情甚佳，听说这仙友乃是位女仙友，心情更佳，十分痛快地应了。

三日后，玄女低调地腾朵灰云进了昆仑虚。

她见到我时，愣了一愣。

大嫂在信中有提及，说未曾告知玄女我便是她幼年的玩伴白浅，只说我是他们一位略有交情的仙友。

玄女在昆仑虚上住了下来。她那样貌端端已有九分像我。

大师兄品评道："说她不是你妹妹我真不信，你两个一处，却只差个神韵。"

那时我正春风得意，自是做不出那悲秋伤春惜花怜月的形容，着实有些没神韵。

我见玄女终日郁郁寡欢，好好一张脸也被糟蹋得蜡黄蜡黄，本着亲戚间提携照顾的意思，次回下山找离镜时，便将她也带了去。

离镜初见玄女，傻了半天，好容易回过神来，又极是呆愣地蹦出来句："却是哪里来的女司音？"

玄女扑哧一声便笑了出来。

我见她终于开了一回心，倒也宽慰。日后再去找离镜，次次将她捎带着。

一日，我正趴在中庭的枣树上摘枣子，预备太阳落山后带去离镜洞里给他尝个鲜。

大师兄冷飕飕飘到树下站定，咬牙与我道："上回我打那来拐你的断袖你还抱怨我打重了，我却恨不得当日没打死他，没叫他拐走你，却拐走了玄女……"

我一个趔趄栽下树来，勉强抬头道："大师兄，你方才说什么？"

他一愣，忙来扶我："方才在山下，我老远看到那断袖同玄女牵着手散步，两个人甚亲热的模样。"

"咦？"他扶我扶了一半，又堪堪停住，摸着下巴道："玄女是个女神仙，那断袖却诚然是个断袖，他两个怎么竟凑作了一堆？"

我如同五雷轰顶，甩开他的手，飞一般奔出山门。

火麒麟在洞外打盹儿。

我捏个诀化作个蛾子，一路跌跌撞撞飞进洞去。

那石榻上正是一双交缠的人影。

下方的女子长了一张同我一样的脸，细细喘息。

上方的男子披散了一头漆黑的长发，柔声唤："玄女，玄女。"

我心口冰凉，支撑不住，穿堂风一吹，落下来化成人形。所幸还站得稳，没失了昆仑虚的风度。

离镜同玄女齐齐转过头来，那一番慌乱着实不足为外人道。

我尚且记得自己极镇定地走过去，扇了一回离镜，又去扇玄女。手却被离镜握住。玄女裹了被子缩在他怀中。离镜脸色乍青乍白。

我同他僵持了半盏茶工夫，他终于松开手来，涩然道："阿音，我对不起你，我终究不是个断袖。"

我怒极反笑："这倒是个很中用的借口，是不是断袖都是你说了算，甚好，甚好。如今你却打算将我怎么办？"

他沉默半晌，道："先时是我荒唐。"

玄女半面泪痕，潸然道："司音上仙，你便成全我们吧，我与离镜情投意合，你两个均是男子，终究……终究不是正经。"

我敛回神，冷冷笑道："那什么才是个正经，始乱终弃却是个正经？勾引别人的相好，破坏别人的姻缘却是个正经？"

她煞白了一张脸，再没言语。

我心力交瘁，散散挥一回袖，将他们放走。与离镜，便彻底完了。

那时着实年少，处理事情很不稳健。平白同他们辩了半日道理，浪费许多口水。不懂得快刀斩乱麻，一刀宰了他两个，让自己宽心是正经。

我初尝情爱，便遭此大变，自然伤情得很。一想到为离镜和玄女穿针引线搭鹊桥那笨蛋还是我自己，更是伤情。一则是失恋的伤情，一则是做冤大头的伤情。

同离镜相处的种种，连带他送我的一干不值钱的小玩意儿，全成了折磨我的心病。我辗转反侧，将它们烧个干净，却是难以纾解。饮酒消愁比烧东西要中用些，于是在昆仑虚的酒窖里大醉了三日。

醒来时，正靠在师父怀中。

墨渊背靠一只大酒缸坐着，右手握一只酒葫芦，左手腾出来揽住我。

见我醒来，皱了皱眉，轻声道："喝这么多酒，要哭出来才好，郁结进肺腑，就可惜我这些好酒了。"

我终于抱着他的腿哭出来。哭完了，仰头问他："师父，你终于出关了，伤好了吗？有没有落下什么毛病？"

他看我一眼，浅浅笑道："尚好，不需要你将自己炖了给我做补汤。"

我同离镜那一段，实打实要算作地下的私情。

众位师兄皆以为我爱的是玄女，因玄女被离镜拐了，才生出许多愁思，恁般苦情。这委实是笔烂账。

只有墨渊看得分明，揉了我的头发淡淡道："那离镜一双眼睛生得甚明亮，可惜眼光却不佳。"

墨渊出关后，接到了冬神玄冥的帖子。

玄冥上神深居北荒，独辖天北一万二千里的地界。此番要开个法会，特派了使者守在昆仑虚，延请墨渊前去登坛讲道。

因墨渊乃是创世父神的嫡子，地位尊崇，四海八荒的上神们开法道会，皆免不了将他请上一请。

墨渊拿着帖子虚虚一瞟，道："讲经布道着实没趣，玄冥住的那座山还可以攀爬攀爬，小十七，你也收拾收拾与我同去。"

我便乐颠乐颠地回房打包裹。

大师兄跟着一道，在门口提点我："以往师父从不轻易接这种乏味帖子，此番定是看你寡欢，才要带你去散一散心。十七，师兄知道你心里苦，然师父整日诸事缠身，百忙里还要抽空来着紧于你，未免劳累。你也这般大了，自然要学着如何让师父不操心，这才是做弟子的孝道。"

我讷讷地点一回头。

北荒七七四十九日，我大多时候很逍遥。

没墨渊讲经时，便溜了漫山遍野晃荡。轮到墨渊上莲台，便混迹在与会的神仙堆里嗑瓜子打瞌睡。

墨渊素来以为法道无趣，论起来却很滔滔不绝。是以许多神仙都来同他论法。诸如轮回寂灭、人心难测之类，墨渊每每大胜。令人唏嘘。

如此，我几乎将离镜之事抛于脑后。只是到夜深人静时，免不了梦魇一两回。

玄冥上神的法道会做得很圆满。

法道会结束。墨渊领我在北荒又逗留三日，才拾掇拾掇回昆仑虚。

方回昆仑虚，便听说鬼族二王子娶妻的消息。婚礼大肆操办，鬼族连贺了九日。

大紫明宫与昆仑虚早已交恶，自是不能送上帖子。只大嫂来信说，她娘亲甚满意这桩婚事，玄女亏我照顾了。

我白浅也不是那般小气的人。离镜纵然负了我，左右不过一趟儿女私情，千千万万年过后，自当有释然的一天，相逢一盏淡酒，同饮一杯也是不难。

只是，莫出后来那些事。

墨渊来救我和令羽的那夜，将擎苍伤得不轻。离镜大婚第三月后，擎苍大约终于养好伤势，立时以墨渊夺妻为由发兵叛乱。

这委实不是个体面借口。尚且不说墨渊来劫人时，他还未同令羽行礼拜堂，算不得什么夫妻。然那名目虽拙劣，竟也说服了鬼族十万将士。擎苍为了表决心，还另为离镜选了个鬼族的女子，把刚娶进门不久的玄女抽了一顿，鲜血淋漓地送到昆仑虚来。

大师兄本着慈悲为怀的好心肠，一条花毯子将玄女一裹，抱进了山门。

墨渊睁一只眼闭一只眼，对这桩善事只做不见。

一众鬼将已行到两族地界不过三十里，九重天上的老天君整整派了一十八个小童前来催请，墨渊才将他那套压箱底多年的玄晶盔甲取出来刷了刷灰，淡淡道："擎苍既拿我做了名目，我又是司战的神，少不得要与他斗上一斗。小十七，你把这套盔甲拿去翻检翻检，毕竟放得年成久了些，怕是有个虫子蛀了就不太好了。"

老天君十分欢喜，与了墨渊十万天将，天门上洒了三杯薄酒，算送了征。我们一行十七个师兄弟，各在帐下领了职。

那是我此生所历的第一场战争，开始到结束，整九九八十一日。

九九八十一日，烽火连天，硝烟弥漫。墨渊是不败的战神，这场战争原可以结束得快捷些。可在鬼族兵败山倒之时，玄女却暗暗将天将们的阵法图偷出去渡给了离镜。才始知当初玄女被休本是他们使出的一个苦肉计，可叹大师兄竟救了玄女，将一条白眼狼引入昆仑山门。

墨渊耗了许多气力补救，大伤元神。趁着鬼族还未将那七七四十九道阵法参详通透，又领着天将们一路急攻，将鬼族三万残将围在若水。

我那时很是愚蠢，从未想过，纵然墨渊有超凡的本事，替我挨的那三道天雷却也不是玩笑，怎可能在短短几月内便将养完整。

但凡我那时有稍微的怀疑，最后便不该是那般结局。

可他装得很好，一直装得很好。

最后一战，两军排在若水两岸，千百里长空乌云汹涌翻腾。

我以为到此为止，事情已基本无甚悬念，要么鬼族递降书，要么等着灭族。却不想擎苍半途祭出东皇钟。东皇既出，万劫成灰，诸天灭噬。一等一的神器，一等一的戾器。

擎苍笑道："只要我还是鬼族的王，便万万是不能降的，天地也该变上一变了，此遭有八荒众神同我做伴，我也不冤。"

我那时却很放心，因想着虽然东皇钟是个毁天灭地的器物，可到底是墨渊做出来的，他自是有力量轻松化解。

我并不知墨渊那时已是勉力支撑。纵然东皇钟是他造的神器，他亦已无法驾驭。要抑住东皇钟的怒气，只有在它尚未完全开启之时，寻个强大的元神生祭。

东皇钟瞬时在擎苍手中化成若干倍大的身形，上界的红莲染成熊熊业火。

如今，我尚记得墨渊倒提轩辕剑全力扑过去抱住东皇钟的情景。钟身四周爆出血色一般艳红的光，穿过他的身体。愈来愈盛的红光中，他突然转过头来，轻轻掀动唇角。

后来，擅长唇语的七师兄与我们说，师父临终之时，只留了两个字，他说：等我。

墨渊是东皇钟的主人，自是没人比他更懂得东皇钟内里乾坤。被钟体噬尽修为之前，墨渊仍强撑着施了术法，拼着魂飞魄散，硬是将擎苍锁进了东皇钟。如此，即便祭出了八荒神器之首，鬼族亦没讨到半分便宜。

鬼君既已被锁，他此遭带出来做将军的大儿子领着三万残部在十万天军跟前抖得筛糠一般，急急地递上降书。

四师兄说，彼时我抱着鲜血淋漓的墨渊，血红着一双眼，抵死不受那鬼族大王子的降书。十指紧扣着手中的折扇，口中发狠念叨，若师父没救了就要天下人都来陪葬。差点误了九重天上老天君的大事。

几个师兄实在担心，不得已将我敲昏，并师父的遗体，一同好生带回昆仑虚。

四师兄以为那时我真正似个土匪，我却委实没印象。只记得一夜醒来，同墨渊并躺在一张榻上，一双手紧紧扣住他的十指，他却没呼吸。

鬼族之乱如此便算了结了。听说紧接着大紫明宫发起一场宫变，大皇子被囚，二皇子离镜蓝袍加身，登上了君座。继位当天，与老天君呈了他那园子里最稀罕的一朵寒月芙蕖做贡品。

老天君派了一十八个上仙下界，说是助我十七个师兄弟料理墨渊的后事。我蓬头散发，也不知哪来的法力，一把折扇就将这十八个上仙通通赶出了昆仑虚。

七师兄宽慰我，与我道："师父他虽已仙去，但既是他亲口许下承诺来让我们等他，指不定存好师父的仙体，他便真有一日能回来呢？"

我如同溺水之人终于抓住了一根稻草。

要保住墨渊的仙体并不很难，虽四海八荒其他地界的不了解，然整个青丘的狐狸怕都知晓，九尾白狐的心头血恰恰有此神效。寻一只九尾白狐，每月取一碗它的心头血，将墨渊的仙体养着便好。

因墨渊是个男神，便须寻只母狐狸，才是阴阳调和。可巧，我正是一只母狐狸，且是只修为不错的母狐狸，自是当下就插了刀子到心口，取出血来喂了墨渊。可那时我伤得很重，连取了两夜心头血，便有些支撑不住。

这其实也是个术法，墨渊受了我的血，要用这法子保他的仙体，便得一直受我的血，再不能找其他的狐狸。

我愁肠百结。恰此时听说鬼族有一枚玉魂，将它含在口中便能让墨渊的身体永不腐坏。只是那玉魂是鬼族的圣物，很是难取。

我顾不得对离镜的心结，只巴望着他尚能记住当初我与他的一点情谊，将这玉魂借我一借。纵然他们鬼族是戕害墨渊至此的罪魁祸首，然战场之上，谁对谁错本也不能分得太清。

彼时我是何等的做小伏低。

辉煌的大紫明宫里，座上的离镜打量我许久，做了鬼君之后，确是要比先前有威严得多了。

他缓缓与我道："这玉魂虽是我鬼族的圣物，以本君与上仙的交情，也实当借上仙一借，奈何宫里一场大变，玉魂也失了一段日子了，实在对上仙不住。"

我仿似晴天里被个霹雳生生劈上脑门，一时六神无主。

浑浑噩噩地走出大紫明宫，却遇上一身华服的玄女。她矜持一笑："司音上仙远道而来，何不歇歇再走，如此，倒显得我大紫明宫招待得很不周。"

我虽厌恶她，那时却心力交瘁，没工夫与她虚耗，绕了道，继续走我的。她却不识好歹，一只手横到我面前，软声道："上仙此番，可是来求这枚玉魂的。"那莹白的手掌上，正躺了光晕流转的玉石。

我茫然抬头看她。她咯咯地笑："前日，君上将它赏给了我。让我熨帖熨帖身上的伤痕。擎苍的那顿鞭子可不轻，到现在还有好些痕迹落下呢。你知道，女孩儿家身上多出来这些伤，终究是不好的。"

女孩儿家身上落些伤，的确不好。我仰天大笑三声，使个定身法将玄女堪堪定了夹在腋下，祭出折扇来，一路打进离镜的朝堂，将玄女右手掰开来，正正放到他面前。

他那一张绝色的脸刷地变得雪白，抬头看我，嘴张了张，却没言语。

我将玄女甩到他怀中，往后退到殿门口，惨笑道："司音一生最后悔之事就是来这大紫明宫遇见你离镜鬼君。你们夫妇一个狼心一个狗肺倒也真是般配。从此，司音与你大紫明宫不共戴天。"

那时我年少气盛，没抢玉魂，又一路打出大紫明宫。

回到昆仑虚，见着墨渊益发惨淡的颜色，也没更多的办法好想。

黄昏时候，偷偷从丹房里取出来一味迷药，拌在师兄们的饭食中。

入夜，趁他们全睡得迷糊，偷偷背着墨渊下了昆仑虚，一路疾行，将他带回了青丘。

青丘正北有座枫夷山，是座小山。半山腰有个灵气汇盛的山洞，阿爹给起的名字，唤作炎华洞。我将墨渊放在炎华洞的冰榻上。因担心自己将血取出来，万一没力气端来喂他可怎么办，干脆躺到他旁边去。

墨渊浑身是伤，须得日日饮我的血，直至伤好，再一月一碗的量。

我实在不晓得还能为他取几夜心头血，只想着若我死了，他便也回不来了。我两个葬在一处，幽冥司里也好做个伴，便将他带来了炎华洞。这洞本是天劫前，我为自己选的长眠之所。

如此，又过了七天。

我本以为自己再活不成了。眼睛睁开，却见着红肿了眼泡的阿娘。

阿娘渡给我一半修为。我算捡回来一条命，也回复了女身。

添了阿娘的照拂，我这厢虽仍需日日往胸口捅一刀，以取心头血来喂食墨渊，却也不见得多辛苦了，只是还不能下地。

阿娘深恐我烦闷，特地从折颜处顺了许多书籍放在洞中，供我遣怀。

我才知道，当初将墨渊偷出昆仑虚这行径竟为难了许多编撰天史的神官。他们要为墨渊立个传来彰他的功德，可立到最后却无从考证他的仙骨遗踪，平白让墨渊成了仙籍宝箓中唯一一个有所来却无所去的神仙，也不晓得要引后辈的神仙们嚼多少舌根。

后来折颜到青丘探望我，亦说起这件事。他拢了衣袖微微笑道："见今四海八荒正传得热闹，说什么的都有，晋文府中有几个拿笔头的小仙竟猜测你同墨渊是生了断袖情，奈何却担了师徒名分，于礼不合。于是墨渊故意诈死，好与你双宿双飞。若事情这么倒也有几分道理，所以我巴巴过来看上一看。"

我哭笑不得，晋文是司文的上神，手中握的乃是修缮神族礼法的大权。他府中养的神仙们自是制定神族礼制的幕仲，却开明博大至斯，实在叫人敬仰。

据说昆仑虚的师兄们找了我几千年，可谁也料不到我竟是个女仙，且是青丘白家的白浅，自然无果而终。

到如今，摞在九重天上最正经的史书是这么记载的："……皓德君六万三千零八十二年秋，鬼族之乱毕，父神嫡子墨渊君偕座下十七弟子司音双双归隐，杳无所踪……”

总算没记下是我偷了墨渊仙体这一段，算与我留了个体面。

活得太长，旧事一回想起来就没个尽头。

离镜已跨过竹桥行到我面前，我才恍然省起现今是跌在一个大洞里，正撞上这一辈的鬼君同个女妖幽会。

他一把握住我的手，涩然道：“阿音，我寻你寻了七万年。”

我斜眼觑了觑那仍在草亭里立着的女妖，大惑不解。只听说债主追着负债的跑，倒没听说哪个负债的天天跑去债主跟前晃荡，还一遍遍提醒别人你怎么不来问我讨债。而怎么算，我与离镜两个，都是他欠我比较多。

我挣开手来，往后退一步。他却又近前一步，直直将我盯着：“你男子的样貌就很好，却为何要做这样女子的扮相。阿音，你是不是还在怨我？你当年说与大紫明宫不共戴天，你可知道我……”

我拢了拢袖子，勉强一笑：“鬼君不必挂心，不过是一时气话，如今鬼族神族处得和乐，老身也不是白活了这么多年岁，道理还是懂一点的，万不会无事生非来扰了你大紫明宫的太平。你我便井水不犯河水吧。”

他怔了一怔，急道：“阿音，当年是我负了你，因你不是女子，我便……我便……这七万年来，他们都同我说，说你已经……已经……我总是不相信，我想了你这么多年，阿音……”

我被他几句阿音绕得头脑发昏，怒道：“谁说我不是女子，睁大你的眼睛瞧清楚，男人却是我这般的吗？”

他要来拉我的手蓦然停在半空，良久，哑然道：“你是女子？那当年，当年你……”

我往侧旁避了一避：“家师不收女弟子，家母才将我变作儿郎身。鬼君既与我说当年，我就也来说说当年。当年鬼君弃我择了玄女，四匹麒麟兽将她迎进大紫明宫，连贺了九日，是为明媒正娶……”

他一挥手打断我的话：“你当年，心中可难过，为什么不同我说你是个女子？”

我被他这么一打岔，生生将方才要说的话忘干净，掂量一番，如实答他：“当年大抵难过了一场，如今却记不大清了。再则，你爱慕玄女，自是爱慕她的趣味品性，难不成只因了那张脸。我同你既已没了那番牵扯，说与不说，都是一样的。”

他紧紧抿着嘴唇。

我只觉得今夜真是倒霉非常，看他无话可说，匆匆见了个礼，转身捏个诀乘风飞了，顺便隐了个形，免得再遇上什么纠缠。

只听他在后面慌张喊着阿音。

可世上哪里还有什么阿音。

SHILI TAOHUA

唐七公子

第七章 不速之客

三哥三嫂不在府中。

留下看洞的小仙童正三两个一团蹲在洞门口斗蛐蛐儿。领头的云生见我来了，眉开眼笑地与我挥手道："姑姑多年不来串门子，此番却真是不巧得很呢，夫人眼下正离家出走，殿下昨日也坐了白额虎寻她去了。姑姑若是不嫌弃，且让云生好生招待一下您老人家！"

我默了一默，他夫妻两个已然把一个跑一个追当作了一门天大的情趣，几万年也乐此不疲。我确实有些饿，让云生备了些吃的来。用过一顿早饭，顺手将两壶添了水的桃花醉托给他，又仔细叮嘱两句，便招来朵祥云乘着回青丘了。

半道上路过夏州，想起天吴的墓地正在此处，顺道去拜了一拜。

远古神祇容貌大多出众，天吴是个异数。容貌既不出众，便在数量上弥补，是以他有八颗人头。我当年还在昆仑虚学艺时，和他交情很不错。奈何其后远古神祇应劫，他也葬身在荒火天雷之中。听说他应劫之事，我急匆匆从青丘赶来夏州，他却已只留了一副白骨。

因在夏州耽搁了半日，回到青丘已是正午。

我两只脚刚着地，便见一个油绿油绿的小人从阿爹阿娘的狐狸洞里钻出来。

迷谷一副奶妈嘴脸跟在一旁，十分着紧："小殿下，你可慢些，慢些。"

我揉了揉眼睛。

小人已经呼啦一声扑到了我脚边，眼中含了一包泪，甚委屈地嚷道："娘亲，你说话不算话，明明昨天说好了要同我们一道回天宫的！"

迷谷垂了眼睛看地，时不时来觑我，想是忍了许多话要说。

我瞪他一眼，挥了挥袖子允了。

他双手一揖，拜在一旁："迷谷万死，姑姑命迷谷好生守着青丘。奈何迷谷的本事对付个把小仙尚可，天族的太子殿下大驾，就委实有些拦不住。况且太子殿下还送来了姑姑的孩儿，看在小殿下的分儿上，便只得让太子殿下也入了青丘，却事先没能向姑姑请个旨意，还请姑姑责罚。”

我一愣，夜华君也来了？难道昨日我在他会佳人时闹了一场，他今日特地跑来找我讨说法？

昨日我奔得急，也不知他同缪清公主最后如何收场。不过缪清对他一往情深，即便我脑子发昏受他儿子煽动去闹了他一闹，若他真心想将她拿下，也是不难。他此番巴巴来找我晦气，就未免忒小气了。但我还是情不自禁地打了个哆嗦。

小糯米团子抱住我右手，扬起头来嘟嘴道：“父君说娘亲不愿同我们回去，是怕一时住不惯天宫。这却没什么，我和父君搬来与娘亲同住便是。只要有娘亲在，阿离是哪里都住得惯的。”

我被他这话震得头晕，脸色恐不是那么好看地道：“你说你要同我一起住？你父君也要来同我一起住？”

小糯米团子天真活泼地点了点头。

迷谷善解人意地一把扶住我，在我耳边低声道：“姑姑，要淡定。”

也是有这种先例的。

据说如今的天君在做太子时很风流，老天君为他定了本家的表姐做太子妃。天君不满意，老天君一纸天旨下来，将他发派去了他姑母府上禁闭。天君在他姑母府中住了一月，竟与他表姐生出情意来，方回天宫便成就好事。是为一桩美谈。

这么看来，夜华君他要来我青丘小住，乃是名正言顺，没谁能驳了他去。

可叹他这趟却只像是个来找我麻烦的形容，思及此，本上神有些忧虑。

据说夜华将小糯米团子甩给迷谷便先回了天宫，他倒很放心。

既然将来要继天君的位，辖四海八荒的神仙，整日里琐事缠身才与他的位分相宜。他既预定要来我青丘小住，看来回去还很有一番需要打点。

小糯米团子看了看天色，眼巴巴地将我望着：“娘亲，阿离有些饿了。”

狐狸洞已好几日不曾开伙，我转身向迷谷道：“你那里可曾留些饭食？”

迷谷赧然道：“不……不曾。”

我奇道：“凤九最近不是做了你饭搭子，日日来给你做饭吗，难不成回她爹娘的洞府了？”

他神色郁郁："半年前她说要去凡间报一趟恩，早拾掇拾掇走了，许久不曾回来，天晓得是不是被她那恩人羁留住了，怕下次她回来，手边却要牵个小狐狸崽子。"

我点头唔了一唔。

小糯米团子怕是晓得一时半会儿找不到饭吃，一双眼睛益发水汪汪。

这么一两日处下来，我倒也略摸出他一些脾性。虽做出一副可怜相，他却断断是不会哭出来的，只把那泪花儿包在眼眶里，叫你心里猫抓似的挠啊挠。恨自己不是人啊，怎的如此虐待他啊。

纵然我其实并没有虐待于他。

一旁的迷谷先招架不住，赶紧牵了小糯米团子的手哄道："哥哥这便领你去吃东西，小殿下喜欢吃枇杷吗？"

我嘴角抽了抽，小糯米团子现今不过两三百岁，迷谷今年却已整十三万七千岁，倒好意思自称哥哥，老不要脸的。

我尾随他二人来到东边市集上。

贩果品的小仙们甫见我都停下手中活计，恭顺地唤声姑姑，很知礼数。

其间不乏鹤发鸡皮的老人家，当然与我比起来，他们尚算年幼，然糯米团子却很不乐意，特地跑去一个卖松子的松树仙跟前，叉了小肥腰很认真地问人家："我娘亲这样年轻美貌，你做什么要将她叫得这么老气呢？"

松树仙张大一张嘴半天合不拢："姑姑，姑姑什么时候添了个小娃娃？"

我抬头望了一回天，道："昨儿个添的。"

今年枇杷丰收，一摞一摞垒在竹筐里，呈于市井上，煞是可爱。看得糯米团子欢天喜地。

竹筐后面种枇杷的小仙们却不像糯米团子一般欢天喜地。今年既是枇杷的丰年，他们的枇杷便只能拿来贱卖，自然高兴不起来。

迷谷货比三家，看了半天，又挨个尝了尝，指着一只墨绿的竹筐与我和糯米团子道："就在这一家挑半筐吧。"

迷谷择果品菜蔬的水准是凤九亲自调教出来的，我自然对他信任得很，点了点头，蹲在竹筐跟前，开始细细挑选。

小糯米团子跑到我对面，小胳膊小腿地也来学我。奈何他人太小，一蹲下去便被竹筐子挡个严实。才又不情不愿哼唧哼唧地磨起来，踮着脚趴在筐沿上，拿一个枇杷装模作样地看半天，又拿一个装模作样地看半天。

正挑得兴起时，半路上突然斜插进来一只手，骨节甚分明，也甚修长。我以为是迷谷，往旁边让了让。却不想他偏来与我作对，专抢我手里已挑拣出来的。我才觉着不对，顺着那玄色的衣袖往上看。糯米团子他爹，此番原应在九重天上仔细打点的夜华君，正弯了腰，笑吟吟看着我。

他那一张脸笑成那个样子，真是十分要命。

我虽然不大想他来青丘做客，但人已经来了，纵然是个不速之客，我青丘却素来是个礼仪之邦，自然不应当与他计较，须得拿出点做主人的风度来，以免被人轻看了去。

想到此处，收回手亦盈盈然笑了回去："唔呀，原来是夜华君，吃了没有，今中午我们吃枇杷，没吃就同我们一道吧！"

夜华脸上的笑容僵了一僵，颇嫌弃地翻了翻手中几个果子，道："阿离正是长身体，你就给他吃这个？"

我顺手捏了捏糯米团子的脸，问他："你喜欢不喜欢吃这个？"

糯米团子扭捏地点了点头，小声道："喜欢——"

夜华没言语，撑着额头盯了我半晌，一把拽过我的手："这附近哪里能找到些肉食菜蔬之类？"

我呆了一呆，已被他牵着走了，后面迷谷抱着小糯米团子急急朝我喊："姑姑，这半筐子枇杷倒是要还是不要？"

夜华走得快，我摇摇晃晃地与他挥手："要，挑了半天，白便宜了旁人，怎么不要？"

今日这趟集赶得好。

不多时，东南西北四个市都晓得，有个长得不错的男人带了个小娃娃住到了他们君上的洞府中，那白胖胖的小娃娃唤他们姑姑作娘亲，唤那男人作父君。

青丘太平久了，连四哥的坐骑毕方鸟走失这桩事，也够这些小仙散仙地根仙嚼三年舌头。这厢得了我这件八卦，他们欢喜得不知如何是好。北市上打鱼的一头灰狼竟将一篓子鱼齐齐送了我，呵呵道："几条鱼罢了，几条鱼罢了，姑姑炖了，多将养将养身子。"

夜华接过篓子抿嘴笑道："顾看儿子不容易，是要好好与她补一补。"

灰狼摸着头憨傻地笑了。

他们这一唱一和得我甚莫名，补你个头啊补。

待回到狐狸洞，小糯米团子吃枇杷已吃到打嗝，迷谷正贤惠地拿了把笤帚扫地上的果皮。

夜华自顾自倒了杯冷茶，与我道："去做饭吧。"

我淡然瞟了迷谷一眼，亦坐下来倒了杯冷茶。小糯米团子鼓着一个小肚子伸手同我撒娇："娘亲，我也要。"我便顺手将那杯冷茶与他饮了。

迷谷苦着一张脸抱了笤帚立在一旁："姑姑，你老人家明知道……"

我淡然宽慰他道："凡事都有第一次，天雷你都历了的，还怕这个吗，我看好你哟。"

他不甘不愿地入了灶间。

夜华托腮看我半日，低低笑道："我真不明白你，明明青丘是仙乡，却让你治理得如同凡世。男耕女织的，倒不见半点仙术道法的影子。"

他既没半点做客人该有的自觉，我也不需硬撑着主人的体面，懒洋洋笑道："若什么都用术法来解决了，做神仙还有什么意思。这样他们已觉着很是无聊了，我正琢磨择个时候为他们备个战场，让他们意思意思打几场仗娱乐身心，免得闷坏了。"

茶杯往桌上一磕，嗒的一声。他似笑非笑道："这倒很有趣，若真有那时候，需不需我遣几员天将来助一助你？"

我正预备欣欣然应了，灶间却突然传出来"嘭"的一声。

迷谷蓬头垢面地立在洞门口，手上还操了柄硕大的调羹，幽怨地看着我。

我哑了半晌，探过身子与夜华商量："左右糯米团子已吃得打嗝了，我们三个成年的神仙，不吃东西倒也不打紧，这一顿，先算了吧。"又转身凛然与迷谷道："速去凡界将凤九给我招回来。"

迷谷抱着调羹拱手："那知会她个什么名目呢？"

我想了想，慎重道："就说青丘出了了不得的大事。"

话还没吩咐完，便被夜华拖了往灶间走："添个柴烧个火，你总会吧？"

小糯米团子摸着肚子半躺在一张竹椅里将我们看着，翻个身，呼呼睡了。

事情发展到如今这个地步，真是神奇。

我与这位夜华君认识不过两天，眼下他却能挽起袖子身姿潇洒地站在我家灶台前炒菜，还时不时嘱咐我一两句"柴多了，少放些"或者"火小了，再添些柴"之类。

恍然想起小糯米团子说他亲娘是东荒俊疾山上的一个凡人。唔，大抵夜华君如今挥的这一手好铲子，是他那薄命跳下诛仙台的先夫人教的也说不定。

看他一只手汤勺一只手铲子舞得出神入化，我钦佩得不能自已，发自肺腑赞叹道："这是先夫人教你的吧，先夫人委实好厨艺！"

他却愣了愣。

我方才想起，他那夫人早已魂飞魄散，现今这么提起来，岂不是揭人伤疤。

火苗子嗞嗞舔着锅底。

我咽了口唾沫，默默往灶膛里多添了把柴火。

夜华将菜盛起来，古怪地看了我一眼，淡然道："她同你一般，只会在我做饭时升个火加个柴罢了。"我讪讪的，不好接什么话。他转过身又去盛汤，轻叹了一句："也不知遇到我之前，在俊疾山那破地方是怎么活下来的。"

本是他自言自语，却便宜了我这双耳朵。这声叹息低且沉缓，无端将人勾得伤感。

夜华做了三个菜一盆汤。

迷谷已收拾干净，我便招呼他坐下同吃。

夜华将糯米团子摇醒，又强灌了他许多东西。小糯米团子鼓着腮帮子，气呼呼道："父君再要喂，再要喂阿离就变皮球了。"

夜华慢条斯理地继续喝方才那杯凉茶，道："吃成个皮球倒好，回天宫时我也无须带着你腾云，只需将你团起来滚上一滚，许就滚进你的庆云殿了。"

小糯米团子立刻伏到我的膝头假哭："呜呜呜呜呜，父君是坏人。"

夜华放下茶杯，拿起一个碗来从汤盆里盛鱼汤，似笑非笑与糯米团子道："如今你倒找了一座好靠山。"然后将满碗的鱼汤推到我面前，柔声道："来，浅浅，你要多补一补。"

迷谷一口饭呛住咳个没完。

我双眼泛红将糯米团子从膝头上扶起，微笑地端起面前那碗汤，道："乖乖，再来喝一碗。"

夜华的手艺很不错，虽不待见那道鱼汤。其他三个菜，我吃得倒挺愉快。

午饭用得舒坦，连带心情也开阔不少。是以夜华要我在狐狸洞帮他辟出个书房来处理公文，我应得十分痛快，将三哥以往住的邻湖的厢房拾掇拾掇就给他了。

我原以为夜华此番是来找我算账，没想到半月下来，东海水晶宫的事，他却提也没提。

每日大早，名唤伽昀的一个小仙便来敲门，拿走夜华日前处理好的公文，再带来些待批的新公文。

据说伽昀是夜华案前司墨的文官，做事情很尽职尽责。

起初我还每日踢踏着鞋子去给伽昀仙官开门，次数多了，这小仙官不好意思，我便再不关狐狸洞，只在洞口设了个禁制，教了伽昀小仙过禁之法，这才重得安眠。

夜华大多时关在新辟出的书房中处理公文。早上将我拉出去散一散步，傍晚用过晚饭再拉我去散一回。夜里时不时还会找我去书房同他下一两局棋。我哈欠连天被他烦得没奈何，有几次下到一半便伏在案上睡着了。他却也不来提醒提醒，干脆一同和衣趴在棋案上就这么睡了。

想那伽昀仙官来取公文，看到这副情景，定免不了生些遐思。

一个尽职尽责的神仙，并不代表他就是个不爱八卦的神仙。

可叹直到天宫里那位素锦侧妃已派了仙娥到我青丘的谷口前再三催请夜华，我才悟得这一点。

因了迷谷的缘故，我未有幸见得那位仙娥。

只听当时一众看热闹的小仙嘻哈道，那仙娥缁衣飘飘，衣裳料子不错，脸却生得寻常。迷谷将她拦在青丘谷口，她甚倨傲地与迷谷道："我家娘娘也不是不能容人的人，况且还是未来的帝后。娘娘派我来，全是一片好心，白浅上神尚未同太子殿下行礼成婚，便交颈而卧终日缠绵，终是不太妥当，就连当年的天君，也不似这样。再则缪清公主方被请上天宫，太子殿下也不该冷落了她。"

青丘本就民风旷达，不成婚便有了小娃娃也没甚新鲜，何况只是交颈而卧。一众小仙自是将这当作个笑话，没等迷谷开口，已将那仙娥打了出去。

我将她那篇话在心中掂量一番，除了交颈而卧、终日缠绵有些失实，其他说得也不无道理。因搞不清夜华做甚要在我这里待这么久，正好寻了这个因由，将此事放到他跟前提了提。

他正开了窗立在书案前赏临湖塘中的莲花。听我这么一说，皱眉道："我想来你这里住便来你这里住，左右你才是我的妻子，旁的人管得着吗？"

我呆了一呆，经他这么一提，才实打实重想起来，面前这夜华君，他的的确确是天君老儿红口白牙许给我的夫君。整整小了我九万岁的，呃，那个夫君。

我哦了一声，回他道："若我也是在正经的年纪成婚，现下孙子怕也有你这么大了。"

他拿笔的手顿了顿，我斜眼一瞟桌案上那张宣纸，真是力透纸背的好笔法啊好笔法。

他默然不说话，放下笔来定定望着我，一双眸子极是冷淡。

我哈哈干笑了两声，转移话题道："听那仙娥说，你将东海的缪清带上天宫了？"

这话题看来转得不好。

我单以为男人都热衷于讨论女人。当年我做昆仑虚小十七时，每每惹了大师兄生气，一与他聊起哪家貌美的女神仙，总能轻易化解他的怒气。却忘了此番我已不再是当年昆仑虚上儿郎身的小十七，纵然男神仙们也热衷于讨论女神仙，却定然不愿同一个女神仙聊起另一个女神仙。想必，又是我唐突了。

哪知男人心海底针，方才还十分郁郁的夜华，听闻此语淡淡看我一眼，又重新拿起笔来蘸满墨汁，嘴角勾起来一丝笑纹，道："站到窗边去，对，竹榻前，唔，还是躺下吧，将头发理一理，摆个清闲点的姿势。"

我木木然照他说的做完了，才省起他原是要为我做幅丹青。

他翩翩然画了一会儿，忽然道："那缪清死活不愿嫁西海的二王子，她此前照顾我和阿离良多，我便将她带回天上做个婢女。待她哪天想通，再将她放回去。"

我傻了一会儿，没想到他却说了这个。

他抬起头来，眉眼间颇有些温情，缓缓道："还有什么想要与我说，一道说了吧。"

我的确有话要同他说："手麻了，可以换个姿势不？"

他怔了一怔，忽然笑了一声，又画了几笔，才道："随你。"

我最终在竹榻上睡着了。

一觉醒来，天已擦黑。身上盖了件漆黑的外袍，像是夜华的，他人却不晓得去了哪里。

SHILI TAOHUA

第八章 阿离生辰

第二日大早，我从床上爬起来将自己简单洗漱了，捧了半杯浓茶，边喝边艰难向洞门口挪，等夜华来拖我陪他去林子里散步。也不知他这是个什么癖习，每日清晨定要去狐狸洞周边走上一遭，还死活拉上我，叫我十分受罪。

狐狸洞四围其实没什么好景致，不过几片竹林几汪清泉，走个一两回尚可，多几趟未免乏味。可这么十天半月走下来，他却仍能乐此不疲、兴致勃勃，也不晓得是为了什么。

踱到洞门口，听外面淅淅沥沥的，方知今日落雨。我强忍住心花不怒放出来，将茶杯往洞口旁的桌案上一搁，乐颠乐颠地打道回厢房睡回笼觉。

也不过刚刚有些睡意，便察觉不紧不慢的脚步声。

我睁开眼望着立在床前的夜华，沉痛道："今日不知哪方水君布雨，出门恐淋坏了夜华君，暂且在洞里好生待一日吧。"

夜华唇边噙了丝笑，没接话。

此时本该熟睡在床的小糯米团子却呼地从夜华身后冒出来，猛扑到我床榻上。今日他着了件霞光腾腾的云锦衫子，衬得一副白嫩嫩的小手小脸益发莹润。我被这花里胡哨的颜色晃得眼睛晕了一晕，他已搂了我的脖子，软着嗓子撒娇："父君说今日带我们去凡界玩，娘亲怎的还赖在床上不起来。"

我愣了一愣。

夜华顺手将搭在屏风上的外袍递给我，道："所幸今日凡界倒没有下雨。"

我不知夜华他在想什么。

若说凡界他不熟，须得人领，那拘个土地带路便是。虽说我在昆仑虚学艺时隔三岔五便要下一趟凡，却从不记路，愣要我一同去，委实没那个必要。然小糯米团子一双忽闪忽闪的大眼睛水盈盈将我望着，我也不好意思再寻什么托词。

腾下云头，我摇身一变，化作个公子哥儿，嘱咐小糯米团子道："这几日你便唤你父君阿爹，唤我作，呃，干爹吧。”

小糯米团子不明所以，然他素来听我的话，眨了眨眼睛，乖乖应了。

夜华还是那副模样，只将外袍变作了如今凡界的样式，看着我轻笑一声：“你这样，倒是很潇洒。”

终归有两万年本上神都活得似个男子，如今扮起男子来自然水到渠成。

我拱起双手与他还个礼，笑道：“客气客气。”

此番我们三个老神仙、青年神仙、小娃娃神仙落的是个颇繁华的市镇。

糯米团子一路上大呼小叫，瞧着什么都新奇，天族体面荡然无存。夜华倒不多拘束，只同我在后面慢慢跟着，任他撒欢儿跑。

凡界的市集着实比青丘热闹。

我信手摇扇子，突然想起来问夜华：“怎的今日有兴致到凡界来，我记得昨儿打早伽昀小仙官就抱来一大摞公文，瞧他神色，也不像什么闲文书。”

他斜斜地瞟我一眼：“今日是阿离生辰。”

我升调啊了一声，啪地合上扇子，俨然道：“你也忒不够意思，这般大事情，也不早几日与我说。现今手边没带什么好东西，团子叫我一声娘亲，他过生辰我却不备份大礼，也忒叫人心凉。”

他漫不经心：“你要送他什么大礼，夜明珠？”

我纳罕：“你怎知道？”

他挑眉一笑：“天宫里几个老神仙酒宴上多喝了两杯闲聊，说起你送礼的癖好。据说你这许多年积习不改，送礼从来只送夜明珠，小仙就送小珠，老仙就送大珠，倒也公平。但我以为纵然那夜明珠十分名贵，阿离却人小不识货，你送他也是白费，不如今天好好陪他一日，哄他开心。”

我摸了摸鼻子，呵呵干笑：“我有颗半人高的，远远看去似个小月亮，运到团子的庆云殿放着，保管比卯日星君的府邸还要来得明亮。那可是四海八荒独一……”

我正说得高兴，不意被猛地一拉，跌进夜华怀里。身旁一趟马车疾驰而过。

夜华眉头微微一皱，那跑在车前的两匹马顿然停住，扬起前蹄一阵嘶鸣，滑得飞快的木轮车原地打了个转儿。车夫从驾座上滚下来，擦了把汗道：“老天保佑，这两匹疯马，可停下来了。”

方才一直跑在前头的糯米团子一点一点从马肚子底下挪出来，怀中抱着个吓哭了的小女娃。那女娃娃因比团子还要高上一截，看上去倒像是被他搂了腰拖着走。

人群里突然冲出个年轻女人，从团子手里夺过女娃大哭道："吓死娘了，吓死娘了。"

此情此景无端令人眼熟，脑子里突然闪过阿娘的脸，哭得不成样子，抱着我道："这两百多年你倒是去了哪里，怎的将自己弄成这副样子……"

我甩了甩头，大约魔障了。即便当年我在炎华洞中差点同墨渊魂归离恨天，阿娘也不曾那般失态，况且我也从未擅自离开青丘两百多年。唔，倒是五百多年前擎苍破出东皇钟，同他一场恶战后，我睡了整两百一十二年。

糯米团子噌噌噌跑到我们跟前，天真无邪地问："阿爹，你怎的一直抱着干爹？"

因才出了场惊吓，原本热闹的街市此时清净得很，衬得团子的童声格外清越。

街两旁正自唏嘘方才那场惊马事件的摊贩行人，立刻扫过来一堆雪亮雪亮的目光，我干笑了一声，从夜华怀中挣出来理了理衣袖，道："方才跌了，呵呵，跌了。"

糯米团子松了一口气："幸好是跌在了阿爹怀里，否则干爹这样美貌，跌在地上磕伤脸，阿爹可要心疼死了，阿离也要心疼死了。"他想一想，又仰脸问夜华道："阿爹，你说是不是？"

先前那一堆雪亮雪亮的目光瞬时全盯住夜华，他不以为意，微颔首道："是。"

旁边一位卖汤饼的姑娘神思恍惚道："活这么大，可叫我见着一对活的断袖了。"我啪一声打开扇子，遮住半张脸，匆匆钻进人群。小糯米团子在后头大声喊干爹干爹，夜华闷笑道："别管她，她是在害羞。"

害羞害羞，害你妹羞啊害羞。

近午，选在长街尽头一座靠湖的酒楼用饭。

夜华挑拣了楼上一张挨窗的桌子，点了壶酒并几个凡界寻常菜蔬。阿弥陀佛，幸好没鱼。

湖风拂过，令人心旷神怡。

等菜的间隙，糯米团子将方才买来的大堆玩意儿一一摆在桌上查看。其中有两个面人，捏得很有趣。

菜没上来，酒楼的伙计却又领了两个人上来同我们拼桌。走在前头的是位身姿窈窕的年轻道姑，身后那低眉顺眼的仆从瞧着有些眼熟。我略一回想，似乎是方才街市上驾马的马夫。

小伙计打千作揖地赔不是。

我以为不过一顿饭罢了，况且楼上楼下委实已满客，便将糯米团子抱到身旁同坐，让了他们两个位子。

那道姑坐下自倒了茶水，饮了两口才看向夜华，唇动了动，却没说出话来。

倒怪不得她，此时夜华又是个冷漠神君的形容，全不复他抄了铲子在灶台前炒菜的亲切和顺。

我帮糯米团子将桌上的玩意儿一件一件兜起来。

那道姑又饮了一口茶，想是十分紧张，良久，总算将话完整地抖了出来。

她道："方才集市上，多亏仙君相救，才叫妙云逃过一场灾劫。"

我讶然看向她，连夜华也转过脸来。

妙云道姑立刻低下头去，脸一路红到耳根子。

这道姑不是个一般的道姑，竟能一眼看破夜华的仙身，且还晓得方才是夜华使了个术法救了他们。想是不过十数年，便也能白日飞升，天庭相见了。

夜华扫了她一眼，淡淡道："顺手罢了，姑娘无须客气。"

妙云道姑耳根子都要滴出血来，咬唇轻声道："仙君的举手之劳，于妙云却是大恩。却不知……却不知仙君能否告知妙云仙君的仙号，他日妙云飞升后，还要到仙君府上重重报答这救命之恩。"

呃，这道姑，这道姑，她莫不是思春了吧？

此番，我突然想起昆仑虚收徒的规矩，不拘年龄不拘出身，只不要女仙。想是墨渊早年也颇吃了些苦头，后来方悟出这么个道理。

他生的那张脸，委实招桃花得很。

夜华喝了口茶，仍淡淡地："有因才有果，姑娘今日得了这好的果报，必是先前种了善因，与本君却没什么干系。姑娘不必挂在心里。"

这番道理讲得不错，妙云道姑咬了半日唇，终是没再说出什么。

方巧，我正同糯米团子将一干占桌面的玩意儿收拾干净，抬头对她笑了笑，她亦一笑回礼，见一旁的团子眼巴巴等着上菜，轻言细语夸赞："这位小仙童长得真是十分灵秀动人。"

我谦虚道："小时候长得虽可爱，长大了却还不知道会是个什么形容。我家乡有位小仙小时候长得真是形容不上来的乖巧，过个三千年，稍稍有了些少年的模样，姿色却极普通了。”

小糯米团子拉拉我的衣袖，十分委屈地将我望着。

呃，一时不察，谦虚得狠了。

夜华端起杯子与我似笑非笑道：“男孩子长得那么好看做什么，譬如打架时，一张好看的脸就不及一双漂亮的拳头有用。”饮一口茶，又续道，“何况都说女肖父儿肖母，依我看，阿离即便长大了，模样也该是不差的。”

糯米团子眼看着要哭的一张脸立刻精神焕发，望着夜华满是亲近之意，还微不可察地朝他挪了挪。

我咳了一声做怜爱状道：“不管团子长大后成了个什么样子，总是我心头上一块肉，我总是最维护他。”

小糯米团子又立刻转过头热泪盈眶地望着我，微不可察地朝我挪了挪。

夜华低笑了一声，没再说什么。

先上的酒，不多时菜亦上齐。小伙计善解人意，一壶桂花酿烫得正是时候。

卯日星君当值当得好，日光厚而不烈，天空中还胡乱点缀了几朵祥云，与地上成荫的绿树相映成趣，极是登对。

这番天作的情境，饮几杯酒作几首诗正是相宜，奈何妙云道姑与她那马夫都不喝酒，夜华与我饮了两三杯，也不再饮了，还让伙计将我跟前的杯盏也收了，令人扫兴。

用饭时，夜华遭了魔风也似，拼命与我布菜，每布一道，便要柔情一笑，道一声：“这是你爱吃的，多吃些。”或者：“这个你虽不爱吃，不过对身体大有好处，你瘦得这样，不心疼自己，却叫我心疼。”虽知晓他这是借我挡桃花，还是忍不住被肉麻得一阵一阵哆嗦。

对面的妙云道姑想必听得十分艰难，一张小脸白得纸做的一般。那马夫看情况不对，草草用了碗米饭便引了他主人起身告辞。

夜华终于停了与我布菜的手，我长舒一口气。他却悠悠然道：“似你这般听不得情话，以后可怎么办才好？”

我没理他，低了头猛扒饭。

饭未毕，伽昀小仙官却凭空出现。好在他隐了仙迹，否则一个大活人猛地悬在酒楼半空里将芸芸众生肃然望着，叫人如何受得住。

他禀报了什么我没多留意，可能是说一封急函需马上处理。

夜华唔了一声，回头与我道：“下午你暂且带带阿离，我先回天宫一趟，晚上再来寻你们。”

我含了一口饭没法说话，只点头应了。

出得酒楼，我左右看看，日头正盛，集上的摊贩大多挪到了屋檐底下做生意，没占着好位置的便收拾收拾回家了，甚冷清。

方才结账时，跑堂伙计见我打的赏钱多，殷勤提点我道，这时候正好去漫思茶听评书，那边的茶水虽要价高了些，评书倒真是讲得不错。

我估摸天宫里并没有设说书的仙官，团子没见识过这个，便抬手牵了团子，要带他去见识见识。

漫思茶是座茶肆，说书的乃是位须发半白的老先生。我们落座时，正在讲个野鹤报恩的故事。

小糯米团子忒没见过世面，双目炯炯然，时而会心微笑，时而紧握双拳，时而深情长叹。我因在折颜处顺书顺得实在太多，对这个没甚想象力的故事提不起什么兴致来，便只叫了壶清茶，挨在桌上养个神。

一晃眼就是半下午。待说书先生惊堂木一拍，道一声“欲知后事如何，且听下回分解”时，窗外华灯已初上了。

我昏昏然睁眼寻糯米团子，他原本占的位子如今却空无一人。我一个激灵，瞌睡瞬时醒了一半。

好在随身带了块水镜。水镜这物事在仙乡不过是个梳妆的普通镜子，在凡界却能充个寻人的好工具。我只求糯米团子此番是在个好辨识的地界，若是立在个无甚特色的厢房里头，那用了这水镜也不过白用罢了。

寻个僻静处将糯米团子的名字和着生辰在镜面上画一画，镜面立时放出一道白光。我顺着那白光一看，差点摔了镜子栽一个趔趄。

我的娘。

糯米团子此番的确是处在一个厢房，这却是个不同寻常的厢房。

房中一张紫檀木的雕花大床上，正同卧了对穿得甚凉快的鸳鸯。上方的男子已是半赤了身子，下方的女子也只剩了件大红肚兜。凡界的良家妇女断是不会穿这么扎眼的颜色。我晕了一晕，勉强撑起身子拽住一个过路人：“兄台，你可晓得这市镇上的青楼是在哪个方向？”

他眼风里从头至尾将我打量一遍，指向漫思茶斜对面一座楼。我道了声谢，急急奔了去。

背后隐隐听得他放声悲叹："长得甚好一个公子，却不想是个色中恶鬼，这是怎样绝望且沉痛的世道啊。"

虽晓得糯米团子此时置身在这青楼中，却不清楚他在哪间厢房。为了不惊扰鸨母的生意，我只好捏了诀隐个身，一间一间寻。

寻到第十三间，总算见着糯米团子沉思状托了下巴悬在半空中。我一把将他拽了穿出墙去，彼时床上那对野鸳鸯正亲嘴亲得欢畅。

我一张老脸烧得通红。

方才那出床戏其实并不见得多么香艳。当年在昆仑虚上做弟子，初下凡时，本着一颗求知的心，我也曾拜读许多春宫。寻常如市面上卖的三文一本的低劣本子，稀罕如王宫里皇帝老儿枕头下藏的孤本，男女甚或男男，我均有涉猎。那时我尚能脸不红心不跳，淡定得如一棵木桩子，今次却不同，乃是与小辈同赏一出活春宫，不叫老脸红上一红，着实对不起团子那声顺溜的娘亲。

厢房外头莺声燕语虽仍是一派孟浪作风，令人欣慰的是，总归这帮浪子们衣裳还穿得贴服。

这座楼里委实找不出半个清净处。

一个红衣丫鬟手中托了碟绿豆糕袅袅娜娜打我们身边过。糯米团子抽了抽鼻子，立时显了形追上去讨，我在后头只好跟着显形。那丫鬟见团子长得可爱，在他脸上摸了两把，又回头双颊泛红地对我笑了一笑，将一盘糕点全给团子了。

我将团子拉到楼道的一处死角，想了半日该怎么来训他，才能让他知错，但是要愉快地知错。今日是团子生辰，夜华着我好生哄他，这样的日子让他闹心，就太不厚道了。

我在心中细细过了一遭，堆出个笑脸，和顺地问他："漫思茶中的评书说得不错，你开初听得也很有兴味，一个晃眼，怎的就跑到了这么一座，呃，这么一座楼子来？"

团子皱眉道："方才有个小胖子在大街上公然亲一个小姐姐，那个小姐姐不让小胖子亲，小胖子没亲到就很生气，招了他身边几个丑八怪将小姐姐围了起来。小姐姐脸上怕得很，我看着很不忍心，想去救她。等我跑下楼，他们却没人影了，旁边一个大叔告诉我，那小姐姐是被那小胖子扛进了这座花楼。我怕他们打她，就想进来找她，可把在门上的大娘却不让我进，我没办法，就隐了身溜进来。唔，不晓得那大叔为什么说这是座花楼，我将楼上楼下都看了一遍，可没见着什么花来。”

我被他唔后面那句话吓得小心肝儿狠狠跳了三跳，团子，你可没看到什么要紧东西吧。

团子这年岁照凡人来排不过三岁，仙根最不稳固，很需要呵护。他父君带他带了三百年都很平顺，轮到我这厢，若让他见些不该见的事，生些不该有的想法，动了仙元入了魔障，他父君定然要与我拼命。

我咽了口口水听他继续道：“等我寻到那小胖子时，他已经直挺挺地躺在了地上，小姐姐身旁站了个穿白衣裳的哥哥将她抱着，我看没什么了，想回来继续听书，没想到穿错了墙，进了另一间厢房。”

是了，想当年因推演之术学得太不好，我同十师兄常被墨渊责罚，来凡界扯块帆布，化个半仙，在市井上摆摊子与人算命摸骨。那时，三天两头的都能遇到良家妇女被恶霸调戏。若是个未出阁的妇女，便必有路过的少年侠士拔刀一吼。若是个出阁的妇女，便必有不知从哪冒出来的她的丈夫拔刀一吼。虽则一个是侠士，一个是丈夫，然两者定然都穿了白衣。

糯米团子摸了摸鼻子再皱一回眉续道：“这间厢房里两个人滚在床上缠成一团，我看他们缠得很有趣，就想姑且停一会儿看他们要做什么。”

我心中咔嗒一声，颤抖着嗓子道：“你都见着了些什么？”

他沉思状：“互相亲啊亲，互相摸啊摸的。”半晌，期期艾艾问我：“娘亲，他们这是在做什么？”

我望了一回天，掂量良久，肃然道：“凡人修道，有一门唤作和合双修的，他们这是在，呃，和合双修，双修。”

团子了然道：“凡人挺一心向道的嘛。”

我哈哈干笑了两声。

刚转过身，不着意迎面撞上副硬邦邦的胸膛，从头到脚的酒气。

我揉着鼻子后退两步，定睛一看，面前一身酒气的仁兄右手里握了把折扇，一双细长眼睛正亮晶晶地将我望着。一张面皮还不错，脏腑却火热炽盛，皮肉也晦暗无光。唔，想是双修得太勤勉，有些肾虚。

扇子兄将他那破折扇往我面前潇洒一甩，道：“这位公子真是一表人才，本王好生仰慕。”

咳，看来是位花花王爷。我被他扇过来的酒气熏得晃了晃，勉强拱手道：

"好说好说。"牵着糯米团子欲拐角下楼。

他一侧身挡在我面前，迅捷地执起我一只手，涎笑道："好白好嫩的手。"

我呆了。

就我先前在凡世的历练来看，女子抛头露面是容易遭觊觎些，却不想，如今这世道，连男子也不安全了？

糯米团子嘴里含着块绿豆糕，目瞪口呆地望着扇子兄。

我也目瞪口呆地望着扇子兄。

扇子兄今日福星高照，竟成功揩到一位上神的油水，运气很不得了。

我因头一回被凡人调戏，很觉新鲜，不打算与他多做计较，只宽宏大量地抽回手来，叫他知趣些。

不承想这个不懂事的王爷竟又贴上来："本王一见公子就很倾心，公子……"那手还预备搂过来摸我的腰。

这就出格了。

大多时候，我是个慈悲为怀的神仙，遇到这种事情，就是个慈悲为怀得很有限的神仙。正欲使个定身法将他定住，送去附近林子里吊个一两日，叫他长长记性，背后却猛地传来股力道将我往怀里带。这力道十分熟悉，我抬起头乐呵呵地同熟人打招呼："哈哈！夜华，你来得真巧。"

夜华单手搂了我，玄色袍子在璀璨灯火里晃出几道冷光来，对着茫然的扇子兄皮笑肉不笑道："你调戏我夫人，倒是调戏得很欢快。"

我以为，名义上我既是他未来的正宫帝后，便也算得正经夫妻。顶着这个名头，却遭了调戏，自然令他面子上过不去。他要将我搂一搂抱一抱，拿住调戏我的登徒子色厉内荏训斥一番，正是尽他的本分。我配合地任他搂着教训登徒子，则是尽我的本分。

糯米团子咽下半只糕，舔了舔嘴角，甚沉重地与扇子兄道："能将我阿爹引得生一场气，你也是个人才，就此别过，保重！"

说完十分规矩地站到了我身后。

扇子兄恼羞成怒，冷笑道："哼哼，你可知道本王是谁吗？哼哼哼……"

话没说完，人便不见了。

我转身问夜华："你将人弄去哪了？"

他看了我一眼，转头望向灯火阑珊处，淡淡道："附近一个闹鬼的树林子。"

我哑然，知己啊知己。

他遥望那灯火半晌，又转回来细细打量我："怎的被揩油也不躲一躲？"

我讪讪道："不过被摸个一把两把嘛！"

他面无表情地低下头来，面无表情地在我嘴唇上舔了一口。

我愣了半晌。

他面无表情地看我一眼："不过是被亲个一口两口嘛！"

…………

本上神今日，今日，竟让个比我小九万岁的小辈轻……轻薄了？

小糯米团子在一旁捂了嘴哧哧地笑，一个透不过气，被绿豆糕噎住了……

夜里又陪团子去放了一回河灯。

这河灯做成个莲花模样，中间烧一小截蜡烛，是凡人放在水里祈愿的。

团子手里端放一只河灯，嘴里念念有词，从五谷丰登说到六畜兴旺，再从六畜兴旺说到天下太平，终于心满意足地将灯搁进水里。

载着他这许多的愿望，小河灯竟没沉下去，原地打了个转儿，风一吹，颤巍巍地漂走了。

夜华顺手递给我一只。

凡人祈愿是求神仙保佑，神仙祈愿又是求哪个保佑？

夜华似笑非笑道："不过留个念想，你还真当放只灯就能事事顺心。"

他这么一说，也很有道理。我讪讪接过，踱到糯米团子旁边，陪他一同放了。

今日过得十分圆满。

放过河灯，团子已累得睁不开眼，却还晓得嘟囔不回青丘不回青丘，要在凡界留宿一晚，试试凡界的被褥床铺是个什么滋味。

须知彼时已入更，梆子声声。街头巷尾凡是门前吊了两个灯笼上书客栈二字的，无不打了烊闭了门。

这市镇虽小，来此游玩的人却甚多。连敲了两家客栈，才找到个尚留了一间厢房的。团子在夜华怀里已睡得人事不知。

仍半迷糊着的掌柜打了个哈欠道："既是两位公子，那凑一晚也不妨事，这镇上统共就三家客栈，王掌柜和李掌柜那两家昨日就定满了，老朽这家也是方才退了个客人，才匀得出来这么一间。"

夜华略点头，老掌柜朝里间喊了一声。一个伙计边穿衣服边跑出来，两只胳膊胡乱拢进袖子里，跑到前头为我们引路。

二楼转角推开房门，夜华将糯米团子往床上一搁，便吩咐伙计打水洗漱。碰巧我肚子叫了两声。他扫我一眼，很有眼色地加了句："顺道做两个小菜上来。"

小伙计估摸十分渴睡，想早点伺候完我们仨好回铺上躺着，上水上菜十分快捷利落，简简单单两个荤的一个素的，卤水牛肉、椒盐排条、小葱拌豆腐。

我提起筷子来扒拉两口，却再没动它们的心思了。

我对吃食原本不甚讲究，近日却疑心吃夜华做的饭吃得太多，品出个厨艺的优劣高低来，嘴被养得刁了。

夜华坐在灯下捧了卷书，抬起头来看了我一眼，又看了眼桌上的三道菜，道："吃不了便早些洗漱了睡吧。"

这厢房是间寻常厢房，是以有且仅有一张床。我望着这有且仅有的一张床踌躇片刻，终究还是和衣躺了上去。

夜华从头至尾都没提今夜我们仨该怎的来分配床位，正经坦荡得很。我若巴巴地问上一问，倒显得不豁达了。

团子睡得香甜，我将他往床中间挪了挪，再拿条大被放到一旁，躺到了最里侧。夜华仍在灯下看他的文书。

半夜里睡得蒙眬，仿佛有人双手搂了我，在耳边长叹："我一贯晓得你的脾气，却没料到你那般决绝，前尘往事你忘了便忘了，我既望着你记起，又望着你永不再记起……"

我没在意，想是睡迷糊了，翻了个身，将团子往怀里揉了揉，又踏实地重入梦乡。

第二日清早，待天亮透了我才从床上爬起来。夜华仍坐在昨夜的位子上看文书，略有不同的是，此时没点蜡烛。

我甚疑惑，他这是持续不间断看了一夜，还是睡过后在我醒来前又坐回去接着继续看的？

糯米团子坐在桌旁招呼我："娘亲娘亲，这个粥炖得很稠，阿离已经给你盛好了。"

我摸摸他的头道了声乖，洗漱完毕喝那粥时，略略觉得，这口感滋味，倒有些像夜华炖的。抬头觑了觑他，他头也没抬道："这间客栈的饭菜甚难入口，怕阿离吃不惯，我便借了他们的厨房炖了半锅。”

阿离在一旁嗫嚅道：“从前在俊疾山时，东海的那个公主做的东西我也吃不惯，却没见父君专门给我另做饭食的。”

夜华咳了声。

我既得了便宜，不敢卖乖，低头专心地喝粥。

SHILI TAOHUA

唐七公子

第九章
桃花孽缘

方从凡界回青丘那日早晨，夜华便被伽昀仙官催请回了天宫，说是有件要事同众臣商议，须耽搁几日。他耽搁的这几日里，我同团子守着一筐枇杷果，过得甚凄凉。团子吃得一张脸橙黄橙黄，拉着我的衣袖十分委屈：“娘亲，父君什么时候回来，阿离想吃蒸蘑菇，想喝白菜萝卜汤。”

迷谷瞧着不忍心，觉得不过一道蒸蘑菇一道白菜萝卜汤，却叫团子馋得这样，斟酌良久，悲壮地挽了袖子下厨。须知夜华做的蒸蘑菇和白菜萝卜汤远非寻常，调味之丰足，工序之繁冗，叫草木为之含悲风云为之变色。迷谷差点掀了我狐狸洞做出的东西，自是得不了团子青睐。

于是团子继续拉着我的衣袖委屈：“娘亲娘亲，父君什么时候回来？”

从前，凤九喝多了同我讲她的风月经，有一个感悟，说情这个东西，未尝试时不觉如何，一旦得了它的甜头却再放不了手，世间再没什么东西比它更磨人了。

我以为世间固然没什么东西能比情爱更磨人，却有东西能与它一般磨人。譬如，夜华的厨艺。

虽不像团子那般天天念叨，但我心里，对夜华君以及他的厨艺的思念，也是一样的。

我记得在东海水晶宫初见夜华时，除了他那张脸略让我诧异，也并不特别觉得他如何。近日来，每每想到他一个天族太子，整日里要事缠身，却跑到我这里连做了三个月伙夫，竟觉得十分不易。

夜华君其人，真是懂事亲切又和顺啊。

待夜华从天上回来，我与团子总算吃了顿饱的。迷谷很有运气，过来送枇杷时正赶上饭点，我招呼他坐下同用，顺便欣慰地告知他，阿弥陀佛，不用再送枇杷过来了。

因这番缘由，我终于领悟到没有夜华做饭的日子多么难熬。隔日里，便兴冲冲地贴了张榜文出去，要在青丘选个小仙，与夜华做厨事上的关门弟子。

小仙们很踊跃，狐狸洞前两行队排得甚长。

迷谷兴奋道："青丘许久不曾这样热闹了，既然人这么多，怕是要摆个擂台，叫他们比上一比，才好挑拣个根底好的送去随太子殿下学艺。"

我以为他提得很到点子，允了。

迷谷办事很有效率，我不过折转去小睡了片刻，醒来时擂台已经摆好。

一时间青丘炊烟袅袅。团子站在狐狸洞前不停地吞口水。独坐一旁的夜华抬起眼皮来略看我两眼，眼神挺古怪。我左右瞧了瞧，见他身旁还空了张竹椅，便蹭过去坐。

团子立刻扑到我的腿上来。夜华恹恹地打了个哈欠："听迷谷说你要选个弟子给我？"

我点头称是。

他将台上忙得热火朝天的一众小仙笼统扫了个遍，侧头向我道："叫他们撤了吧，没什么根底好的。"又从头到脚打量我一番，笑道："依我看，你就很不错。可你实在用不着跟我学，我们两个有一个会就行了。"

言罢施施然起身回了书房。

我呆了半天，没弄懂他是个什么意思。

迷谷颠颠地跑过来问："方才太子殿下指定了是要哪个？"

我茫然地摇了摇头："叫他们都撤了吧，他一个也没瞧上。"

擂台事件七八日后，那日早上，我窝在夜华的书房，边翻一个话本边嗑瓜子，夜华坐在几案后批阅公文。我疑心九重天上的天君现今已颐养天年不管事了，才叫他孙子每日里忙成这样。

窗外荷塘中的莲花开得正好，和风拂过，立在花蕊中的蜻蜓随着花枝一同摇曳，送来一阵淡香。迷谷带着团子坐了只小船荡在塘里采荷叶，说将这荷叶晒干，制出新茶来十分爽口。迷谷虽撑不起灶堂，沏茶还是有两把刷子，这上头道行不浅。

夜华放下公文，过来将窗扇打得更开，笑道："你这般疲懒，一塘花都是自生自灭，却也能养出个天然雕饰的形容，丝毫不比天宫瑶池的差，真是难得。"

我呵呵笑了两声，伸手抓了把瓜子给他。他向来不吃这东西，只接过去，站在窗前剥了一会儿，将果肉拿来给我："阿离不在，便宜你了。"

我很感恩地接过来，塘上忽然响起团子一声惊呼。我探出半颗头，正看到迷谷提身飞了出去。

唔，想是有人闯青丘。

我对着独坐在船上的团子招了招手：“过来吃瓜子。”

他在荷塘中央扭捏地绞了会儿手，红着脸道：“阿离，阿离不会划船——”

迷谷呈上破云扇时，我正将手中的话本翻到精彩处。夜华凉凉道：“将眼珠转一转吧，我二叔的妾室都找上门来了。”

我先在脑子里过了遍他们家那神秘而庞大的族谱，将他定了位，再上溯回去搜索谁是他二叔。待看到那把破云扇，才猛然省起，他二叔正是那退我婚的桑籍来着。他二叔的妾室便自然是少辛。

在东海时，念着主仆一场的情分，我曾许了少辛一个愿望，叫她想清楚了拿着扇子来青丘找我。她此番，看来是想得很清楚了。

迷谷脸色青黑地将少辛引进来。我给他递个眼色，叫他知道团子还在荷塘中心坐着，他啊了一声，赶紧从窗户跳了出去。

夜华悄没声息地继续看他的公文，我悄没声息地继续读我的话本。少辛在地上默默跪着。

将话本翻完，杯子里茶水没了，我起身去外间沏一壶，路过夜华书案时顺便也拿了他的，叫他白捡个便宜。茶水沏回来，少辛仍是默默跪着。我纳罕得很，喝了口茶，平和地问她：“你既来找我，必是想清向我讨什么了，却总不说话，是个什么道理？”

她抬头看了夜华一眼，咬了咬唇。

夜华云淡风轻地边喝茶边批他的文书，我将杯子放下来，继续平和道：“夜华君不是外人，你只管大胆说。”

夜华抬头来似笑非笑地瞟了我一眼。

少辛踌躇了一会儿，终于怯怯道：“姑姑，姑姑能否救救我的孩儿元贞。”

待少辛一把鼻涕一把泪陈情完，我才晓得她为甚对夜华颇多顾忌。

少辛口中这个元贞，乃是她同桑籍的大儿子。如今的天君虽不再看重桑籍，对元贞这个孙子却还是不错。九重天上天君赐宴，每每也有这个孙子一方席位。

不日前天君寿诞，桑籍领了元贞备了贺礼前去九重天给天君他老人家祝寿。夜里在天庭留宿，不想元贞却喝醉了酒，跌跌撞撞闯进了洗梧宫，差点调戏了洗梧宫的素锦侧妃。

我自然知道这位素锦侧妃是谁的侧妃，斜眼觑夜华，他却合了文书看着我，眼中含了笑意。夜华君果然不是一般人，戴绿帽子也戴得很欢快。

所幸这顶绿帽子并没有真正坐实，元贞终于在最后关头刹住了脚，算是个调戏未遂。然这位素锦侧妃却刚烈，当即一根白绫悬上屋脊，要自裁。这事理所当然惊动了天君。此前我便听得些消息，说素锦原本是天君的一个妃子，后来夜华看上，天君向来宠爱夜华，便将这新纳不久的妃子赐给了他。

天君想来对这曾经的妃子尚很有几分怜惜，听说元贞将她调戏了，震怒非常。立时着捆仙锁将元贞捆了，颁下旨意，将他打入轮回六十年，六十年后方能重列仙班。

少辛痛哭流涕，直道元贞是个善心的好孩子，走到路上连蚂蚁也舍不得踩死一只，断不会犯下如此错事。

虽然我以为，一个人善良不善良，与他好色不好色诚然没有什么太直接的联系。

然则元贞，终究还是被投下凡了。

我摸着茶杯感慨："就调戏未遂来说，这个惩罚委实重了些，可你这儿子调戏的是夜华君的侧妃，好说夜华君也在狐狸洞照管了我们两个多月的伙食……"

夜华重新拿起一卷文书，淡然道："不用做我的人情，元贞那回事，我也觉得是重了些。"

我震惊道："可他毕竟也觊觎了你的侧妃……"

他冷笑了两声："我没什么侧妃。"便起身添茶水，顺便过来捎带了我的茶杯。

我更是震惊，四海八荒风闻他对素锦侧妃的宠幸隆盛，敢情，是传着玩儿的？

少辛托我的事并不多难。她原已打听到元贞转成凡人后，十八岁上有个大劫，这大劫或苦他一世，便求我将他这劫数度化了，叫他能平平安安度过此生。

她将这桩事托付给我，倒是有头脑，托得正好。虽然是个神仙都有改动凡人命格的本事，然神族的礼法立在那里，规矩束着，神仙们纵有这本事却无用武之地。不过，天君欠我们白家的账至今仍摞在那里一分没兑现，由我出面讨几分薄利，他多半就睁一只眼闭一只眼，让这桩半大小事囫囵了。

元贞托生托在一个帝王家，冠宋姓，叫作宋元贞，十二岁上封了太子。一生不愁衣食，倒是很好。现今正要长到十八岁，劫数将至。

元贞在凡界的母亲乃是个奇女子，原本是当朝太师的独女，十五岁送去皇宫封了贵妃，恩宠显赫，生下元贞后却闹着出家。皇帝被缠得没办法，只得在皇城后一个孤山上与她修了个道观，让她虔心修行。

皇贵妃出家，皇子依例应抱去皇后宫里养。元贞她娘却十分刚性，死也不把元贞交出去，带着元贞一同在道观里住着，直住到元贞十六岁，方派了个道姑将元贞送回宫里去。说与元贞同回的这个道姑，正是元贞的师父，也是元贞他真正的亲爹——北海水君桑籍送去凡界看护他的一个婢女。我此番去凡界护着元贞帮他度劫，顶替的便是他这个师父。

将少辛打发走，我便开始合计，需先去南极长生大帝处寻司命星君走个后门，打听打听元贞十八岁的这个劫数究竟是个什么劫，哪个日子哪个时辰落下来，如何应到人身上。元贞这个劫不是天劫，非要应到人身上才算数，乃是个命劫，避过即可。

不过，南极长生大帝与我没什么交情，他手下的六个星君我更是连照面也未曾打过。此番贸然前去，也不晓得能不能顺利讨得个人情。

夜华边收拾文书边道："司命星君脾气怪，他手中那本命格簿子，便是天君也不定能借来看一看。你要想从他那处下手，怕有些摆不平。"

我愁眉苦脸将他望着。

他顿了顿，喝了口茶又道："唔，我倒是有个法子，不过……"

我真诚而又亲切地将他望着。

他笑道："若我帮你拿来他的命格簿子，你可要答应我一件事。"

我警戒地将他望着。

他云淡风轻道："不过是让你去凡界时将法力封了，你以为我要说什么。修改命格本就是个逆天的事，即便天君睁一只眼闭一只眼，你掺了多少法力去改那命格，便定然有多少法力反噬到你身上，这点你该比我更加清楚才是。你虽是上神的阶品，被这么反噬几次也十分严重。万一届时正轮到我继天君的位你继天后的位，该怎么办？"

天帝天后继位，必受八十一道荒火九道天雷，过了这个大业方能君临四海八荒，历来皆是如此。若这个当口被自身法力反噬，是真正的要命。我左右思量，以为他说得很对，点头应了。

应了后才反应过来："你我尚未成亲，若最近你要继天君的位，我定然不能与你一同继位。左右我是要同你成了亲才能继位的。"

他放下茶杯来定定地将我望着，忽而笑道："这可是在怪我不早日向你提亲了？"

我被他笑得脑门上登时落下一滴冷汗，干笑道："我绝没那个意思，哈哈，绝没那个意思。"

夜华果然是个日理万机的，办事很重效率，第二日大早便将司命星君的命格簿子搁到了我眼前。早先听他讲这薄薄一册簿子如何贵重稀罕，我还以为即便卖他的面子也只能打个小抄，没想到能将原物讨来。

夜华将簿子递给我时，唏嘘了两声。

将元贞的命格翻完，我也唏嘘了两声。

如此盘根错节跌宕起伏杂花生树的命运，元贞小弟这一生很传奇啊。

命格上说，元贞从出生长到十八岁都很平安。坏就坏在他一十八岁这年的六月初一。

六月初一韦陀护法诞，皇帝出游漱玉川与民同乐，领了一大帮的妃嫔贵人，太子元贞也随扈在列。正午时分，漱玉川中，盈盈飘过一枚画舫。画舫里坐了名美人，轻扬婉转，团扇遮面。和和乐乐的好景致里，天空却蓦地飞过一只硕大的鹏，利爪将小画舫一挠一推。小画舫翻了。美人抱着团扇惊慌失色扑通一声掉进水里。

元贞小弟因自小长在道观，性子和善，又擅凫水，立时跳进川中，一把将美人捞了上来。

隔着镜花水月一刹那，双双便都看对了眼。

奈何元贞瞧着这美人是美人，旁人瞧着这美人自然也是美人，譬如太子他爹，当朝皇帝。皇帝瞧上了这位落水美人，当下一条毯子将其裹了带回皇宫，呃，临幸了。

元贞小弟苦恼悲愤又委屈，暗自惆怅了十天半个月，七月十五闹中元，地官赦罪，元贞小弟喝了点小酒，一个不小心，便同这已封了妃立了阶品的美人，暗通款曲了。

算是将当初在天上没做足的那一段，补了个圆满。

元贞小弟为人其实挺孝顺，这一夜颠鸾倒凤的过得很愉悦，天亮后酒一醒，见着自己竟将亲爹的老婆给调戏了，大受打击，立刻便病了一场，九个月后才下床。刚下床却听说那美人产下一个儿子，因疑心是他自己的，紧锣密鼓地又病了一场。

美人想同元贞旧情复炽，元贞却对老父日也惭愧夜也惭愧，熊熊的惭愧之情生生将一腔爱火浇得透心凉，元贞悟了。

十来年后，美人的儿子长大了。皇帝竟还没死，只病得半死不活。于是这儿子便来同元贞抢太子位。其中万般纠葛自不必说，今日的元贞却已不是昨日的元贞，美人的儿子竟生生死在元贞剑下。消息传到美人的寝殿，美人上吊了。临上吊前留下一封书，说死在元贞剑下这个，其实是他的亲生儿子。

元贞读了这信本想一剑抹脖子，奈何皇朝里唯留自己一个男丁，只好忍着满腔悲痛坐了龙座，这一坐，就坐到六十岁寿终正寝。

这么一看，元贞小弟自从在韦陀护法诞上救了那落水的美人，这辈子便过得十分辛酸。十八九岁忧愁自己怎么爱上了老爹的妾，十九岁后忧愁弟弟究竟是老爹的儿子还是自己的儿子。三十五岁上终于不忧愁了，却因为老爹的妾的确生了自己的儿子，自己又亲手将儿子给杀了，惶惶不可终日深深后悔。

如此一来，无须再推，这落水的美人，她必然是元贞小弟的劫数了。

我对着命格簿子上元贞这一页上上下下看了七八回，觉得每桩事都安排得严丝合缝，唯独漱玉川上出现的大鹏鸟，话说，凡界真有这么大的鹏鸟吗？

夜华将看了一半的文书压在镇纸下施施然喝了口茶："那大鹏是西天梵境佛祖跟前借来的。"顿了顿啧啧叹道，"据说我二叔桑籍从前同司命星君有些许过节，司命这回可是下了血本。"

我抖了一抖。不想司命星君是个这么记仇的。此番他好不容易安排一出大戏，不晓得我混进去将其中几个角儿搅一搅，他会怎么在心中记我一笔。

夜华将命格簿子收捡回去，瞟我一眼笑道："你担心什么？他左右还欠我一个大人情。"

此番下界因是办正事，自然带不得团子。团子嘟着嘴生了两天气，慢慢也就算了。

临出门前，我慎重地思量了一遍，觉得此番帮元贞避劫，只需劝他六月初一称病不去漱玉川便算完事，委实用不上术法。即便遭遇什么危情，躲躲便是。即便躲不掉挨个一两刀，也断然不会比法力反噬更令人遭罪。带着满身法力去凡界，万一什么时候一个不小心使出来，将自己反噬了就十分糟糕。便依照夜华的提议，让他把周身仙术帮着封了。

下得凡界后，正是桑籍在元贞身边安置的那个小仙娥来接应我。要顶她的位做元贞的第二位师父，自然须得将元贞老娘这一关顺利过了。

北海的小仙娥护元贞护得不错，保他平安长到十八岁，这固然是因命格之故，元贞他娘却对她十分看重，言谈行止间颇有尊崇意味，显见得将她当作了一位出世高人。小仙娥将我引到元贞他娘面前，捋一捋拂尘道："天下无不散之筵席，贫道同元贞殿下的尘缘已了，但贸然离去也不好，所幸贫道的同门师姐云游四方，近时游过此端圣境，很是钟爱，贫道便托师姐代贫道来护佑殿下，师姐几百年不曾出师门了，此番能和元贞殿下结趟师徒缘分，于殿下也是个难遇的善福……"

她大力将我保举一番，元贞的娘十分动心，当即召来元贞拜我为师。

大小是个神仙转世，即便做凡人，元贞小弟也做得很有几分神仙气。不过将将一十八岁的年纪，看着却甚飘逸，甚有风姿。

我昆仑虚收弟子虽没设什么条文规矩，不过收上来的一向才貌俱佳。元贞小弟才不才我暂且不知道，容貌却是好的，这个层面上也不算辱没了我昆仑虚的脸面。

他和顺地作个揖，尚未行拜师礼便先唤一声师父。

我颔首将他上下打量一番，满意点头："倒有几分根骨，能做我的弟子。"

元贞的娘十分欣慰。

我跟着元贞回了他的东宫，管事太监分了我一进清静院落，至此，算是成功混进了九天之上司命星君摆的这出大戏。

次日，听元贞殿里几个女侍嚼舌根，说皇帝昨儿早上听说太子身边的道姑终于要走人了，龙颜大悦，下午却听说先前的道姑走了又新换来另一位道姑，龙颜大怒，怒了一晚上，今日早朝还连累了好几位大人做炮灰。

其实皇帝怒得很有道理。他命里子息单薄，努力至今，也只得元贞一个儿子。他这儿子本是要做国之栋梁中的栋梁，偏偏接二连三招来道姑教他儿子做方士中的方士，换作是我，我也是要怒的。虽则我同北海的小仙娥都没招元贞修仙的心，他本是个落魄的神仙，原也用不着什么修行。

因皇帝对我的使命有这么大一个误会，也就懒得再将我招过去惹自己的眼了，是以我进皇宫七八日，也未曾见着皇帝。

元贞小弟十分上进，许是想着养我不能白养，日日都要拿些道法书来折磨我，求我解些难题。这些讲究玄理的书帛最令我头疼，自觉见他一次，生生要折我三年修为。

离六月初一不过一个半月。

和元贞处了几日，我摸出个门道来。元贞小弟看着倒是谦谨又和顺，然终归少年心性，好个新鲜，凡事你叫他往东，他即便往了东，也要趁你不注意，再往一回西。譬如六月初一，我若是开门见山地劝他莫去漱玉川，他定要问一问为何不能去，无论我找出什么样的因由搪塞，他终归要生出好奇心，保不准私下便要跟去瞧个究竟。须知天底下多少悲欢离合皆是瞧究竟瞧出来的，我思索再三，以为开门见山这方法十分不好。元贞这趟事，还是要做得曲折迂回些。

然怎么个曲折迂回法，我没有司命星君的大才，这是个问题。

届时，待那命中注定要祸害元贞的美人落水时，我抢先跳下去将她救了？唔，万一命格一移，美人偏偏就要爱上救她的英雄，转而看上了我，这可如何是好？不成不成。

届时，多找几个姑娘，待那名美人出现时，叫她们坐了画舫从漱玉川东南西北四个方向齐齐跳下去，叫元贞怎么也救不了命格簿子里提说的这位美人？唔，万一元贞终归救上来一个，虽不是命格簿子里这位，命格簿子里这位的命运却转到了他救上来这位的身上，这又如何是好？不成不成。

我终日苦思冥想，不留神照到镜子，觉得近来自己的姿态真是莫测高深。

眼看到了五月初一。

五月初一的夜里，我如同往常一般坐在灯下苦苦冥思。冥思到二更，觉得是时候该睡觉了，便睁开眼去熄灯。恍一睁眼，却见着本应在青丘的夜华，手里端着一杯茶坐在我对面，一本正经地将我望着。

我踌躇良久，以为自己冥思得睡着了，是在做梦。

他喝了口茶，盈盈荡出一个笑来："浅浅，几日不见，我想你想得厉害，你想不想我？"

我一个趔趄，生生从椅子上栽了下去。

他托腮做诧异状："你欢喜疯了？"

我无言地从地上爬起来去床上睡觉。

他伸出一只手来端端拦住我，笑道："你先别忙睡，此番我来是要告知你一桩大事，你可知道元贞这一世在凡界的爹，是谁托的生？"

我困得很，懒懒敷衍道："谁托的生，总不至于是你爷爷天帝老君上托的生。"

他转身坐到床沿上挡住我就势躺下的身形，顺便拍了拍旁边的位，我略一思索，坐了。

他顺手将桌上的茶杯端一只给我："醒醒神吧，虽不至于是我爷爷，却也差不离了，保不准还是你的一位熟人。"

我凝神听着。

他缓缓道："东华紫府少阳君。"

我一口茶从鼻孔里喷了出来。

咳咳咳，元贞小弟这一世的爹，竟是……竟是东华帝君。

确实是位熟人啊。

本上神对这位帝君如雷贯耳，耳熟得很！

红狐狸凤九单相思东华帝君单相思了两千多年，一喝醉酒便在我耳边念叨东华如何如何，以至于如今，我竟用不着在脑子里过一遭，也能将他的种种事迹如数家珍。我二哥白奕唯一的女儿，我唯一的亲侄女凤九，每每也只因东华帝君才会将自己灌得酩酊大醉。可惜了折颜酿的好酒，便是拿来给她浇愁的。

这位东华帝君乃是众神之主，大洪荒时代的天地共主，如今，明面上在天族中的地位仅次于天君，实则天君也需忌惮他不知多少分。这些年，听说东华帝君避在一十三天太晨宫中，主要掌管神仙的仙籍。妖精凡人凡是成仙的，都须知会他一声。上仙以下的神仙们升阶品，也须拜一拜这位帝君。

东华帝君是个清静无为、无欲无求的仙，为人冷漠板正。阿爹从没夸过人，我也听他说过一次："四海八荒这许多神仙，却没哪个能比东华帝君更有神仙味。"

凡界有个甚有名望的诗人，曾有幸谒得一次东华帝君出行，遂作了首诗歌咏东华，里面有几句我尚且还记得，说是"暾将出兮东方，照吾槛兮扶桑。抚余马兮安驱，夜皎皎兮既明。驾龙辀兮乘雷，载云旗兮委蛇。长太息兮将上，心低佪兮顾怀。羌声色兮娱人，观者憺兮忘归"。这首诗将东华描绘得花里胡哨，大抵因凡人看神仙总隔了层金光所致，实则东华帝君的性情，在我了解，却一向淡漠低调。

凤九还是只小狐狸时，仙术不精，胆子却大，时常跑出二哥的洞府胡混。有一回被头虎精看中，差点死在这虎精的爪下，正是得了东华帝君的救命之恩。这便是缘起了。

后来凤九慢慢长大，对东华用情很深，做了许多丢人现眼的事。有几百年还巴巴地落下身份去东华帝君的太晨宫中当小仙婢。东华冷情，她只得伤情，也不过几十年前，才刚刚对东华断了情。

我甚诧异，那样一位威武不屈富贵不淫刚正不阿女色不近的东华帝君，却是要犯一桩什么样的事，才能被打下凡界来啊。

夜华斜倚在床栏边，笑道："东华帝君却不是被天君打下凡来的，是他自己主动要下凡的，说想去凡界仔细参一参生、老、病、死、怨憎会、爱别离、求不得、五阴炽盛这人生八苦。所以我才特地来跑一趟，给你提个醒，你改元贞的命格时，且千万不要动了东华帝君的。"

夜华放下这么一番话，引得我心里一时欣慰一时忧愁。欣慰的是，物是人非这么多年，难得东华帝君仍一如既往是位傲岸耿介的仙。忧愁的是，能不能顺利护着元贞渡过这个美人劫尚是未知之数，还要不牵连这场孽桃花里其中一个当事的，委实很难。

屋外似刮了大风，吹得窗棂咯吱作响，我萧瑟地起身关窗户，回到床边，夜华已脱了外袍抖开一条大被。

我目瞪口呆将他望着。

他熟稔地将床铺好，转头问我："你是睡里边还是睡外边？"

我看了眼床铺看了眼地，诚恳答他："我还是睡地上吧。"

他轻飘飘道："我若有心要对你做些什么，不论你是睡地上还是睡床上，结果都一样。若你尚有法力在身，同我拼死打一场，大约也能做个两败俱伤，唔，可你的法力不是被我封了吗？又或许容我私下揣测，浅浅你这么正是半推半就……"

我抹了把脑门上的汗水甚亲厚地将被面掀开："夜华君说的哪里话，我不是怕这床太小了怠慢你吗，哈哈！你先请你先请，我习惯了睡外侧的。"

他似笑非笑瞟了我一眼："那就有劳你熄灯了。"

于是乎，我同夜华一个人睡里侧一个人睡外侧，总算安歇下了。

如今我住的这院落叫紫竹苑，大约为了应这个名，里里外外都种满了竹子。夏天十分凉快，初夏的夜里就更凉快。只有一床薄被，我同夜华不仅须得同床共枕还须得同盖一床被子。我因背对着躺在床沿上，胳膊腿都晾在被外，又没有仙气护体，冻得一阵一阵哆嗦。

夜华呼吸绵长，想必已睡着了，身上有淡淡的桃花香。此情此境真是十分要命，我往床沿上挪挪，也不知这漫漫长夜，何时才能到头。

夜华翻了个身。我赶紧再往床沿上挪挪。

背后夜华道："你想不想我抱着你睡？"

我愣了一愣。

他没说话又翻了个身，我条件反射地继续朝床沿挪。

扑通一声，掉床底下了。

他哧地笑出声："看吧，我方才还在想，若我不将你抱着，你今夜便时不时得往床底下滚一遭，果然。"

我怅然道："是这个床太小，床太小。"

他一把将我从床底下捞起来推到里侧："是啊，我们两个人平躺着，中间居然还只能再睡下三四个人，这床委实太小了。"

我只得干笑两声。

因躺了里侧，是个易攻不易守的地形，我更睡不着，偏偏夜华还靠得紧紧的，那桃花香一阵一阵飘过来，本上神今夜，是在受幽冥司十八层地狱下的苦刑啊。

我正自唏嘘忧愁，夜华突然侧身，面对面看着我。

我诧然看着他。

他淡淡道："想起一件事。"

我屏住呼吸。

他说："浅浅，你可识得司音神君？"

我怔了怔，将被子往上提了提："唔，昆仑虚墨渊上神的十七弟子，听是听说过，却从未有缘见过。七万年前鬼族之乱后，说是这位神君和墨渊上神一同归隐了。"

夜华叹了口气道："我原以为你会知道得更多些。"

我哈欠道："难不成还有什么隐情？"

他道："鬼族之乱时，天君尚在做太子，小时候常听天君说，我长得同墨渊上神有几分神似。"

我在心中很赞同地点了点头，不仅神似，形也很似。

他续道："史册里虽没这么记载，但依天君的说法，鬼族那场大乱里，墨渊上神已是灰飞烟灭了，万万不会再偕同司音神君归隐。当时的老天君派了十八个上仙前去昆仑虚料理墨渊上神的身后事，却被司音神君一把折扇赶了出来，而后便是昆仑虚的大弟子应陶神君上报，司音神君同墨渊上神的仙体一概不见了。"

我做惊叹状道："竟有这回事。"心中隐隐疼痛。

他点了点头："七万年来未曾觅得司音神君仙踪，近日里，听说鬼族的离镜鬼君在四下寻找这位神君。昨日下面的一个魁星送了幅司音神君的丹青与我，据说正是离镜鬼君所作。"

我心里咯噔一下。

他果然道："浅浅，恍一瞧，我还以为是女扮男装的你。"

我做大惊状道："竟有这样的事？"又打了个哈哈，"如此一说，这世间竟有两个人都长得同我很像。这位司音神君我虽不大熟，不过离镜鬼君当年娶的王后却还同我们白家有些沾亲带故的关系。她那王后正是我大嫂的小妹妹，你可真该去看看，跟我却是长得一丝都不差的。"

他沉吟良久，缓缓道："哦？有时机倒要去拜会拜会。"

我唔了一声。

他笑道："我仿佛听见你在磨牙？你那位大嫂的妹妹，即便同你长得像，也决然无你的神韵吧。"

我抬眼望了望床帐，胡乱应了他一声。这种明显的恭维话他竟能面不改色地说得这样流畅，我真佩服他。

夜华睡得甚快，半盏茶工夫不到便没声儿了。他睡觉的教养良好，既不打呼也没磨牙，等闲连手脚也不乱动一动。我苦苦支撑了两个时辰，到后半夜，终于迷迷糊糊也睡着了。半梦半醒间，突然蒙眬地想起一件要紧的事，待要仔细想想，神志却已不大清明了。

那一夜，似乎有一双手，冰凉冰凉的，轻轻抚摸我的眼睛。

SHILI TAOHUA

第十章 两生咒术

夜华为人不厚道。

此番又不是青丘，我委实没道理再陪他早起散步，在床上赖个把时辰，实在很合情理，他却巴巴地非要将我扒拉起来。

昨日新上身的裙子皱得不成样子，我懒得换，靠在一旁灌了杯冷茶，掩着嘴打了个哈欠。

夜华心情甚好，行云流水穿好外袍结好腰带，坐到铜镜跟前，悠然道："好了，过来与我束发吧。"

我愣了一愣："你是唤的我？"

他拿起一把木梳："听迷谷说，你束发束得很不错。"

我束发束得的确不错，这都是久经磨炼而成。因狐狸洞等闲时并无婢女服侍，四哥又从不会梳头发，便一向都是我来帮他束。除了寻常样式，若四哥要去十里桃林找折颜，我还会帮他梳些新鲜花样，每每折颜看了，都很喜欢。可夜华在青丘住着时，向来不束发的，不过拿根帛带，在发尾处齐齐绑了。他原本一张脸生得偏冷，头发这么一结，看着倒是挺柔和。

他盈盈笑着将木梳递给我："今日我须得觐见天君，仪容不整就不好了。"

夜华有一头十分漂亮的头发，触感柔软，漆黑亮泽。木梳滑下去便到底，很省我的心。不过盘起来堆到头顶时，却略有些费事。

妆台上放着一只玉簪一只玉冠。拿簪子将头发簪好，再戴上玉冠。唔，许久不练手，这趟手艺倒没生疏。

铜镜里，夜华含笑将我望着。

我左右看了看，觉得这个发式正衬得他丰神俊朗，神姿威严，没什么再修饰的了。遂满意地往妆台上搁梳子。

铜镜里，夜华仍自含笑。我那搁梳子的右手，却被他握住了。

他低声道："从前你……"眼睛里有些东西，淡淡的，如静水突然流转。

呃，他今日不会是，不会是又着了魔风吧？

我半躬着腰，保持着左手搭他的肩，右手被他握在妆台上这个高难度姿势，甚艰辛地预备听他讲这个从前。

他却慢慢将我的手放开了，从前也没了下文。只是笑笑，从衣袖里摸出串珠子来戴在我手上，模样有些颓然。

我自然知道这是个逢凶化吉的珠串。

他从铜镜跟前站起来，勉强笑道："这个串子你先戴着，如今你同个凡人没两样，虽不至于在凡界遇到什么大祸事，却也难免万一。"

我看他今日这么一喜一忧，似乎不同寻常，不敢有别的造次，只应了。

他点了点头，伸出手来摸了摸我的脸，道："那我便去天宫了。"顿了顿又道，"昨夜忙着正经事，却忘了同你说，待六月初一，命格转到了该转的时辰，你将元贞死命拦着，派个人将东华帝君一把推下水去，若到时候是东华帝君救了那落水的女子，便只是元贞从这场纠缠中解脱出来，妨碍不着东华帝君体验人生至苦，如此，就皆大欢喜了。"

说完转身不见了。

我先是想了想昨夜究竟同夜华忙了些什么正经事，再三思量，自觉没一件当得起正经二字，又将他后头几句话想了想。

乖乖，这却是个好办法。还是旁人看得清明些。我瞻前顾后了许多天，竟是自己将自己搅糊涂了。

解决了这么一桩心头大事，我陡然觉得压在身上半个月的大石头一时全飞了，从头到脚轻飘飘的，备感轻松自然。

我轻飘飘地逗了半晌窗台上一盆含羞草，轻飘飘地坐下再喝了杯茶。

茶水方喝到一半，却猛然省起昨夜蒙眬间想起的那件事。

十分要命的一件事。

迷谷曾说凤九去凡界报恩了。当是时，我只道她是承了哪个凡人的恩情，要去凡世将这恩情报上一报，并没有如何在意。如今想来，凤九长到三万多岁，统共不过欠东华帝君一个大恩。做神仙的时候，东华不知比凤九高明多少，自然她想报恩也报不到点子上。如今她来凡界报恩，莫不是……莫不是来找转生后的东华了吧？她好不容易才将对东华的孽想断干净，两个人要再合着折腾几日，将那断了的孽想折腾出点根芽来……我的二哥二嫂，这可怎么得了？

想到此处，我赶紧跳起来换了身衣裳往院外奔。此番须去会会那见一面就得少我三年修为的元贞小弟，同他打听一下，他们这皇宫里半年前有没有新进来一个额间有一朵凤羽花的年轻女子。

凤九的娘是赤狐族的，当年她娘刚同二哥成亲不久，我便疑心他们要生一只又红又白的花狐狸。却没料到凤九的娘怀胎三年，竟生下一只鸽血般红艳艳的小狐狸，只耳朵一圈并四只爪子是白的，玲珑可爱得很。待小狐狸满周岁后化作人形，额间天生一朵凤羽花的胎记。这胎记虽看着漂亮，变幻时却是个累赘，只要是化了人形，不论变作什么模样，都显得出来。二哥疲懒，只因了这朵凤羽花，因了小狐狸出生在九月，周岁定名时便给凤九起了这么个不雅不俗的名字，连着我们白家的族姓，唤作白凤九。青丘的小仙们都称我姑姑，殊不知，该正经唤我姑姑的就凤九这么一个。

元贞小弟正是那一汪及时雨。我尚未奔出院门，已遇着他握了两卷经文迎面迈进来，见着我，眼睛亮了亮，恭谨地唤了声师父。

元贞小弟是个刨根问底的心性，贸贸然问他凤九的事十分不便，我在心中掂量一番，将他拉到旁边一张石凳上坐稳了。

元贞一声咳嗽，道："师父脖子上是怎么了，看着像是……像是……"

我惊讶地摸了摸脖子，却并未觉得怎么。

他从袖中掏出一面铜镜，我接过来照了照，脖颈处似乎有个被蚊虫叮咬了的红痕。

这蚊子委实有胆色，竟敢来吸本上神的血。

不过，倒叫它吸成功了，少不得要受用个万儿八千年，届时修成个蚊子仙也未可知。唔，这是只很有福分的蚊子啊。

我点点头赞叹："这么个微不足道的小红痕，你却也注意到了，有个人曾说你有一副连蚂蚁也舍不得踩死的善心，看来是不错的。"

元贞微红着脸望着我："啊？"

我接着道："须知行路时不能踩着蚂蚁，不仅需要一副善心，还需一副细心。善心和细心，本就是一体的。"

元贞站起来，做出个受教的姿态。

我摸着下巴高深道："道生一，一生二，二生三，三生万物。万物皆是从无中而来，无中生有，乃是个细致活。学道是很需要细致的。今日为师便想考考你细致的程度。"

元贞肃然道："师父请说。"

我亦肃然道："你十六岁前是在道观里过，十六岁后是在这皇宫里过，为师也不为难你，单问你两个问题，一个关于道观，一个关于皇宫。"

元贞竖起耳朵。

我沉吟道："你从小住的那座道观中，有一位只穿白衣的道姑，这位道姑有常用的一枚拂尘，我便考考你这枚拂尘柄是用什么木头做成的。"

他想了半天，没想出来。

我心中暗道，这个我胡诌的，你当然答不出来。

整了整神色，续道："既然这个答不出来，还有一问，这一问你可听仔细了，也想仔细了。你如今住的这座王宫里有位女子，额间有一枚凤羽花的胎记，我便考考你她是住什么地方，占个什么阶位，闺名是什么。"

他沉思良久，道："道观那个题目，元贞委实孤陋，想不出来。不过师父口中这位额间一枚凤羽花胎记的女子，元贞倒知晓，正是住在菡萏院里的陈贵人。这位陈贵人此前额间其实并无什么凤羽花，去年腊冬时掉进荷塘大病一场，药石罔效，本以为就此要香消玉殒，后来却突然好了，病好后额间便生出一朵凤羽花来，几个妃嫔请来一个真人将这朵花判了一判，说是朵妖花。父皇虽然不信，却也很冷落陈贵人。至于陈贵人的闺名，徒弟却委实，委实不太晓得。"

咳，凤九果然是奔东华来了。

不过，那骗吃骗喝的真人竟能将一位神女的额间花看作妖花，甚有本事。

元贞惴惴地望着我。

我点头道："唔，这般细心，原本已属难得，可修习道法，你却还须更细致些。退下吧，今日你暂且不必再看经文，先好好将自己学道的态度参一参。"

元贞耷拉着脑袋走了。

看着他落寞孤寂的背影，本上神心中，十分不忍。

元贞小弟，其实你已经够细致了，再细致你就成八公了。

元贞的背影渐行渐远，我随手唤了一个侍婢，着她领着去陈贵人的菡萏院。

凤九欠东华的这个恩情，便算我青丘之国承了，他日要还，便是我这个做姑姑的和他们几个做叔叔的来还，今日怎么也得将凤九劝说回去。

想必我住的院落位分极高，进皇帝的后宫进得很顺利。

因来得匆忙，未备拜帖，便着了大院里忙活的一个侍婢通报。不多时，侍女引了我们进去。院落并不算大，打理得却好，有山有水有花有草有虫有鱼，吟风弄月的都很合适。

湖边一个凉亭，凉亭中坐了个圆脸女子，正漫不经心地喂鱼，模样甚普通，额间一朵凤羽花，正是凤九如今借的凡胎。我叹了口气，在青丘时，作为我白家孙字辈有且仅有的一个女丁，凤九是如何潇洒意气。如今为了东华，却跑来这么个冷清地方喂鱼，令人何其唏嘘。

听见我这一声叹，喂鱼的凤九转过头来。

我怅然道：" 小九，姑姑来看你了。"

她独自一人飘零在凡界半年多，必定十分孤独寂寞，听见我这一声唤，悲痛难忍，立刻便要扑进我的怀中。

我张开双臂。

她呜地一声，扑到我后面紧紧抱住引我们进来的那名侍女。

我张开的两只手臂不知该收了还是该继续伸着。

她满脸惊恐边哭边死命摇头："不，姑姑，你不能带我走。我爱他，我不能没有他，谁也不能将我们分开，谁也不能！"

我被她这阵势吓得后退一步。

这大约，并不是我们家那只红狐狸吧？

凤九虽还是个丫头片子，却从不做大哭大闹模样，一向很有担当。即便对东华用情用得深，时时伤心，也断然不会伤得人尽皆知，大抵从折颜处顺酒来浇一浇愁。

二哥见她还是个小丫头便时时喝得酩酊大醉，曾将她吊起来打了两顿。打得气息奄奄的，我们瞧着都十分心疼。她将牙关咬出血也不哭出来。我和四哥害怕她性子犟，惹急了二哥，尚且躺在床上便再遭一回毒手，于是将她接回狐狸洞养伤。

我劝解她："酒终究不是好东西……"被四哥瞪了一眼，只得改成："折颜酿的酒固然是好东西，但你终日拿它来浇愁也忒对不起折颜的手艺。须知酒这个东西只能让你得一时的解脱，待醒过来，烦恼你的事情却不会因你饮了酒便得到解决。"听了我这番劝解，凤九终于哇一声哭出来："我才不是为了浇愁，我自然知道喝酒喝不走烦恼，只是因为不喝就难受得想哭，我才不能在东华的面前哭出来，也不能在其他人的面前哭出来。"

凤九终究只是个丫头，我同四哥听了，心里都很难受。那也是我唯一一次见着凤九落眼泪。

如今面前这个搂着自己的侍女哭得惊天动地的，我甚没言语摇了摇头。

不想见着我摇头，她却哭得更凶："姑……姑……求求你老人家，求你老人家高抬贵手，成全我们吧！来世我给你做牛做马，求你成全我们吧！"

被她抱着的那名侍女抖得如风中一片落叶。

我嘴角抽了抽。

她猛然蹲下去捉住自己的襟口。

那抖得如风中落叶的侍女立刻像打了鸡血般振奋地跳起来，边撒脚丫子跑边扯着嗓子喊："主子又要吐血了，你你，快去请皇上，你你，快去拿巾帕，你你，快去拿脸盆……"

我掩着嘴角咳了声："唔，你吐慢点，别吐得太急，怕呛着，那我先走了，先走了。"

话罢拽着同我一起进来站在一旁目瞪口呆的侍女急切地告辞了。

从菡萏院到紫竹苑，我琢磨了一路，方才那位陈贵人的性情同凤九没有半点相同之处，然她额间确然有一朵凤羽花，也确然一眼便认出了我是她姑姑。按说凤九一个神仙，即便暂借了凡人的肉身来住，也万万不该被这凡人生前的情思牵绊，此番却如此形容，莫不是……我抚着额头沉思片刻……莫不是她在自己身上，用了青丘的禁术两生咒吧?

说起这两生咒来，倒也并不是个伤天害理的法术，不过是助人在一个特定的时辰里转换性情罢了。譬如青丘一些在市集上做买卖的小仙从前就极喜欢对自己下这个咒。如此，不管遇到多么难缠的客人，都能发自肺腑地堆起一张真诚的脸，笑得菊花一般灿烂，不至于一言不合便大打出手。但显见得这不是个实诚法术，有违神仙的仙德，后来四哥同我一合计，便将它禁了。

倘若此番凤九果真在自己身上下了两生咒，唔，她又是为什么要下这个咒的？我想了半天，没想明白。下午打了个盹儿，揣摩着夜里再去菡萏院走一遭。

却不想凤九十分善解人意，不用我过去，她倒先过来了。

当是时，我搭了个台子，正独自坐在后院用晚膳。稀星朗月，清竹幽幽，颇有趣致。吃得正高兴，她背上扎了捆荆条，猛然从院墙上跳进来，正正砸在我饭桌上。一桌的杯盘碗盏应声四溅，我慌忙端个茶杯跳开。

她悲苦地从桌案上爬下来，将背上有些歪斜的荆条重新正了正，四肢伏倒与我做个甚大的礼："姑姑，不肖女凤九来给姑姑负荆请罪了。"

我将沾到袖口上的几滴油珠儿擦了擦，见她现下是原本的样貌，并未用陈贵人的凡身，顺眼得多了，便道："你果然是使了两生咒？"

她脸皮红了红，赞叹了声姑姑英明，姑姑委实英明。

我对她这声赞叹深以为然，早年我大多时候糊涂，活到近来，便大多时候都很英明。

原本想将她扶一扶，但见她满身的油水在月光底下锃亮锃亮，到底忍住了，只抬了抬手让她起来，到一旁的石凳上坐着。

我从手中幸免于难的茶杯里喝了口水，皱眉问她："你既是来报东华的恩，却又为什么违禁给自己使了个两生咒？"

凤九的嘴巴立刻张成个圆圈形："姑姑怎知道我是来报东华帝君的恩，司命星君说东华帝君托生是个极机密的事，四海八荒没几个人晓得的。"

我慢条斯理地喝茶，做高深状没说话。

她猛一哆嗦："姑姑你，你将东华帝君的一举一动摸得这么透彻，莫不是看上他了吧？"又沉痛地扼腕道，"东华帝君确然是要比北海的水君长得好些，术法也高明些，辈分也与你相宜些，可须知东华帝君是个石头做的仙，姑姑你看上他，前途堪忧啊！"

我望了望天上的月亮兄，漫不经心道："算起来，四哥也快从西山回来了，这两生咒当初还是他头一个提出要禁了的。我记得从前青丘有个糊涂仙，以为这个禁制是个说说就算的禁制，依然不管不顾用了两三回，最后仿佛是被四哥赶出了青丘？"

凤九立刻从石凳上跳起来，将背上的荆条扶了扶，两手一揖，拜下来恭顺道："侄女在东华帝君府上做侍婢时，曾做给司命星君一个人情。司命星君承了侄女的情，待东华帝君托生转世时，便着了童子来通知侄女，算是将这个情还给侄女了。侄女不肖，当年受了东华帝君的大恩，却迟迟无以为报，既得知帝君托生转世了，便琢磨在他做凡人时将这个恩报了。帝君十四岁那年，侄女入得他的梦境，问他这一世有什么成不了的愿望，达不了的痴心。"

我打岔道："那石头做的东华说了什么？该不是富贵江山皆不要，只愿求得一心人吧？"

凤九诧异得很："姑姑，你竟英明得这样。"

我一口茶水喷了出来，这一世的东华，他竟……他竟俗气得这样？！

凤九擦了擦满脸的茶水，讪讪续道："想是帝君在凡界时，早年受了些人情冷暖，便求侄女配他位一心爱他、不离不弃的女子。"

我沉吟道："于是你便将你自己搭了进来？"

凤九点头又摇头道："其实也算不得将自己搭进来。司命星君曾与侄女看过东华帝君这一世的命格。帝君这一世里注定遇不到真心爱他的女子，不过，在他三十七岁这年的六月初一韦陀护法诞上，倒能遇到个他一心爱慕的女子，可惜这女子爱的是他的儿子元贞太子。侄女此番虽是来报帝君的恩，但也不能平白改了他的命格。正巧半年前他的一位贵人阳寿尽，侄女思前想后，便暂借了这位贵人的肉身，想捧出一颗真心来，在帝君受他命中的情劫前，暂且先圆了他求一心人的这个念想。待到他真心爱慕的那位女子出现，侄女便算功成身退，如此，也算不得改他的命格。"

我低头叹道："你往日被他折磨得还不够心伤吗？这番他倒是要求一心人了。做神仙时他若也是这个愿望，你对他痴心那么多年，不是早还清了。"

凤九颓然道："姑姑说得有理。侄女原本以为这是个极好办的事。既然曾对帝君痴心过两千多年，如今虽则断了情，但要再寻点当日对他的感觉，照理应该不难。可哪晓得真心这个东西，也不是说拿便能拿得出，我酝酿了许多天，待借着陈贵人的肉身见着帝君时，却委实找不到爱慕之意，一两句极寻常的情话也说不出，侄女觉得对不住帝君，惆怅得很。"

我安慰她道："死灰不是那么容易复燃的，旧情也不是那么容易复炽的，你不用这么愧疚伤心。"

她凛然道："然侄女毕竟已下了界，又承了幽冥司的冥主一个大情，保住了陈贵人的肉身，就这么放手作罢，不将这个恩报了，总觉得吃亏，苦想了两日，"她顿了顿，道："侄女只得在自己身上下两生咒。受法术的束缚，白日里必得依照陈贵人生前的性子做出爱慕帝君的形容，太阳下山方能解脱。却不想陈贵人生前是这样性情，每每入夜回顾一番白日的形容，侄女都觉得痛苦万分，委实丢人。"

我违心道："你不用如此介怀，也没有多么丢人。"突然想起一件要紧事，我问她："你自化了陈贵人报恩以来，可有叫东华占了便宜？"

她愣了一愣，摇头道："先前陈贵人便不是多得宠的。我借了她肉身后额间胎记长出来，被一个混账真人判作妖花，帝君虽没将我打入冷宫去，却再没到菡萏院来了。"

我讶然道："那你每日做些爱他爱得要死要活的姿态，却有什么意思？"

她郑重道："须知真心爱一个人，是件很需要敬业精神的事，万不能当着别人的面爱，背着别人的面就不爱了。"

我打了个哈欠。

见今凤九这个光景，倒还叫人放心。若她能顺顺利利自己将这个恩报了，不用我与她的几个叔叔担着，也没什么不好。我通透地在心中过了一遭，正预备让油水滴答的凤九回去将自己洗漱洗漱睡了，平地里，却刮起阵瑞气腾腾的仙风。

这紫竹苑，看来是福地。

今夜，看来是吉时。

折颜在半空显了形，神色竟然颇为疲惫。苍天大地，这是多么难得一见的情景。该不会是他又做了什么，将四哥惹着了吧。

我不动声色地喝茶。

他果然道："丫头，真真这些天有来找你吗？"

那声真真生生将凤九激得一抖，听了这么多年，小丫头竟还没有习惯，真是可怜。

我摇头道："四哥不是去西山寻他的坐骑毕方鸟了吗？"

他尴尬一笑："前些天回来了。"继而捂头，"他那毕方鸟委实野性难驯。"

正要走时，想起什么又回头，与我道："有件事忘了同你说，你去东海赴宴的第二日，天君的孙子夜华来桃林找过我，同我打听三百年前你的旧事。"

我惊诧道："啊？"

他皱了皱眉："我告知他五百多年前你生了场大病，睡了两百多年才醒过来，他也没再问什么便走了。丫头，你同他的这桩婚事，不会是又要黄了吧？"

五百多年前同擎苍的那场恶战自是不能同外人道，毕竟青丘与擎苍并没什么冤仇，青丘的上神去拿擎苍有些说不过去。

我沉吟片刻答他："应该不会吧，并未见着夜华有要退婚的形容。"

他点头道："那就好。"侧身对凤九道，"真真很想念你的厨艺，什么时候得空便来桃林一趟吧。"凤九头偏向一边："没有空。"

折颜瞧了眼她："你身上这个两生咒下得不错。"匆匆走了。

凤九十分委屈地将我望着："姑姑，他威胁我——"

要想在凡界寻一个敢于当众将皇帝推下水的人才，十分难得。帮元贞渡劫的万事皆已具备，只欠推人这把东风。原想找凤九担这个大任，结果她认真想了会儿，甚诚恳道："我因受两生咒的束缚，一到白日就要忘了自己平日的形容，只以为自己天生就是陈贵人那般性情，思慕帝君思慕得日日垂泪呕血。然依着陈贵人的性情，不拦着推人的，扰了姑姑你的计策已是阿弥陀佛，却让那个时候的我去亲手将帝君推下水，委实不大可能。”我琢磨着是这个道理，也就不再勉强。倘实在寻不着人，便只得我上了。但皇帝素来不喜修道人，届时我能不能浑水摸上皇帝乘的船，却是个问题，需得考量。

好在元贞有个对他巴心巴肺的娘，倒并非道观里坐着的那个。纵然道观里那位对他也很操心，可终归大头的心是操在了修仙问道上，凡尘俗事少不得疏漏个一处两处。凡尘俗事上亦对他巴心巴肺的，乃是元贞做神仙时的娘亲，少辛。

少辛此番下界，原本是看看元贞的劫渡化得如何，既被我撞着，少不得让她承下推皇帝落水的重责。

我的主意其实很合理。届时她用仙术隐了身，趁着那命中注定的美人出现时，大家都聚精会神地看美人，她便在皇帝身后将他轻轻一推，多么轻松就能让皇帝落水。可用仙术来干这么件事改元贞的命格，纵然她是个孕妇，终归不道德，要遭自身法力的反噬，承些立竿见影的报应。

我将目光放在少辛隆起来的肚皮上，沉吟道："你来做这个事怕有些凶险，还是找个壮硕些的吧。"

少辛思索良久，表示可以由他的夫君北海水君桑籍，来完成这件缺德事。

第十一章 天命情劫

不几日，六月初一。

司命星君的命格簿子载得不错，皇帝果然率了文武百官并一众的妃嫔往漱玉川上出游了。我自住进皇宫以来，因不受皇帝待见，虽担着太子他师父的名，却并未封下阶品。然礼部几个主事的小官很有眼色，晓得我是个高人，硬是将我列入了百官之列，在那出游的龙舟上，挨着几个从八品的拾遗，占了个位置。这个位置乃是个只能见着皇帝后脑勺的位置。离皇帝三丈远的另一个后脑勺，瞧着有些像陈贵人的。

卯日星君很给面子，在元贞小弟同东华帝君双双应劫的这个大日子里，将日头铺得十分毒辣。半空里三三两两飘着几朵浮云，也像是被热气儿蒸得快散了，恹恹的。

漱玉川的河道并不宽敞。皇帝的龙舟却大，占了大半河面。

河两岸挤满了百姓，估摸天刚亮便来河边蹲着的才有好位置。

皇帝游的这个河段并不长，京城的百姓却多，是以许多没在地上寻着位置的，都爬到了树上或近处的民房上。

开船的小官十分艰辛，因河两畔的堤岸上蹲满了百姓，便定要将这船开在河的正中央，不偏左一寸，也不偏右一寸，才显得出皇帝恩泽四海，一视同仁，既不便宜左边的百姓，也不便宜右边的百姓。因这是个极精细的活，有道是慢工才能出细活，于是，船便开得越发的慢。

一船人在大太阳底下，皆熬得两股战战。

眼见午时将近了。我塞了两枚金叶子与在船后忙活的一个小宦臣，着他帮忙请一请太子。小宦臣手脚麻利，我闭着眼睛还未歇上半刻，元贞已乐呵呵凑了过来。

今日他着了件天蓝的织花锦袍，少年模样很俊俏，见着我，眉梢眼角都是桃花地笑道："师父这个时候叫元贞过来，是有什么要紧的事？"

他虽有个刨根问底的脾性，我却早已在心中盘算好，先顿一顿，做出莫测之态来，方拢着袖子深沉道："为师方才胸中忽现一束道光，将平日许多不通透的玄理照得透白，为师感念你对道法执着一心，既得了这个道，便想教传于你，你愿不愿听？"

元贞小弟立刻作个揖，垂首做聆听之态。

我肃然清了清嗓子。

在昆仑虚学艺时，我有些不才，道法佛法凡是带个法字的课业，统统学得不像样。但即便当年墨渊授这些课时我都在打瞌睡，也算是在瞌睡里受了几千年熏陶，与一介凡人讲个把时辰道法，自然没有问题。

我一边同元贞讲道，一边等待司命星君命格簿子里那位美人，眼看午时将过，有些着急。

讲到后来，元贞欲言又止了半天，插嘴进来："师父，方才房中双修、养气怡神那一段你前前后后已讲了四遍。"

我恨铁不成钢道："为师将这一段说四遍，自是有说四遍的道理。四这个数代表什么，你需得参。这段道法讲了个什么，你需得参。为师为何恰恰将这段道法讲四遍，你亦需得参。学道最要紧的，便是个'参'字，似你这般每每不能理解为师的苦心，要将道修好，却有些难。"

元贞羞愧地埋了头。

因被他打了回岔，我想了半天，方才我是将一段什么与他说了四遍来着？唔，暂且不管它，便接着房中双修、养气怡神继续说吧。

我讲得口干舌燥，茶水灌了两大壶下去，司命星君命格簿子里那位美人，终于出现了。

我其实并未见着那美人，须知我坐的是船尾，纵然极目四望，也只能瞧见各种后脑勺。知晓那美人已然登场，乃是因见着了在天边盘桓的，司命星君不惜血本借来的，西天梵境佛祖跟前的金翅大鹏。

我活了这许多年，从未亲眼见过一个皇帝跳水救美人，顷刻便要饱了这个眼福，一时热血沸腾。但因需稳着元贞小弟，少不得要装得镇定些，忍得有些辛苦。

河道两旁百姓的欢呼乍然少了，船上也由前至后寂静开来，我自眼风里扫了扫那尚在天边呈一个小点的金翅大鹏，以为，这诧然的沉默绝不该是它引起的。

想必骤然没言语的人群，是被刚刚出现的美人迷醉了。

元贞小弟尚沉迷在道学博大精深的境界里不能自拔，并未意识到这场奇景，我略觉安慰，一边继续与他弘扬道法，一边暗暗地瞟越飞越近的金翅大鹏。

佛祖座前的这只大鹏长得十分威武，原本一振翅要飞三千里，此番因是扮个凡鸟，飞得太刚猛有些不宜，是以缩着一对翅膀，从天边缓慢地、缓慢地飘过来。许是从未飞得如此窝囊，它耷拉着头，形容很委屈。

我眼见着金翅大鹏十分艰辛地飘到漱玉川上空来，先在半空中轻手轻脚地来回飞一圈，再轻手轻脚地稍微展开点翅膀，继而轻手轻脚地一头扑下来，又轻手轻脚地慢慢腾上去。我觉得，它想必一辈子都没有飞得这样纤弱文雅过。

可它这套谦然温和的动作，看在凡人眼里却并非如此，耳中听得他们惊恐万状号了一嗓子又一嗓子，号得我耳中一阵一阵轰鸣。我近旁的一个老拾遗颤着手指哆嗦道："世间竟有这么大的鹏鸟，这鹏鸟竟这般凶猛，飞得这样快。"

元贞仍沉浸在美妙的道学世界里。他在苦苦地冥思。我琢磨着那落水美人应该已经落水了，便气定神闲地等着船头桑籍推皇帝那扑通一声。

船头果然扑通了一声，我欣慰地点了点头，很好，桑籍将东华推下水了。

我这厢头尚未点完，那厢却听陈贵人一声尖叫："陛……陛下不会浮水啊——"紧接着又是扑通的一声。紧接着扑通扑通扑通很多声。

我呆了一呆。

我的娘。

千算万算却没算到东华这一世托的这个生是只旱鸭子，如今却叫哪个去救那落水的美人？

我匆匆赶往船头，元贞想必也被方才陈贵人那声干号吼醒了，激动地抢在了我前头。虽然出了这么大个纰漏，但为今之计，却也万万不能让元贞下水。即便是连累东华的命格也改了，终归比两个的命格都改不了好。本上神闹中取静，因瞬时做出了这等睿智的决策来，一抬袖子，死死握住了元贞的手。

元贞于匆忙奔走中深深看了我一眼，继续奔走。既是太子开道，我两个一路畅通无阻来到船头。挤过里三层外三层的人墙，立在船头的桅栏后。

隔着桅栏朝下一望。

这真是一道奇景。

漱玉川中花里胡哨全泡着大大小小的官员，不会浮水的边呛边呼救命，会浮的游来游去扎一个猛子游一段喊一声皇帝，遇到个把不会浮水却也跳下来了的同僚，便掺着一同边游边找皇帝。

但河里的人委实太多，这寻找就变成了件甚艰辛的事。

我因站在船上，俯望着整个河面，难免看得清明些，满漱玉川的大小官员们要寻要救的皇帝陛下，此时正躺在娇小的陈贵人怀里，被抱着甚吃力地一点点朝龙船游过来。

眼下这情景，我估摸是皇帝被桑籍神不知鬼不觉推下水后，陈贵人一声“陛下不会浮水”一语惊醒梦中人，皇帝座下这些忠心臣子为表忠心，急忙跳水救驾。但少不得有几个同样不会浮水的，被这踊跃的群情振奋，咬牙一挽袖子也跟着跳了下去。尚存了几分理智没有被这盲目的群情所振奋的，大约想着别人都跳了就自己不跳有些说不过去，只好悲情地也跟着往下跳。皇帝贴身的侍卫们必然是会浮水的，原本他们只需救皇帝一个，眼见着又跳下来几只旱鸭子，且还是国之栋梁的旱鸭子，自是不能放着不救，生生添了许多负累。这厢陈贵人已拖了皇帝上船了，那厢皇帝的侍卫们却还在忙着救不会浮水的国之栋梁。

这么一闹，那命格簿子上的落水美人，却没人管了。

元贞一心系在他父亲身上，自是无暇顾及那落水的美人，几欲翻身下船救他父亲，幸亏被尚且没来得及跳下水的几个七老八十的老大臣死死挡了。而皇帝本人尚自顾不暇，自然更没多余力气去关注那位美人。

方才我眼风里分神望了望，那美人自己游上了岸，边哭边走了。

皇帝被淹得半死不活。

因陈贵人是皇帝落水后唯一跳下去的妃嫔，且还一手将皇帝搭救上来了，地位自然不同。众妃嫔皆被识大体的皇后让在一旁嘤嘤啜泣，只得她一人能扒在皇帝龙体上，哭天抢地大喊：“陛下，你醒醒，你醒醒，你不能丢下臣妾啊！”

话罢捂着胸口吐了一口血，喊两句又吐了一口。

几个随行的见过世面的老太医慌忙蹿过来将陈贵人与皇帝分开，训练有素地配了额，各自哆嗦着打开药箱分别与皇帝和陈贵人问诊切脉了。

这一趟出游再也游不下去，脚下的龙舟终于可以发挥它水上马车的长处，开船的小官再用不着小心翼翼把握方才那个度，太子一声令下，扬眉吐气地抖开旌旗来，刷的一声便沿着水道朝皇宫奔去。

我窝在船尾处，招了那与我请元贞的小宦臣讨了壶白水。元贞的劫算是渡化了，却大不幸连累东华与那位落水美人生生错过。我自然知道东华帝君身为众神之主，诸事烦琐，能筹出时日来凡界托一回生十分不易，此番却生生被我毁了他历情劫的机缘，我觉得很对他不住。

擦了把汗，喝了口白水，元贞这趟事，本上神做得终归不算利落。

虽则做得不利落，好歹也做完了。

掐指算一算，在凡界我已待了些时日，见今的凡界却也并不比当年更有趣味。我揣摩着，明日去皇宫后的道观同元贞那道姑亲娘道个别，算有始有终，我便该回青丘了。但如今我身上没一寸法力，如何回青丘，倒是个问题。

凤九先前与我说，过了六月初一韦驮护法诞，待东华遇着他一心爱慕的女子，她便也该走了。此番东华的命格虽被略略改了些，终究同她没大干系，且不说她今日还冒着性命之忧救东华于水火之中，该报的恩情通通都该报完了。我琢磨着，太阳落山之后去找一回凤九，明日与她一同回青丘。

我回紫竹苑打了个盹儿。

伺候的侍女一双柔柔的手将我摇醒时，已是黑灯瞎火。

松松用了两口饭，着她拿来一个灯笼，提着一同往菡萏院去。

白日里的皇宫已很让人分不清东南西北，入了夜，宫灯照得四处皆昏黄一片，似我这般在皇宫里住了两月不满的，哪个台是哪个台哪个殿是哪个殿，便更拎不清。拎灯笼的侍女却一路分花拂柳熟稔得很，我默默地跟在后头，心中一股敬佩之情徐徐荡漾。

路过花园一座亭子，不想被乍然冒出来的元贞小弟截住。侍女福了福身道了声太子殿下。元贞两只手拢进袖子，虚虚应了。转头瞟了我两眼，支吾道："元贞有个事情想同师父商量商量，师父能不能同元贞去那边亭子里站站。"

凑近一看，他那模样竟有几分腼腆羞涩，我心中一颤，下午因他要去顾看他爹，我未陪他一处，他这番形容，该不会命里一根红线还是缠上了那落水的美人吧？若真如此，司命星君的一本命格簿子，便委实强悍。

元贞将我领到亭子里，坐好。晚风从湖上吹过来，颇凉爽。

我瞧着他那一副怀春模样，默然无语地坐在石凳上。

他傻乎乎地自己乐了半天，乐够了，小心翼翼从袖子里取出一件东西，献宝似的捧到我面前："师父你看看，它可爱不可爱？"

我斜斜朝他掌中一瞟，这一瞟不打紧。

我在心中悲叹了一声，元贞啊元贞，你这愁人的孩子，你可晓得你手中捧着的是甚？

元贞小弟显然不晓得自己手中捧的是甚，眉飞色舞道："中午船方拢岸，元贞因要稳住随行的百官，于是落在最后。这小乖乖直直从天上掉下来，啊，那时它并不这么小，张开一双翅膀竟有半个厢房大，十分威武。眼看就要压在元贞的身上，小乖乖却怜惜人得很，怕伤了元贞，立时缩得这么小一个模样，撞进元贞的怀里。"

端端窝在元贞手心里的小乖乖——西天梵境佛祖座前的金翅大鹏，现下化作了个麻雀大小，虽是同麻雀一般大小，却仍挡不住一身的闪闪金光。它在这金光中耷拉着脑袋，神情十分颓靡。听到一声小乖乖，便闭着眼睛抖一抖。仔细一瞧，它两条腿上各绑了个铃铛。这铃铛是个稀罕物，本名唤作锁仙铃，原就是九重天上用来锁灵禽灵兽的。怪不得金翅大鹏不能回复原身，只能这么小小的做块砧板上的肉，任人调戏宰割。

中午这金翅大鹏方从天边飘过来时我就有些担心，它这么缩手缩脚地飞，难免半空里抽一回筋。想必我这担心果然应验了，它才能正正砸进元贞怀中吧？

我瞧着金翅大鹏腿上的铃铛出神。元贞凑过来道："这个是先前的师父给的，我十二三岁的时候，道观后有一头母狮子精哭着闹着要做我的坐骑，师父就将这个送给我约束那头母狮子精。后来这头母狮子精却被隔壁山的一头公狮子精拐跑了，这副铃铛也一直搁着没什么用处，此番正好给小乖乖使。"

小乖乖又抖了抖。

我点头唔了一唔，诚恳劝他道："你考虑得虽周全，但你手上的，呃，这位，却是个有主的，你若将它私藏了，待他那主人找着来，怕是有些难办。"

他皱着脸幽怨道："所以元贞才要同师父商量商量，师父是高人，能不能同元贞讨一讨小乖乖。小乖乖是个灵禽，它的主人自然也很不凡，元贞一介凡人，寿辰有限，待到元贞命归黄土，自然要将小乖乖还给他的。"

我看了一眼小乖乖，小乖乖在拼命地摇头。但它此番是个鸟，并不比化人时脖子灵活，脑袋一动便牵连得全身都动。元贞将它递到我脖子跟前，道："师父，你瞧，小乖乖听说我要养它，也很振奋呢。"

小乖乖倒下去做垂死挣扎状。

元贞哀切而又希冀地将我望着，我心头一热，觉得他说得也有几分道理；

再想到他被我毁了姻缘，原本充实的后半辈子必将十分无聊，养一只珍爱的灵禽放在身边，多少可得些慰藉打发时间；进而想到他既然唤我声师父，便算我的弟子，当初我却连个拜师礼也没给他，委实不大像样。前前后后一思量，觉得去西天梵境同佛祖说说，将他这金翅大鹏再借一段时日，应该也不是多大的问题。

我斟酌点头道："好吧。"

小乖乖嘎地呜咽了一声。

元贞惊喜地将小乖乖放进袖子里，握住我的手道："师父，你竟应了，元贞不是在做梦吧？此前元贞还保不住以为这只能算元贞的痴心，没想到师父你竟真的应了元贞……"

他还要继续说下去，半空里却响起一个甚清明的声音："你两个在做甚？"

这声音耳熟得很。

我仰头讶然一望。

月余不见的夜华君正端立在半空中，背对着冷月清辉，面上凉凉的，目光灼灼将我和元贞小弟望着。他身后同站了位神仙，着一身宝蓝衫子，唇畔含笑，面容柔和。

在凡界月余，除了驻扎在菡萏院中的凤九，成日在周遭转来转去的全是些生面孔，此番见着个熟人，且是个能将我周身封了的法力解开的熟人，我有点激动。

近来闲时瞧的戏本子，演到知己好友久别重逢，大多是执子之手将子拖走……拖去街边的小酒楼边喝小酒边诉离情，这才是好友重逢的正经。

夜华与我虽算不上久别，也实打实小别了一番，他此番却冷冷站在半空中，连个正经招呼也不同我打，我觉得不大受用。

元贞握住我的手，微微地发着抖。我安抚地看了他一眼，肃然与半空中两位瑞气腾腾的神仙道："二位快从天上下来吧，月黑风高的，二位纵然仙姿飘逸，遇到个把不能欣赏的凡人，将他们惊吓住就不太好了。"

我这番话说得体面，宝蓝衫子神仙合掌揖了揖，先腾下云头来。夜华眼风里扫了元贞一眼，也落下云头来。

元贞显然就是那个把不能欣赏的凡人，我估摸他今日受惊吓得狠了，正待唤候在远处提灯笼的侍女将他搀回去歇着。放眼望过去，那侍女却已趴在了地上，灯笼歪在一旁。唔，看来对于夜华二位的仙姿，她也不大能欣赏。

元贞的手抖得更加厉害，我在心中叹了一声，我白浅生平第一个徒弟，竟是个见了神仙就腿软的。

我觉得应该温厚地挠挠他的头发，给他一点慰藉。

手还没抬起来，却被他满面的红光吓了一大跳。

此刻的元贞，一张脸红如一颗红心咸鸭蛋，一双炯炯有神的眼珠子亮晶晶地盯着我：“师……师父，我竟……竟见着了神仙，我……我还是第一次见到活的神仙……活的神仙哎——”

我默默无言地将手缩了回去。他喜滋滋两步跑到夜华跟前，恭恭顺顺作了个揖，道：“上古轩辕氏修德振兵，治五气，艺五种，抚万民，度四方，引来凤凰绕梁。此番两位神仙深夜来访，可是因为我父皇德政昭著，上达了天听？”

我暗叹两声，小子，不是你皇帝老子的德政上达了天听，乃是你同你皇帝老子的情债上达了天听。

夜华似笑非笑，打量一番元贞，眼风里瞟了我一眼道：“要让太子失望了，本君此番下界不过是来寻妻，算个私事。”

元贞看了他一眼，又顺着他的眼风看了我一眼，抓了抓头，一脸茫然。

我讪讪与元贞笑道：“是来寻我的，是来寻我的。”

元贞雷打了的鸭子般，十分震惊地望着我。夜华侧头，欣赏亭外黑漆漆的湖面。

我在心中略略一过，觉得同元贞的这趟缘法已了，明日我便要走了。夜华来得不早不晚，今日他们又有这个仙缘能晤一晤面，倒正好趁此时机编个因由，在这里同元贞道个别。

我这厢因由还没编得通透，立在一旁不言不语的宝蓝衫子却已将一道金光直劈元贞面门，元贞立仆。

宝蓝衫子向我赧然一笑：“姑姑不必挂心，小神不过是消了元贞殿下今夜对君上及小神的记忆罢了。经姑姑妙手，元贞殿下如今的命格已十分圆满，但小神唯恐他因见了两个真正的神仙，又生出什么烦恼和魔障。且帝君的命格今次因了元贞殿下的势，变得略有些些不同，小神此行正是为的来补救一番，还烦请姑姑指一指路，小神此番须寻令侄凤九殿下帮个忙。”

这宝蓝衫子忒会说话，东华那命格被元贞小弟带累得，岂是略有些些的不同！

我是个大度的神仙，他这一通抢白，说得句句是道理，他这么会说话，面容又长得和气，我自然不好冷起脸来再为元贞那一仆讨个什么说法。左右都仆了，就继续仆着吧。

夜华悠然与宝蓝衫子道：“你请她指路，便是走到明日清晨，将整个皇宫逛遍了，也定逛不到凤九住的院子去。倒不如拘个土地问问。”

宝蓝衫子诧异地望我一眼，自去拘土地了。

我干笑了两声。

今日夜华不同寻常，说话暗暗有些夹枪带棒，怕是在天上受了什么气。

因我已将元贞的劫渡完了，夜华自然不能再封着我的法力。正巧宝蓝衫子将土地拘了出来，我便跟着他们三人一同去菡萏院，省得在认路上费心思。

临走时见元贞还仆在地上，夜里风凉，元贞小弟的身子骨虽不纤弱却也不大壮实，病一场就有些受苦。本上神是个和蔼慈悲的神仙，最见不得人吃苦，着了宝蓝衫子使个术将元贞小弟送到他寝殿躺着。

夜华冷冷地瞟了我一眼。

在路上我已琢磨明白，从宝蓝衫子方才那一番话中，已很看得出来，他便是南极长生大帝座下的司命星君了。

夜华曾说这位星君脾气怪，依我看，倒挺和顺嘛。

他此次同这位司命星君既是为补救东华的命格而来，方才那句寻我便明摆着是句戏言了。我本性其实是个包不住话的，看这一路上的气氛又这么冷清，忍不住要与夜华开开玩笑：“方才我还听你说是来寻妻的，此番这么急巴巴地却往凤九的居处赶，唔，该不是看我们凤九风姿卓然，心中生了爱慕吧？”

他偏头看我一眼，也不知在想什么，眼中竟生出隐隐的笑意来，却没答我的话。

本意是要刺他一刺的玩笑话，不想碰个软钉子，我讨个没趣，不再言语。

宝蓝衫子的司命星君却在前头扑哧一笑道：“喔，今日君上火急火燎地将小神从天后娘娘的蟠桃会上叫下来，说是有位上神改元贞殿下命格的时候，不小心将东华帝君的命格连带着改了，届时东华帝君历不了劫，重返正身时怕与这位上神生出什么嫌隙。天后娘娘的蟠桃小神一个也没尝着便被君上踹下界来补救，却不想这位上神，原是姑姑的侄女儿凤九殿下吗？前些时日小神见着凤九殿下时她还是个神女，此番已修成上神了？动作真正的快。”

夜华咳嗽了声。

我打了个干哈哈与司命道："是快，是快。"

已到得菡萏院大门口，夜华从我身边过，轻飘飘道："司命来补东华的命格，我便顺道来看一看你。"话毕隐了仙身，闪进菡萏院大门。

我愣了一愣。

土地十分乖觉，做神仙做得很本分，将我们引到菡萏院门口便告退了。司命星君在我一旁做出个恭请的姿态来，我很受用地亦隐了仙身，随着夜华一同入了菡萏院大门。这座菡萏院今日纳了这么多神仙，往后千儿八百年的，都定然会是块福地。

凤九正在灯下沉思，神情甚悲摧。想必回忆起白日里在文武百官众妃嫔跟前号的那几嗓子，觉得丢人了。见着我们一路三个神仙在她面前现出正身来，也并不惊讶，只淡淡朝外屋喊了句："玉珰，客至，奉茶——"

我一把捂住她的嘴："小祖宗，回神了。"

凤九抖地一怔，打了个激灵，看见是我，一把抱住我的腰，音带哭腔道："姑姑，我白日里又丢人了。"

我安慰她道："幸而你暂借的是那陈贵人的凡身，丢的算是那陈贵人的人。"

凤九埋在我怀里摇了摇头："我还坏了帝君的命格。方才我细细思量了一回。我从船板上跳进河中救帝君时，曾瞄到那被金翅大鹏刮下水的女子是会凫水的，若我不多事下一趟水，指不定那女子就将帝君救上来了，如此他两个也不能错过。我本打算今日过了就回青丘的，我暂借的这个陈贵人原本是个不得宠的，纵然今夜就升天了也掀不起什么大波。可此番我多事地救了帝君一遭，今日帝君在昏迷中竟一直拉着我的手，你没见到，刚醒来时他一双眼睛望着我，深情得都能掐出水来。"

我打岔道："许是你看错了，他在水中泡久了，泡得一双眼睛水汪汪的也未可知。"

凤九抬起头来满目凄然："可他还说要升我的阶品。"

我默默无言地拍了拍她的背。

司命星君端了杯冷茶兴致勃勃地凑过来："你是说，东华帝君此番已对你种了情根？"

凤九大约此刻方才察觉这屋里除我外还有两个神仙。我觑了觑坐在一旁喝茶的夜华，与凤九道："那是九重天上的天君太子夜华。"

却不想凤九忒不给夜华面子，一双眼睛只死死盯住司命星君，盯了半晌，方哭丧着一张脸道："司命，你这写的什么破命格啊。"

我觉得凤九这么明目张胆地无视夜华不大好，对夜华抱歉地笑笑，他亦一笑，继续从容地悠悠饮茶。

凤九那一句破命格想是有些刺激司命星君。正譬如你不能对着登科的状元说他胸无点墨，亦譬如你不能当着青楼的花魁说她面容庸陋。归根结底，一个人赖以吃饭的东西，是断断侮辱不得的。

司命捧着那盏冷茶，嘴角抽了抽："开初定帝君的命格，确然定得不济。不过，帝君既已对殿下种了情根，为今之计，也只能请殿下委屈着陪帝君唱一台戏。帝君此番投生，特地要历的劫当中，情劫占了个大头。原本帝君的这个情劫要由那落水的女子来造，如此，只能委屈殿下来造了。"

凤九委屈道："为什么要我来造？我此前欠他的恩情已悉数报完了，你不帮我想个脱身之法，却还要我留下来帮他造劫，司命，你罔顾我们多年的交情。"

司命闲闲地拈了茶盖浮杯中的茶水："正如殿下方才所说，乃是殿下你乱了帝君的命格，让殿下与帝君造劫，便是补偿了。若殿下执意不肯，待帝君这一世寿尽回复正身时，再去与帝君请罪倒也不迟。"

我不忍道："这与小九却没什么干系的，原本是我改了元贞的命格才牵出这些事情……"

司命赶紧搁了茶杯站起来朝我恭顺一拜："姑姑有所不知，天命讲的是一环扣一环的理，上面一环的因结出下面一环的果，凤九殿下正是帝君这个果上面的因。凤九殿下既被卷进了这桩事，且她还用了两生咒施了法力，若帝君的命格被大改了，殿下必然要遭些反噬。小神方才提的那个法子，乃是唯一万全的法子。"

我无限伤感地看着凤九。

凤九凄凉地跌回椅子，凄凉地倒了杯茶，凄凉地喝了一口，凄凉地与司命道："既是要让我来造这个劫，却与我说说，该怎的来造？"

她已然认命了。

司命星君轻言细语道："只需殿下你先与帝君些甜头，将帝君一颗真心拿到手，待彼时帝君对殿下一往情深，再把帝君的这颗真心拿出来反复践踏蹂躏就行了。"

凤九打了个哆嗦，我也打了个哆嗦。

司命补充道："届时小神与殿下择些戏本子，正可指引一番殿下如何，呃，如何践踏人的真心。"

凤九趴桌子上哭去了。

却听到外头的宦臣通报皇帝驾到。我怜悯地揉了揉凤九的头，与夜华司命一道穿墙走了。

他二人一路护送我到紫竹苑外，夜华将我搂了一搂，道："我尚有些事情积在身上，你明日先回青丘，两三日后我便也回来了。"话毕转身遁了。司命方才说，他们皆是从蟠桃会上溜出来，此番需得快快赶回去。

我在原地站了一会儿，觉得方才那滋味隐隐有些熟悉，又说不上来熟悉在什么地方。夜华似在青丘已很住了些日子，听他方才这个话，却不像是快走的形容，他到底打算住到什么时日才算个头？揣摩了一会儿，觉得困意袭来，挠了挠头，转进屋睡了。

SHILI TAOHUA

第十二章 请君入瓮

第二日睡到巳时方从床上爬起来，睡得十分满足。

同元贞他娘辞行时，他娘很舍不得，但因我是位高人，她亦知不可挽留，只唏嘘了几声，便也道别了。

因这么一趟耽搁，近午时才回到青丘。

我不过下界两月，青丘自是没甚变化，山仍是那些山，水仍是那些水。卯日星君仍是对这处地界特别宽厚，日光洒得刚好，不十分厚也不十分薄。

狐狸洞门口见着小别的迷谷，我戏谑道："这么些时日，没了我来时时着你些差事，你过得挺逍遥嘛。"

迷谷含蓄地笑了笑，奇道："姑姑不是昨日回来的吗，还去办了那么一桩大事，说这些话，倒像是刚刚才从凡界回来的形容。"

我愣了一愣，亦奇道："昨日我尚且还在凡界，确然是现在才回来的。"

迷谷一张脸渐渐雪白，喃喃道："那昨日回来那个……"

我一怔，一凛。

若是哪个变化作我的模样，以迷谷的修为断然不会看不出来，倘这世间有一个人，连迷谷看着都觉得是我，那只可能是……

我闭了闭眼。

玄女。

很好，很好，这七万年我未曾去找过你的麻烦，你倒是找到我青丘来了。

我深吸了口气："昨日来的，应该是玄女。"

迷谷两眼发直，唇咬得雪白。

我看他神色不同寻常，问道："昨日她怎么了？"

迷谷颤抖道："昨日……昨日她来时，与我说……说找到了保住墨渊上神仙体的新法子，着我将上神的仙体交与她。我……我以为她是姑姑你，便去……便去炎华洞将上神的仙体抱了来。恰逢，恰逢小殿下午睡醒来，见着你，不，见着她以为是你，十分高兴，她便……她便将小殿下带着一同走了。”

我心头巨震，抓住迷谷衣领道：“你是说，她将师父和阿离都带走了？”

迷谷脸色灰白，死死盯着我的眼睛：“姑姑，是我将墨渊上神的仙体交给她的，你将我赐死了吧。”

半空里雷声轰鸣，乌云滚滚，一道闪电劈下来，五百多年未使过的玉清昆仑扇在面前的湖泊里显出真形，扬起的七丈水瀑中，映出我一双赤红的眼。

我笑道：“扇子，今日怕是要让你再尝尝血气。”

迷谷在身后哑着嗓子唤我：“姑姑。”

我转过脸瞧他，安抚道：“我不过去打一场架，将师父和团子一同带回来，你不用如此惊慌，唔，先烧一锅水放着，我回来要洗个澡好好解乏。”

遂取出白绫紧紧缚住双眼，捏了个诀，腾上一朵浓黑的云，直逼大紫明宫。

上古时候，一些孽障太深的魔族会遭天罚，生出死胎。传说有个叫接虞的女魔因杀孽太重，曾一连三胎都是死婴。后来接虞想出一个办法，将死婴的魂魄用术法养着，杀了一位上仙，再将死婴的魂灵放入这上仙的仙体中，死婴便活了。鬼族之乱后的一万年，折颜来青丘看我，曾有意无意提到，离镜的这位王后，生下的便是个死胎。

玄女，若此番你胆敢滥动墨渊的仙体，莫怪本上神不顾两族情谊大开杀戒，血洗大紫明宫。

七万年前戒备格外森严的大紫明宫宫门如今却无人把守，想是请君入瓮。

但我已不是七万年前那个白浅，那个尚须墨渊深夜相救的白浅，我冷笑一声。手中的昆仑扇略有些躁动，我将它抵在唇边低声道：“你可是闻到血的味道了？”

大紫明宫王后的流影殿前，玄女正襟危坐在一张金榻上，一左一右皆列满了鬼将。她笑道：“浅浅，七万年别来无恙，听陛下说司音神君是个女子，本宫便料到是你。在昆仑虚初见司音时，本宫便很惊诧，除了浅浅你以外，竟还有人同本宫长得这样像。”

我柔和笑道：“王后说笑了，你可不是长得这样的，老身的记性一向好，至今尚记得你当初那张脸，王后却忘记了吗？唔，十里桃林的折颜上神近来空闲，若王后当真忘了，老身不嫌麻烦，倒可以将他请来这里，帮你想想。”

她一张脸红里透白，白里透青，煞是好看。良久，咯咯笑道：“不管怎么说，今天在这里将你的命取了，世间便再没人能同本宫一样了。自昨日得了墨渊的仙体和你的儿子，本宫便知你是要来找本宫的，本宫一直等着你。当初本宫就晓得，即便没有玉魂，你也会将墨渊的仙体保下来，啧啧啧，你果然没令本宫失望，只是让本宫找了这么久，却是个罪过了。墨渊的仙体被你养得不错，本宫很欢喜本宫的儿子能得到个这么好的身体。浅浅，看在你这份功劳上，本宫会叫他们给你一个痛快死法。”话毕那金榻往后一退，两列鬼将齐齐朝我拥来。

我冷笑道：“便看你们有没有这个本事吧。”

半空一声惊雷，玉清昆仑扇从我手中蹿出去，四面狂风呼啸而起，昆仑扇长到三尺来长，我纵身一跃，将它握在手中，底下鬼将们的兵器明晃晃一片，直砍过来。

扇子挽个花，将一众的刀枪棍棒格开，再挥出去，招招都是致命。扇子很多年不曾打架，此番舞得十分卖命，穿过一副又一副血肉躯体，带出的血痕淋漓一地。这两列鬼将中也有打得不错的，兵器刺过来的角度刁钻有力，好几次差点将我穿个窟窿，被我险险避过。彼时我正占着上乘。然他们一帮人委实太多，自午时布阵，直打到日落西山，鬼将死伤得还剩下两三个。我肩背上浅浅挨了一刀，缚眼的白绫也在缠斗中不慎被扯落下来。

眼睛是我的弱处，场外的玄女忽祭出一颗金灿灿的明珠，晃得我眼睛一阵刀割般的生疼，一个恍神，当胸中了一剑。玄女哈哈笑道：“若陛下现今在宫中，也许你还有活命的机会，可你竟来送死得这么不巧，陛下正狩猎去了。啧啧啧，满身的伤痕真叫人心疼，此番却叫哪个来救你？斛那，将她的命给我取了。”

尚未见着墨渊一面就死在这里，便委实太可笑了。身上的痛远没有心中的痛甚。当胸的一剑直达后背，刺中我的名叫斛那的鬼将显见得十分得意。一得意便少了许多警惕，我将剑刃生生握住，扇子狠狠挥过去，他尚未反应过来，脑袋已被削掉了。所以打架的时候，万万不能掉以轻心。金光照得我睁不开眼，却不得不睁开眼，眼角有东西流出来，先前还说得高兴的玄女此时却没了声音。仅剩下的两名鬼将亦十分难缠，可终归少了第三个人来牵扯我，扇子饮血又饮得正是兴起，半盏茶的工夫，便一并做了扇子的祭品。

玄女举着明珠颤抖道：“你别过来，你再过来，再过来我便将墨渊和你儿子一同毁了。”她背后正是不知什么时候移来的两副冰棺，一副大的，一副小的，大的躺着墨渊，小的躺着团子。我眼前一片血红，纵然血红也还勉强辨得出墨渊苍白的容颜。

我停下步子，折扇撑着地，怒极道：“你将阿离怎么了？”

她虽仍在颤抖，却镇定许多，靠着冰棺道：“如今他只在沉睡罢了，不过，你再走近一步，我便不保证他会怎么了。”

我费力地盯着她，眼角的血似乎流得更快。

她得意道：“将胸中的剑拔出来，把手中的折扇丢给我。”

我没搭理她，继续撑着折扇走过去。

她惊慌道：“叫你不许过来，你再过来我就一刀将你儿子砍死。”

果然，她的手中又多了把刀。

我抽了抽嘴角，笑道：“左右我今天进来这大紫明宫，也没想过再出去，你将他杀了吧。你将他杀了，我再将你杀了替他报仇，想必他也欣慰得很。我守了墨渊七万年，他一直没回来，我也活得很百无聊赖了，若阿离一个人害怕，我便陪着他一起去了就是。唔，你我都活了这么长的年月了，大家都把生死看开点。”

她已是语无伦次，慌乱道：“你疯了，你疯了。”

我擦了把眼角流下的鲜血，觉得自己是有那么点疯，却也算不得太疯。眼前这个人，她辱我的师尊，伤我的亲人，我如何还能咽得下这口气，今日不将她斩于昆仑扇下？

玉清昆仑扇一怒，怒动九州。扇子今日饮了足够多的血，十分兴奋。大紫明宫上空电闪雷鸣，倾盆大雨将一地的血污汇成一条血河。玄女歇斯底里道：“你不能杀我，你杀了我陛下会将你青丘踏成平地的，你怎能连累你一国的子民？”

我龇嘴笑道：“那时我们都死了，人都死了还管身后事做甚？”

何况青丘的子民虽不好战却并不是不能战，离镜若要将我青丘踏平，也要些本事。

因想到此处，就免不了再补充两句：“你若真这么担心这些身后事，倒不如担心担心天族的那位太子将你们鬼族夷为平地。你此次劫了他儿子，还打算将他这唯一的儿子给杀了，相信我，以他的个性，委实有可能将鬼族踏平。”

她似不能反应，我也不打算继续让她反应了，昆仑扇已蓄足了力量。一道闪电的盛光中，急急从我手中飞出去。玄女跟前却忽然掠过一个人影，生生将昆仑扇的攻势逆转到我这一方。惊魂甫定的玄女抓着那人的衣袖，颤巍巍叫声陛下。

昆仑扇始发之时便是用的杀人的力，飞得很急，此番被这么一挡，回势更加猛烈，我方才已用尽全力，须臾间委实没力气再避，咬牙闭眼，能葬身在自己的兵器下，我这一生也不算冤了。却在闭眼的一瞬间，被谁紧紧抱住往旁边一个腾挪。我转头看着抱住我的这个人，夜华啊夜华，你是掐着时辰来的吗，你哪怕提前个片刻来，我也不至于伤成这样。

夜华脸色铁青，嘴唇紧抿着，一贯沉寂的眼眸中怒火汹涌翻滚。玄色长袍的襟口处因是白的，被我脸上的血染得一片殷红。昆仑扇引动的腾腾怒雨被格在仙障外，嫩枣大的雨滴打在仙障上，溅起硕大一片雨雾。他用手抚摸我脸颊的血痕，轻声道："浅浅，是谁将你伤得这样？"

我动了动道："伤我的都被我砍死了，还有个没砍死的方才正准备砍，被她突然冒出来的夫君挡住了，哎，你抱得松一点，我全身都疼得很。"

对面尚搂着玄女的离镜猛地抬起头来，似乎极为诧异，难以置信地唤道："阿音？"

被他护在怀中的玄女身子颤了一颤，一双眼望过来，惊恐地睁大了，讷讷道："墨渊上神。"

想是将夜华认作了墨渊。

我勉强与离镜道："不想这么快就又见着了，鬼君好手法，老身方才差点就被鬼君一招毙命了。"

他丢了玄女疾行几步到我面前，却因夜华的仙障挡着，无法靠得更近。我如今这一身狰狞狼狈得很，看得出来他在细细辨认。

昆仑扇受牵引之术的召唤，已重回我手中，我赞叹道："鬼君娶的这位王后果然不错，即便七万年前那场恶战，老身亦没被逼得这样过，今日领教了。"

离镜的脸色比我这严重失血的人还要白上几分，惶惑道："阿音，太子殿下？这……这是怎么一回事？"

松松搂着我的夜华沉声道："离镜鬼君，本君也正想问问你大紫明宫，这是怎么回事。"

我回头与夜华道："你这话却问错了对象，左右是玄女王后掳了我师父与你儿子，你原该问问离镜鬼君的这位王后才是。哦，团子暂且没事，你不必忧心。"

夜华柔声道："那也是你的儿子。"

继子也是儿子，我违心道："好吧，也是我的儿子。"

离镜讶然道："儿子？"我点了点头。他眼神明暗了几番："你……"你了半日没你出个所以然来，又回头去望玄女，夜华也望着玄女，我见他们都在望玄女，便也就一同望着玄女。

她手中的那颗明珠早被夜华一道电闪劈得粉碎，跪倒在团子的冰棺跟前，见着离镜望她，眼神迷乱道："陛下，陛下，我们的儿子终于能回来了，你看，我给他找了个多好的身体。早知道墨渊的身体对我们的儿子有用，当初白浅那贱人来我们大紫明宫向你讨玉魂，你原该给她的。啊，不过想不到，没有玉魂她也能将墨渊的身体养得这样好。陛下，你往日嫉妒墨渊，从今往后却万万不能这样了，他就要是我们的儿子了……"

离镜大喝一声："住嘴。"

玄女茫然道："陛下，难道是我说错了，你当初不愿将玉魂给白浅那小贱人，不就是因为嫉妒墨渊吗？可如今他就要是我们的儿子了，啊，对了，你还不知道白浅那小贱人是谁吧，青丘的白浅，她就是当年的司音神君呀……"

夜华的手一震。

我挣开他的怀抱，撑着昆仑扇走出仙障，冷笑道："玄女，你尽可以试着再辱我师父一句，试着再辱我一句。我师父的仙体无上尊贵，受了我七万年的心头血存到至今，怕是你的儿子承受不起。"

离镜猛地转过身来，双目赤红，几步到我面前："心头血，你是说……"

我退后一步，恨声道："鬼君当初是怎么以为的，以为我没你的玉魂便保不住自己的师父？玄女说的鬼君可是听明白了，青丘的白浅本就是一头九尾的白狐，九尾白狐的心头血有什么功用，你正可以去问问你的王后。"我指着自己的胸口，斛那鬼将的那支剑尚刺在左胸处，沉沉笑道："那时候师父的仙体伤得很重，需每夜一碗心头血连养三月，我在那场战事中身体受损得也很严重，若每夜取自己的心头血养着师父，怕支撑不过三个月，想着你我总算早时存了些情谊，厚着脸皮来你大紫明宫求赐玉魂，彼时，离镜鬼君，你却是怎么同我说的？"

他哑声道："阿音，那时我并不知你重伤在身，我也并不知道，阿音……"

我擦了把脸上的雨水，指着墨渊的冰棺笑道："你可知道，我是怎么支撑过每夜取心头血的那三个月的？如今，若说我白浅还是个善神，也只是因为我还有份知恩图报的心，师父佑我两万年，时时救我于危难之中，不将这份恩情报答与他，我白浅就枉称一个上神。算我无能，彼时连取了七夜心头血，便毫无知觉，若不是阿娘及时赶到，渡我一半修为，司音神君便真如传说所述仙迹永失了。你可还记得当初我所说的，同你们大紫明宫不共戴天？如今，我念着神族与鬼族好不容易建起来的情谊，不与你们大紫明宫为敌，你还当真以为我是怕了你们不成？”

离镜竟面露凄凉之色。

因方才那番话说得太用力，牵扯身上的伤口，当时不觉怎么，如今停下来喘气，却觉疼痛难忍。很好，这痛也是一会儿一会儿的。

我压抑着咳嗽了两声，夜华赶紧过来将我搀着，方才我同离镜叙旧，没注意到他已将墨渊同团子从冰棺里救了出来，正用一团仙气护着，端端立在他身后。这么看他与墨渊更是相似，从头发到服饰，除了墨渊的脸色苍白些，两人竟没什么不同了。

离镜仍将我定定望着，顿了良久，才道：“阿音，不是这样的，那日，那日你离开之后，我找了你很久，便是这七万年，我也未曾片刻停止寻你。后来我想了很多，阿音，玄女说得对，当日我不与你玉魂是因为知晓你要用它来救你师父，我嫉妒他。阿音，我其实，我其实从未对你忘情。”

他这一声未曾忘情令我惊了一跳，我定了定神，叹道：“离镜，你不是未对我忘情，你这一生永远都在追求已失去或求不得的东西，一旦得到了，便绝不会再珍惜了。”

他眼中竟蓄出泪来，又是良久，涩然笑道：“你这样说，只是想少些负担是吗？你当初便从未爱过我对不对，所以我同玄女一处，你才放手得如此潇洒，那时候，你早就对我厌烦至极了对不对？”

胸中好不容易平复下去的血气立刻又涌上来，我咬牙冷笑道：“当初你做了那般错事，还指望我海量同玄女共侍一夫？如今这倒成了我的不是。你只道玄女她是个弱女子，须得你怜惜，纵然我当初是男儿身，心也不是铁石做的，被你两个那般践踏，也曾鲜血淋漓。我伤情大醉，噩梦缠身时，你却是在哪里？你同玄女却是在做甚？”

离镜脸色苍白。

我攀着夜华的手臂咳得喘不过气，身后夜华冷笑道：“鬼君先别忙着算当年的账，本君暂且问一问鬼君，今日你的王后做的这笔账，我们是公了还是私了？”

离镜尚未作答，玄女已颤抖道：“私了怎么，公了又怎么？”

夜华沉声与离镜道：“私了便请离镜鬼君将你这不懂事的王后剥皮抽筋，魂魄打下畜生道永世不得超生，以泄本君心头之愤；公了嘛，我天族的将士们许多年没打仗了，已闲得很不耐，我们正可以试一试，这么些年到底是哪一族的兵练得更好些。”

玄女倒吸了口气，大雨中踉跄爬过去抱住离镜的腿，仰头道："陛下，救我！"

离镜看了她一眼，道："你委实不懂事了些。"

玄女凄厉道："你果然是要将我剥皮抽筋吗？你忘了，你忘了当年我为你做了多少事，没有我，你能够这么轻松登上鬼君之位？如今你却要，你却要……"继而又哀求道，"陛下，天族不会出兵的，他没有权力号令天族出兵，他不过是个太子而已，为了个女人出兵，天族不会同意的……"

夜华换了个姿势搂住我，轻声道："本君可不单是为了个女人出兵，墨渊上神是我天族的尊神，白浅上神是我天族未来的帝后，阿离将来必定要承本君的位。此番，他们三个却在你大紫明宫里受了这奇耻大辱，你说，天族的众将士可咽得下这口气？"

离镜没理抱住他腿的玄女，神色木然道："玄女此前就一直有些疯癫，否则也不能铸下如此错事，还望太子殿下能网开一面。"

夜华温声道："浅浅，你说，要不要网开一面？"

这会儿松懈下来，全身上下痛得不能言语，本想再放两句狠话，奈何身上太累，只斩钉截铁摇了摇头。

玄女哈哈笑道："夜华君，亏得你对白浅这贱人这般好，你可知道，她同她的师父有私情？"

我十分震怒，待要挣扎去抽她两个耳光，夜华已一道电闪劈了过去。离镜没再护着她，玄女被劈得往后退了十丈远，正正撞在那张金榻上，吐出一口血来。

夜华道："本君原本从不打女人，浅浅还说你那张脸长得同她很像，我倒看不出你这张脸，同她哪里像。"

我推开夜华，撑着昆仑扇走到玄女跟前，瞧着眼下这张同我八九分相似的满是血污的脸，轻笑道："皮相这东西，当初我既给了你，便并不大在意，但如今看着你这张脸，却叫我不大顺心了。"

她惊恐得直往后缩，颠三倒四道："你要做什么？我……我本就长得这样的，你……你不要想夺了我的美貌。你便是请了折颜来，我……我也是不怕的……"

我右手捏起印伽，诧异笑道："请折颜做什么，我先前不过同你开个玩笑，易容换颜这桩法术，你以为四海八荒只有一个人会？老身不才，歇下来这七万年里无所事事，这个法术学得也算精深。你便是要剥皮抽筋，也不能带着我这一张脸去剥皮抽筋嘛。"话毕，攒力用咒语将手中的印伽一催，明晃晃一片白光过后，玄女呆滞地将我望着。

我俯身拍了拍她的脸，从袖袋里取出面镜子递给她，还好，这面镜子尚未被血污染红，是面光洁镜子，蔼声与她道："瞧瞧，你现在的这张脸，不是挺好吗？这才是你原本的容貌，可要记得清楚。"

离镜在一旁喃喃道："怎么会是这样，怎么会是这样……"

玄女却突然尖叫一声，我被她这声尖叫引得向后一望，她竟生生将自己两只眼珠挖了出来，错乱道："不，不，不，我不是长这样的，我才不会是长这样的。"

她那一脸血糊糊的模样，有点可怖。

离镜仍在失神中。

我摇头叹息道："心理承受能力太差了。"又转头与夜华道，"她原本的模样，我瞧着也是个清秀佳人，怎会如此在意我这张脸，我其实一直想不通。"

夜华蹙眉："她如此在意，大约是因有人喜欢。"

我本想回他，喉头却一甜，嘴角又溢出几丝血痕。

夜华眼神黯了黯，抱住我与离镜道："离镜鬼君，你便看着办吧。"在我耳边轻道了句："浅浅，可还撑得住？"我想了想，摇了摇头。眼前恍然一团极柔和的光，我便沉沉昏睡了。

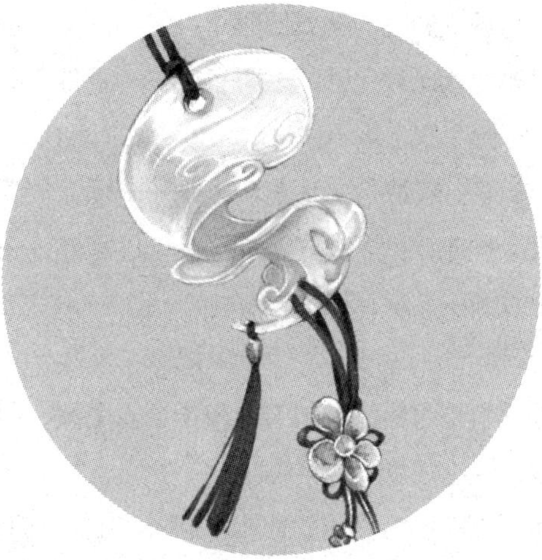

第十三章
风花雪月

当年我在昆仑虚学艺时，山上的规矩立得严整。早不过辰时便须得起身应早课，晚不过子时便须得灭了桐油灯安歇。

因我同大师兄走得近些，待师父出山，便偶尔能在他眼皮底下缺个一两堂课，多睡个把时辰，运气好时能睡到巳时末。但顶多也只是巳时末了。这习惯经年地养下来，虽如今我已拜出师门七万年，却一直带在身上。即便冬日里人懒些，也是一过巳时便在床上躺不住。

因此，虽然昨日我甚畅快地去大紫明宫闹了一场，周身负了些伤，老胳膊老腿疼得心里头拔凉拔凉，到了时辰，却还是巴巴醒转过来。瞧着躺的正是狐狸洞我自个儿屋子的雕花大床，稍稍心安。

昨日，我昏睡得不是时候，未曾亲见夜华带着墨渊、团子并我三个全身而退，但依他的修为，做这桩事应是不难。

迷谷素来伶俐，想来已将墨渊的仙体承回炎华洞中。但却不知他放的那个姿势是不是墨渊一向入睡的姿势。我不大放心，待要掀开被子起身去看看。

一动，却牵着胸前伤处，疼得我倒吸一口冷气。

听得我这口冷气，被面上一个东西略动了动。我垂眼想看得仔细，却蓦地对上一道热气腾腾的目光。这目光的主人正趴在床沿上，温顺又欣喜地将我望着。

我愣了一愣。

我这一愣其实有些缘故。

照我在凡界瞧的那些戏本子，倘若一个书生赶路时遭了山贼，被路过的侠士拔刀相救，待那书生从虚惊里清醒过来，登场的必然是这位年轻有为的恩人侠士，万没哪个戏本子在这样要紧的关口上一个跑龙套的。眼下我这情势，却正譬如一个遭了强盗的书生，本该是侠肝义胆的夜华登场的好时机，偏跑上来一个毫不相干的人。是以，我才有这么一愣。

跑龙套的仁兄灼灼看了我好一会儿，轻声道：“你……你现在觉得怎样？”

我谨慎地朝里挪了挪，道：“睡了一觉，精神头已好了十之七八了。”

诚然我是个上神，过去的十四万年里头，这副仙身历经大大小小的劫难打磨，早已非同寻常，等闲的伤势都好得比常人利落，却也并不至于这样利落。我撒这个谎，乃是因面前这位仁兄一向与我有些不对付。若我在他面前示弱，他趁着我重伤在身，暗暗下趟不轻不重的毒手，我便委实呜呼哀哉了。

我同这位仁兄的渊源，正可以追溯到折颜送四哥毕方鸟坐骑之时。

折颜从西山猎回的那只毕方，便正是此刻我面前这位衣冠楚楚的仁兄。

毕方刚刚开始做四哥的坐骑时，我们处得甚好，他还曾单独背我一人去十里桃林吃过好几次桃子，讨过好几次酒。后来却不知什么缘故再不愿背我。好在千儿八百年后让我瞧出一丝因由。大约是他喜欢凤九，凤九却每每只缠着同我一处，所以他对我生了嫌隙。

因他这醋吃得没道理，我自不同他一般见识。然他却较真，仿佛每日里必得同我辩两句，惹出我的火气，日子才过得下去。是以他出走后，我还挺不厚道地偷偷欢喜了好几日。

窗扇大敞，光线虽不烈，因我眼睛不好，被晃得有些刺痛。毕方赶紧凑过来道：“我将窗扇关了可好？”

他这样谦和，唬了我一跳，来不及做别的反应，只在鼻子里嗯了一声。

他关了窗户回来，与我掖了掖被角，在床边靠了一会儿，又亲厚地来问我喝不喝水。就是迷谷也做不来这般周到细致。

我其实很有些渴，但毕方这番作为却让我心里头揣了老大一个疑问，待他又去体贴地倒茶，恍然间脑中灵光一闪，瞬时福至心灵。

我闷闷笑道：“四哥？你是四哥吧？因我刚打了架法力衰弱，识不得变化之术，便装了毕方的样子来耍弄于我。嘿嘿，样子倒化得没一分毫差的，但性子却忒不像了，你可没瞧着毕方素日来对我那不冷不热不当一回事的形容……”

倒茶的影子顿了顿。

他转过头来，神色复杂，道：“我没做什么变化，实实在在便是毕方，上神同殿下前去西海办事了，我一个人在桃林守得无趣，便回来瞧一瞧你。”

我愣了，嘴唇哆嗦几番，扯出一个笑来：“哈哈，你们羽禽类一向性子就有些冷，天然和我们这些走兽不大一样的。哈哈，我就那么一说，你别挂在心上，别挂在心上……”

他面上瞧不出喜怒，端来茶水扶我喝了两口。看着我默了半日，忽然道：“若那时我在你身旁，就算拼了满身修为也不会叫他们伤你一分一毫。”

我讪讪道：“都是一个狐狸洞出来的嘛，那是自然，那是自然，毕方你哪日约了人打架，我也是要同你助一助威的。”又想到他说的是“拼了满身修为”，我这个“助一助威”自然就落了下乘。我咳了一声补充道：“哪怕是被打得灰飞烟灭。”自觉口头上这个人情做得比他还大，略感欣慰。

口头上的人情做起来不过张一张嘴的事，十分容易，你推一句我接一句，即便话里头未含几分真心，听起来总让人受用。然毕方看起来却并不那么受用，一双眼瞪着我。虽则瞪着，却瞪得与平日里分外不同，乃是有几分嗔怪地瞪着。

我打了个哆嗦。

他倾身而来：“浅浅，你装傻要装到几时，你明知我自来了青丘便思慕于你，却要说这些话来气我。”

我傻了。

娘啊，人说羽禽类最是忠贞，不动情则已，一动情至死不渝。倘若思慕了一个人，定然是到老到死都思慕这个人。毕方既思慕了我的侄女，按他们羽禽的传统，便该有始有终地思慕下去，几时，几时他却又看上我了？

他续道：“因你同那天族的太子早有婚约，我才勉不得已藏了一颗真心。可此番，此番你遭此大难，他却丝毫不能保你周全。听说他天宫里还储了位侧妃，我出去这么多天，打算得也很清楚，他这样风流，也不知能不能全心待你好，我怎能放心将你交与他，我……”

他一番话尚未说得尽兴，门啪嗒一声，开了。

夜华脸色铁青地站在门口，手中一碗汤药，正腾腾地冒着热气。我茫然中还能感慨一番，报恩段子陡然变作风月段子，这出戏真是一出不落俗套的戏。

毕方斜觑了夜华一眼，没再说话。

夜华将药碗搁在桌案上，因毕方正占着床沿，便只在案旁长凳上坐了，面上凉凉的也没说话。

厢房里一时静极。

得了这个空闲，我正好把刚才毕方的一番话理个顺畅。

他方才说因我同夜华有了婚约，他才将一颗真心藏了。

他这颗真心却藏得忒深沉了些，这么万儿八千年的，我竟一丝也没瞧出来。

我虽对毕方没那不正经的心思，可他说思慕我，回过味来，我还是有几分欢喜。因自桑籍退婚，天君颁下那桩天旨以来，我那本该在风月里狠狠滚几遭的好年纪，孤零零地就过了，与同年纪的神仙相比不知无趣了多少。虽面上瞧不大出来，其实我心里一直很介意这件事。是以毕方表这个白，便表出了我积压了五万年的一腔心酸和一腔感动。

我觉得即便遂不了毕方的意，那拒绝的话也要说得十分温存，万不能伤了他的心。斟酌良久，讷讷开口道："这个，终归是他们天族订婚在前，我同你，呃，我同你也只能是有缘无分了。你说思慕我，我其实很欢喜。但凡事……凡事也要讲个有先有后不是？"

毕方的眼睛亮了亮，道："若你能同我一起，我愿意将天族得罪个干净。"话毕瞟了夜华一眼。我才注意到，袅袅的药雾里，夜华的脸色已难看得不能用言语形容了。

夜华摆出一副难看的脸色来自然有他的道理。我大约也能理解。身为他未过门的媳妇儿，却当着他的面同另一个男子商议风月之事，这实在荒唐，大大驳了他的面子。但我同毕方光明正大，且此番原是他来得不巧，我总不能因了他误打误撞闯进来就给毕方钉子碰。毕竟我同毕方的交情也算不错。

这么在心中掂量一遭，我甚好心地同夜华道："不然你先出去站站？"

他没理我，手指抚着药碗边缘，面上毫无表情。

毕方又坐得近我一尺，柔声道："你只说，你愿不愿同我一起？"

当着夜华的面，他这么坐，也委实胆肥了些。

我讪讪道："你也晓得我是很重礼数的，既然天族将我定下来，我断不会主动起什么事端让青丘和九重天为难。你这份心意我便承了，也很感激。但我们两个实在有缘无分，多的便不再说了，你对我这个念想，若还是泯不了，便继续藏起来吧，终归我知晓了你的这份心，长长久久都不敢忘记。"

我自觉这番话说得滴水不漏、无懈可击，既全了毕方的面子，也全了夜华的面子。

毕方木然地瞧我一会儿，叹了口气。又帮我掖了掖被角，转身出房门了。

夜华仍坐在桌案旁，一张脸隐在药雾里，看不大真切。

我睡一觉，精神头恢复得其实只十之一罢了。同毕方这一通话说得，且惊且喜且忧且虑，大大伤了回神。但心里仍惦念着要去炎华洞一趟，此时厢房里偏有夜华坐镇，自然不便。我琢磨着须找个名目将他支开，凝神片刻，气息奄奄地与他道："唔，劳烦把药给我，突然有点犯困，吃了药我想好好睡一会儿，你去忙你的吧。”

他嗯了一声，将药端过来。

良药苦口，这药苦成这样，想来确然是良药。一碗汤药下肚，苦得我从头发尖尖到脚趾尖尖都哆嗦了一回。

夜华接过碗放在一旁的凳子上，却并不走，只侧了头看我，道：“你可晓得，回回你不愿我在你跟前守着时，找的理由都是犯困？此时你也并不是真的犯困吧？”

我怔了一怔。

诚然这是我找的一个借口，然我记得这个借口千真万确是头回同他使，万谈不上回回二字。

我尚自思忖着他口中这“回回”二字，他却已来揽了我的腰身。因此番我伤得重，不自觉化了原身养伤，狐狸的身形比不得人，腰是腰腿是腿，他却还能分出一只狐狸的腰身，我佩服他。

他声音低哑，缓缓道：“浅浅。”

我嗯了一声。

他却只管搂着，没再说什么。半日，又挤出来一句：“你方才说的，全是真心？”

我有些发蒙，方才我那一番话，皆是说给毕方听，与他却没什么干系。我是真心还是不真心，显见得该毕方来问才更合宜。

他埋着头似乎笑了一声，这一声有那么股子没奈何的意味：“你此番任我揽着你抱着你，我来青丘住的这些日子，你也时常能为我添个茶水陪我下一下棋，皆是因为我们两个有婚约是不是，若与你有婚约的是另一个人，你……”他将我揽得更紧一些，叹了口气，却并不接着说了。

我在心中雪亮亮过了一遭，以为他这话问得古怪，这不是明摆着的事嘛，若不是我两个早有婚约，他能在我这里一次又一次揩到油水？便是刚来青丘小住时，已被迷谷乱棍打出去了，哪还进得了狐狸洞，分得了上好一间厢房？且不说我还将三哥往日住的辟出来与他做书房，待他待得这么殷勤。

但自我同夜华相熟，他从来一副泰山崩于前连眼睫毛也不动一动的性子，此时竟在我面前显出这等示弱姿态，可见，有些不同寻常。

我干干一笑：“我对你好也不全是因那纸婚约。”

他僵了僵，抬头望我，眼睛里有亮晶晶的东西闪了闪。

我被他瞧得不自在，咳了两声道：“你在狐狸洞住的一段时日，每日批公文都批得十分辛劳，却还惦念着给我们煮饭烧菜。这些我都很感念，一直切切记着。俗话说有来有往，有去有回，你投过来一个桃，我自然要回报你一个李，没李子也得拿个枇杷果顶着。换了其他人来与我起一纸婚约，却未必能做到你这样，我便也未必能捺着性子同他喝茶下棋了。”

我自觉这个话说得合宜，这正是长久夫妻的相处之道，夜华一双眼却黯了黯。他自去黯然，我因无从知晓他为何黯然，不便打搅，只望着床顶。神思不经意游转到炎华洞，唔，说起来，炎华洞洞口的禁制须得换一换了。

夜华突然深深将头埋进我肩窝，闷闷道：“我从未给其他人做过饭菜，我只给你一人做过。”

我用爪子拍了拍他的背，点头道：“你的厨艺很好，抽空给你爹娘爷爷也做几回，正体现一个孝字。”

他没理我，又道：“我做这些并不因你同我有婚约。我来青丘住也并不因阿离想你。”

我了然道：“哦，下厨房这个事原来却是你的兴趣。这个兴趣是个好兴趣，忒实用。”

他将我搂得越发紧，仍没理我，再道：“浅浅，我爱你。”

我茫然了一会儿，睁大眼睛，十分震惊。这这这！

天塌下来也没比这个更叫人惊诧的了。

我原以为自己的姻缘树乃是棵老铁树，劈死了万万年开不了花，今遭，这棵老铁树居然……居然开花了？且还开的是一株并蒂花？！

夜华抬起头来幽幽望着我：“你怎么想？”

我尚且还震惊得不能自拔，委实不知该怎的来说，在拔与不拔之间，好容易喘上一口气：“这……这可不当耍的。”

他淡淡然笑道：“我再没什么时候比这时候更真了，没情谊自然也能做长久夫妻，我却盼着你同我能有绵长情谊。”

他这些话句句都是让人肉紧的猛话。我虽惶恐震惊，却也还能在这惶恐震惊之间拿出一丝清明来斟酌一番。起先，我确然没料到他是这样想的。现今回忆此前种种，一桩桩一幕幕飞速在眼前闪过。略一琢磨，他那一番心思，倒着实，着实是瞧得出征兆来的。我老脸红了一红，幸好此番是原身，一脸的狐狸毛，也见不出我一张脸红了一红。

但苍天明鉴，我于他在心里却素来都正经得很，即便想着日后要做夫妻，也打算做的是那知己好友型的夫妻，万没生出什么邪念来。

夜华为人很得我心，我对他了不得存着一些欣赏，却也不过站在老一辈的高度上，对小一辈关怀爱护罢了。要说同他风月一番，却委实有些……有些……

夜华一双眼莫测地将我望着，不说话，直勾勾地。望得我饱受煎熬。

我顿了顿，咽了口唾沫，道："我听阿娘说，两个人做夫妻，做得久了，当年风花雪月的情谊便都得淡了，处在一处，更像是亲人一般。眼下我觉得你已很是我的亲人了，我们其实大可以略过中间这一步路，你看，如何？"

当年因离镜受的那次情伤，伤疤虽已好得干净利落，却难免留下些坏印象。让我觉得情这东西，没有遇对人，便是个甚不好的东西。倘我再年轻个四五万岁，玩一玩也没怎的，即便再伤几回，道一声年少轻狂便也过了。如今年岁大了，对这个却着实再没什么兴致。但夜华尚年轻得很，纵然我想过清静无为的日子，连累他一起过，却说不过去。

方才那一番话说得顺畅，夜华没言语，我便也胆肥不少。细细揣摩一番，又将我心中这个想法与他商量："不过你这个年纪也确是该好好爱几场恨几场的年纪。趁如今你对我的孽根种得还不深，早早拔出还来得及。等你到了我这个年纪便能晓得，在世上活了这么多年，对情爱这东西早看淡了，委实提不起什么兴致。这是个高处不胜寒的境界啊。唔，天君那一纸天旨将你我两个凑作一堆，其实我一直觉得对你不住。但你也不必太过伤心，待我同你成婚后，看能不能再为你另娶几位年轻貌美的侧妃。"

说完这番话，心中一块大石头砰然落地。如今我的心态，真是四平八稳波澜不惊。

想来我也该是四海八荒头一个这么大度的正妃了，纵然夜华娶了我，在年岁上有些吃亏，冲着这一点，却委实要烧高香。

他却并不如我想象的那么高兴，神色惨白，盯着我的眼睛，道："这是你的真心话？"

我敛容恳切道："真，比真金还真。"

我只以为在娶侧妃这桩事上，他要向我寻个保证，却不想得了我这句话，他那原本便抿得死紧的唇抿得更紧，眸光渐渐淡去。

活到这么大年纪，性子难免被磨得温吞些，但感情这个事情，乃是个万万容不得拖泥带水的事。我继续敛容恳切道："千秋万载我也是这个话，我同你还是保持纯洁的联姻关系好些。其实，夫妻两个有了私情倒不一定是个好事。譬如哪一天你想再纳个妾，都不定能纳得便利。如今这样就正好了，你要将眼光放得长远一些。唔，今日你大抵不理解我说的这些，可到有一日，你再看上哪个仙，想将她娶回洗梧宫来，便晓得我此时说这一番话的好处了。”

他静了一会儿，只缓缓道：“你是，特意说这些话，来让我难受的吗？”

我心中咔的一声，他如今爱我爱得仿佛正是兴头上，虽则我一片好心，但说的这些话，细细一想，却有些操之过急。

我默默无言将他望着，不知怎的来劝他才好。只觉这个事，要慢慢地从长计议。

他将我揽在怀里，低哑道：“我只爱你一个，再不会爱上其他人了。”顿了顿又低声喃喃了句什么，听得不大清。

唔，这愁人的，死心眼的孩子哟。

夜华将一番震得我天灵盖发麻的猛话放完，却并不见走，只将我搀着躺下，四个被角捂严实。我虽受了重伤，也不见得虚弱至此，连躺一躺这等轻便动作也做不稳健。但看他神色凄然，我不便火上浇油，只能默默受了。

他捂完被角，又将搁在一旁坐凳上的药碗拿去放在桌案上，端起杯子倒了口冷茶喝，方踱回来，背倚着床栏道：“阿离已送上天宫了，只受了些惊，倒没大碍，需休养几日。我原本打算带你一同回天宫的，灵宝天尊的上清境有一汪天泉，正宜你将养。”皱了皱眉又道，“但那只毕方豁命拦着。不过，若你开口应了，他也没甚好说。你先躺躺，明日一早，我们便回天宫吧。”

灵宝天尊的那汪天泉倒听说过，确然是个好东西，似我这身伤势，寻常须将养个把月的，去那天泉里泡泡，怕痊愈也不过三两天之事。借着夜华的面子，倒能捞这么个便宜，我挺欢喜。

说完这番话，他便闭目养起神来。我却还得去炎华洞瞧瞧墨渊，琢磨半日，缓声道：“你今日，没文书批了？”

他半睁开眼睛：“今日没甚可忙，你方才说困，我便陪你靠靠。”

我嘴角抽了抽。

他仿佛从来不曾识出这是我的一个借口，谦和地漾出笑来：“怎么，又不困了？”

我怅然地咬紧牙齿：“困，困得很。”

夜华是个今日事今日毕的脾性，便是此前他在我青丘极悠闲地窝着时，大半时日也扑在书房里批文书，忙得脚不沾地。

今次虽出了这样的大事，伽昀小仙官却也并不见得就能任他清闲几日，那公文必定仍是一般地从天上哗啦哗啦搬下来。

昨日并今日两日的公文，乖乖，苦命的夜华今夜注定不能安睡。

我估摸，他此时在我床上靠一靠，应当并不只为令我吃憋，连带着，大约是要将养将养精神。这就譬如在凡界，倘凡人犯了大事要砍头，砍头前总要拿一顿好的，舒舒服服吃了才上断头台。料得夜华这一趟很需眯些时辰，打点起十足精神，才能奔去书房应付两日公文。我便也对付着眯了，心中存了个精细算盘，待他眯够动身走了，我便化出人形来去一趟炎华洞。

不承想我这个算盘却落了空。十之一的精神头甚不中用，也不过半盏茶工夫，人就迷糊得有些昏沉了。

半梦半醒浮浮沉沉之间，我做了一个梦。

这个梦我几万年都没做成，却在今日功德圆满。

我梦见了墨渊。

SHILI TAOHUA

第十四章 墨渊当年

墨渊仙去后开初的几千年，我等得心焦又心烦，日日都盼着做梦能梦到他，好问一问他究竟什么时候能回来。每夜入睡前，我都要将这个问题放在心中揣摩五六遍，几个字记得牢牢靠靠，就怕梦里见着墨渊时太过激动，将心尖上这个疑问给忘了。但因总是梦不成功，后来便渐渐淡了这个心思。

终归是过去的基础打得牢靠，此番做梦，我竟还能牢牢记着将这陈芝麻烂谷子、困扰了我七万年的问题提出来，再晒上一晒。

梦一开初，是折颜领着我拜师昆仑虚的光景。

那时我刚过完五万岁生辰，和现今的夜华一般年纪。

因阿娘生了四个儿子，好不容易生下一个女儿，且这个女儿在娘胎里就带了病，生下来分外体弱，狐狸洞一洞老小便都对我着紧些。四个哥哥皆是放养长大，我却十分不同，起居饮食都定得很严。出行的地界也不过狐狸洞外的青丘同折颜的十里桃林这两处。我辛苦熬了两万年，被养得十分强壮，阿爹阿娘却仍不放心。

两万岁上，阿爹阿娘因一些缘由常不在青丘，将我划给四哥看着。

须知我这位四哥，乃是个拿面子功夫的好手，面上一副柔顺乖巧，背地里却很能惹是生非。

我十分憧憬四哥。

阿爹一道御令下来，尚且还算不得是个少年的四哥叼了根狗尾巴草坐在狐狸洞前，慈爱地看着我道："从今天起，就四哥来罩你了，上树掏的鸟蛋，有我一个，也有你一个；下河摸的丁丁鱼，有我一条，也有你一条。"

我同四哥一拍即合。

那时折颜已十分照顾四哥，只要打着他的名号，惹了再大的祸事也能轻松摆平。于是四哥便带着我全没顾忌地在青丘上蹿下跳，整整三万年没个止息。

待阿爹阿娘得空回头来反思这唯一一个女儿的教育问题，觉得既是生了个女儿，便须得将她调养得温柔贤淑文雅大方，我却已被养得很不像样了。

所幸同四哥在青丘晃荡的这五万年，我们兄妹俩小事惹了不少，却没摊上什么大事，过得还算顺遂。是以两个人的性子都难免天真骄纵些，全不能和夜华现今这气度比。

本上神常常忧心，夜华如今不过五万岁，即便不是一团天真，也多少该有些少年人的活泼模样。他却已沉稳得这样，过往的人生路上，却究竟是受了多少折磨，经了多少打击，历了多少沧桑啊。

再说我五万岁的时候。

那时，阿娘觉得我不大像样，十分发愁。先是担忧我嫁不出去。在狐狸洞闭关思索了半月，亏得有一天，她灵机一动，悟出我的性子虽不怎么样，所幸模样生得不错，无论如何不该嫁不出去，才略放宽心。

但不久却从迷谷处得来一件八卦，说扎在隔壁山脚水府里的烛阴一家新近嫁了女儿。新嫁的小烛阴因自小失了母亲，没得着好调教，稍稍有些娇气，她的婆婆很看不惯，日日都要寻些名目来惩戒于她。小烛阴难以容忍，才放去夫家不过三月，便哭哭啼啼地回娘家了。

听说小烛阴为人新妇后受的委屈，再看一看我的形容，好不容易放宽心的阿娘一时心慌意乱，一日一日地，越发忧愁。

她觉得似我这个性子，即便日后成功嫁了人，也是个一天被婆婆打三顿的命。想到我日后可能要受的苦，一见着我，阿娘便忍不住悲伤落泪。

有一回，折颜来狐狸洞串门子，正见着阿娘默然拭泪。问了因由，沉吟片刻，喟叹道："丫头这性子已经长得这样了，左右再调不过来。如今只能让她习一身好本领，若她将来那夫家，上到掌家的族长下到洒扫的小童子，没一个法力能比得过她，她便如何天真骄纵，也万万受不了什么委屈。"

阿娘听了他这番话，眼睛一亮，深以为然，决定让我拜个师父。

阿娘一向要强，觉得既然是诚心诚意要给我找个师父学本事，便须得找个四海八荒最好的师父，才不枉费她一番心思。

选了多半月，选定了昆仑虚掌乐司战的墨渊上神。

此前我虽从未见过墨渊，对他这个名字，却熟悉得很。

我同四哥出生时，四海八荒的战事已不再频繁，偶尔一出，也是小打小闹，上不得台面。长辈们有时会提及自阴阳始判、二仪初分起几场真正的大战事，如何的八荒动怒，如何的九州血染，好男儿们如何疆场横卧，如何马革裹尸，又如何建功立业，说得我同四哥十分神往。

那时候神族里流传着许多记录远古战事的典籍，我们一双兄妹十分好学，常去相熟的仙友处借来看。倘若自己得了珍本，也同他们换着看。

这些典籍中，处处都能见着墨渊的身姿。写书的天官们皆赞他神姿威武，一副玄晶盔甲，一把轩辕神剑，乃是不败的战神。

我同四哥十分崇拜他，私下也描摹过他那威武的神姿会是如何的威武法。

我们两厢虔诚地探讨了一年多，觉得这位墨渊上神定是有四颗脑袋，每颗脑袋面向一个方位，眼睛铜铃般圆，耳朵蒲扇般大，方额阔口，肩膀脊背山峰样厚实宽阔，双足手臂石柱样有力粗壮，吹一口气平地便能刮一阵飓风，跺一跺脚大地便要抖上一抖。我们冥思苦想，深以为如此才能显出他高人一等的机敏，高人一等的耳聪目明，高人一等的耐打强壮。勾勒出墨渊威武的神姿后，我同四哥十分振奋地跑去找擅丹青的二哥，央他为我们画了两幅画像，挂在屋子里日日膜拜。

正因有这么段因果，乍听说要拜墨渊为师，我激动得很。四哥原想与我同去，却被折颜拦住，在洞里还发了好几日脾气。

折颜带着我腾了两个时辰的祥云，终于来到一座林麓幽深的仙山。这山和青丘不同，和十里桃林也不同，我觉得很新鲜。

早有两个小仙童守在山门上迎住我们，将我们引入一进宽阔厅堂。厅堂上方坐了个一身玄袍的男子，以手支颐，靠在扶臂上，神色淡淡的，脸长得有些娘娘腔腔。

我其实并不大晓得什么算是娘娘腔腔，只听四哥模糊提过，折颜那一张脸俊美得正好，比折颜长得不如的就是面貌平庸，比折颜长得太过的就是娘娘腔腔。四哥这句不那么正经的话，我一直记着。

我因是四哥带大的，一向很听他的话，连他说我们一同挂在厢房里那幅臆想出来的丹青，乃是一种等闲人无法理解的俊美，我也一直深信不疑，并一直在为成为非等闲人而默默地努着力。

所以，当折颜将我带进昆仑虚，同座上一身玄袍的这个小白脸打招呼：“墨渊，七千年别来无恙。”我大受打击。他那一双细长的眼睛，能目穷千里吗？他那一对纤巧的耳朵，能耳听八方吗？他那一张薄薄的嘴唇，出的声儿能比蚊子嗡嗡更叫人精神吗？他那一派清瘦的身形，能扛得动八荒神器之一的轩辕剑吗？

我觉得典籍里关于墨渊的那些丰功伟业都是骗人的，一种信仰倒塌的空虚感迎面而来，我握着折颜的手，十分伤心。

折颜将我交给墨渊时，情深意切地编了大通胡话，譬如“这个孩子没爹没娘，我见着他时正被丢在一条山沟里，奄奄地趴着，只剩了一口气，一身的皮毛也没个正形，洗检洗检才看得出来是个白狐狸崽子”。譬如“我养他养了五万年，但近来他出落得越发亭亭了，我家里那位便有些吃醋”。再譬如“我将他送来你这里实属逼不得已，这孩子因受了很多苦，我便一直宠着他些，性子不好，也劳你多费心思”。

我因觉得折颜编这些胡话来哄人不好，伤心之余，还分了一些精神来忐忑。墨渊一直默默无言地坐在一旁听着。

墨渊既收了我做徒弟，折颜便算大功告成。他功成身退时，着我陪他走一走，送他一程。至山门的一段路，折颜仔细嘱咐：“你如今虽是个男儿身，但洗澡的时候万不可同你的师兄们一处，万不能叫他们占了便宜，仍旧要懂得做姑娘的矜持。”我耷拉着头应了。

墨渊果然处处要多照看我些，我却嫌弃他长得不够英勇，不太承他的情。

我对墨渊一直不大恭顺，直到栽了人生里第一个坎，遇到一桩伤筋动骨的大事。

这桩事，须从折颜酿的酒说起。

折颜擅酿酒，又很宠着四哥，酿的酒向来由四哥搬，四哥一向照顾我，我沾他的光，往来十里桃林的酒窖往来得很殷勤，渐渐就有些嗜酒。我因白喝了折颜许多酒，心中过意不去，逢上大宴小宴，便都替他在一众仙友中吹捧几句。诚然那时候折颜的酿酒技艺已很不凡了，终归还有提升的余地。但我年少天真，一向有些浮夸，有三分便要说五分，有五分便要说十分，所以常在宴席上将他酿的酒吹得天上无地下也无，自然引得一些好酒之人看不惯，要另列出一个酿酒的行家来将折颜比下去，挫我的锐气。

昆仑虚上便有这么一个人，我的十六师兄子阑。即便如今，我仍觉得子阑小家子气，别的师兄听我赞赏折颜时，知道少年人浮夸，不过微笑着听听罢了，纵然有些意见相左的，顾念我是最小的一个师弟，也容我过一过嘴瘾。子阑却分外不同，总要将那嘴巴嘟得能挂个油瓶，极轻慢地从鼻子里哼一声："啧啧啧，能好喝过师父酿的？"他说的这个师父，自然是墨渊。

因彼时我不待见墨渊，便很不能容忍旁人夸他。见着子阑不以为然的模样，心头火刷刷刷往上冒，心中暗暗拿定一个主意，次回定想个办法，让他当着所有师兄的面承认墨渊造的酒没有折颜造的好喝，墨渊不济，墨渊十分不济。

我想的这个办法说来也不是什么办法，不过去昆仑虚的酒窖里偷拿一壶墨渊酿的酒，令折颜有个参考，做一壶好过它百倍千倍的，回转带给子阑，叫他折服。

昆仑虚的酒窖管得不严，我十分轻松便拿到一壶。毕竟做的事是个偷偷摸摸的事，不好意思从正门走，打算从后山的桃花林绕一绕，绕下山再腾云奔去折颜府上。

绕进桃花林时，却不慎迷了路，累了半日也没走出去，口却有些渴了。因身上只带着一壶墨渊酿的酒，我便取出来解渴。

一口喝下去，我有些蒙。只一小口罢了，香气却满嘴散开，稍稍一些灼辣滑进喉头。折颜的技艺，再提升些，便是这个火候了。

墨渊竟果然有这样一手好本事。一个小白脸怎能有这样一手好本事。

我气愤得很，满腔郁结，手上的酒即便送给折颜也再没什么用。我恼了一会儿，干脆咕噜咕噜将一壶酒喝个干净。

哪里晓得这酒初初喝着没什么，后劲儿却大得很。我头晕眼花地靠了会儿桃花树，不多时，便睡着了。

醒的时候，与往日不同，既不是自然地睡醒过来，也不是被大师兄几声梆子催醒过来，却是被一盆拔凉拔凉的冷水，泼醒过来的。

泼水的人泼起水来忒有经验，方位和力道掌握得稳当，只一盆水泼下来，便泼得我睡梦中一个激灵登时醒转。

正是初春化雪天，那水想必是方化的雪水，透湿的衣裳裹在身上，不过喝口茶的时间，便逼我打出一个响亮又刁钻的喷嚏。

捧着茶碗坐在一把乌木椅上的女子，确然也只喝了一口茶，便将手中瓷杯搁下了，只漫不经心、凉凉地看着我。乌木椅两旁各站了两个侍女，头上皆梳着南瓜式样的发髻。

在我刚拜入师门那日，便得了大师兄一个嘱咐，叫我千万不能招惹梳着南瓜发髻的女子，即便对方无耻在先，身为昆仑虚的弟子，也须得礼让三分。因这些梳着南瓜发髻，又常常来昆仑虚游逛的，十有八九皆是瑶光上神的仙婢。

这位瑶光上神是个闲时温婉战时刚猛的女神，一直思慕着我们的师父墨渊上神，近些年单相思得尤其厉害，干脆将仙邸亦搬来了临近昆仑虚的山头，每隔几日便要着婢女来昆仑虚挑衅滋事，想将墨渊激得同她战一场，看看她的本事，好折服于她的石榴裙下，与她永为仙侣。

她这个算盘打得是不错，但墨渊却仿佛并不大当回事，只嘱咐了门下弟子来者是客，能担待者，多担待些。

面前这几个侍女的南瓜发髻提点了我，令我弹指一挥间便看透她们的身份，坐在乌木椅子上喝茶的这个，保不准正是单相思墨渊的瑶光上神。

她趁我醉酒将我绑来此处，大约是想一尝夙愿，激得墨渊同她打一场，好在这一场打斗中与墨渊惺惺相惜，继而暗生情愫，继而你猜我我猜你，继而真相大白郎有情妾有意，继而琴瑟和谐双宿双飞。却连累我来当这颗垫背的石头子儿，我觉得既无辜，又委屈。

我正自委屈着。

右旁一个侍女领受了她主子一个眼神，突然有派头地咳了一咳，调出个中气十足的训话声，怒目向着我："昆仑虚乃四海八荒一等一的清洁神圣地，你这一身媚气的公狐狸，却是如何混进去勾引墨渊上神的？"

我那时年幼，还不大晓得勾引两个字是什么意思，蒙了一蒙，升调啊了一声，表示疑问。

她狠狠瞪我一眼："你瞧你的眼长得，眉长得，嘴长得，烟火气重得。自收了你做徒弟，墨渊上神便整日悉心呵护，"瑶光上神脸色略有不善，那侍女立刻改口道，"便荒废仙道，我家上神念着同为仙僚，不忍见墨渊上神误入歧途，才不得不施以援手。"缓了一缓道："虽则你犯下如此大错，但我家上神历来慈悲为怀，你便随我家上神做个座前童子，潜心修行，也消一消你的顽兴尘心，还不快快跪谢我家上神此番大恩。"

我呆呆望着她们，完全搞不明白这究竟唱的是哪一出。想了半日，觉着自己自来昆仑虚，除了背地里暗暗偷了壶酒外，一直活得中规中矩。若还要寻我犯了什么错，便只有开初走了关系才拜进这个师门。再说，走关系这个事也不是我想走的。

想到这里，我理直气壮得很："我没对师父怎么样，师父待我好些是因得了故人嘱咐，怜悯我身世凄惨。你把我抓来这里，还泼我的水，师父一根指头都比你好百倍千倍，我才不当你座前的童子。"说这个话的时候，我其实并不觉得墨渊比瑶光好，只是为了气她一气。

瑶光上神果然气得哆嗦，猛一拍桌子："如此冥顽不灵，将他拉去水牢先关三日。"

如今想来，那时瑶光正被妒火烧红了眼，虽是个误会，我一个小孩子却年轻气盛忒不会说话，生生将一个尚可以扭转的误会打成死结，后来两日吃的苦头，着实活该。

瑶光上神府上的水牢，比一般水牢有趣许多。牢中无人时，不过齐腰深的浑水，将一个活人投下去，水却沿着腰际一寸一寸漫上来，渐至没顶。虽则没顶，倒淹不死人，只叫你时时领受窒息的痛苦。若一直这么窒息，兴许窒着窒着也习惯了，但窒个把时辰，水却又慢慢退回去，叫你喘口气，再从头来折腾你。

我因游手好闲了很多年，使出吃奶的气力，也全敌不过一位上神，反抗不能，只有挨宰的份。

墨渊找来时，我已被折腾得去了半条命。

即便去了半条命，到底是生机蓬勃的少年人，迷糊里还记得墨渊沉着脸一掌震开牢门上的玄铁锁链，火光四溅中将我从水里捞出来，外袍一裹抱在怀里，冷飕飕与脸色苍白的瑶光道："二月十七，苍梧之巅，这笔账我们好好清算。"

瑶光凄然道："我的确想同你较量一场，却不是这样的情景，也不是……"

我没将她那句话听完整，已被墨渊抱着大步离开了。门口碰着大师兄，要伸手来接我，师父没给，就这么一同走了。

那时，我第一次觉得，墨渊即便没长一张阔口，说话的声儿也洪亮沉稳。即便手臂不如石柱粗壮，也很强健有力。墨渊并不是个小白脸。

方回昆仑虚，我便睡死过去。醒来听大师兄说，墨渊已前去苍梧之巅同瑶光上神决斗。因这情景千万年难得一见，从二师兄到十六师兄，都悄悄儿跟着看热闹去了。大师兄甚遗憾地问我："你说师父他老人家怎么就钦点了我来照看你？”我当然不晓得为什么，看不成墨渊和瑶光的决战，我也感到很遗憾。

大师兄一向关不住话，听他絮叨几日，我才晓得瑶光掳我这个事，其实做得严密。

我那夜到了灭灯时刻也未回房，众师兄们十分焦急，昆仑虚上上下下遍寻我不着，便怀疑我招惹了瑶光上神座下的仙婢，被缠住了。虽然做出了这个推测，但没什么真凭实据，众师兄都很忧虑，不得已，才去惊动了师父。行将安歇的师父听了这个事，只披起一件外袍，便领着大师兄杀去了瑶光上神府邸。

瑶光上神抵死不认，师父亮出轩辕剑，也没顾什么礼仪，一路闯进去，才寻到了我。

大师兄啧啧感叹：“若不是师父的魄力，十七你大约便没命重见生天了。”继而笑道，“你一回昆仑虚便甚没用地晕了过去，睡梦里还抱着师父的手嚷嚷难受，怎么也扒拉不下来。师父听得不是滋味，只好边拍你的背边安慰‘不怕了，不怕了，有师父护着你’，呵呵，你那副模样，真跟个小娃娃没区别。”我脸红了一红，他又疑惑道：“话说你到底怎么得罪了瑶光上神，她戾气虽重些，以往也并不见得这样心狠手辣。”

我一番调养，将这事前后一思索，心中已有一个本子。本想告诉他，因那位上神此次吃了莫名的飞醋迁怒于我。但又觉得背地说他人是非的行径不好，讷讷地随便应付了两句。

我此番梦到墨渊，正是梦到这一桩事。梦中的场景，全此都与现实毫无二致。原本苍梧之战后，那日下午墨渊便回了昆仑虚，瑶光输得惨烈，这一战后，对墨渊彻底死了心，府邸都迁得远远的。但在我的这个梦里，二月十七苍梧之战后，墨渊却再没回来。我日日抓着大师兄问，师父究竟什么时候回来。大师兄皆答的是，快了，快了。

即便在梦中，我总算将这问题问出来了，这个问题，却也问得忒迟了些。

但我信任大师兄，他说的快了，快了，我便觉得真的快了，快了。

我在梦里也等了七万年，即便等了七万年，在那个梦里，我却一直傻乎乎地信任着大师兄，信任着快了，快了。那份天真坦荡又乐观的心境，与现下没法比。

SHILI TAOHUA

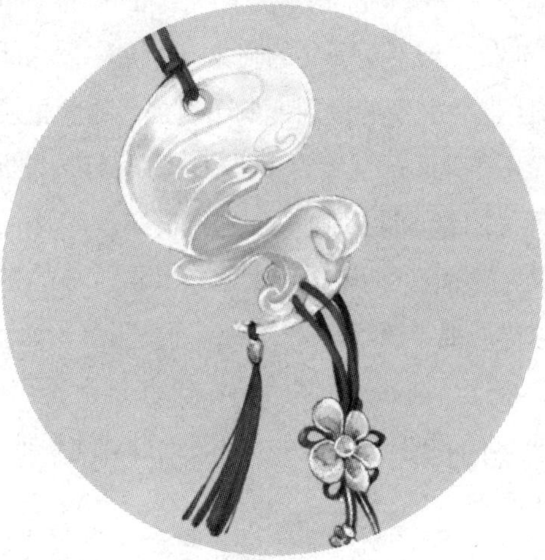

第十五章 沧海桑田

梦里一番沧海桑田，恍惚睁眼一看，日影西斜，却不过三四个时辰。

这一场梦下来，仿佛多捡了七八万年活头，平白令人又苍老些。

夜华果然已不在房中，我望了会儿头顶的帐子，着力避着胸口处的重伤，小心从床上翻下来。这一翻一落的姿态虽潇洒不足，但四脚着地时竟丝毫未牵动伤处，不禁暗中佩服自己的身手。

炎华洞中迷雾缭绕，墨渊的身影沉在这一派浓雾里若隐若现，我捏个诀化出人形，朝他所在处一步步挪过去。

果然是我操多了心，迷谷将墨渊侍弄得甚妥帖，连散在枕上的一头长发也一缕缕仔细打理过了，便是我这等独到细致的眼光，也挑不出什么错来。

只是清寒了些。

我怔怔地在他身旁坐了会儿。那一双逾七万年也未曾睁开的眼，那一管挺直的鼻梁和紧抿的嘴唇，可笑七万年前初见他时我年幼无知，竟能将这样一副英挺容颜看作一张小白脸。

世间事，最令人恐惧的便是变数。正是这两个字，让这副倾城容颜于瞬息间定格成永远。七万年未曾见过他的笑模样，回望处，却犹记得昆仑虚的后山，他站在桃花林里，夭夭桃花漫天。

洞里静得很，坐久了也有些冷，我将他双手放在怀中捂了会儿，打了个哆嗦，又出洞去采了些应时的野花，变个瓶子出来，盛上溪水养着，摆在他身边。如此，清寒的山洞里终算是有丝活气了。

又枯坐了片刻，突然想起再过几日便是栀子的花期，正可以用上年积下的细柳条将它们串起来，做成副花帘挂在炎华洞口，彼时一洞冷香，墨渊躺着也更舒适些。思及此处，渐渐高兴起来。

眼见天色幽暗，我跪下来拜了两拜，又从头到尾将整个炎华洞细细打量一番，匆匆下山。

天上正捧出一轮圆月，半山的老树影影绰绰。我埋头行了一半路，蓦然省起其实下山并无甚紧要事，便随性将脚步放慢了。

此前我因一直昏着，不晓得是哪个帮我包扎的伤口。想来也不过夜华、迷谷、毕方三个。不管是他们三个里头的哪一个，终介怀我是女子，即便我化的狐狸身，也只是将我满身的血迹擦了擦，没扔进木桶里沐一回浴。方才又爬一回山，且在炎华洞里里外外忙一阵，如今闲下来，山风一吹，便觉身上腻得很。

枫夷山半山有个小湖泊，虽同灵宝天尊那汪天泉不能比，寻常沐个浴倒也绰绰有余。这个念头一起，我回忆了片刻去小湖泊的路径，在心中想踏实了，兴冲冲掉转方向，朝那小湖泊奔去。

脱下外袍，将伤处用仙气护着，一头扎进水里。这湖里的水因是积年的雪水所化，即便初夏，漫过来也是沁凉。我冷得牙齿上下碰了三四回，便先停住，浇些水将身上打湿，待适应了，再渐渐沉下去。

沉到胸口时，打湿的衬裙紧贴在身上，不大舒爽，青碧的湖水间染出一两丝别样的殷红，映着衬裙倒出的白影子，倒有几分趣致。

我寻思这个当口怕没什么人会来湖边溜达，犹豫着是不是将衬裙也除了。

将除未除之际，耳边却猛闻一声怒喝："白浅。"

连名带姓喝得我一个哆嗦。

这声音熟悉得很，被他连名带姓地唤，却还是头一遭。

我哆嗦一回又惊讶一回，原本借着巧力稳稳当当站在湖里，一不小心岔了心神没控制住力道，身子一歪，差点直愣愣整个儿扑进水中，受一回没顶之灾。

终归我没受成没顶之灾，全仰仗夜华在那声怒喝后，匆忙掠过大半湖面到得湖中心，将我紧紧抱住了。

他本就生得高大，双手一锁，十分容易将我压进怀中。我胸口处原本就是重伤，被他那一副硬邦邦的胸膛使力抵着，痛得差点呕出一口血来。因他未用仙气护体，连累一身衣衫里外湿透，滴水的长发就贴在我耳根上。

我同他实在贴得近，整个人被他锁住，看不清他面上神色，紧贴着的一副擂鼓般的心跳声，却令我听得真切。

我只来得及在心中叹一声运气好，幸好方才未除了衬裙。身子一松，唇便被封住。

我一惊，没留神松开齿关，正方便他将舌头送进来。

我大睁眼将他望着，因贴得太近，只见着他眼眸里一派汹涌翻腾的黑色。虽是大眼瞪小眼的姿态，他却仍没忘了嘴上功夫，或咬或吮，十分凶猛。我双唇连着舌头都麻痹得厉害，隐约觉得口里溢出几丝血腥味来。

喉咙处竟有些哽，眼底也浸出一抹泪意，恍惚觉得这滋味似曾相识，牵连得心底一阵一阵恍惚。

他轻轻咬了咬我下唇，模糊道："浅浅，闭上眼。"

这模糊的一声却瞬时砸上天灵盖，砸得我灵台一片清明。我一把将他推开。

水中不比平地，确然不是我这等走兽处得惯的，加之身上的七分伤并心中的三分乱，刚离开夜华的扶持，脚下一松，差点一个猛子栽倒。

他赶紧伸手将我抱住，倒是晓得避开胸口的伤处了。我尚未来得及说两句面子话，他已将头深深埋进我肩窝处，声音低哑："我以为，你要投湖。"

我一愣，不晓得该答什么话，却也觉得他这推测可笑，便当真笑了两声，道："我不过来洗个澡。"

他将我又搂紧一些，嘴唇紧贴着我脖颈处，气息沉重，缓缓道："我再也不能让你……"

一句话却没个头也没个尾。

我心中略有异样，觉得再这么静下去怕是不妙，叫了两声夜华，他没应声。虽有些尴尬，也只能再接再厉，尽量将话题带得安全些，道："你不是在书房里阅公文吗，怎么跑到这里来了？"

脖颈处的气息终于稳下来，他默了一会儿，闷闷地："迷谷送饭给你，发现你不在，便来禀了我，我就随便出来找找。"

我拍了拍他的背："哦，是该吃饭了，那我们回去吗？"

他没言语，只在水中将我松松搂着，也不知想了些什么。

过来人的经验，陷进情爱里的人向来神神道道，需旁人顺着，我不好惊动他，只任他搂着。

半盏茶过后，却打出一个喷嚏来。这雪中送炭的一个喷嚏正提醒了夜华现今我还伤着，不宜在冷水里泡得太久。他赶忙将我半搂半抱地带上岸，又用术法将两身湿透的衣裳弄干，捡来外袍与我披了，一同下山。

在湖水中夜华的那一个吻，叫我有些懵懂。犹自记得身体深处像有些东西突然涌上来了，那东西激烈翻滚，却无影无形，无法抓住，只一瞬，便过了。我在心中暗暗叹了回气。

夜华在前，我在后，一路上只听得山风飒飒，偶尔夹带几声虫鸣。

我因走神得厉害，并未察觉夜华顿住了脚步，一不留神直直撞到他身上。他往左移出一步来，容我探个头出去。

我皱了皱鼻子，顺他的意，探头往前一看。

枫夷山下破草亭中，晃眼正瞧着折颜懒洋洋的笑脸。

他手里一把破折扇，六月的天，却并不摊开扇面，只紧紧合着，搭在四哥肩膀上。四哥跷着一副二郎腿坐在一旁，半眯着眼，嘴里叼了根狗尾巴草。见着我，略将眼皮一抬："小五，你是喝了酒了？一张脸怎的红成这样？！"

我做不动声色状，待寻个因由将这话推回去，却正碰着夜华轻咳一声。折颜一双眼珠子将我两个从上到下扫一遍，轻敲着折扇了然道："今夜月凉如水，阶柳庭花的，正适宜幽会嘛。"我呵呵干笑了两声，眼风里无可奈何扫了夜华一眼，他勾起一侧唇角来，几绺润湿的黑发后面，一双眼睛闪了闪。

折颜挑着这个时辰同四哥赶回青丘，自然不是为了同我玩月谈文，说是毕方下午给他们报了个信，信中描述我被人打得半死不活。他们以为此种事真是旷古难逢，想来看看我半死不活是个什么样，就巴巴跑来了。

我咬着牙齿往外蹦字道："上回我半死不活的时候，确然失礼，没等着您老人家过来瞧上一瞧便擅自好了，真是对不住。这回虽伤得重些，但并不至于半死不活，倒又要叫您老人家失望了。"

折颜漫不经心笑一阵儿，将手上的折扇递给我，呵呵道："失望倒谈不上，罢了罢了，既惹得你动了怒，不损些宝贝怕也平不了你这一摊怒气。这柄扇子还是请西海大皇子画的扇面，便宜你了。"

我喜滋滋接过，面上还是哼了一声。

回狐狸洞时，折颜同四哥走在最前头，我同夜华殿后。

夜华压低了声音若有所思："想不到你也能在言语间被逗得生气，折颜上神很有本事。"

我捂着嘴打了个哈欠："这同本事不本事却没什么干系，他年纪大我许多，同他生生气也没怎的。若是小辈的神仙们言谈上得罪我一两句，这么大岁数的人了，我总不见得还要同他们计较。"

夜华默了一默，道："我却希望你事事都能同我计较些。"

我张嘴正要打第二个哈欠，生生哽住了。

迷谷端端站在狐狸洞跟前等候。戌时已过，本是万家灭灯的时刻，却连累他一直挂心，我微有愧疚。

尚未走近，他已三两步迎了上来，拜在我跟前，脸色青黑道："鬼族那位离镜鬼君呈了名帖，想见姑姑，已在谷口等了半日。"

夜华脚步一顿，皱眉道："他还想做什么？"

折颜拉住方要进洞的四哥的后领，哈哈道："来得早不如来得巧，今日运气真不错，正赶上一场热闹。"

我脚不停歇往洞里迈，淡淡吩咐迷谷："把他给老娘撵出去。"

迷谷颤了一颤，道："姑姑，他只在谷口等着，尚未进谷。"

我了然点头："哦，那便由着他吧。"

折颜一腔瞧热闹的沸腾热血被我生生浇灭，在灭得火星子都不剩之前垂死挣扎："什么恩怨情仇都要有个了结，似你这般拖着只是徒增烦恼，择日不如撞日，不如我们今夜就去将他了结了如何？"

夜华冷冷瞟了他一眼。我抚额沉思片刻："该了结的已经了结完了，我同他确然已没什么可了结了。不过我看你对此事似乎很有兴趣，你若想去瞧瞧他，可需我吩咐迷谷给你点个火烛？"折颜眼中尚且健在的一星点火光，刷，熄得圆满。他唉声叹气："我来一趟也不容易，让我看个热闹又如何了。"

狐狸洞因不常有客，常用的客房有且仅有一间。如今，这有且仅有的一间客房正被夜华占着，大哥二哥旧时住的厢房又日久蒙尘，折颜便喜滋滋赖了四哥与他同住，总算弥补了未瞧着热闹的遗憾。

虽着了迷谷回房安歇，他却强打精神要等外出寻我的毕方，我陪他守了会儿，打了好几个哈欠，被夜华架着送回去睡了。

迷谷贤惠，早早预备了大锅热水，令我睡前还能洗个热水澡，我很满意。

第二日大早，夜华来敲我的门，催我一同去天宫。我因头天下午睡得太过，到晚上虽哈欠连连，真正躺到床上，却睡得并不安稳。恍一听到夜华的脚步声，便清醒了。

他已收拾妥帖，我在房中晃悠一圈，只随手拿了两件衣裳，顺便捎带上昨日新得的扇子。

我长到这么大，四海八荒逛遍了，却从未去过九重天。此番借夜华的面子得了这个机缘，能痛快逛逛九重天，虽然身上还带着伤，一颗狐狸心却微感兴奋。

因青丘之国进出只一条道，不管是腾云还是行路，正东那扇半月形的谷口都是必经之途。加之夜华每日清晨都有个散步的习惯，我便迁就他，没即刻招来祥云，乃是靠两条腿走到了谷口。

这谷口正是凡界同仙界的交界处，一半腾腾瑞气，一半浊浊红尘，两相砥砺得久了，终年一派朦胧，雾色森森。

在森森的雾色中，我瞧见一个挺直的身影，银紫的长袍，姿容艳丽，眉目间千山万水。却是离镜。

他见着我，一愣，缓缓道："阿音，我以为，你永不会见我了。"

我也一愣，确然没料到他居然还守在这儿。

当年他能十天半月蹲在昆仑虚的山脚下守我，全因那时他不过一介闲散皇子，即便成日留在大紫明宫，也只是拈花惹草斗鸡走狗罢了。今时却不同往日，身为一族之君，我委实没料想他还能逍遥至此。

夜华面无表情地立在一旁，瞥了我一眼，淡然道："折颜上神说得不错，该了结的还须得及早了结才是。只你一方以为了结了并不算了结，须知这样的事，必得两处齐齐一刀断了，才算干净。"

我讶然一笑："这可委实是门大学问了，你倒很有经验嘛。"

他怔了一怔，脸色不知怎的，有些泛白。

谷口立着几张石凳，我矮身坐下。夜华知情知趣，道了一声："我到前边等你。"便没影了。

离镜两步过来，勉强笑道："看到你这样，我总算放心些。"顿了顿又道，"身上的伤势，已没大碍了吧？"

我拢了拢袖子，淡淡道："劳鬼君挂心，老身身子骨向来强健，些许小伤罢了，并不妨事。"

他松了一口气道："那便好，那便好。"话毕，从袖袋中取出一物来，径直放到我面前。抬眼小觑，那一汪莹莹的碧色，正是当年我求之不得的玉魂。

折扇在掌中嗒地一敲，我抬头道："鬼君这是做甚？"

他涩然一笑："阿音，当年我一念之差，铸成大错。你将这玉魂拿去，置于墨渊上神口中，便不用再一月一碗心头血了。"

我甚惊诧，心中一时五味陈杂，看了他半日，终笑道："鬼君一番好意，老身心领了，但师父的仙体自五百多年前便不需老身再用生血将养，这枚圣物，鬼君还是带回鬼族好生供着吧。"

五百多年前，将擎苍锁进东皇钟后，连累我睡了两百多年，两百多年不能为墨渊施血，待醒来时，第一件事便是急着去看墨渊的仙体，手脚发凉地生怕他出什么岔子，阴差阳错却发现没了我的血，墨渊的仙体竟仍养得很好。折颜啧啧道："怕是墨渊要醒了。"我且惊且喜地小心揣着这个念想，折颜却全是胡说，至今墨渊仍未醒来。

离镜那托着玉魂的手在半空僵了许久，默默收回去时，脸上一派颓然之色，只沙哑道："阿音，我们，再也回不去了吗？"

四下全是雾色，衬得他那嗓音也缥缥缈缈的，很不真切。

其实，略作回想，记忆深处也还能寻出当初那个少年离镜来，虽因着他老子的缘故，眉目生得浓丽女气了些，做派却很潇洒风流，面上也总是红润明朗，全见不出什么闺阁里才有的伤春悲秋惆怅失意之色。时间这个东西，果然磨人。

因了这一番感喟，初见着他的不快倒也淡了许多。如今回想同他那一番前尘旧事，一桩桩一件件，正如同前世之事，心中四平八稳，再生不出一丝波澜涟漪，更遑论"回去"二字。

我暗自望了灰蒙蒙的天，无可奈何道："鬼君不过一些心结未解而已。老身早说了，鬼君这样的性子，一生只追求得不到的东西，一旦占有了，便绝不会再珍惜了。鬼君现下一心扑在老身身上，不过因老身被鬼君弃了后，没找个地方一头撞死，反而还活得好好的，便叫鬼君觉得老身从未将鬼君放在心上了，如此才有这一番纠缠……"

他一双上挑的眼角微微泛红，衬得容色越发艳丽，并不答话，只深深看着我。

我稳了稳心神，将折扇摊开来，抚着扇面上的桃花。抚了一会儿，终柔声道："似今日我们这样坐着平和说话，以后再不会有了，有一些事情，我便还是说清楚吧。七万年前，我因你而初尝情滋味，因是首次，比不得花丛老手，自然冷淡被动些，可心中对你的情意却是满满当当的。阿娘总担心我那般不像样的性子，不够惹人怜爱，不凭借白家的声威便嫁不出去。你并不晓得我的身世，甚至不晓得我原是个女儿身，却能真心来喜欢我，还日复一日送上许多情诗来，甚而散了满殿的姬妾，你做的这些，我心中很欢喜，也很感激。我们白狐一族虽是走兽，却比不得一般走兽博爱多情，对认定的配偶从来一心一意。那时候，我已确然将你看作了我相伴一生的夫君。若没有玄女这桩事，待学成之时拜出师门，我自然是要嫁给你的。你也知道，彼时我们两族正有些嫌隙，自同你一处以来，我日日都在想着将来如何说服阿爹阿娘，能同意我们的婚事，因怕忘了，每想到一条好理由，便喜滋滋记在绢帛上，丈余的绢帛用小楷记得满满当当。如今想来真是傻得很。”

离镜嘴唇颤了几颤。

我继续抚着扇面，淡淡道：“玄女能帮你的，我白浅袭青丘神女之位，便不能帮你吗。可你却在我对你情浓正炽之时，给了我当头一棒。我撞破你同玄女那桩事，心中痛不能抑。只叹我当初糊涂，对玄女掏心掏肺，到头来却让她挖了墙脚。我不过要扇她一扇，你却那般护着，可知我心中多么难受。你那句‘先时是我荒唐’，真正叫我心灰意冷。你只道我放手放得潇洒，却不知这潇洒背后多少心酸苦楚。离镜，并不是每个人都能将疼痛堂而皇之挂在脸上，可即便没挂在脸上，那痛却是一分也不少的。我总以为自己能做你的妻子，却不想到头来全是一个笑话。那些时日常做的一个噩梦便是你搂着玄女，将我一把推下昆仑虚去。噩梦连连之时，却只闻得你四匹麒麟兽将玄女娶进了大紫明宫，连贺了九日。说来可笑，嘴上虽说得潇洒，事已至此我却仍对你存着不该有的念想。此后鬼族之乱，玄女被擎苍抽了一顿抬上昆仑虚，我竟暗暗有些欢喜，私下里一得空闲，便止不住为你找些借口，让自己相信你并不是真心爱玄女，否则不会任玄女活活受那样的苦，心中竟渐渐快慰起来。此后才晓得那原来是你们使的一个苦肉计，离镜，你不会想知道那时我心中是什么滋味。后来师父仙逝，我强撑着一颗卑微的心前去大紫明宫求取玉魂，你永不能明白我鼓了多大的勇气，也不能明白那日你让我多么失望。你说嫉妒师父，才不愿予我玉魂，可离镜，你伤我这样深，委实比不上师父对我的万分之一。当我在炎华洞中失血过多，伤重难治，命悬一线之时，眼前涌的竟不是你的脸，我便晓得，这场情伤终于到头了。彼时，我才算得了解脱。”

离镜紧闭了一双眼，半晌才睁开来，眸色通红，哽咽道：“阿音，别说了。”

我勉强将扇子收起来，怅然道：“离镜，你确是我白浅这十四万年来唯一倾心爱过的男子。可沧海桑田，我们回不去了。”

他身子一颤，终于流下两行泪来，半晌，涩然道：“我明白得太迟，而你终究不会在原地等我了。”

我点了点头，于鬼族再没什么牵挂，临走时叹了句：“日后即是路人，不用再见了。”遂告辞离去。

拨开雾色，夜华正候在前方不远处，道：“明明是那么甜蜜的话，由你说出来，偏就那么令人心伤。”

我勉强回他一笑。

SHILI TAOHUA

唐七公子

第十六章 桃李绝事

到得南天门，并不见守门的天将，只几头老虎挨着打盹儿，黄黑皮毛油光水滑，一看就是修为不凡的灵物。

我敲着扇子调笑：“便是我那青丘的入口，好歹还有个迷谷坐阵。你们这三十六天大罗天界，却只让几头老虎守门吗？”

夜华蹙了蹙眉：“太上老君今日开坛讲道，想他们是去赴老君的法会了。”转而又淡笑与我道，“听说在凡界帮元贞渡劫时，浅浅你常同元贞论道，想是道根深植了，老君这么多年讲遍天上无敌手，在高处不胜寒这个境界上站得十分孤单，你此番上天，正好可以同他辩上一辩。”

我吞了口唾沫，干干一笑：“好说，好说。”

南天门外白云茫茫，一派素色，过了南天门，却全然另一番景象。黄金为地，玉石为阶，翠竹修篁，瑞气千条。比之四海水晶宫的金光闪闪，有过之而无不及。好在上来之前，为防万一，我英明地缚了白绫，不然这双眼睛保不准就废了。偶有几只仙鹤清啸一声，扑棱着翅膀从头上飞过，我慨然一叹，握住夜华一双手真诚道：“你们家真有钱。”

夜华脸色阵白阵青，道：“天上并不是所有宫室都这样的。”

我们一路徐徐而行。

细细赏来，九重天上这一派富贵荣华同青丘的阡陌农舍十分不同，倒也别有趣味。

难得的是偶尔碰见的几个宫娥还都谨慎有礼，见着我这一番白绫缚面的怪模样，也并不一惊一乍，皆是并着夜华一道恭顺问安，让人看着就喜欢。

听说夜华三万岁上开府建牙时，天君赐建的一进府邸唤的是洗梧宫。

如今我站在这洗梧宫跟前，却略感诧异。

我诚然从未上过九重天，却不知怎的，总觉得这洗梧宫从前并不是现今这副昏暗模样。虽不至于黄金造的墙垣暖玉做的瓦当，却到底要明亮些，生气些。

我正自发愣，已被夜华牵了往后门走。

他对着后门那道墙垣颇认真地左右比量了一会儿，指着一处道："跳吧。"

我茫然道："什么？"

他皱了皱眉，一把抱过我，沿着方才指的那处墙头，一个纵身便跳进院子。

原来这九重天上，进屋都不兴走大门，全是跳墙？这个习俗也忒奇特了……

夜华捋了捋袖子，见着我的神色，尴尬一笑道："若走正门定要将大大小小一院子全惊动了，呼呼喝喝的甚讨人厌，不如跳墙来得方便。"

我脑中却忽地灵光一闪，用扇子敲了敲他肩膀道："今日我们走得早，算算竟还没到伽昀小仙官送文书来的时辰，你该不会是没提醒伽昀今日不必将文书送去青丘，劳他白跑了一趟吧。倘若从正门进，惊动了伽昀小仙官，确是有些麻烦。呵呵，话说回来，昨夜我们回洞时似乎已很晚了，积了几日的文书，你阅得怎样了？"

他僵了僵，脸面微红了一红，拢着袖子不自在地咳嗽了一声。

我一直担忧夜华有些少年老成，不过五万岁的年纪，恍惚一见竟比东华那等板正神仙还要严肃沉稳。今日却能流露出这么一番少年人才有的神色来，我摇了摇扇子，觉得很愉悦。

夜华住的是紫宸殿，紧邻着团子的庆云殿。

我不过在九重天上将养三两日。既然来时是悄悄儿地来，没打出上神名号强依礼制，自然不能让夜华大张旗鼓特地为我辟一处寝殿。正预备谦逊地同他提提，这两日只在团子的庆云殿凑合凑合罢了，他却已将我带到了一进专门院落。

抬头看，院门高挂的一副牌匾上，镂了四个篆体，一揽芳华。

夜华眼中几番明灭，道："这是你的院子。"

我摇着扇子沉吟，觉得天上的排场果然与地上分外不同。想当初我下界帮元贞渡劫，因是长住，才勉强得一进院落。此番只是在天上住个两三日，却也能分个院落，一个仙帝一个人皇，同是王家，气度却真真云泥之别。

我感叹一番，伸手推开院门。

吱呀一声，朱红大门敞开处，一院的桃树，一院的桃花。从外朝里瞧，满眼尽染花色。

我怔了怔，讷讷道："原来你是诓我上来帮天后守蟠桃园。"

夜华神色僵了僵，抽着嘴角道："蟠桃园不知多大，你以为才这一院子。这里的桃花是我两百多年前自己种的，养到今年，才开的第一树花。"

我心中突地一跳，却不知这一跳为的哪般缘由。缓步踱进院中，用扇子信手挑起一枝桃树枝丫。这一枝桃花，开得分外清丽淡雅。

正要将扇子收回来，却闻得背后百转千回一声："娘……娘？"

我转过头，夜华正站在院内的一侧台阶上，眼睛隐在几绺黑发后，看不真切。他身后门槛处，站了个宫娥打扮的女子，左手拿着个精致的花瓶，右手紧紧扶住朱红大门，脉脉盯着我，眼睛一眨，竟泛出两行清泪。

我手一抖，扇子挑下的那枚花枝猛地弹起来，颤了两颤，窸窸窣窣碰掉半捧花瓣，身上免不了也沾上几瓣。

那女子已跌跌撞撞奔了过来，一把抱住我双腿，潸然道："娘娘，果真是你，奈奈等了你三百年，你终于回来了……"又边哭边笑地对夜华道，"那结魄灯果然是圣物，做得娘娘一丝都没差的。"

看她这一番形容，我便晓得又是一个将我认错的。腿不便挣出来，好在一双手还能将她拉一拉。她泪眼迷蒙抬头看我，虽则是双泪眼，那眼泪背后却满满当当俱是欢喜。

手指触到眼上的白绫，我不忍道："仙子认错人了，老身青丘白浅，并非仙子口中的娘娘。"

自称奈奈的小仙娥傻了一傻，却仍抱住我两条腿。

我无奈朝默在一旁的夜华递了个眼色，奈何白绫挡着，眼色递不出去，我抬了抬手算招呼他。

他走过来扶起奈奈，却并不看她，只望着眼前的桃林，淡淡道："这位是青丘之国的白浅上神，要在这院中暂住几日，便由你服侍了。如今你须改一改口，不能叫娘娘，便唤她的尊号，称她上神吧。"

紧抱住我双腿的奈奈茫然看了看他，又茫然看了看我。我朝她安抚一笑，她也没什么反应，只用袖子擦了满脸的泪水，点头称是。

我不过带了两身衣裳上来，也没什么好安顿打点，夜华差奈奈备好一应洗浴的袍具，嘱咐我先躺一躺，他去庆云殿将团子抱过来。

夜华近来善解人意得堪比解语花，既看出来我带伤行路不易，一通折腾下来已没什么精神头，又看出我心中思念团子，让我有点感动。

显见得团子也很思念我，尚在他父君怀中，一见了我，便嗖地探出半个身子，甜甜一声“娘亲”，叫得我受用无比。

“啪”，奈奈正捧着插桃花的花瓶却掉地上了。我心中觉得这小仙娥怕是同团子的亲娘有些渊源。如今团子的亲娘已香消玉殒，再享不了麟儿绕膝之乐，让我这个做后娘的白白捡了便宜，必是看得这小仙娥心中不忍。

唔，好一个忠肝义胆的小仙娥。

夜华说团子只是受了些惊，并不碍事。我左右端详一番，看他依然白白胖胖，笑起来露出两个酒窝，与往常一般天真，才真正放心。

他显然是想往我身上蹭，却被他父君抱得牢靠，挣了半日也没挣开，有些着恼，委屈地扁嘴望着我，假装在眼中做出一副将泪未泪的形容。

我慈爱地揉了揉他的头发，柔声道：“娘亲身上不大好，你先容你父君抱一抱。”

他一双大眼睛眨了眨，小脸突然涨得通红，竟扭捏了一下，小声道：“阿离知道了，娘亲是又有了小宝宝对不对？”

我愣愣地：“啊？”

他害羞状绞着衣角道：“书上就这么写的。说有一位夫人怀了小宝宝，她们一家人都不许她再去抱别人家的小孩来逗，怕动了，动了……”想了半日，小拳头一敲，斩钉截铁道，“对，胎气。”

我心尖上一颤，乖乖，才不过蒜苗高一个小娃娃，已懂得什么叫胎气！

夜华轻笑了两声：“你是在哪里看的这个书？”

团子天真道：“是成玉借给我的。”

我眼见着夜华额角的青筋抖了两抖。

啧啧啧，这位从凡界飞升上天的成玉元君果然奇妙，竟十分擅长在太岁头上动土，老虎尾巴上拔毛。我佩服他。

一旁的奈奈疑惑道：“即便是上神有了身孕，小殿下你脸红个什么劲儿啊？”

团子伸出两条胳膊来，奋力捧住我的脸吧唧亲了一口道：“本天孙高兴嘛，娘亲有了小宝宝，本天孙就再不是天上最小的一个了。”

夜华想了片刻，与我道：“不然，我们大婚后立刻便生一个。”

我谦和回他：“若到时候是你来生，我倒很乐意出这一份力。”

夜华：“……”

因我到天上来，归根结底只为泡灵宝天尊那汪天泉。上上下下一应折腾完了，便杀往灵宝天尊的上清境。

我既是要借这位天尊的天泉一用，自然须将身世底细和盘托出，才见真诚二字。

然今日不巧，正赶上太上老君做法会，灵宝天尊因是老君的师父，免不了要去捧一捧场，人并未在他的玉宸宫中。只七个仙伯候在大殿里，恭敬道老君法会后，天尊必来拜会姑姑。我从容地一一送了他们夜明珠，便有十八个仙娥站成两列，手中皆捧了花果酒水之类，引了我们前往那疗伤的天泉。

天族的礼法我还是略懂一些，十八个仙娥引路正是上神的礼遇。我忍了一会儿，问夜华道："若借的是你正妃的名来这里泡泡，能有几个仙娥引路？"

他抱着团子顿了顿，道："十四个。"又道，"怎么了？"

我握着扇子颇感惆怅，唏嘘道："没怎的，只觉得嫁给你，我这阶品不升反降。这么看，倒算不得一笔好买卖了。"

他默了一默，磨着牙道："若是天君帝后，便能有二十四个仙娥引路了，还能另配四个心灵手巧的给你搓背。"

我打了个干哈哈，由衷赞叹："这倒还不错。"

那天泉落在一座假山后，是个甚僻静的去处，周围的气泽并泉水皆是碧青色，如阴阳未分的混沌时代，天地间一派空蒙，唯余这浅浅一汪碧色。

团子欢呼一声，由得仙娥们解了他的小袍子小褂子，白嫩嫩跳进水中，却也不见下沉，只浮在水上，啪啪地拍着水花玩。

夜华站在一旁看了一会儿，又一一检视了仙娥们手中端的花果酒水，转头与我道："这些酒是果酒，可以喂阿离喝一点，但万不能让他饮多了。这些时令的蔬果，也只能叫他每样吃半个。"

我点头应了，觉得他这当爹又当妈的真是十分不易，再看他的眼神便有些敬佩。

他一愣，随即冰消雪融般璀璨一笑，从我手中取过松松握着的折扇，道："你这扇子上徒画了幅风流桃花，却没题相合的诗词应景，有些遗憾，我拿回去给你补足。你暂且在这里好生泡泡，泡完了便来书房找我。"

他这一笑，笑得我一双眼睛狠狠晃了晃，没留意，由他拿着扇子走了。

团子在泉里扑腾着水花问我："父君怎么走了，不同我们一起泡吗？"

我呵呵道："天将降大任于你父君，你父君去接这个大任去了。"

团子忒不胜酒力。

因夜华临走时特地嘱咐，时令的蔬果，每样可以给团子半个。我理所当然以为那果酒也是每种味道的都喂他半壶，未料两个半壶下去，他就醉了，憨态可掬地直冲我傻笑，笑着笑着，头一歪便倒在水上睡着了。

奈奈担忧道："小殿下头一回喝这么多酒，醉成这样，还是由奴婢将他送去药君府上看看吧。"

我喝了十来万年的酒，且喝的全是折颜这等高人酿出的酒，即便谦虚来说，于这杯中物也要算半个行家。团子此番饮的果酒，不过仙果屯久了发酵出来，实在醉不了人，便是饮得再多，对身体也没什么妨害。团子醉得睡过去，只因从来没大饮过，酒量太浅。况且方才他睡过去时，我暗暗为他把了一回脉相，那气泽比我的还平和几分，若单为解酒便送去药君府上，委实小题大做。我沉吟了一会儿，与奈奈道："男孩子不用娇惯成这样，没大碍的，你只带着他回屋睡一睡，至多不过三更，他便能醒得过来。"

两个仙娥急忙将团子捞起来穿好衣裳，由奈奈抱着先回去了。

又吃了些瓜果，将团子没饮完的酒混着全饮完，迷糊打了个盹儿，睁开眼已戌时了。难为岸上的十八个仙娥还无怨无悔地守着。我精神抖擞地顺了头发，结上外袍，考虑到玉宸宫到洗梧宫一路上仍有些景致晃眼，仍将白绫缚在面上。

好歹在青丘也共住过两三个月，夜华一些生活习性我尚算了然。犹记得以往这个时辰常被他拉去下棋。既有这么一条前科立在面前，我心中略一思量，觉得他现今应是仍在书房。又想起那把扇子今夜还能帮我驱一驱蚊虫，便没回一揽芳华的院子，直向他书房杀去。

书房外无人看守，我敲了敲门，也没个回应，轻轻一推，门自开了。外间仍没人，蜡烛却烧得烈，映得烛影幢幢。

里间忽地传出两声女子的低咽。心头一个东西重重一敲，我茫然了片刻，耳根刷地烫起来。近日本上神桃花盛，连带着尽遭遇些桃李艳事。一道门帘之隔，此番，该不会当头红运，又让我撞上了别人闺阁逗趣吧。

我稳了稳心神。

夜华虽冷漠沉稳些，到底血气方刚，今日我碰见的这天上的一众仙娥又都生得不错，他日夜对着一案枯燥公文，定然烦闷。恍一抬头，见着一位眉目似画的小仙娥在一旁红袖添香……

心中有几分古怪。

夜华断了对我的孽想原是件大功德，很该令我喜不自胜。但我此刻却暗暗有些担心，那眉目似画的小仙娥或许并不真正眉目似画，可能不大配得上夜华。

左右思量一阵，觉得佛说得对，宁拆十座庙也不能毁一门婚，捏了捏烧得滚烫的耳朵，预备悄没声息地、轻手轻脚地、不带走一片云彩地溜了。

右脚刚往门槛上跨了半步，却听得夜华柔柔一声："浅浅，你这一来一去的，到底是要做甚？"

我抚着额头轻叹，温香暖玉在抱他竟还能顾念到旁的动静，真是个不一般的神。

帘子背后的烛火跳了几跳，我进也不是退也不是，夜华缓缓道："那扇子我已题好字了，你进来拿吧。"

呃，既是他叫我进去，那我此时进去，也算不得唐突吧。我原本就有些好奇那低咽的小仙娥长得什么模样，得了夜华这一声，立刻抖擞起精神，兴致勃勃地一掀帘子迈了进去。

本上神料得不错。

这内室里果然驻扎着小仙娥。

竟还不是一只小仙娥，而是一双小仙娥。

只是这一双小仙娥衣裳都穿得甚妥帖，齐齐垂头跪在地上，左边的一个肩膀一耸一耸，看得出来是在流泪，却默默无闻地，一声儿也没漏出来。

夜华坐在书案后，面前垒了一大摞文书，文书旁搁了个青花碗，碗里的羹汤还在腾腾地冒热气。那一派正经形容，也委实不像刚历了一番春情。

我心中的疑惑如波涛汹涌，漫过高山漫过深谷，但在小仙娥面前岂能失了上神气度，只得将这个疑惑暂且压下，假装淡定地从夜华手中接过扇子，借着打量扇面上题字的工夫，假装漫不经心地问了一句："这又是唱的哪一出？"

夜华写得一手好字，扇面上九个小楷分两行排下来，写的是"把酒祝东风，且共从容"。方才摊开扇子时我尚有些战战兢兢，生怕他题些"去年今日此门中，人面桃花相映红"之类的诗文令我牙酸。

眼下夜华题在扇子上的九个字，倒令我满意。

屋子里半晌没人声，我好奇抬头，正撞上跪在右侧的那名仙娥瞧着我的一双惊恐的眼。

那双眼生得甚美，我长到十四万岁，竟从没见过哪位女子的眼生得这样美。我侄女儿凤九的眼睛也长得好看，但到底年纪小些，见不出岁月沉淀。这一双眼，却像是饱含了无穷情感，令人一见便不由得被吸引。

这个小仙娥，倒有些不凡。

不过，与她那双眼睛比起来，容貌却普通了些，尚不及南海水君家的那位绿袖公主。

那仙娥嘴唇哆嗦了几番，半晌，抖出一个名字来，我清楚听得，又叫的是团子那跳了诛仙台的亲娘。

我抚了抚面上白绫，因三番两次被误认，已很习惯，也不再强辩，只喝了口茶，再从头到脚打量一番面前这小仙娥，柔声赞道："你这双眼睛，倒生得不错。"

这本是句夸人的话，况且我又说得一腔真诚，寻常人听了大抵都很受用。面前这跪着的小仙娥却格外与众不同，非但没做出受用姿态，反而倏地歪在了地上，紧盯着我的一双眼，越发惊恐慌乱。

我甚诧异。

本上神这一身皮相，虽比本上神的四哥略差些，可在青丘的女子当中，却一直领的第一美人的名号。不想今日，这历万年经久不衰的美貌，非但没让眼前这小仙娥折服，竟还将她吓得歪在了地上？！

夜华不动声色取下我缚眼的白绫，将我拉到他身旁一坐。

底下的一双仙娥，两双眼睛登时直了。那直愣愣的四道目光定定停留在我一张老脸上。我同团子亲娘长得不同，想必她们终于悟了。

夜华抬了抬下巴与那呆然望着我的一双仙娥冷冷道："缪清公主，本君这洗梧宫实腾不下什么位置来容你了，明日一早就请公主回东海吧。素锦你倒很重情谊，若实在舍不得缪清公主，那不妨向天君请一道旨，让天君将你一同嫁去东海，你看如何？"

他这一席话冰寒彻骨，一并跪在地上的两个仙娥齐齐刷白了脸色。

我一愣。眯着眼睛打量片刻左厢那不漏出声儿来饮泣的仙娥。模糊辨得出东海水君形容的一张清丽脸庞，不是那东海的缪清公主又是谁。

如此，跪在右厢这个眼睛和脸生得不登对的，便是被我那不肖徒元贞调戏未遂要悬梁自尽，结果自尽也未遂的夜华的侧妃素锦了。

方才我已觉她长得普通，此时爱徒心切，更觉她长得普通。不禁捋着袖子悲叹一回，元贞啊元贞，你那模样本就生得花哨了，对着镜子调戏自己也比调戏这位侧妃强啊。如今落得个打下凡界六十年的下场，若不是你师父我英明，这弹指一挥的六十年，你该要过得多么刺激辛酸。

素锦望着我的一双眼已恢复了澄明，一旁的缪清仍自哀求哭泣。

我看夜华今夜是动了真怒。自我同他相识以来，除开大紫明宫流影殿前同玄女那一番打斗外，尚未见他发过这样大的脾气。我心中好奇，拿了扇子便也没走，只在一旁端了只茶杯，冲了杯滚烫的茶水，找个角落坐了，不动声色地等待杯中茶凉。

夜华闹中取静的功夫练得极好，那缪清公主满腔的饮泣剖白已是闻者流泪听者伤心，他自岿然不动，沉默地看他的公文。

因我在东海做客时，已被这位公主对夜华的一腔深情感动得流了一回泪伤了一回心，是以如今，在素锦侧妃为此抹了三四回泪的当口，还能略略把持住，保持一派镇定。

听了半日，总算让我弄明白，夜华之所以发这么大脾气，乃是因这位东海的缪清公主，今夜竟吃了熊心豹子胆，妄图用一碗下了情药的羹汤，来勾引他。奈何这味情药却没选好，叫夜华端着羹汤一闻便闻出来，情火没动成，倒动了肝火。

夜华案前伺候笔墨的小仙娥见出了这样一桩大事，依着天宫的规矩，赶紧延请了夜华后宫里唯一储着的侧妃娘娘，前来主持大局。说到这里，便不得不竖起大拇指赞叹一声，夜华的这位素锦侧妃实乃四海八荒一众后宫的典范，见着缪清下药引诱自己的夫君，非但没生出半分愤恨之心，反倒帮着犯事的缪清公主求情。

我进来取扇子，正赶上他们闹到一个段落，中场停歇休整。

我既然已将事情的来龙去脉理完整，自觉再听跪在地上这一双哭哭啼啼的也没什么意思。凡界那些戏本上排的此类桥段，可比眼前这一场跌宕精彩得多。

正好茶水也凉得差不多了，两三口喝完，我拿起折扇，便打算遁了。

就在将遁未遁的这个节骨眼上，缪清公主却一把抱住我的腿，凄然道："这位娘娘，缪清上次错认了您，但您帮过缪清一次，缪清一直铭记在心，此番缪清求您，再帮缪清一次吧。"

我默了一默，转身无可奈何与夜华道："既然缪清公主跪了我，叫我再跪回去我又拉不下这个脸面，那……少不得我就说两句吧？”

他从文书里抬起头来看着我：“你说。”

我叹了一回道：“其实这个事也并非缪清公主一人的错，当初你也晓得缪清对你有情，你却仍将她带上天来，你虽是为了报还她的恩情，帮她躲过同西海二王子的婚事，待她想通就要让她回东海。可她却不晓得你是这么想的，难免以为你是终于对她动心了。你既给了她这个念想，却又一直做正人君子，迟迟不肯动手，少不得便要逼她亲自动手了。”

夜华眸色难辨，漠然看着缪清道：“可你当初只说到我洗梧宫来当个婢女便心满意足了。”

我打了个哈欠：“恋爱中的女子说的话，你也信得？”

缪清那一张脸已哭得不成样子，我敲了敲扇缘与她道：“听老身一句话，你还是回东海的好。”遂退后两步抽身出来，将衣袖捋了捋，趁着缪清尚未回过神来，提起扇子溜了。

刚溜至外间的门槛，却被赶上来的夜华一把拉住。我侧头瞟了他一眼，他将手放开与我并肩道：“天已经黑成这样了，你还找得到住的院子？”

我左右看了看，不确定道：“应该还是找得到吧。”

他默了一默，道：“我送送你。”

里间那映着烛火的薄帘子后头，隐约又传出几声缪清的抽泣。我在心中琢磨了一会儿，觉得跪在里头的那两位想来正闹得累了，此番夜华送我，她们也可以休整休整，打点起十足的精神，争取待会儿闹得更欢实些。纵然我果真将夜华带出去片刻当个领路的，也不算耽误了他后宫里的正经事。于是，我便果真将他领了出去，心安理得地受用了这个殷勤。

月色如霜，凉风习习。

夜华一路没言没语，只偶尔提点两句：“有个树枝丫斜出来，莫绊着了。”或“那方睡了两块石头，你往我这里靠靠。”他带的这条道坑坑洼洼，因我眼睛不好，一路上都顾念着脚底下了，也没能腾出空闲来同他说几句话。

我原本就有些困，走完那条道更是浪费了许多精神，到了一揽芳华院子的大门口，只欲一头扎进院中扑倒在床上。

又是刚刚扎到门槛上。

又被夜华一把拉住。

我甚悲摧地抬头与他道：“不用再送了，接下来的路我全认得。”

他愣了一愣，失笑道：“这院子才多大一些，你认路的本事再不济，也不至于连回厢房的路也识不得，这个我自然晓得的。”顿了顿，一双眼深沉盯着我道：“我不过是，想问一问你，最后为什么劝那缪清公主回东海。”

我掩住打了一半的哈欠，奇道：“你不是也让她回东海？”

他眼神黯了黯，道：“只因我让她回东海，你便也让她回东海？”

我将扇子搭在手肘上默了一会儿。夜华这话问得，语气很不善，我是诚实地点头好呢，违心地摇头好呢，还是从容地不动声色好呢?

本上神活到这么大岁数，相交得好的神仙个个性子活泼且和顺。一向对老成的少年们有些摸不大准，何况夜华还是这老成少年中的翘楚，近来行事又有些入了魔障般的颠三倒四，我便更摸他不准。不知道答他个什么话，才能叫他受用些。

我这厢还没将答他的话理通透，他已撑了额头苦笑道：“果然如此。”

倘若一个神仙，修到了我这个境界，自然都通晓一些人情世故，不说十分，至少也有八分懂得看人的脸色。我方才虚虚一瞟，见夜华挂在脸上的这个苦笑乃是有几分怨愤的苦笑，立刻便明白过来方才那场沉默，我默得有些不合时宜了。

思及此，我立时堆起一张笑脸补救，对着他一张冷脸讪讪道：“我绝没忘记此前承诺要帮你娶几位貌美侧妃的事，但既是帮你纳妃，也得合你的意不是，否则生出一对怨偶来，却是我在造孽。这位东海的缪清公主，你既然不喜欢，自然不必再将她留在你身边。”又将扇子搁在手腕上敲了敲，皱眉道，“再则，这个公主的心机沉了些，今日能对你下情药，明日保不准还能再干出什么惊天动地的事来，后宫之地，还是清净些的好。”

他沉默良久，眼中神色已出于莫测了。许久，才淡淡道：“我原本便不该问你这个话，方才将你拉进书房来，本指望能不能令你醋一醋，却不想你只自始至终地看热闹。”

我心中咯噔一下，呃，我只以为他单纯招我进去拿扇子，诚然，诚然那个，没想到他还有这样一层用意。

他抬头极淡地瞟了我一眼，瞧不出悲也瞧不出喜，只继续淡淡道：“我在你心中竟没丝毫的分量。白浅，你的心中是不是只装得下那一个人？你准备等他等到几时？”

我心中一抽，却不知为哪般来的这一抽。

临别时，夜华的脸色很不好看。待他回去，没惊动奈奈，我便也回厢房躺下了。

明明之前困意汹涌，如今躺在软和和的云被里头，我却翻来覆去覆去翻来地睡不着，尽想着方才心尖上那一抽。夜华那不大好看的脸色，一直萦绕在我脑海中，直到迷迷糊糊睡着。

SHILI TAOHUA

第十七章 灰飞烟灭

睡到半夜，外头有人噼里啪啦拍门。

我因认床，睡得不沉，听他拍了片刻，起身披了件外袍去应门。

门外头凉幽幽的星光底下，却是奈奈一双眼熬得通红地端立在我面前，手中抱着沉睡的团子。一见着我，纠结在一处的眉梢舒展不少，急急道："上神昨日说小殿下三更便能醒转，如今已过了三更，小殿下却仍没醒的征兆，反倒是小脸越来越红。小婢急得很，也没别的法子，才来惊动上神……"

瞌睡瞬时醒了一半，奈奈进屋点了烛火，我将团子抱到床上从头到脚摸了一遍，方宽慰下来。

小娃娃的酒量自然浅，我却没料到团子的酒量竟浅到这个地步。瞧着奈奈仍是焦急，与她安抚一笑道："等闲的小娃娃被果酒醉倒，确然三更便醒得过来，但这回倒是我低估了团子，照他这势头，大约是要睡到明天早上。他这一张脸变得红扑扑，是个好症头，正是酒意渐渐地发出来，你不必过忧。"

奈奈明显松了一口气。

我瞧着她那一双通红的眼睛，心中一动，道："你该不会自抱了团子回来，便一直没合过眼吧？"

她不好意思地笑了笑。

本上神是位体恤下情的上神，自然不愿见奈奈这等好姑娘下半夜也合不了眼，遂将团子身上的小衣裳扒拉下来，用云被裹了，推进床里侧，与奈奈和顺一笑道："我时不时地再渡他些仙气，管保明日起来又是一个活蹦乱跳的团子，但小娃娃饮了酒，酒醒了须得喝些炖得稠稠的黏粥。你先回去睡一睡，养足精神，明早好炖些粥端过来。"

奈奈踌躇了一会儿，道："但小殿下若是扰了上神安歇……"

我伸手拍了拍团子的脸道："你看他如今睡得这样，便是将他团起来滚一滚，直滚到他的庆云殿，他也不会晓得，哪里能扰得了我的安歇。"

奈奈扑哧一笑，矮下身子与我福了一福，又吹熄了蜡烛，才恭顺地退出去。

团子虽没什么大碍，但脸上身上不停地发汗，面上看起来是睡得沉，实则怕有些难受。我打来一盆水，施了术法将整间屋子都弄得暖和些，揭开他身上的云被，将他剥得光溜溜的，隔半盏茶便为他擦一擦身子。从四更天一直折腾到印日星君出门当值。

这一夜，岂是扰了我的安歇。我在心中唏嘘了两声，将衣裳一件一件给团子穿好，才晓得带孩子的不易，对夜华的钦佩瞬间刷刷刷又蹿上去两三分。

奈奈送粥过来时，我正帮团子收拾完毕，尚未将地上的水盆端出去。

奈奈默默瞧了瞧地上的水盆，愣了片刻，蹲下来将盆中的白帕子拧起来，又将水端出去倒了。

她推门回来时我正洗漱完毕，在尝她做的粥。这粥做得爽口，怕小孩子挑口，还放了糖，做的是碗甜粥。我昨夜令她回去做一碗粥来，本是寻的一个借口，那时我自然晓得，团子今日并不会早早醒过来。

团子今日也确然没有那么早醒过来，自然够不上受用这碗爽口的甜粥。

我可惜地看着眼前这碗粥。

倘若粥也能有意念，我面前这一碗，想着自己辛辛苦苦在锅子里翻来覆去被炖了那么久，好不容易熬到出锅盛盘，却只能空待凉去，等得个被倒掉的下场，它们该有多么的哀怨。

我怅然唏嘘了两声。

奈奈抿嘴一笑道："小殿下尚未醒过来，这粥放凉了也不好，上神还未用早膳吧，若不嫌弃，且请上神尝一尝小婢的手艺。"

既是她殷勤在先，我怎好推辞，呵呵笑着受了。

刚把一碗粥喝完，昨日伺候我下水的十八个仙娥，已浩浩荡荡地来到我暂住的这方院子跟前，领头的两个手中各捧了备着早膳的食盘，另外的十六个仍是端的花果酒水之类。我在心中叹了两叹，果真是天界气度，灵宝天尊待客忒厚道，忒周全。

我已用了早饭，本欲令领头的两个仙娥将那装了早膳的食盘撤回去，却见食盘中放的大多是糕点之类。团子睡了一夜零半日，醒来正好可以垫一垫肚子，便转念令她两个将食盘放下了。只留了奈奈在房中守着团子，我随着这一溜水灵灵的仙娥们仍去灵宝天尊那汪天泉里泡着。

九重天上的路，甚多奇石假山点缀，这些山石长得巨大又绵延，瞧着虽有趣，走起路来却不方便。

有些路，原本是宽敞的大道，中间偏要搁一副绵长巨石，生生将大道一分为二劈成两条小径。倘若走这样的路，就有些讲究了。其中最要紧的一条是，万万说不得旁人的是非八卦。试想石头的另一侧此时正立着此件八卦的事主，该如何了结？倘若此件八卦的事主还是个厉害且小心眼儿的事主，又该如何了结？

如此，眼下与我只隔了一道石头的两个不知在何处当差的小仙娥，实在要感激本上神宽宏大度，不是个小心眼儿的事主。若今日她二人遇上的是司命星君，后果真是不堪设想。

起初我停下脚步，不过是因这两个背地里议人八卦的小仙娥提到了缪清公主。

昨夜我没等夜华料理出个结果便回屋歇了，虽觉得缪清同素锦闹的过程挺没意思，可对这桩事的结果，还是颇感兴趣的。这正如看一个戏本子，虽才看到一半已猜得着过程和结果，另一半过程当然可以略去不看，可结果却无论如何要翻一翻，看看自己当初是猜得对，还是不对。现下，我揣的就正是此种心情。

两个当值偷懒的小仙娥其中一个道："那西海上来的缪清，我当初一见她，便晓得她是个不安分的，昨夜果然出事了。"

另一个道："也不知她到底犯了什么事，我去问昨夜替君上当值的红鸳姐姐，她怎么也不愿说，还将我骂了一顿。"

前一个又道："想来是桩很见不得人的事，才将君上引得一定要将那缪清赶下西海去。却听说昨夜我们娘娘还去为那缪清求了情，在君上的书房里跪了半夜。"

后一个感叹了一声道："娘娘这又是何必。不过话说回来，我们娘娘真是位万中无一的娘娘，人长得美，性子也和顺，却不知君上为什么瞧不上她。我分到娘娘殿中以来，还从未见君上来探过一回娘娘。便是上回北海那条巴蛇养出来的那位不像样的少爷搅出来那样一桩不像样的事，天君都震怒了的，却听说雪烛姐姐奔去书房将这事报给君上时，君上连眼皮也没抬。"

前一个同感叹道："虽说这不是我们做婢子的该计较的，可娘娘毕竟是君上的侧妃，君上却像洗梧宫中根本没住着娘娘这个人似的，忒凉薄了些。娘娘不容易，真是不容易。”

后一个再道：“君上如今是被青丘那位九尾狐的上神迷了魂道，我听说九尾狐这个仙族惯于迷惑人。那位上神将来还会是君上的正妃。如今她同君上还未成婚，已将君上缠得这样紧了。不知成了婚后却是番什么样的形容。几个月前君上就被她缠得一直住在青丘，娘娘怕君上耽于私情而将手上的正事荒废了，特意着了轻画姐姐去青丘好意提点，却不想一番苦心，倒被轰了回来。”

前一个便亦感叹道：“唉，我们娘娘这样善良慈悲，将来怕要吃青丘那位上神的许多苦头。”

两人沉默了一会儿，与我同站在石头这一边的十八个仙娥皆屏住了呼吸，领头的两个便要穿过那石头去。

我将折扇抬起来挡了一挡。两个仙娥惴惴地看了我一眼，我朝她们和蔼一笑。

隔壁那两个小仙娥兴致正高，那一默自然只是短暂的一默，想必她们都在那一默中为素锦深深地感怀了一番。我因也经历过她们这样的青葱岁月，料想她们在这个过渡之后，探讨的必然要是我这个惯于迷惑人的九尾白狐了。

活了这么多年果然不是白活的。

其中的一个小仙娥当真道：“你可听说，青丘的那位上神，像是已有十四万岁了。”

另一个惊讶道：“竟有十四万岁了，这这这，这不是老太婆了吗？足足比君上年长了九万岁，都可以做君上的奶奶了。她的脸皮竟能这么厚，虽说是同君上有过婚约的，但以这样的岁数霸着君上，也有点太那个了。”

前一个赞同道：“是啊是啊，老不知羞的，定是用术法迷惑了君上吧。唉，只希望君上早日看清这位上神的面目，明白我们娘娘对他的一番痴心，回到娘娘的身边来。”

这个话基本算是总结了，想必她们这场是非已摆谈得尽兴。

原本不过想听一个缪清的八卦，却不料遇上素锦侧妃的婢女在背后将我编排一通。她们这一番话说得何其毒辣，若我还是当年昆仑虚上的小十七，定要将她们修理得爹妈都认不出来。亏得清修了七万年，如今我已进入了忘我无我，看世间事譬如看那天边浮云的上乘之境，自是不与她们计较，只招了方才想要穿出石头去的两个领头仙娥，掩着扇子低声问道：“我依稀仿佛记得，天界立的规矩里头，有一条是不能妄议上神的？”

两个仙娥愣了愣，点头称是，又一致地赶紧道：“这两个宫娥太不像话，累上神动怒，小婢们自然要报上司部，将她两个惩戒一番，立一立规矩。”

我咳了一咳，道：“动怒倒没有，只是偶尔听得这样的话，不大顺耳罢了。”合起扇子拍了拍她们的肩膀，慈爱道：“话虽这么说，你两个方才也忒莽撞了，说人是非这样的事，最忌讳的就是中途被人撞破。可想而知，你们方才若真穿过石头去，却叫那一双小仙娥多么尴尬羞涩。既然她们这个行为违了天界的规矩，迟早要受些惩戒，倒不如让她们说个痛快。她们说痛快了，你们也能占个理罚得痛快些嘛。天宫这么大，总还是要叫人晓得，立的规矩不是单立在那里当摆设的，是不是？不过话说回来，后宫里最忌讳热闹，这双小仙娥性子忒活泼了些，倒不大适合当这份差了，你们挑拣挑拣，另为她们谋个合宜的差事吧。”

两个仙娥受教，连连点头称是。

她们自去执天界的法度去了。后面的十六个仙娥仍跟着我。

今日泡在这天泉里，因没有团子在一旁戏水，我觉得有点无趣。

随伺的十六个仙娥中，有两个擅音律的，抱了琵琶在一旁拨了个把时辰，令我打发了些时间。可她们拨得再好，如何比得上当年掌乐的墨渊。初听还觉新鲜，听多了却也乏味，顺势打发她们将琵琶收了。

继续泡了片刻，泡得很空虚。便穿了衣裳，令那十六个仙娥暂守在原地，我先回一揽芳华的院子挑几本书带过来，届时边泡边看，再打发些时间。

方走到一揽芳华的大门口，正预备推门，那门却猛地从里打开。夜华一手抱着沉睡的团子，一手握着门沿，见着我，愣了一愣，敛起一双眉头来。

东海水晶宫初见夜华时，我便晓得他不大亲切，乃是个冷漠的少年。只是同我相交以来，他几乎从不在我面前做出冷漠形容，时时都笑得春风拂面，便使我有些忘了他本性其实算得冷淡了。此时他脸上的这个形容，令我陡地一凛。

他一双眸子暗了暗，沉沉道：“阿离像是喝醉了，我探了探，他从昨日到现在竟一直未醒过，是怎么回事？”

我瞧了瞧他怀中脸色红润的团子，镇定道：“不过昨天我多喂了他半壶，让他醉了个酒罢了。”

他皱眉道：“他醉得睡到现在都没醒，你怎的不通报我一声，也不将他抱去药君府上看看？”

我讶然道：“小孩子哪里有那么娇贵的，我小时候偷折颜的酒喝，醉得四五天没醒，也没见我阿爹阿娘将我送去就医。团子又不是个姑娘，你这样惯着他，待他大些，难免不娘娘腔。”

他默了半晌，从我身边儿跨过去，干涩道：“阿离不是你带大的，你便一直只将他当作继子看，从未当过亲生的儿子来疼爱吧。若阿离当真是你亲生的儿子，你今日，还说得出这样的话吗？”

我一愣，待反应过来他这一番话的意思，却觉得周身血气都凉了。

从前常听人说透心凉透心凉，我还琢磨过这个透心凉是种什么样的凉法，如今，倒是活生生品一遭个中滋味。

虽然我没生过儿子，却也晓得，若是我白浅的亲生儿子，怕待他倒没这么上心。也正是怜悯团子小小年纪，亲娘便跳了诛仙台。三百年里活过来，没受着亲娘半点呵护，怪可怜见，是以对这团子从来都是巴心巴肺的。今日这一番巴心巴肺，却换来如此评说。

我抖了抖衣袖，对着他的背影冷笑道：“老身哪生得出这样一个活泼讨喜的孩子来，可叹生出阿离的那位烈女子，当初却跳了诛仙台。老身师承昆仑虚，修的是逍遥道，可不是承的西方梵境，没修来一副菩萨心肠，自然待不好阿离。夜华君储在宫中的那位侧妃，依老身看，倒是慈悲又善良，定可以将你这宝贝儿子待得同亲生一样。今后却叫你的这位侧妃将阿离看得紧些，莫让他在我这里吃了亏去。”

他背影僵了僵，半晌，道了声：“你别说这些话来气我，我不是这个意思。”便抱着团子匆匆向药王府奔去。

瞧着他渐行渐远的背影，我大感无趣。正要掉头踏进院子，迎面又撞上来个奈奈。

她一双眼通红，见着我，仿似见着西天梵境大慈大悲的观世音，赶紧扯着我的袖子颤声道：“上神可见着，方才谁从这院子里出去了？”

我抚了抚额，柔声道：“怎么了？”

她通红的眼角处啪嗒掉下两颗亮晶晶的泪珠儿来，哽咽道：“上神责罚小婢吧，都是小婢的错。上神对小殿下这般好，便是小婢的主子再生，也要感念上神，此番若因了小婢，令小殿下栽到素锦娘娘的手里，那小婢……小婢……”

我见她说了半日也没道出个所以然来，文法颇颠三倒四，一言一语甚没重点，便敲了扇子好意提点道：“别的暂不用多费唇舌，你方才说团子栽进素锦手里，是个什么意思？”

我这一个提点，终于让她找到一根主心骨，一件事一件事，接二连三抖得顺畅许多。原来我今日刚被灵宝天尊玉清境里的一顺溜宫娥领走，那素锦侧妃便领了四个随侍的仙娥驾临了一揽芳华。说是晨间散步，受一道神圣不可侵犯的仙气指引，不意散到我暂住的院子附近，便一定要来访一访这仙气的主人，并看一看团子。

姑且不说四海八荒哪一位神仙的仙气是神圣可以侵犯的，我怀着一颗大度的心，只当这是个不大合宜的恭维。然那素锦昨夜同夜华和缪清不知闹到个什么时辰，今日一大早，还能有这么好的精神头大老远地来我这处散一散步，却叫我佩服。

说是夜华从不许素锦见团子，也不许她靠近一揽芳华半步，作为四海八荒的典范，她也一直守着这个规矩，今日却不知抽了什么风，将两条齐齐冒犯了。奈奈有心不让素锦进院子，她一个小小的守院仙娥，扛住一介天宫典范的耿耿衷情，十分不易。好歹终归是扛下了。素锦不甘不愿地离开一揽芳华后，奈奈照拂了会儿团子，便去后院打水。水打回来一看，团子却不见了。奈奈便以为，定是那素锦杀了个回头枪，将团子抱走了。急急追出来，便正撞上我。

我拍了拍她的肩，安抚道："是夜华抱走了团子，同素锦没什么干系，你不必忧心。"

听奈奈这一番叙述，看得出她防夜华的那位侧妃譬如防耗子一般紧。这个中的原委，在脑门里略转上一转，也约莫算得出来。多半是奈奈从前服侍的那位夫人——团子跳诛仙台的亲娘，还没来得及跳诛仙台之前，同素锦有些不对付。

夜华如今待素锦的光景十分不好。

我脑中忽地一道电光闪过，福至心灵打断奈奈道："该不会，这位素锦侧妃，同团子她亲娘跳诛仙台这个事，有些牵扯吧？"

她脸色刷地一白，顿了半晌，才道："天君颁了旨意，明令了再也不能提此事的。当初晓得这桩事的仙娥们，也全被天君分去了各仙山，不在天宫了。"

奈奈这个回答虽不算个回答，脸上那一白却白得很合时机，我心中来回一转，不说七八分，倒也明白了五六分。

因我们九尾白狐这个族类，在走兽里乃是个不一般的族类，一生只能觅一个配偶，譬如两只母狐狸公然争一只公狐狸这样的事，我活了这么十几万年，从来没见着过。是以倘若有两只母狐狸要争一只公狐狸，能使出些什么样的手段，我有些拎不清。但好歹在凡界做相士时，《吕后传》这样的抄本野史涉猎了不少，令我今日能做一个恰如其分的推论，推论素锦侧妃从前，其实并不像今日这般典范，为了争宠，将团子亲娘生生逼下了诛仙台。

团子今年三百岁，可见团子的亲娘跳诛仙台也就是近三百年间的事情，这个事定然也曾掀起过轩然大波。五百多年前我被擎苍伤了，沉睡了两百年，但我从那一趟长睡中醒过来时，却并未听得近年九重天上有什么八卦趣闻，想来奈奈说的没错，那石破天惊的一桩大事，是被天君压了。

这一代的天君倒是个有情有义的天君，想必正是念着素锦曾做过他的小老婆，才特地插了这一趟手。不过他插的这趟手，倒正插在了点子上，令素锦今日能享一个典范之名。

唔，真是一段血雨腥风的过往。

夜华和奈奈这一番惊扰，所幸没败了我寻书的兴致。

原以为这九重天上上下下一派板正，藏书也不过是些修身养性的道典佛经，我因实在无聊得很了，才想着即便是道典佛经也拿来看它一看，却不想东翻西翻的，竟淘出几个话本子，略略一扫，还是几个我没看过的、颇趣致的话本子。我矜持地朝奈奈一笑："从前住这个院子的夫人，忒有品位了。"

正预备揣着这几个话本重新杀回天泉泡着，院子的大门却响了一声，徐徐开了。

我抬头一望，夜华储在后宫中的那位典范，带着一脸微微的笑立在门槛后头。

我心中感叹一声，这位典范大约是做典范做得太久，身心俱疲，今日竟公然两次违夜华的令，无怪乎从前有个凡人常说过犹不及，凡事太过了，果然就要出幺蛾子。

典范见着我，略略矮身福了福，道："方才妹妹来过一回，却不巧误了姐姐的时辰，本想到天泉去亲自拜一拜姐姐，没承想姐姐又回这院子来了，妹妹便又急匆匆赶过来，还好总算见着了姐姐……"

她的言辞十分恳切，奈何头脸光滑，半丝儿汗水都没有，气息也匀称得很，委实没令我看出急匆匆赶过来的光景。

我因今日一大早被这位典范的两个婢女嚼了舌根，心中略有不爽。且听她此时姐姐姐姐的唤个不停，方才好不容易顺下去的一口气，腾地又冒上来。我一贯不大爱听别人叫我姐姐，因当年小时候尚同玄女玩在一处时，她便前前后后地唤我姐姐。玄女这一根刺，刺在我心上许多年，乍一听典范唤我姐姐，那一根刺便扎得心中愈加不快。

我少年时天真骄纵，十分任性，近十万年却也不是白调养的，性子已渐渐地沉下来，忒淡泊，忒娴静。即便此时看这位典范有些不大顺眼，仍能揣着几个话本子敷衍："你拜我的心既如此急切，为何昨夜初见时不拜，却这个时候来拜？"

她一张笑脸倏地一僵。

近旁一株硕大的桃树底下立了张石桌，周边围了两三只矮石凳，我估摸着同她这一番唠嗑还须得磨些时辰，踱过去自坐了。

典范僵了一僵，半晌，笔直地挺着她的身子，扯出来个笑容道："天宫与别处有些个不同，若是一场慎重的参拜，必得收拾出合宜的礼度，才显得出参拜者的虔诚。按照天宫的礼节，姐姐方至天宫妹妹便该来参拜的。可这件大事情，君上却没同妹妹提起，是以昨夜初见，妹妹竟没认出姐姐来，殿前失仪，倒让姐姐笑话了。今晨妹妹本欲来此拜会姐姐，却又延误了时辰。此番妹妹来得这样迟，便先给姐姐赔不是了。"

她这一番话说得滴水不漏，果真不愧为四海八荒一众后宫的典范。可那几声姐姐，实在叫得我头晕。

我抚额抬了抬手中的扇子，点头道："却是我初来乍到，不懂这九重天上的规矩了，无妨，这规矩听起来倒是个挺有趣的规矩，那你便依着这个规矩，快些拜吧。"

她愣了好一会儿，回神道："方才，妹妹已经拜过了啊。"

她这个话说得十分新鲜。我回过头去从头到尾细细想一遍，却只想得起来她矮下身来略略那一福。难不成，那略略的矮身一福，便算她这个没甚斤两的太子侧妃拜了我这个修了十四万年才修炼成功的上神了？

这天宫的规矩，听起来倒像模像样，做起来，委实水了些！

我心中不满，但因我是个大度的仙，不甚计较这些虚礼，于是只将几丝不大顺的气沉到肚子里去，宝相庄严地颔首道："哦，拜过了啊，这个拜法真是个平易近人的拜法……"

我一句话尚未说完，一直盈盈立在一旁的典范，连方才拜我那一拜都只是略略动了动腿弯的典范，却扑通一声跪了下来，两手一揖，伏倒在地。院门口有一副衣角隐约闪过。

我抽了抽嘴角，咳了声，道："你这又是在做甚？"

典范抬起一张刚柔并济的脸，涩然道："方才那一拜，妹妹正是依的侧妃拜正妃的规矩，此番的这一拜，却是要拜恩人，姐姐这几月来对阿离的照拂，实让妹妹感激不尽。阿离打小便失了母妃，怕姐姐也听说过，将姐姐认作他的母妃，想来也是因姐姐蒙上脸来的模样，同他亲生的娘没什么区别，还望姐姐多担待些。君上对阿离的母妃用情很深，阿离的母妃当年跳诛仙台，君上跟着一同跳了下去，天君将他救上来时，还只剩半口气，一身的修行也差点化个干净，在紫宸殿躺了六十多年。那时，若不是君上的母妃日日抱着阿离到他床前，一声一声地唤他父君，指不定君上就再醒不来了。姐姐瞧，这一揽芳华满院的桃花，便是君上醒来之后，为了纪念阿离的母妃种下的。君上这两百年来没一时愉悦，姐姐既同阿离的母妃长得像，妹妹实在觉得，这是个缘分。如今妹妹的这一拜，其实也望着姐姐能早日同君上成婚，以慰藉君上那颗已死了一半的心。"

我默默地望着典范片刻，心中一动。

她这一番表白，真是表得我心生感慨。

既是想点透本上神在团子他爹跟前是团子他娘的替身，便应点得更加通俗易懂一些。似她这般九曲十八弯地绕，亏得本上神英明，在凡界游荡时瞧了许多这样桥段的戏本子，方能入木三分地领会她这个话背后的意义，若是换凤九这样一根筋的，岂不是白废了她一番心思。但她这一大拜却拜得好，只膝弯里一跪，便将这番原本像是挑拨的话，晒得亲切又自然，甚至贴心贴肺。

我虽领会透了典范这个话背后的含义，却十分遗憾不能遂了她的心思，同夜华大动一场干戈，就他爱我还是爱团子娘这个话题，吵个天翻地覆地覆天翻。

其实典范也不大容易，现今夜华对她的光景很不见好，她对夜华倒是看得出来深种了情根。这么一出郎无情妾有意的风月戏，郎心如铁铁得任尔东南西北风，我自岿然不动，那有意的妾不定背地里躲着哭了多少回。她一边悲苦着，一边为了刺激自己的情敌，还要讲些思慕对象的风流史，顺带将自己也刺激了，可怜见的情敌没刺激成，自己却深受刺激，何其可叹。

我起身踱过去用扇子拍了拍她的肩膀，淡淡道："你心底里求的东西，并不是人人都想要的，做神仙，还是不要做得太聪明。唔，有个事还须提点你一句，我受四海八荒的神仙朝拜，一向依的是青丘的礼。若是要正经来拜一拜我，提前三日便须沐浴斋戒焚香，三日之后行三跪九叩的礼。这礼虽大，不过，即便是你的夫君夜华君与我行这样的礼，我也是受得起的。但我并不爱小的们这样正经来拜我，揖一揖手，心意到了便是了。倘若今后你还要提说正经来朝拜我，便依我青丘的礼，做不到，便不要再跟我提什么天宫的规矩。再则，我阿娘并没给我添什么妹妹，你这小小的年纪称我姐姐也不大合宜，便还是依照礼度，称我一声上神吧。”

这一番话说完，我心情略有顺畅。眼风里不经意瞟到她伏在地上的一双手，紧紧收成拳头。小孩子家，面上虽做得滴水不漏，到底还有些少年意气。

我啧啧叹了两声。招了奈奈，绕过地上的典范，出门再次朝那上清境的天泉杀去。

看不出夜华倒是颗情种。

得出这个认识，却不知怎的，令我心中微闷。

可他当初既爱团子娘爱得那样深，若典范确是照我推断的为了争宠亲自将团子娘逼得跳了诛仙台……

以他那冷情冷面的性子，还不早将典范劈了？

我揣着这个疑问一不留神念叨了出来。

走在一旁的奈奈低声道：“上神料得不错，是劈过一回的。”犹疑了一会儿，再道：“那时君上方醒过来，身上不济，且万念俱灰，没有一丝活气息，整日只一个人关在殿中，连小殿下也不理。君上的母妃乐胥娘娘十分忧心，便着了奴婢去宽慰君上。那时，也只当奴婢说起奴婢的主子来，君上才能略有动容。君上醒来不过两月，天君便着了一顶软轿要将素锦娘娘抬进洗梧宫。那一日风和日丽的，是个黄道吉日，素锦娘娘却没能进得了洗梧宫，奴婢亲眼见着君上面无表情将一把冷剑刺过她的胸膛。奴婢看着那像是致命的一剑，遗憾天君却及时大驾，将她救了回去。后来，上神便也见着了，她由天君保着，成功入了洗梧宫，不过君上只当她是养着我家主子眼珠的一个罐子罢了。伺候她的一些宫娥常觉着她可怜，可奴婢却觉着她是自作自受。”

我讶道：“眼珠？”

奈奈咬牙道：“她那一双眼珠，正是从奴婢命苦的主子身上偷来的。”

我沉吟了半晌，若往常遇到这种奇异的事，定要追一个根究一个底，此番却不知怎的，心中隐有抗拒。我叹息了一声。

奈奈一双眼微红道：“往常奴婢天真，奴婢的主子也天真。这桩事后奴婢才明白，主子当初能在天宫平安待过三年，实属不易。乐胥娘娘说君上以为将自己的心思瞒住，便能保住主子。可他的心思瞒住了天上诸位神仙，包括主子，却终于没瞒过唯一想瞒过的天君。”

她这一番话说完，突然煞白了一张脸，猛然回神似的嘴唇抖了几抖：“奴婢失言。”

她说了许多，前边的还有些条理，后头的我却委实没怎么听懂，也不晓得她哪里失了言。只是心中模糊地一紧。

伴随着心中这一紧，拐过一揽芳华，有一股腾腾的瑞气迎面扑来。

四海八荒一众神仙里头，仙气能卓然到这个境界的，左右不过四五个。这四五个里头，又以情趣优雅，品位比情趣更优雅的折颜上神最为卓然。

如今，这个最卓然的折颜便拢着一双袖子靠在一揽芳华的墙根边儿上，乐呵呵地看着我笑。

我呆了一呆。

方才素锦大拜我时，从院门口闪过一副衣角，我隐约一瞟，估摸着是折颜。但料想他此番应是在青丘陪伴四哥，也没甚在意，不承想，那一副花里胡哨的衣角果然是他的。

我因迁怒，对素锦说的那一番话不大客气，回头一想，却委实有些掉上神的份子，此番折颜竟将我那番掉份子的言语听个彻底，令我微有汗颜。

他兀自乐了一会儿，两三步踱到我跟前，道：“许多年没见你使小性儿了，今日来听这个墙脚，却听得很有收获。真真常埋怨我当初将你送去昆仑虚送错了，不过学一个艺，却学得整个人都不大灵光，全没有他带着你时的天真活泼。如今看来，你还不算无可救药嘛。”

如今我已是十四万岁高龄，按凡人的算法，譬如一个老态龙钟的太婆，若仍旧如同少年时代一般天真活泼……我试着进行了想象，发现太吓人了。

因我一向是个服老的，是以心中才能有这样一番明透事理的计较，然折颜一向是个不服老的，我这一番英明计较，自然须吃回肚子里。只顺着他的话，摇着扇子谦虚道：“夜华的那个侧妃委实不大合我的意，我虽一向偏爱机警灵敏的小神仙，但机警灵敏过头了，跑到我跟前来自作聪明的，我却不大喜欢了。所以本着长辈对小辈的看顾之心，略略训诫她两三句，实在算不得使小性儿，你过奖了，过奖了。”

他微微又笑了笑。

其实往常折颜并不似这般爱笑，但他近日春风得意，日子过得很滋润，自然多笑些。待他笑够了，我才开口问他："夜华昨日才将我领上这九重天，你今日便赶着跟上来，你上来这一趟，绝不是只为了来听我的墙脚吧？"

他咳了声敛住笑容，眼风里朝立在我一旁的奈奈扫了扫。奈奈不愧在九重天上兜转久了的，察言观色是一把好手，立时伏身一拜："小婢先去上清境候着上神。"

我点了点头。

折颜一向不大正经，待奈奈走得远了，却收拾出一副凛然的庄重模样来。

他这个模样，令我心中陡地一颤。

三百年前，自我从那场沉睡中醒过来，发现师父的仙体不用我的心头血也保存得很好时，他端出的便正是这副模样，敛着眉沉着脸，敲着炎华洞的冰榻缓缓安慰我："墨渊兴许要回来了。"害得我空欢喜一场。

如今，我怔怔地望着他一双细长的眼睛，心中不长进地隐隐又生出丝念想。但害怕这个念想终归又是个行将落空的念想，一狠心，往噌噌上蹿的这个念想的小火苗上狠命浇了桶凉水。

听得心尖上刺啦一会儿响过之后，我沉稳地将两只握紧的手揣进袖子，淡淡道："你便将关子这么卖着吧，左右我也不急。"

他收起那副庄重嘴脸，倜傥一笑，道："若是我说墨渊要醒了，你也不急吗？"

方才还在火中炙烤的一颗狐狸心猛地一蹿，直蹿到我的嗓子眼。我听到自己哑着嗓子的一句回话："你……你又是在骗我。"这一句话，竟微微地带着两声儿哭音。

他愣了一愣，敛了本就不深的笑容，眉头拧成一个川字，过来拍了拍我的背："丫头，这回绝不是在骗你了。前几日我同真真去西海办一趟事，遇着那西海水君的大儿子，那时我觉着他身上的仙气有些不一般，便施了追魂术探查了一番。这一番探查下来，竟叫我发现他身上有两个魂魄。一个是他自己的，另一个，"他顿了顿，低声道，"便是你的师父墨渊。"

我垂头瞧着自己从裙子底下隐约露出的一双绣花鞋，木然道："你怎知道，那西海水君大儿子身上的另一个魂魄，就是墨渊的？往常，我看凡界的笔记小说，便有那神怪故事，说男子也能怀娃娃，兴许你探出的那另一个魂魄，是西海大皇子瞒着老父老母怀的儿子呢。"

我因低着头，眼前莫名有些潮，不大看得清折颜的神情，只听得他叹息一声道："使出追魂术来，自然能对一个魂魄追本溯源。西海大皇子身上沉睡的那一个魂魄，我追着它的源头探过去，却探得它是靠着破碎魂片自身的灵力，一片一片重新结起来的，试问这四海八荒，还有哪个能凭着魂片自身的灵力，将一个碎得不成样子的魂魄重新结起来？也只能是墨渊有这个本事了。再则，他是父神的嫡子，我是父神养大的，小时候一直处在一处，他的仙气，我自然也是熟悉的。从前，你说墨渊灰飞前嘱咐你们十七个师兄弟等他，我只以为那是他留给你们的一个念想，叫你们不必为了他难受，他虽一向言而有信，却终归敌不过天命。直至在西海大皇子身体里探得他沉睡的魂魄，才叫我真正佩服，墨渊这一生都未曾叫他着紧的人失望过，这才是峥嵘男儿的本色。怕他是用了七万年才集好自己的魂魄，那魂魄如今还有些散，暂且不能回到他原来的身体里，须得借着旁人的仙力慢慢调养，待调养好了，才能回到他自己的身体里真正醒来。想必正是因为如此，墨渊才令自己的魂魄躺进了西海大皇子的身体，借以调养。但那大皇子的根骨不过普通尔尔，一身仙力除了自己苦修，还要分来调养墨渊，渐渐地就将身子拖得有些弱了。墨渊既是将魂魄寄在他这副不大硬朗的身子骨里，少不得还要调养个七八千年。我探明了这桩事，本打算立刻便告知你。但一回来却见你伤得那么重，也就瞒了，怕扰了你的心神。昨日容你泡了一日天泉，想着你也该好得差不离了，今日我便特地上天走一趟，将这个事传给你。"

他说了这么一大通，每一个字都进了我的耳朵，却在脑子里挤巴挤巴搅成一锅米浆，神思被这锅米浆挤到九天之外，令我十分糊涂。

心心念念了七万年的大事，今日竟修成了正果。我难以置信地哽了半日，恍惚里抓住折颜话中的一个漏子，急急道："师父他，他若然借用了那西海大皇子的仙气来供自身调养，欠下的这一桩债，却该怎的来偿？"

折颜咳嗽了一声，缓缓道："墨渊既挑的是那西海大皇子，自然有他的道理，或许是他，或许是他的家族曾欠下墨渊什么恩情，此番，是在报恩吧。"

话罢扳着我的肩，一只手抬起我的头，锁眉道："丫头，你哭什么？"

我胡乱在脸上抹了抹，确然触到了一片水泽，膝盖一软，便跪倒在地，甚没用地抓住他一角衣袖，讷讷道："我……我只是害怕，怕这又是一场空梦。"

SHILI TAOHUA

第十八章 近乡情怯

折颜一席话，叫我再没心思待在九重天。我虽同夜华有些怄气，可上得玉清境疗伤一事，终归欠他人情，倘若不告而别，便真正没度量；倘若跑到他跟前去告一回别，又显见得我没面子，遂留书一封，言辞切切，对他近两日的照拂深表了谢意。便与折颜一道跨过南天门，匆匆下界。

即便墨渊此刻还只是那西海大皇子身上一个沉睡的魂，我也想去瞧一瞧他。这一颗奔赴西海的殷切的心，正譬如山林中一只早早起来捉虫的大鸟，捉得一口肥虫子时，欢欣地扑棱着翅膀急急往鸟巢里返，迫不及待要将这口虫子渡给巢中的雏鸟。

从九重天下西海，腾云需腾个把时辰，折颜踩着云头感到无趣，一路在我耳旁絮絮叨叨。万幸近日他同四哥过得顺风顺水，才叫我一双耳朵逃过一劫，没再翻来覆去地听他讲四哥那一桩桩一件件丢人的旧事。

折颜此番絮叨的乃是西海水君一家的秘辛，我宝相庄严地坐在云头，听得津津有味。

东南西北四海的水君，我印象最淡的，便是这个西海水君。开初我以为，大约是我在青丘待得久了，没时常关怀关怀小一辈的神仙，才令他在我这里的印象十分淡薄。如今听折颜一说，方晓得原是近两代西海水君为人都十分低调，才令西海一族在四海八荒都没甚存在感。然就是这样一位保持低调作风一保持就是很多年的西海水君，近日却做了件很不低调的事情。

这件事情，正是因他那被墨渊借了身子骨调养魂魄的西海大皇子叠雍而起。

说是自六百多年前开始，叠雍那一副不大强壮的身子骨便每况愈下，西海水晶宫的药师们因查不出症结，调理许久也没调理出个所以然来。请了天上的药君来诊断，药君带了两个小童上门来望闻问切一番，捻着胡须开了两服药，这两服药却也只能保住叠雍不再咳血罢了。药君临走前悄悄儿拖着西海水君到角落里站了站，道叠雍大皇子这个病，并不像是病在身上，既然没病在身上，他区区一个药君自然奈何不得。

眼见连药君都无计可施，西海水君一时悲愤得急红了眼，思忖半日，干脆弄出个张榜求医，亮堂堂的榜文贴满了四海八荒，上头写得清清楚楚，三界中有谁能医得好西海大皇子的病，男的便招进来做西海大皇子妃，女的便招进来做西海二皇子妃。

唔，是了，这西海大皇子叠雍，传闻是个断袖。

西海水君因一时急糊涂了，出的这个榜文出得忒不靠谱。诚然天底下众多的能人都是断袖，譬如当年离镜的老子擎苍，但还有更为众多的能人并不是断袖。他一纸不靠谱的榜文，生生将不是断袖的能人们吓得退避三舍。待终于发现张贴出去的榜文上的毛病，这榜文已犹如倒进滚油锅里一碗凉开水，将四海八荒炸得翻了锅。

从此，西海水君庭前，断袖们譬如黄河之水，以后浪推前浪的滔滔之势，绵延不绝。可叹这一帮断袖们虽是真才实学的断袖，却并非真才实学的能人。

墨渊的魂魄藏得很深，非是那仙法超然到一个境界的，绝瞧不出叠雍身体里还宿着另一个日日分他仙力的魂魄。

于是乎，大皇子叠雍被折腾得益发没个神仙样。西海水君的夫人瞧着自己这大儿子枯槁的形容，十分哀伤，日日都要跑去夫君跟前哭一场，西海水君也很哀伤。

人有向道之心，天无绝人之路。叠雍那同父同母的亲弟弟，二皇子苏陌叶，同我的四哥倒有一番酒肉朋友的好情谊。说四哥从西山寻了毕方回十里桃林后，有一日同折颜斗了两句嘴，心生烦闷，一气之下杀去西海水晶宫寻苏陌叶喝酒。

正碰上西海水晶宫一派愁云惨淡之时。二皇子苏陌叶多喝了几杯，饮得醺醺然，靠着四哥将家中这桩不像样的事，挑巴挑巴和盘托出。四哥听了苏陌叶家中这一番辛酸遭遇，恻隐之心油然而生，当即表示可以请十里桃林的折颜上神来帮一帮他。纵然折颜对自己的定位很明确，是个“退隐三界、不问红尘，情趣优雅、品位比情趣更优雅的神秘上神”，本不欲蹚这一趟浑水，可扛不住四哥一番割袍断交的威胁，终归还是揣着上神架子奔去了西海。这一奔，才奔出墨渊快醒来的天大喜讯，圆满了我的念想。

折颜挑着一双桃花眼道：“我同真真离开西海时，答应了西海的一群小神仙，隔日便会派出仙使去西海亲自调养叠雍。要令墨渊的魂魄恢复得顺遂，那叠雍的身子骨确然也该仔细打理一番。”

他说得虽有道理，我皱眉道："可你那桃林中却什么时候有了个仙使？"

他倜傥一笑道："上回东海水君办的那个满月宴，听说有一位白绫缚面的仙娥，送了东海水君一壶桃花酿做贺礼，自称在我的桃林里头当差。还说那仙娥自称是九重天上太子夜华的亲妹妹，几个老神仙去九重天打探了半月，也没探出来夜华君有什么妹妹，后来又跑到东海水君处证实，原来那仙娥并不是位仙娥，却是位男扮女装的仙君，因同夜华有些个断袖情，才堂堂男儿身扮作女红妆，假说自己是他的妹妹，以此遮掩。"

我抽了抽嘴角："东海水君其人，这个话编得，何等风趣，哈哈！何等风趣。"

能亲手调养那西海大皇子的仙体，以报答墨渊，我十分感激折颜。可他此番却非要给我安个男子身份，再将我推到一位断袖的跟前，这份感激就打了对折。我颇后悔，既没了四哥在前头挡着，那日东海水君的满月宴，便不该祭出折颜的名头来。

折颜眼风里斜斜一瞟，我望了回天，摇身化作一个少年模样，面上仍实打实覆着那条四指宽的白绫。

煎熬了个把时辰，总算到得西海。

折颜端着一副凛然的上神架子将我领进海中，水中兜转了两三盏茶，瞧得一座恢宏宫邸前，西海水君打头的一众西海小神仙们盛装相迎的大排场。

因我是被折颜这尊令人崇奉的上神亲自领进西海的，即便他口口声声称我只是他座下当差的一名仙使，西海的水君也没半点怠慢我。依照礼度，将折颜恭请至大殿的高位上，仔仔细细泡了好茶伺候着，又着许多仙娥搬来一摞一摞果盘，令他这位上神歇一歇脚。

折颜歇脚，我自然也跟着。

我的二哥白奕，几万年前有段时日曾醉心文墨，常拿些凡界的酸诗来与我切磋。其中有一首是一个凡人们公认虽无德却有才的大才子写的，全篇记不清了，只还略记得其中两句，叫作"近乡情更怯，不敢问来人"。二哥细细与我解释，说诗人远走他乡，多年杳无音信，此番归心似箭，回得故乡来，可离家越近，却越不敢向旁人打探家中消息。这两句诗，将诗人一颗向往又畏惧的心剖白得淋漓尽致，非大才子不能为尔。彼时我听了四哥一番话，心中并不苟同，只觉得这诗人思乡情切却又裹足不前，究竟是怎样一个精神分裂啊。

直至今日，我才悟出那两句诗的高深含意，才晓得作这首诗的凡人确有几分大才。因我此刻坐在东海水晶宫的大殿之上，怀中揣的，便正是一颗近乡情怯之心。既想立刻见着墨渊的魂，又怕立刻见着。

折颜并没歇多久，闭着眼睛喝了两口茶，便提说还有要事须得走了。因他是端着上神的架子说这个话，西海水君即便有那个心想留他一留，也碍于他不苟言笑的凛然神色，只得招呼一众西海小神仙再前呼后拥地呼啦啦将他送出去。

送走折颜，西海水君持着一派忧愁的脸，谦谨地说了两句客套话后，亲自领我去见他那大儿子叠雍。我深深吸了口气，将浑身上下紧紧崩着，生怕见着叠雍时做出些失仪的形容。

我窃以为，墨渊既将魂魄宿在西海的这位大皇子身上，那这位大皇子周身的气泽，总该隐约令我感觉些亲切熟悉，那一身的形容，也必该因了墨渊的魂魄而染上些许他的影子。可待西海大皇子住的扶英殿被两个宫娥柔柔推开，我尾随着西海水君踱进去，见着半散了头发歪在榻上发呆的叠雍时，一颗心，却蓦然沉了下去。

躺在床上的这个病弱青年，眉目虽生得清秀，可气派上过于柔软，一星半点也及不上墨渊。那形于外的周身的气泽，也是软绵绵模样，没半分博大深沉。

乍一看，要让人相信他身上竟宿着曾在四海八荒叱咤风云的战神的魂魄，比要让人相信公鸡能生蛋且直接能生出一枚煎熟了的荷包蛋还难。

想是墨渊的魂魄实在睡得沉，一星儿也没让叠雍得着便宜，沾染些他沉稳刚强的仙气。

西海水君在一旁语重心长地絮叨了半日，大意是告知他这儿子，他面前立着的这一位瑞气千条的仙君，便正是折颜上神座下首屈一指的弟子。今后他这几百年不愈的顽疾，要全全地仰仗这位仙君来打理，望他能怀着一颗感激的心，小心配合于这位仙君。

唔，“这位仙君”，堪堪指的正是不才在下本上神。

西海水君那一番絮叨实在絮叨，我同叠雍无言地两两相望。

伺候叠雍的小婢女搬了个绣墩儿置到床榻前，供我坐着同叠雍诊脉。我颤抖着一只手搭上他的腕，这一部脉不虚不实，不缓不洪，不浮不沉，正如折颜所说，再正经不过的脉象。

西海水君甚操心，赶紧地凑过来：“小儿的病……”

我勉强回他一笑："水君可否领着殿中的旁人先到殿外站站？"

将殿中的一众闲人支开，乃是为了使追魂术探墨渊的魂。追魂术一向是个娇气术法，若非修到了上神这个阶品，纵然你仙法如何卓越，要将它使出来也是一百个不可能。且使的时候必得保持方圆百尺内气泽纯净平和，万不能有旁人打扰。

自我进殿始便一心一意发着呆的叠雍轻飘飘扫我一眼，我朝他亲厚一笑，一个手刀劈过去。叠雍睁大眼睛晃了两晃，歪歪斜斜地横倒在床榻上。

许多年没使追魂术，所幸相配的咒语倒还记得清清楚楚。双手间列出印伽来，殿中陡然铺开一团扎眼的白光，白光缓缓导成一根银带子，直至叠雍那方光洁的额头处，才隐隐灭了行迹。我呼出一口气来，小心翼翼地将神识从身体中潜出去，顺着方才导出的银带子，慢慢滑进叠雍的元神里。这一向是个细致法术，稍不留意就会将施术人的神识同受术人的元神搅在一起，半点马虎不得。

叠雍的元神中充斥的全是虚无银光，虽明亮，却因是纯粹的明亮，便也同黑暗没什么区分。我在他的元神中纠缠了半日，也没寻到墨渊的沉睡之地，来来回回找得十分艰辛。正打算退出去再重使一趟追魂术，耳边却悠悠然传来一阵熟悉的乐声，沉稳悠扬，空旷娴静，我竟依稀还记得，调子约莫正是那年冬神玄冥的法会毕时，墨渊用太古遗音琴奏的一曲大圣佛音。我心中跳了两跳，赶紧打点起十足的精神，循着乐音跌跌撞撞奔过去。

却在被绊倒的一瞬，大圣佛音戛然而止。

我一双手抖抖索索去摸方才绊倒我的东西，触感柔软温和，似有若无的一丝仙气缓缓爬上手指，在指间纠结缭绕。我流不出眼泪，却仍能感到眼角酸疼。我的眼中脑中皆是一派空白，此时我抚摸的这个，正是……正是墨渊的魂。

可墨渊的魂魄却沧桑成了这般模样。我的师父墨渊，四海八荒唯一的战神墨渊，他那强大的战魂，如今竟弱得只依靠一缕仙气来护养。

怪不得叠雍同墨渊没一丝一毫相像。

不过，还好，总算是回来了，折颜没有骗我，比我阿爹还要亲近的墨渊，总算是回来了。

在叠雍的元神里待得太久，方才神识又经了一番波动，再耽搁下去怕有些危险。这片银白的虚空虽不能视物，我怀着一颗且忧且喜的心，仍跪下来朝着墨渊的魂拜了两拜，再循着外界一些混沌之气的牵引，谨慎地退出去。

解了追魂术，叠雍也悠悠地醒转过来。

睁开眼见着我一愣，道：“你哭什么？难不成我这病没治了？没治了你也不用伤心得哭啊。就算要伤心地哭一场，那也该是我来哭啊。你别哭了，我这么拖着其实也没什么，左右都拖习惯了。”

我摸了摸面上的白绫，确然有几分湿意，想是方才神识涌动得太厉害，连累原身洒了几颗泪珠儿。遂使个小术法将湿润的几分白绫烘干，讪讪笑道：“我是喜极而泣。”

他皱眉道：“你这个人，我原以为你心肠软，见着我的病感同身受，替我伤心。不想你见我受苦，却很开心吗？”

我赶紧回：“哪里哪里，因还有救，所以开心。”又拍了拍他的肩膀，将他的衣褶掸平，“你放心，你现在病着，我即便开心，也没有多么开心。”

折颜说得没错，若仅靠着叠雍这副不大健壮的身子骨，墨渊的魂少不得需调养个七八千年才能回到正身上真正醒来。不过，若能借得天族的结魄灯一用，将他那有些疏散的魂修缮完整，再将我身上这十四万余年的修为渡他一半，那他醒来这桩事，便也指日可待。

关于天族的那盏结魄灯，我虽活了这么大年纪，却也从没见过，只在典籍中瞄过一些记载。这些记载皆称结魄灯乃是大洪荒时代父神所造，能结仙者的魂，能造凡人的魄。

譬如一位仙者被打散了魂魄，若散得不厉害，只将结魄灯在他床头燃上三日，便能将打散的魂魄结得完好如初。轮到凡人更了不得，即便这个凡人已灰飞烟灭了，只要将带着这凡人气息的东西放在灯上烧一回，令结魄灯认准这凡人的气息，它便能慢慢吸收这凡人当初留在方圆千里内的气泽。待将这凡人在天地间留下的气泽都吸得净了，便能仿着当初那个灰飞烟灭了的魂魄，另造出来个相似的魂魄。

唔，是个一等一的圣物。

施个术令叠雍睡着，跨出扶英殿的门，方才被我赶出来的一众闲杂人等皆列在一旁忐忑，这一众闲杂人中却唯独不见西海水君。打头的宫娥很有眼色，我尚未开口问，她已倾身过来拜道：“方才有贵客至，水君前去大殿迎接贵客了。若是些微小事，仙君只管吩咐婢子们就是。”

咳咳，原是西海又来了位贵客。今日西海水君很荣幸啊，本上神同折颜上神两位威名赫赫的上神驾临他的地界，已很令他这座水晶宫蓬荜生辉了，走了这样的大运，他竟还能再走一次运，又迎得一位贵客。唔，这样的头等大运，估摸他万儿八千年的，也就只能走这么一回了。

我本没什么事吩咐，不过立时要去一趟九重天，找天君借一借结魄灯。然现今我扮的这个身份却是个不大像样的身份，并不能潇洒来回，是以临走之前，还须得亲自同西海水君说一说。既然眼前这一顺溜水灵灵的宫娥都这么谦然且殷勤，我便随手点了两个，劳她们带我去一趟西海水君迎客的大殿，剩下的仍回去伺候叠雍。

西海水君迎的这位贵客来头不小。

大殿门口长长列了两列西海小神仙，一概神色谦恭地垂手立着。挨个儿瞧他们的面相，方才西海水君迎折颜时，全有过一面之缘。

可见，如今殿上迎的那位，即便阶品没折颜高，供的那份职却必定比折颜重了不少。我急着见西海水君这个事隔着两串西海小神仙一层一层通报上去，片刻之后，有两个穿得稍嫌花哨的宫娥出来，将我领进殿中。

本上神料得不错，这位贵客的阶品确然没折颜高，供着的那份职，也确然比折颜重了不少。

这位贵客，正是尚且同我怄着气的、九重天上的天君太子夜华君。

我进来时，他正以手支颐，靠在一张紫檀木雕花椅上，神色恹恹地，微皱着眉头，一张脸苍白如纸。衣裳仍旧是上午穿的那身常服，头发也未束，同他在青丘一般，只拿一根黑色的帛带在发尾处绑了。

我左右扫了眼，大殿中并不见西海水君，再省起一搅芳华跟前他抱着团子同我说的那番话，气血猛地上翻，鼻子里哼了一声，转身拂袖欲走。

我同他相距不过六七步，拂袖时隐约身后风动，反应过来时却已被他一把拽住。

因我拂袖欲走乃是真的要走，并不是耍耍花枪，他来拽我这个动作，若只轻轻地一拽，定然拽不动的。

他想必也懂得这个道理，是以那一拽，乃是重重的一拽。我今日考虑事情不大周全，并没料到他竟能有如此胆量，不将我这苦修十四万年的上神气度放在眼中，来拦一拦我。是以一个不留神，便被他拽得一个趔趄，直直地撞进他怀中。

我仙气凛然地将他撞得退了三四退，直抵着大殿中央那根硕大的水晶圆柱子。他却紧紧抿住嘴唇，死不放手，眼睛里一派汹涌的黑色。

他手劲儿忒大，我挣了半日愣没挣开，正欲使出个术法来，他却一个反转，锁住我双手，身体贴过来，将我紧压在柱壁上。

这姿态，委实是个惨不忍睹的姿态，我当初在凡界时看过一本彩绘的春宫，中间有一页，就是这么画的。

神思游走间，忽觉脖颈处微微一痛。他他他，他竟咬上了，那牙齿，那牙齿也忒锋利了些！！！

我被他这么天时地利人和地使力一压，全不能反抗。他气息沉重，唇舌在我脖颈间缓缓游走，我心中一派清明，身体却止不住颤抖。莫名的情绪扑面而来，一双手越发地想挣脱，可挣脱却并不是为了推开，隐约，这一双手像要脱离我的掌控，紧紧地搂住他。

脑海中隔了千山万水响起一个声音，缥缈的，他说："若我什么都没了，你还愿意跟着我吗？"立刻有女子轻笑回道："除了墙角里那把剑，你原本就什么都没有，便是那把剑，除了劈劈柴烤烤野味也没什么旁的大作用，我不也没嫌弃你。"

这没头没脑的一字一句将我原本清明的灵台搅得似锅糨糊，从头发尖到脚趾尖都不是自己的了，心底里溢出仿佛等了千百年的渴望，这渴望牢牢锁住我，令我动弹不得。他一只手打开我的前襟，滚烫的唇从锁骨一路移下来，直到心口处。因喂了墨渊七万年的心头血，我心口处一直有个三寸长的刀痕，印子极深。他锁住我双手的左手微微一僵，却锁得更紧，嘴唇一遍又一遍滑过我心口上的伤痕。我仰起头来闷哼了一声。他吻的那处却从内里猛传来一阵刺痛，竟比刀子扎下去还厉害。

这痛牵回我一丝神志，全身都失了力气般，整个人都要顺着柱壁滑下去。

他终于放开手。我一双手甫得自由，想也没想，照着他的脸先甩了一巴掌过去。可叹这一巴掌却未能甩到实处，半途被他截住，又被拽进他怀中。他右手探进我尚未合拢的衣襟，压在心口处，脸色仍是纸般的苍白，一双眼却燃得灼灼。

他道："白浅，你这里，可有半点我的位置？"

他这一句话已问了我两次，我却实在不知如何回他。他在我心中自然有位置，我却不知，他说的位置与我说的位置，是不是同一回事。近两日，私下里我自己也在默默思量，他在我心中占着的这个位置，到底是个什么位置。想来想去，却总是头痛。

他贴在我胸口的滚烫的手渐渐冰凉，眼中灼灼的光辉也渐渐暗淡，只余一派深沉的黑，半晌，移开手掌，缓缓道：“你等了这么多年，不过是等那个人回来，既然那个人已经回来了，你这里，自然不能再给旁人挪出位置来，是我妄想了。”

我猛地抬头看他：“你怎么知道墨渊回来了？”虽则不大明白他说这一段话的意思，墨渊是墨渊他是他，墨渊回不回来与他在我心中占个什么位置全没干系。可墨渊回来这桩事，按理只该折颜、四哥和我三个人晓得，了不得再加一个迷谷一个毕方，他却又是从哪里听得的？

他转头望向殿外，淡淡道：“回天宫前那夜，折颜上神同我提了提。方才去青丘寻你，半途又遇上了他，同他寒暄了几句。我不仅知道那个人回来了，还知道为了让他早日醒来，你一定会去天宫借结魄灯。”顿了顿，续道，“借到结魄灯呢，你还准备要做什么？”

看来该说的不该说的折颜全与他说了。我撑着额头叹了一声，道：“去瀛洲取神芝草，渡他七万年修为，让他快些醒来。”

他蓦地回头，那一双漆黑的眼被苍白的脸色衬得越发漆黑，望着我半晌，一字一字道：“你疯了。”

因每个仙的气泽都不同，神仙们互渡修为时，若渡得太多，便极易扰乱各自的气泽，凌乱修为，最后堕入魔道。而神芝草正是净化仙泽的灵草，此番我要渡墨渊七万年的修为，为免弄巧成拙，须得一味神芝草保驾护航。将我这七万年的修为同神芝草一起炼成颗丹药，服给叠雍食了，估摸不出三月，墨渊便能醒来。

因神芝草有这样的功用，当年父神担忧一些小神仙修行不走正途，将四海八荒的神芝草尽数毁了，只留东海瀛洲种了些。便是这些草，也着了浑敦、梼杌、穷奇、饕餮四大凶兽看着。父神身归混沌后，四大凶兽承了父神一半的神力，十分凶猛。尤记得当年炎华洞中阿娘要渡我修为时，阿爹去瀛洲为我取神芝草回来后那一身累累的伤痕。似阿爹那般天上地下难得几个神仙可与他匹敌的修为，也被守神芝草的凶兽们缠得受了不轻不重的伤，我这一番去，他评得不错，倒像是疯子行径，估摸得捞个重伤来养一养。

他与我本就只隔着三两步，自他放开我后，我靠着那硕大的柱子也没换地方。他不过一抬手便将我困在柱子间，一双眼全无什么亮色，咬牙道：“为了那个人，你连命也不要了吗？”明明我才是被困住的那个，他脸上的神情，却像是我们两个掉了个角儿。

他这话说得稀奇，若我实在打不过那四头凶兽，掉头遁了就是。全用不着拿命去换的。这种地方，我的脑子还是转得清楚，左右取不回神芝草，我再守着师父七八千年，也没有什么大碍。

但瞧着他那苍白又肃穆的一张脸，我却突然省起件十分紧要之事。照我平素修行的速度，这么又是重伤又是少七万年修为的，少不得需耗个两三万年才缓得过来。这两三万年里，自然没那个能耐去受八十一道荒火九道天雷的大业继位天后，从未听说哪一任天帝继位时未立天后的。这么看来，若再让这纸婚约将我同他绑作一条船上的蚂蚱，却不是那么妥当。

我咳了声，仰头望着他道："我们这一纸婚约，还是废了吧。"

他晃了晃，道："你说什么？"

我拨开他的手，摸索着案几上的茶杯灌了口茶，听到自己的声音干干的："这同你却没什么干系，原本也不过是当年桑籍做错了事，令我们青丘失了脸面，天君为了让两家有个台阶下，才许了这么个不像样的约。此番由我青丘提出来退婚，咱们各自退一场，这前尘往事的，便也再没了谁欠谁。"

他半晌没有动静，背对着我许久，才道："今夜，你来我房中一趟吧，结魄灯不在天上，在我这里。"话毕，未转身看我一眼，只朝殿外走去，却差点撞上紧靠着殿门的另一根水晶柱子。

我干巴巴道了声："当心。"

他稳了稳身形，手抚着额角，淡淡道："我一直都在妄想罢了，可我欠你多少，你欠我多少，命盘里怕早已乱成一团理不清了。"

他那一副修长的背影，看着甚萧索。

SHILI TAOHUA

唐七公子

第十九章 怦然心动

我在殿中茫然了半晌，心中有些空荡荡。

端起案几上的冷茶再喝两口，将干涩的嗓子润了润，才踩着飘忽的步子出了殿门。

殿外立成两列的西海小神仙已撤了一半，想必给夜华开道去了。剩下的这一半正呼啦呼啦朝西海水晶宫正宫门方向移。

看这光景，倒像是又有客至。

我逮住一个扫尾的问了句，扫尾的仁兄苦着一张脸果然道："有客自远方来，水君着臣下们前去迎一迎。"

看来西海水君今日很有几分迎宾待客的缘分，即便此番是西方梵境莲花座上的佛祖驾到，我也绝不会诧异了。西海两代水君都低调，没怎么得着我们这些老辈神仙的垂怜关怀，今日能连连迎到几位贵客，长一长他的脸面，也挺好。

结魄灯既在夜华处，自然用不着我再到九重天上走一遭，省了不少事情，可奇怪的是我心中却并不觉松快。方才夜华那副萧索的背影在眼前一阵一阵晃荡，晃得我一颗狐狸心一阵一阵紧。

片刻前领我过来的一双小仙娥恭恭顺顺地再将我原路领回去。因叠雍那副同墨渊甚不搭的容貌势必要令我看得百感交集，过扶英殿时便也没推门进去瞧他一瞧，着小仙娥直接将我领去了扶英殿近旁暂住的小楼。

西海水君在起名字这一点上有些废柴，远不如东海水君的品位。譬如扶英殿近旁一左一右两座小楼，一个楼底下种海棠花红艳艳的，便称的红楼，另一个楼底下种芭蕉树绿油油的，便称的青楼。

本上神不才，住的，正是这青楼。

大抵为了不辜负这个名字，青楼中从床榻到椅子一应用的青杠木，矮凳上的花盆案头的茶具一应用的青瓷，就连上下伺候的小仙婢们也一应穿的青衣，抬头一望，满目惨绿，瞧得人十分悲摧。

因那一群绿油油的小仙婢在楼中晃得我头晕，便一概将她们打发到楼底下拔草去了。

一时间楼中空得很，连累我心头越发空荡荡起来。

正空荡着，背后的窗扇吱呀一声，我略抬眼皮。唔，方才累一半的西海小神仙翻滚着脚板前去相迎的那位贵客，看来并不是西天梵境莲花台上的佛祖。

我倒了杯茶，朝探头跳进来的人打了个招呼："哟，四哥，喝茶。"

他一双眼将我从头到脚扫个遍，端起茶杯来啜了一口，拧着一双眉道："明明是姑娘家，怎的扮成个男子模样，成什么体统！"

我望了回房梁，诚实道："折颜让扮的。"

他一口茶喷出来，拿袖子擦了擦嘴角，面不改色地道："哦，你这么扮着还挺好看的。"

四哥往常三番两次来西海，皆为的是找西海二皇子苏陌叶喝酒。

今次他这么巴巴地跑来，却据说并不是来找苏陌叶喝酒，乃是为了来看他的亲妹妹本上神我。

说他原本要跟着折颜一同上九重天寻我，却被折颜拦住了。在青丘等了半日也没等着折颜回去，想着折颜多半是将我直接送来了西海，便奔过来瞧一瞧我，顺便同苏陌叶打个招呼。

他坐在青杠木的靠背椅上，略偏头道："我原本不过来看一看你在西海安顿得好不好，唔，折颜办事忒令人放心了。不过，你这脸色是怎么一回事？煞白煞白的，莫非墨渊回来了你竟不开心吗？"

我抬手摸了摸脸，欢喜状道："开心，我一直都开着心，默默地开着心。"

他皱眉道："那做什么一副魂不守舍的模样？"

我揉了揉脸，干干一笑："大约是方才用了追魂术，一时没缓过来。"

他目光如炬紧盯着我。

我再干干一笑："加之早上同夜华怄了两口闲气。"

四哥瞧得不错，此番我确然有些魂不守舍。但这魂不守舍的根源却并不是九重天上同夜华那两句口角，而是方才大殿中……然这桩事若捅出去给四哥晓得，折颜、迷谷、毕方估摸便都该晓得了。

同折颜处得久了，在挖人八卦这个事情上，我的四哥白真很不长进地练成了一把好手；在传人八卦这个事情上，更是青出于蓝，乃是一把高出折颜这把好手许多的“好好手”。

我同夜华因团子而生的那场闲气说来也算不得个八卦，不说会被他烦恼一下午，随便搪塞一个同他说了，好图个清净。一番计较，我喝了口茶润嗓子，挑拣挑拣将九重天上的这趟口角与他全说了。

他歪在靠背椅上竖起耳朵来切切听着，待我说完后，半晌，抬头望着我古怪一笑，道：“你一向觉得自己年事高辈分老，即便真有不懂事的小辈得罪了你，也不屑同他们计较。你同夜华的这桩事，听你这么一说，谈感情我自然站在你这一边，但义理上倒也并不觉得夜华有什么错。阿离才多大一个娃娃，你给他喂了那么些酒，醉得七八个时辰没醒来，也不派个人报夜华一声。他们天上的龙族打架打得好，医术却向来不佳，猛然见着自己的宝贝儿子醉到这个境界，也不晓得有没大妨害，你这个当后娘的还不知去向，他心中若还能无半点起伏，那委实也是个人才。”顿了顿，探过半张桌子揉了揉我脑袋道，“照你的性子，寻常遇到这等事情不过当个笑话笑一笑，今次却赔尽一身风度，还端出来他那位侧妃铆足了劲头刺激他，唔，诚然你这一番作为令做哥哥的很激赏，但撇开这个不说，你这个反常的作为，该不是醋了吧？”

我一愣，脑中一道通透的白光忽地闪过。自青丘上九重天这两日，我心中常莫名地一抽一抽，度量也没往日宽厚，见着素锦那位典范便周身上下不舒爽，受不得团子他爹说我半句不是，今日又魂不守舍半日，原是，原是我醋了？我竟一直在醋着？？我一醋竟醋了这么久？？我醋了这么久自个儿竟半点也没觉得？！

手中的茶盏啪一声掉到地上，四哥慌忙跳开去，右手搭着左手心猛地一敲，点头道：“你果然醋了。”

我茫然了半晌，眼巴巴望着四哥挣扎道：“不、不能吧。我长了他九万岁，我若动作快些，现下不仅孙子，怕曾孙都有他这么大了。我一直觉得对不大住他，还心心念念给他娶几位貌美的侧妃。再说，前日里他同我表那一趟白时，我也没半分怦然心动的感受。我也不是个没经过风月的，若我果真对他有不一般的念头，当他同我表白时，我至少也该怦然地动一下心吧？”

四哥一双眼睛亮了亮：“他竟跟你表白了？呵，能一眼看中我带大的人，这小子忒有眼光，忒有眼光。”呵了半晌，豪爽道：“至于你说的这个年龄，年龄它原本就不是个问题，我们阿爹不也大了阿娘一万五千多岁？只要相貌登对就成了嘛，我看你们的相貌就很登对。说到你想给他娶侧妃这个事，唔，我记得从前折颜也心心念念地要帮我娶个夫人，但你看，娶了许多年也没娶成，嘿嘿，他觉得这四海八荒没一个女神仙配得上我。”继而拍着我的肩膀做过来人状道：“怦然心动这个段子固然是个好段子，可那也需得唱女角儿的这个有一颗敏感且纤细的心。纵然你是我的亲妹妹，我也得说一句公道话，你天生是个少根筋的，做神仙做得不错，于风月却实打实是个外行。怦然心动一型的，于你而言太过热情活泼了些。似你这种少根筋的，只适合细水长流的。”

我额角上青筋跳了两跳。

他从桌案上拣出只茶杯在指间转了转，笑道：“听迷谷说夜华到青丘来住了四个多月，唔，这个细水虽流得短了些，不过，我暂且先问一句，若他今后再不住青丘了，你可有遗憾？呃，算了，你那根筋少得，遗憾不遗憾的估计万儿八千年后才回得过味儿来。这么说吧，他若走了，你有没什么不习惯的？”

我额角上青筋再跳了两跳，在这两跳之间，心中一颤。

夜华在青丘住着时，开初的几日，我确有不惯。但想着日后终要同他成婚，两个人早晚须得住在一处，也就随它去了。白日被他拖着散步，他做饭时我添个柴火，他批文书时我在一旁占个位子嗑瓜子看话本，夜里再陪他杀几盘棋，因我想着同他成婚后千秋万载都这么过，便渐渐地十分习惯。也不过四个来月的时日，经四哥这么一提，夜华来青丘住着前，我是怎么过日子的来着？

我心中一沉。

四哥打了个哈哈道：“等将墨渊调理得差不多了，还是请阿爹去找天君提一提，赶紧将你两个的婚事办了。今日依你四哥我的英明之见，你十有八九是瞧上夜华了。老天总算开了一回眼，叫你的红鸾星动了一动，虽动得忒没声息了些，好歹让我看了出来。你也不用过于纠结，夜华既也招惹了你，跟你表了白，若他敢违了表白时的誓约……”

我正竖起耳朵要听一听，若夜华胆敢违了与我表白时的一番誓约便会怎样，他却将手中茶杯嗒一声搁在桌上，道了声：“看你现在这样子，我很放心，那我就先回去了。”便跳上窗户，嗖一声不见了。

四哥的这一番话，我在心中仔仔细细过了一遭。

这一遭，却过得我几万年于风月事上无所动的心湖瞬起波浪。

四哥说得不错，我虽一直想给夜华娶几位貌美侧妃，可小辈的神仙们见多了，竟没觉得有一个配得上夜华的。

若我当真对夜华动了心……我白浅这十四万余年是越活越回去了，竟会对个比我小九万岁，等闲该叫我一声老祖宗的小子动心。

我立在空荡荡的楼中计较了半日，唏嘘了半日，叹息了半日，到底没耗出个结果来。

今日这大半日的几顿折腾也煞费精神，虽心中仍惴惴着，依旧和衣到床上躺了一躺。却不想躺得也不安生。一闭眼，面前一派黑茫茫中便呈出夜华苍白的脸来。

我在床榻上翻覆了半个多时辰，虽不晓得是不是对夜华动了心，可四哥那一番话让我琢磨明白过来，九重天上暂且还与我有着婚约的太子夜华，他在我心中占的位置是个不一般的位置。

我左思右想，觉得同夜华解除婚约这个事可以先缓一缓，一切静观其变。他下午那通莫名其妙的话，唔，虽想起来就头疼，也暂不与他计较了。今夜先拿出上神的风度来，去他那处取结魄灯时，放下架子同他好好和解罢了。

是夜，待我摸到夜华下榻的那处寝殿时，他正坐在院中一张石凳上饮酒。一旁的石桌上摆了只东岭玉的酒壶，石桌下已横七竖八倒了好几个酒坛子，被一旁的珊瑚映着，焕出莹莹的绿光。昨日团子醉酒时，奈奈曾无限忧愁地感叹，说小殿下的酒量正是随了他的父君，十分浅。

我从未与夜华大饮过，是以无从知晓他的酒量。见今他脚底下已摆了一、二、三、四、五,五个酒坛子，执杯的手却仍旧稳当，如此看来，酒量并不算浅嘛。

他见着我，愣了愣，左手抬起来揉了揉额角，随即起身道："哦，你是来取结魄灯的。"起身时晃了一晃。我赶紧伸手去扶，却被他轻轻挡了，只淡淡道："我没事。"

西海水君辟给他住的这处寝殿甚宏伟，他坐的那处离殿中有百十来步路。

他面上瞧不出什么大动静，只一张脸比今日下午见的还白几分，衬着披散下来的漆黑发丝，显得有点憔悴。待他转身向殿中走去，我便也在后头隔个三四步跟着。

他在前头走得十分沉稳，仿佛方才那一晃是别人晃的，只比寻常慢了些，时不时会抬手揉揉额角。唔，看来还是醉了。连醉个酒也醉得不动声色，同他那副性子倒合衬。

殿中没一个伺候的，我随便拣了张椅子坐下，抬头正对上他沉沉的目光。

他一双眼睛长得十分凌厉漂亮，眼中一派深沉的黑，面上不笑时，这一双眼望人很显冷气，自然而然便带出几分九重天上的威仪。

虽然我察言观色是一把好手，可读人的目光一向并不怎么好手。但今日很邪行，我同他两两对望半晌，竟叫我透过冷气望出他目光中的几分颓废和怆然来。

他将目光移向一旁，默了一会儿，翻手低念了两句什么。

我愣愣地盯着他手中突然冒出来的一盏桐油灯，稀奇道："这就是结魄灯？瞧着也忒寻常了些。"

他将这一盏灯放到我手中，神色平淡道："置在叠雍的床头三日，让这灯燃上三日不灭，墨渊的魂便能结好了。这三日里，灯上的火焰须仔细呵护，万不能图便利就用仙气保着它。"

那灯甫落在我掌中，一团熟悉的气泽迎面扑来，略沾了几许红尘味，不大像是仙气，倒像是凡人的气泽。我一向同凡人没什么交情，这气泽却熟悉至斯，叫我愣了一愣。恍一听到他那个话，只点头道："自然是要仔细呵护，半分马虎不得。"

他默了一会儿，道："是我多虑了，照顾墨渊你一向尽心尽责。"

结魄灯是天族的圣物，按理说应当由历届的天君供奉，九重天那等板正地方，规矩自然不能说改就改。天君尚且健在，夜华也不过顶个太子衔，结魄灯却在他手中存着，叫我有些疑惑。天宫不像青丘，更不像大紫明宫，立的规矩森严，一族的圣物向来并不大好外借。若我上天宫找天君借这圣物，已打好了将九重天欠青丘的债一笔勾销的算盘。此番夜华竟能这么容易将灯借给我，叫我有点感动，遂持着灯慷慨道："你帮了我这样大一个忙，也不能叫你太吃亏，你有什么想要的，尽管同我说，若我能帮得上你的忙，也会尽力帮一帮。"

他靠坐在对面椅子上，神情疲惫，微皱着眉头道："我没什么想要的。"

这神态看得我心中一抽。此前没得着四哥训诫，当我心中偶然这么一抽，只觉莫名。但今时不同往日，我刚受了四哥点化，只将心思约莫往四哥点拨的方向微微一探，已了然七八分。

结魄灯已然到手，是转身就走还是留下来开导开导夜华，这，是个问题。或许他此时比我留下来同他说说话，更想一个人待着？

我一时有些踌躇，琢磨半日，还是开口道："真没什么想要的？没什么想要的我先回去了。"

他猛抬头，望了我片刻，神情依然平淡，缓缓道："我想要的？我想要的自始至终，"面不改色地看我一眼道，"不过一个你罢了。"

我震了一震。但今夜邪行，这番肉麻话入我的耳，我竟未觉得肉麻，反是心中一动，觉得他这个神情，居然十分动人。他本就长得好，动人起来天底下怕是没有几人能把持住。我亦不能免俗，一句话在他深沉的目光中脱口而出。

待反应过来方才是句什么样的话脱口而出时，我直欲一个嘴巴子将自己抽死。

咳咳，我脱口而出的是："你想与本上神一夜风流？"

所幸待我反应过来时夜华他尚在茫然震惊之中，我面上一派火红，收拾了灯盏速速告退。脚还没跨出门槛，被他从后头一把搂住。

我抬头望了回房梁，白浅，你真是自作孽，不可活。

夜华周身的酒气笼得我一阵阵犯晕，他搂我搂得十分紧，被他这样一搂，方才的惭愧不安一概不见了，脑中只剩桃花般灿烂的烟霞，像是元神出了窍。保不准元神真出窍了，因为接下来，我情不自禁又说了句欠抽的话。

咳咳，我说的是："在大门口忒不像样了些，还是去床榻上吧。"说了这个话后，我竟然还捏个诀，将自己变回了女身……

直到被夜华打横抱到里间的床榻上，我也没琢磨明白怎么就说了那样的话，做了那样的事。他今夜喝了许多酒，竟也能打横将我抱起来，走得还很稳当，我佩服他。

我躺在榻上茫然了一阵，突然悟了。

我一直纠结对夜华存的是个什么心，即便经了四哥的提点，大致明白了些，但因明白得太突然，仍旧十分纠结。但我看凡界的戏本子，讲到那书生小姐才子佳人，小姐佳人们多是做了这档事情才认清对书生才子们的真心。兴许做了这个事后，我便也能清清楚楚，一眼看透对夜华存的心思了？

他俯身压下来时，一头漆黑的发丝铺开，挨得我的脸有些痒。既然我已经顿悟，自然不再扭捏，半撑着身子去剥他的衣裳，他一双眼睛深深望着我，眼中闪了闪，却又归于暗淡。我被他这么一望，望得手中一顿，心中一紧。他将我拽着他腰带的手拿开，微微笑了一笑。脑中恍惚闪过一个影子，似浮云一般影影绰绰，仿佛是一张青竹的床榻，他额上微有汗滴，靠着我的耳畔低声说："会有些疼，但是不要怕。"

可我活到这么大把的年纪，什么床都躺过，确然没躺过青竹做的床榻。那下方的女子面容我看不真切，似一团雾笼了，只瞧得出约莫一个轮廓，可那细细的抽气声，我在一旁茫然一听，却委实跟我没两样。我一张老脸腾地红个干净，这这这，这难道是日有所思夜有所想？我对夜华的心思竟已经……已经龌龊到了这个地步了？

我茫然地回神，觉得对自己的心，果然又有了一层新的见解。我居然一直以来都是这么看的夜华，着实为老不尊，十分惭愧，捂着心口正要感叹，这一捂不打紧，我低了眼皮一看，娘啊，我那一身原本穿得稳稳当当的衣裳哪里去了？

夜华仍俯在我的上方，眼中一团火烧得热烈，面上却淡淡的："你这衣裳实在难脱，我便使了个术。"

我扑哧一笑道："你该不是忍不住了吧。"

殿中夜明珠分外柔和，透过幕帐铺在他的肌肤上。他一身肤色偏白，像是狐狸洞中我常用的白瓷杯，却并不娘娘腔腔，肌理甚分明，从胸膛到腰腹还划了道极深的刀痕，看着很显英气。唔，夜华有一副好身材。

他沉声到我耳边，低低一笑，道："你说得不错，我忍不住了。"

半夜醒过来时，脑子里全是糨糊。那夜明珠的光辉大约是被夜华使了个术法遮掩住了。我被他搂在怀中，紧紧靠着他的胸膛，脸就贴着他胸膛处的那道伤痕。

回想昨夜，只记得头顶上起伏的幕帐，我被他折腾得模糊入睡之时，似乎听他说了句："若我这一生还能完完整整得到你一次，便也只今夜了，即便你是为了结魄灯，为了墨渊，我也没什么遗憾了。"那话我听得不大真切，近日脑子里又常冒出些莫名的东西，便也不大清楚是不是又是我的幻觉。

即便我同他做了这件事，遗憾的是，却并没像那些戏本中的小姐佳人一般，灵光乍现茅塞顿开。这令我头一回觉得，凡界的那些个戏本子大约较不得真。

夜华睡得很沉，我这陡然一醒，却再睡不着了，抚着他胸前的刀痕，忽地想起一则传闻来。

传闻三百多年前，南海的鲛人族发兵叛乱，想自立门户。南海水君招架不住，呈书向九重天求救，天君着了夜华领兵收服，不料鲛人勇猛，夜华差点葬身南海。

我一向不出青丘，对这些事知之甚少，至今仍清楚记得这桩传闻，乃是因我大睡醒来之后，四哥在狐狸洞中反复提了多次，边提说此事边表情痛苦地扼腕："你说南海那一堆鲛人好端端地去叛什么乱啊，近些年这些小辈的神仙越发长得不像样了，好不容易一个鲛人族还略略顺眼，此番却落得个灭族的下场。不过能将九重天上那位年轻有为的太子逼得差点成灰飞，他们灭族也灭得不算冤枉。"我的四哥白真是个话痨，不过正因了他，令我在那时也能听得几遭夜华赫赫的威名。据说四海八荒近两三万年的战事，只要是夜华领阵，便一概地所向披靡，不料同鲛人的这一场恶战，他却失势得这样，令四哥讶然。

我正默默地想着这桩旧事，头顶上夜华却不知何时醒了，低声道："不累吗？怎的还不睡？"

我心中一向不大能藏疑问，抚着他胸前这道扎眼的伤痕，顿了一顿，还是问了出来。

他搂着我的手臂一僵，声音幽幽地飘过来，道："那一场战事不提也罢，他们被灭了族，我也没能得到想要的，算是两败俱伤。"

我哂然一笑："你差点葬身南海，能捡回一条小命算不错了，还想得些什么好处？"

他淡淡道："若不是我放水，凭他们，也想伤得了我？"

我脑中轰然一响："放……放水？你是故意找死？"

他紧了紧抱住我的手臂："不过做个套诓天君罢了。"

我了然道："哦，原是诈死。"又讶然道，"放着天族太子不做，你诈死做什么？"

他顿了许久也未答话，正当我疑心他已睡着，头顶上却传来他涩然的声音："我这一生，到那之前其实从未羡慕过谁，当我懂得羡慕是何种情绪时，倒是很羡慕我的二叔桑籍。"

他酒量不大好，今夜喝了四五坛子酒，此前能保持灵台清明留得半分清醒，想来是酒意尚未发出来。他平素最是话少，说到天君那二小子桑籍，却闲扯了许多，大约是喝下的几坛子酒，终于上了头。

他闲扯的这几句，无意间爆出一个惊天的八卦，正是关乎桑籍同少辛私奔的，令我听得兴致勃发。但他酒意上了头，说出来的话虽每句都是一个条理，难免有时候上句不接下句。我躺在他的怀中，一边津津有味地听，一边举一反三地琢磨，总算听得八分明白。

我只道当年桑籍拐到少辛后，当即便跪到了天君的朝堂上，将这桩事闹得天大地大，令四海八荒一夕之间全晓得，丢了我们青丘的脸面，惹怒了我的父母双亲并几个哥哥。却不想此间竟还有诸多转折。

说桑籍对少辛用情很深，将她带到九天之上，恩宠甚隆。桑籍一向得天君宠爱，自以为凭借对少辛的一腔深情，能换得天君垂怜，成全他与少辛。可他对少辛这一番昭昭的情意却惹来了大祸，天君非但没成全他们这双鸳鸯，反觉得自己这二儿子竟对一条小巴蛇动了真心，削了自己的脸面，若因此而令我这青丘神女嫁过去受委屈，于他们龙族和我们九尾白狐族交好的情谊更没半点好处。可叹那时天君并不晓得他那二儿子胆子忒肥，已将一纸退婚书留在了狐狸洞，还想着为了两族的情谊，要将他这二儿子惹出来的丑事遮掩遮掩。于是，因着桑籍的宠爱在九重天上风光了好几日的少辛，终于在一个乾坤朗朗的午后，被天君寻了个错处，推进了锁妖塔。

桑籍听得这个消息深受刺激，跑去天君寝殿前跪了两日。两日里跪得膝盖铁青，也不过得着天君一句话，说这小巴蛇不过一介不入流的小妖精，却胆敢勾引天族的二皇子，勾引了二皇子不说，还胆敢在大罗天清净地兴风作浪，依着天宫的规矩，定要毁尽她一身修为，将其贬下凡间，且永世不能得道高升。左右桑籍不过一个皇子，天君的威仪在上头压着，他想尽办法也无力救出少辛来，万念俱灰时只能以命相胁同他老子叫板，表示若天君定要这么责罚少辛，令他同少辛永世天各一方，他便豁出性命来，同少辛同归于尽，即便化作灰堆也要化在一处。

桑籍的这一番表白绝望又悲摧，令九重天上闻者伤心听者流泪。可天君果然是天君，做天族的头儿做得很有手段，只一句话就叫桑籍崩溃了。这句话说的是，你要死我拦不住你，可那一条小小巴蛇的生死我还能握在手中，你自去毁你的元神，待你灰飞烟灭，我自有办法折腾这条小巴蛇，让她求生不得，求死不能。

这话虽说得没风度，倒是管用。桑籍一筹莫展，却也不再闹着同少辛殉情了，只颓在他的宫中。天君见桑籍终于消停了，很满意。对他们这对苦命鸳鸯也没再耗更多精神处置。一不留神，却叫假意颓在宫中的桑籍钻了空子，闯了锁妖塔，救出了少辛。且趁着四海八荒的神仙们上朝之时，闯进了天君的朝堂，跪到了天君跟前，将这桩事闹得天上地下人尽皆知。

这便有了折颜同我父母双亲上九重天讨说法的后缘。若这桩事没闹得这样大，天君悄悄将少辛结果了也没人说闲话。偏这事就闹到了这样大，偏少辛除了在天宫中有些恃宠而骄，也没出什么幺蛾子，天君无法，只得放了少辛，流放了桑籍，却也成全了他两个这一段苦涩的情。

夜华道："桑籍求仁得仁，过程虽坎坷了些，结局终归圆满。那时天君虽宠爱他，却并未表示要立他为太子，没了太子这个身份的束缚，他脱身倒也脱得洒脱。"

我抱着他的手臂打了个哈欠，随口问道："你呢？"

他顿了一顿，道："我？我出生时房梁上盘旋了七十二只五彩鸟，东方烟霞三年长明不灭，听说这正是墨渊上神当年出生时才享过的尊荣。我甫一出生便被定为太子，天君说我是旷古绝今也没有的天定的太子，只等五万岁年满行礼。我从小便晓得，将来要娶的正妃是青丘的白浅。"

不想他出生得这般轰轰烈烈，我琢磨着道："你小的时候，就没有对我好奇过？如果你不喜欢我，那如何是好？"

他默了一默，将我搂得更紧，缓缓才道："我爱上的女子若非青丘白浅，便只能诓天上一众食古不化的老神仙我是灰飞烟灭了，再到三界五行外另寻一个处所，才能保这段情得个善终。"

这一顿闲扯已扯得我昏昏然。我赞叹了把他的运气："所幸你爱上的正是我青丘白浅。"将云被往上提了提，在他怀中取了个舒坦位置，安然睡了。

将入睡未入睡之际，忽听他道："若有谁曾夺去了你的眼睛，令你不能视物，浅浅，你能原谅这个人吗？"

他这话问得忒没道理，我迷糊着敷衍他："这四海八荒的，怕是没哪个敢来拿我的眼睛。"

他默了许久，又是在我将入睡未入睡之际，道："若这个人，是我呢？"

我摸了摸好端端长在眼眶子里头的眼睛，不晓得他又是遭了什么魔疯，只抱着他的手臂继续敷衍他一句："那咱们的交情就到此为止了。"

他紧贴着我的胸膛一颤，良久，更紧地搂了搂我，道："好好睡吧。"

这一夜，我做了一个梦。

做这个梦的时候，我心中一派澄明，在梦中，却晓得自己是在做梦。

梦境中，我立在一个桃花灼灼的山头上，花事正盛，起伏绵延得比折颜的十里桃林毫不逊色。灼灼桃花深处，坐落着一顶结实的茅棚。四周偶尔两声脆生生的鸟叫。

我几步走过去推开茅棚，见着一面寒碜的破铜镜旁，一个素色衣裳的女子正同坐在镜前的玄衣男子梳头。他两个一概背对着我。铜镜中影影绰绰映出一双人影来，却仿佛笼在密布的浓云里头，看不真切。

坐着的男子道："我新找的那处，就只我们两个，也没有青山绿水，不知你住得惯否。"

立着的女子道："能种桃树吗？能种桃树就成。木头可以拿来盖房子，桃子也可以拿来果腹。唔，可这山上不是挺好吗，前些日子你也才将屋子修葺了，我们为什么要搬去别处？"

坐着的男子周身上下缭绕一股仙气，是个神仙。立着的女子却平凡得很，是个凡人。他们这一对声音，我听着耳熟。然因终归是在梦里，难免失真，也记不得到底是在哪里听过。

男子默了片刻，道："那处的土同我们这座山有些不同，大约种不好桃花。不过，既然你想种，我们便试试吧。"

背后的女子亦默了片刻，却忽然俯身抱住男子的肩膀。男子回头，瞧了女子半晌，修长手指抚上女子的鬓角，亲了上去。我仍辨不清他们的模样。

他两个亲得难分难解，我因执着于弄清楚他们的相貌，加之晓得是在做梦，也没特意回避，只睁大了一双眼睛，直见得这一对鸳鸯青天白日地亲到床榻上。

弄不清这两人长得什么样，叫我心中十分难受，早年时我春宫图也瞧了不少，这一幕活春宫自然不在话下，正打算默默地、隐忍地继续瞧下去，周围的景致却瞬时全变了。

我在心中暗叹一声，果然是在做梦。

变换的景致正是在桃林入口，玄衣的男子对着素衣女子切切道："万不可走出这山头半步，你如今正怀着我们的孩子，很容易叫我家中人发现，倘若被他们发现，事情就不大妙了。这桩事办完我立刻回来，唔，对了，我已想出法子能在那处种桃树了。"话毕又从袖袋中取出一面铜镜放到女子手中："你要是觉得孤单，便对着这面镜子叫我的名字，我若不忙便陪你说话。却切记不可走出桃林，不可踏出这山头半步。"女子点头称是，直到男子的身影消失了才低声一叹："本是拜了东荒大泽成了亲的，却不将我领回去见家人，像个小老婆似的，唉，怀胎后还需得左右躲藏着，这也太摧残人了，算什么事呢。"摇了摇头进屋了。

我亦摇了摇头。

看得出他们这是段仙凡恋，自古以来神仙和凡人相恋就没几个得着好结果。当年天吴爱上一个凡人，为了改这凡人的寿数，让这凡人同他相守到海枯石烂，吃过很大的苦头，差点陪尽一身仙元，经墨渊一番点化才终于了悟。饶是如此，也因当年为这一段情伤了仙根，远古神祇应劫时才没能躲过去，白白送了性命。

那女子恍一进屋，我身前的场景又换了个模样。仍是这一片桃花林，只是桃花凋了大半，枝枝杈杈的，映着半空中一轮残月，瞧得人挺伤情。素衣的女子捧着铜镜一声声唤着什么，只见得模糊难辨的五官中，一张嘴开开合合，声音却一星半点听不真切。那女子跌跌撞撞地往外冲。我心中一颤，竟忘了自己是在梦中，连忙跟过去出声提点："你相公不是让你莫出桃林吗？"她却并未听到我这个劝告，自顾自依旧发足狂奔。

这桃花林外百来十步处加了道厚实仙障，挡住一介凡人本不在话下，那女子跑得忒急，半点不含糊，过那仙障却丝毫未被拦一拦，咻地就溜过去了。

天上猛地劈出两道闪电来。我一惊，醒了。

我醒过来时，晨光大照。房中空无人影，只留那盏结魄灯规规矩矩地置在床头。

亏得床上一顶青幕帐的提点，叫我晓得现下睡的不是夜华的床，而是青楼中自己的床。唔，夜华办事果然稳重。

两个绿油油的青衣小仙娥过来服侍我收拾。其实也没甚可收拾，我周身上下都很清爽，想来夜华早收拾过了。

今早我醒过来，见着这照进房中的大片晨光和大片晨光中的满眼油绿，心中前所未有地明白透彻，又悟了。

有一个戏文段子是这么说的，说一个官家小姐回乡探亲，路遇强人，要将她抢上山头做压寨夫人。我其实很激赏这个强人，戏文中说他一对宣花斧耍得精彩，比那动不动就是子曰子曰的酸书生们不知强过几重山去。但这个官家小姐却贞洁，瞧不上耍斧头的强人，宁死不屈。但就是这么个贞洁不屈的良家小姐，在下一个段子里却跟翻墙的书生钻了芙蓉帐，有了私情。可见那些佳人小姐们也不是随便和哪个人都能钻芙蓉帐的。她们并不是做了这件事才茅塞顿开。在做这个事情前，想必她们已对各自的书生存了爱慕之意相许之心。

昨夜我同夜华做这件事，其实也是我诱他在先。除了初初有些痛楚，到后来，我也觉得情这个东西很有趣味。他抱着我的时候，我觉得很圆满。

如今看来，正同四哥所说，本上神我，跨越年龄的鸿沟，瞧上夜华了。

情这个东西，果然不是你想不沾，就可以沾不上的。

唔，幸亏此前我觉得四海八荒没一个准婚配的女神仙能够得上做夜华的侧妃。

既然我同夜华两情相悦了，婚自然不能退。

我预备用完早膳后，趁着去扶英殿点结魄灯前，到夜华殿中瞧瞧他，顺便同他提一提，他愿意不愿意为了我，做个继任时不能立天后的天君。

我觉得他自然该是愿意的。

我春风得意地用过早膳，春风得意地路过扶英殿，春风得意地一路来到夜华的寝殿。

大约泰极否来，我吃了个闭门羹。守在殿前的两个小仙娥道："君上今日大早已回天宫了。"

夜华当太子当得不易，每日都有诸多文书待批。他这么匆匆地来西海一趟，又匆匆地回去，大约是有什么要紧事。

我体谅他是个称职的太子，与那两个小仙娥道了声谢，颓废地踱回扶英殿。

扶英殿中，施术使叠雍睡着后，我谨慎地点燃结魄灯。

结魄灯在叠雍床头燃了三日，我在叠雍床头守了三日。水君的夫人每日都要着些仆婢来殿门前探头探脑一番，生怕我将他这儿子弄死了。所幸一一被拦在门口的几个水君心腹挡了回去。

殿中一众的小仙娥也是如临大敌，平日里据说都是争着抢着服侍叠雍，此番却没一个敢近床头三尺，连走个路都是轻手轻脚，生怕动静一大就把结魄灯上的火苗子惊熄了。

坐在床边看叠雍睡觉委实没什么趣味，那结魄灯燃出的一些气泽令我极恍惚，便令候在一侧的小仙娥端了些坚果过来，剥剥核桃瓜子，稳稳心神。

三日守下来，叠雍床前积了不少瓜子壳，我也熬得一双眼通红，且因一直盯着结魄灯，一闭眼，跟前就是一簇突突跳动的火苗。

叠雍睡的这三日，睡得神清气爽，醒来后精神头十足。他自觉六百多年来精神头从未像今日这般足过，激动得不能自已，吵着要去西海上头游一游，见一见久违了六百多年的景致。幸而他还通几分人情，晓得我这三天受苦了，没拉着我一同去。

墨渊的魂算是结好了，接下来便该筹备筹备去东海的瀛洲取神芝草。别的倒没什么可筹备，体力却实在需积攒些。我一路回到青楼，嘱咐小仙娥们紧闭大门，想了想再在房中加一道仙障，扑到床榻上便开始呼呼大睡。

这一睡竟睡了五六日。

待我睡醒后收了仙障，正打算去见见西海水君，向他告一个假，甫打开房门，两个跪在门前的仙娥却将我吓了一跳。这两个仙娥看来跪了不少时辰，见着出门的我，面上虽呆着，口中已麻利道："仙君可算醒了，折颜上神已在底下大厅里候了仙君整整两日。"

我一愣。

近日我是个香饽饽，谁都来找我。四哥夜华西海水君连同西海水君的那位夫人暂且不用说，光是折颜，连着这一次，已是两次来找我了。却不知他这次找我，又是为的甚。

我走在前头，两个小仙娥爬起来踉踉跄跄地跟在后头。

我拐下楼梯，折颜正抬头往这边瞧。见着我笑了笑，招手道："过来坐。"

我蹭过去坐了，顺便打发跟着的几个仙娥出去拔草，从桌上摸了个茶杯，倒了半杯水润嗓子。

他从头到脚扫我一遍，道："瞧你这个情形，墨渊的魂想是修缮好了。前日我炼成功一颗丹药，特地给你带过来，兴许你用得着。"

话罢将一颗莹白的仙丹放在我手中。

我将这颗仙丹拿到鼻头闻了一闻，它隐隐地竟飘着两丝神芝草的芳香。

我目瞪口呆："这这这，这颗丹药是折了你的修为来炼的？你……你晓得我想渡修为给墨渊？"又左右将他瞅瞅，"你去瀛洲取神芝草竟没被那四凶兽伤着？"

他掩着袖子咳了两声，道："哦？你竟想着要渡自身的修为给墨渊？这个我却没想到，当年你独自封印擎苍时，周身的仙力已折了好些，幸好我提早做成功这颗丹药，你若再渡些仙力给墨渊，剩下那一丁点修为怕太对不起上神这个名号了。"转了转手中的茶杯又道，"父神当初将我养大，这一份养育之恩无以为报，他留下的一双孩子，小的没了，大的既还在，我能帮便帮一点。"

他这话说得轻描淡写，话里头含的情谊却深重。我眼眶子润了一润，收起丹药朝他道了声谢。

他应承了这声谢，却没说什么，只叹了口气。

我捧着丹药默在一旁。

他抬起眼皮来觑了觑我，欲言又止了半晌，终堆出笑来，道："我也该走了，你找一天叠雍精神头好的时候给他服了。他那身子骨服这个丹也不晓得受不受得住，你还是在一旁多照看些。"

我点头称是，目送他出了大厅。

叠雍近来的精神头无一日不好，西海水君的夫人很开心，西海水君也很开心，于是整个西海上下都开心。但叠雍的身子骨天生不大强壮，服下这颗凝聚了折颜上万年修为的十全大补丹，定要被补得月余下不了床。本着一颗慈悲的菩萨心，我决定让叠雍在下不了床之前先多蹦跶几天。在他四处蹦跶的这几天里，四哥的酒肉朋友苏陌叶邀我喝了几场酒。

叠雍逍遥了半月，半月后，我亲自服侍他吞下了折颜送来的丹药。叠雍身子骨虽不济，却也不至于像我和折颜估摸的那么不济。吞下这颗丹药后，不过在床上晕乎了七天。

自他晕在床上后，这七日，他娘亲日日坐在他床头以泪洗面。虽然我保证过他这症状不过是补过头了，稍有些受不住。但他娘亲望着我的一张脸仍旧饱含愤怒。

她那一张脸我瞧不见也就罢了，但她因太着紧自己的儿子，害怕昏睡的叠雍一时出了什么岔子寻不着我，非央着西海水君来托我，随着她一起日日守在叠雍的床榻跟前。我不好拂西海水君的面子，只得僵着脸应了。她日日坐在床头悲她的儿子，我剥个核桃也能叫她无限忧伤地瞪半日，剥了两三回之后，不好再剥，日子过得凄凉。

第七天夜里，补过头的叠雍总算顺过气，醒了。此时房中只有我一人。他娘亲前一刻本还守着他，可因守了他七天见他仍没醒过来，又不好实实在在迁怒于我，一时悲得岔了气，也晕了，方才正被西海水君抬了出去。

我凑过去，打算瞧瞧那颗丹药被他吸收得怎么样了。方凑到床沿，手却被他一把握住。他神色复杂，望着我道："我睡的这几日，你一直在我身旁守着？"

我点头道："你可还有哪里觉得不大好？"

他却没答我，只皱了皱眉："我听说你是个断袖？"

东海水君不错，很不错，这个八卦竟已传到西海了。

但这种事向来越描越黑，我不变应万变，抽出手来从容答道："我听说殿下你也是个断袖。"

他眉毛拧成一条，道："不错，我虽是个断袖，但爱的并不是你这种模样的。"

我探手过去替他诊脉，敷衍道："哦，你这模样生得文弱，是不该爱我这个模样的，要爱也是该爱夜华君那个模样的。"

我认识的男神仙里头，就属夜华长得最好，虽同墨渊差不离的面相，但因面上总是冷冷的，显得十分硬派。叠雍生得文气，又性喜伤春悲秋，我估摸他对自己的定位是个比较柔弱的定位，即便喜欢男子，也喜欢硬派些的男子，是以才有嘴上的那一句敷衍。我不过随口一说，他一张脸却瞬时通红，慌忙将眼睛瞥向一旁。

我心中咯噔一声，颤抖着手捏着他脉搏道："你……你思慕的真是夜华君？"

他转头看着我，为难道："这件事实在不能勉强，仙君你衣不解带地照顾我，我很感激你。若不是殿中的侍女们同我说，我其实也没察觉你的心意。我没察觉你的心意之前，对你的殷勤照看十分心安理得，还因……还因你同君上的那个传闻，在心头存了些对你的疙瘩。不想造化弄人，如今却叫我晓得了你真正的心意。我晓得了你这个心意，却又不能回应你，叫我觉得很伤感，也觉得对你不起。"顿了顿，又无限忧愁地唏嘘道："这样的事，我只在很久以前苏陌叶带给我的戏文里看过，却没想到戏文中的故事倒让我们应了。"感叹一番，再道："仙君同君上的那一段，都是真的？君上他，他不抗拒断袖，是吗？"

我愣了半天神，才从叠雍描述的这段三角断袖情中回魂。抽了抽嘴角，咬着牙笑道："他抗拒，我用尽了手段，他还是抗拒，所以我才退而求其次，把念想转到殿下你身上来的。"

他一张通红的脸一点一点白了。

我向来晓得夜华那张脸惹桃花，只是没想到除了惹女桃花，偶尔还能惹惹男桃花。四哥说得不错，如今这个年头，实在是个令人痛心疾首的年头。唔，往后还是不要再让夜华来西海的好。

叠雍的脉很稳，气泽很平和。

但为了把稳，我觉得还须得再使个追魂术，探查探查他体内折颜的仙气是否如了我的愿，在好好地护养着墨渊的魂魄。

叠雍上回吃了闷亏，却丝毫没学得精明些，又栽在我的手刀上。因是第二次对着他使追魂术，我一路没什么阻碍便入得他的元神。这一回我没靠着大圣佛音的指引，一路顺风顺水地寻到了墨渊。

上回见着他时，只一缕微弱的仙气护养着。此番护养他的那片仙气却庞大汹涌，我根本无法近他的身。这样强大的仙力，非几万年精深修为不能炼成。

看来墨渊醒来，已是指日可待。

可……可护养着墨渊的这片气泽，却并不是折颜的。这样汹涌又沉静，内敛又磅礴的气泽……我心中一片冰凉，终于明白折颜送丹药过来时的欲言又止，也终于明白为什么他去瀛洲取了神芝草，身上却没半点伤痕。

不过因他从未去过瀛洲，从未招惹过那守仙草的凶兽罢了。

他虽一向不大正经，却从不说谎，从不占人的便宜。他那时大约想同我说，这丹药，其实是夜华炼的。但为什么他要瞒住我，难不成……难不成……

我强稳住心志退出叠雍的元神，跌跌撞撞地扑到一旁的桌案上倒了杯茶，还没灌下去却先吐出来两口血。方才神识波动得狠了。

心中一阵突突地跳，我腿一软靠着桌脚跪倒下来，带着茶盏碎了一地，叠雍揉着脑袋从床榻上坐起来，一呆，道："你怎么了？"

我勉强笑了笑，撑着桌子爬起来："殿下的病已大好，无须小仙再调养了，劳烦殿下同水君说一声，小仙有些急事，须先回桃林了。"

SHILI TAOHUA

第二十章 欲说还休

我记得隔壁山脚水府中住的那个小烛阴，她当年嫁了户不大满意的婆家，成天受恶婆婆的欺凌。她的阿爹晓得这件事，怒气勃发地将她婆家搅了个底朝天。她的婆家斗不过她阿爹，又咽不下这口浊气，便呈了个状子到狐狸洞跟前，想请我阿爹出面做主，替他们家休了小烛阴。因小烛阴的爹在小烛阴婆家的地盘上伤了人，横竖理屈，为避免酿出更大的祸事，阿爹左右斟酌，打算准了小烛阴婆家递上来的这纸状子，断了他们两家的牵连。

阿娘看着小烛阴触景生情，还替她求过阿爹两句，说她长得不行，人又被惯得骄气，若再被夫家休了，肯定再嫁不出去第二次。奈何他们这一桩家务事弯弯绕绕，其间牵扯良多，阿爹一向公正无私，于是那小烛阴终归还是成了弃妇一只。

那时我和四哥暗地里都有些同情小烛阴，觉得她的姻缘真真惨淡。四哥还端着我的脸来来回回琢磨了一遭，得出我“虽同小烛阴一般娇气，但长得实在不错，即便一嫁被休二嫁也不至于嫁不出去”这个结论，才放下心来。但四哥的心放下得忒早了些。万儿八千年过后，我悟出了一个道理：命里头的姻缘线好不好，它同长相实在没什么干系。

在往后的几万年中，被阿娘同情说长得不行的小烛阴，桃花惹了一筐又一筐，去烛阴洞提亲的男神仙们几乎将他们的洞府踩平。托这些男神仙的福，小烛阴也自学成才，成功蜕变为了玩弄男仙的一代高人。

同样是在这几万年里，被本上神的四哥寄予厚望的、长得实在不错的本上神我，曲着手指头数一数，却统共只遇上了五朵桃花。

第一朵是比翼鸟一族的九皇子。他随他爹娘做客青丘时，对才两万岁的小丫头片子我，一见钟了情。临走时还背着我爹娘将我拉到一旁，拔下两根羽毛做定情信物悄悄跟我说，等他长得再大一些，就踏着五彩祥云来迎娶我。他原身上的羽毛有两种颜色，一种红的一种青的，我瞧着花枝招展的挺喜庆，就收了，觉得嫁给比翼鸟其实也不错。但过了许久，却听迷谷淘来个八卦，说他们比翼鸟一族不能同外族通婚，比翼鸟的九皇子回去信誓旦旦说要娶我，又是绝食又是投水的，阵势闹得挺大。他阿爹阿娘不堪其扰，有天夜里趁他睡着，给他喂了两颗情药，将他送到了一个颇体面的比翼鸟姑娘的床上。呃，他自觉做了对不起我的事，没脸踩着五彩的云头来迎娶我了。我将他送的两根羽毛并几把山鸡毛一起做了把鸡毛掸子，扫灰还挺合用。

第二朵是鬼族的二皇子离镜。算来我和他也甜蜜了几日，后来却做了他同玄女牵线搭桥的冤大头。

第三朵是天君的二儿子桑籍。这个算是阿爹阿娘硬给我牵过来的一段姻缘。奈何我命里受不起这段姻缘，于是桑籍来我青丘走一趟，同我的婢女瞧对了眼，两人私奔了。

第四朵是四哥的坐骑毕方。可毕方实在将他的心思藏得深了些，丝毫没有思慕小烛阴的那些男仙豪迈奔放，好不容易待他终于想通了奔放了一回，我却已经订亲了。

前头这四朵桃花，有三朵都是烂桃花，好的这一朵，却又只是个才打骨朵儿的。

这五朵桃花中的最后一朵就是夜华。

我这个未来的夫君夜华，我遗憾自己没能在最好的年华里遇上他。

从云蒸霞蔚的西海腾云上九重天，因途中从云头上栽下来一回，将一身上下搞得很狼狈，过南天门时，便被守门的两个天将客气地拦了一拦。

我这身行头细究起来的确失礼，大大地折了青丘的威仪，见夜华的一颗心又迫切，不得已只得再将折颜的名头祭一祭，假称是他座下的仙使，奉他的命来拜望天庭的太子殿下夜华君。

这一对天将处事很谨慎，客客气气地将我让到一旁等着，自去洗梧宫通报了。我心上虽火烧火燎，但见他们是去洗梧宫通报而不是去凌霄殿通报，料想夜华没出什么大事，心中略宽慰。

前去通报的天将报了半盏茶才回来，身后跟了个小仙娥来替我引路。这个小仙娥我约略有些印象，仿佛正是在夜华的书房中当差。她见着我时双眼睁得溜圆，但到底是在夜华书房里当差的，见过世面，眼睛虽圆得跟煎饼一个形容，到底嘴巴上还是稳得很。只肃了衣冠对着我拜了一拜，便走到前头兢兢业业地领路去了。

今日惠风和畅，我隐隐闻得几缕芙蕖花香。

眼看就要到洗梧宫前，我沉着嗓子问了句："你们君上他，近日如何？现下是在做甚？"

领路的小仙娥转过来恭顺道："君上近日甚好。方同贪狼、巨门、廉贞几位星君议事毕。现下正在书房中候着上神的大驾。"

我点了点头。

他半月前才丢了过万年的修为，今日便能稳当地在书房中议事，恢复得也忒快了些。

那小仙娥一路畅通无阻地将我领到夜华的书房外，规规矩矩地退下了。

我急切地将书房门推开，急切地跨进门槛，急切地掀开内室的帘子。我这一套急切的动作虽完成得精彩漂亮，单因着心中的忧思，难免不大注意带倒一两个花瓶古董之类，闹出的动静便稍大了些。

夜华从案头上的文书堆里抬起头来似笑非笑，揉着额角道："你今日是特地来我这里拆房子的？"满案文书堆旁还摊着几本翻开的簿子。

他面上并不像上回在西海水晶宫那么苍白，却也看得出来清减了许多。

如今我已不像年少时那样无知，渐渐地晓得了一个人若有心向你瞒着他的不好，你便看不出来他有什么不好。

我疾走两步立到他跟前，预备捉他的脉来诊一诊。他却突然收起笑来，绕过我捉他的手握住了我的衣襟，皱眉道："这是什么？"

我低头一瞧："哦，没什么，个把时辰前对着那西海大皇子使追魂术时，不留意岔了神识，小咳了两口血。"

他从座上起来，端着杯子转身去添茶水，边添边道："你照看墨渊的心虽切，但也要多顾着自己，若墨渊醒了你却倒了，就不大好了。"

我望着他的背影，和声道："你猜我爬进那西海大皇子的元神，瞧见了什么？"

他转过身来，将手上的一杯茶递给我，侧首道："墨渊？"

我接过他的茶，叹气道："夜华，瀛洲那四头守神芝草的凶兽，模样长得如何？折颜带给我的那颗丹药，是你炼的吧？如今你身上，还只剩多少年的修为了？"

他端着茶杯愣了一愣，面上神色却并没什么大起伏。愣罢轻描淡写地笑了笑，道："唔，是有这么一桩事。前些时候天君差我去东海看看，路过瀛洲时突然想起你要几棵神芝草，就顺道取了几棵。你说的那几头守草的凶兽，模样不佳，若再长得灵巧一些，倒可以捕一头回来给你驯养着，闲时逗个闷子。正好你闲的时候也颇多。”

他这一番话说得何其轻飘，我却仍旧记得阿爹当初从瀛洲回来时周身累累的伤。我听得自己的声音干干道：“那丹药，损了你多少年的修为？你托折颜送过来给我时，却为什么要瞒着我？”

他挑眉做讶然状道：“哦？竟有这种事？折颜竟没同你说那颗丹是我炼的？”又笑道：“这件事果然不该托他去做，白白地让他抢了我的功劳。”再边翻桌上的公文边道：“我天生修为便比一般的仙高些，从前天君又渡给我不少。炼这颗丹也没怎的，一桩小事罢了。”

我瞧着他笼在袖中的右臂，温声道：“你今日添茶倒水翻公文的，怎么只劳烦你的左手，右手也该动一动的。”

他正翻着文书的左手停了。

却也不过微微一顿，又继续不紧不慢地翻，口中道：“唔，取神芝草的时候不留意被饕餮咬了一口，正伤在右手上，所以不大稳便。不过没大碍，药君也瞧过了，说将养个把月的就能恢复。”

若我再年轻上他那么大一轮，指不定就相信了他这番鬼扯。可如今我活到这么大的年纪，自然晓得他是在鬼扯。

他说天君渡给他修为，天君自然不会无缘无故渡他修为，必是他落诛仙台那回，丢修为丢得命都快没了在前，天君才能渡他修为在后。譬如七万年前我阿娘救我，是同一个道理。天君渡给他的自然只是补上他丢失了的，统共也不能超过他这五万年勤修得来的。我度量着养夜华的那团仙气，却至少凝了一个普通仙者四五万年的修为。

他说饕餮咬了一口在他右臂上，不过一个小伤，将养将养就能好转。我们远古神祇却都晓得，饕餮这个凶兽是个很执着的兽，它既咬了什么便必得将那东西连皮带骨全吞下去，万没有哪个敢说被饕餮咬了一口还是小伤。

但他这一番鬼扯显见得是为了安抚我。为了不使他失望，我心中虽一抽一抽，却只能做出个被他唬弄成功的形容，松口气状道：“那就好，那就好，总算叫我放心。”

他挑眉笑了一笑，道：“我有什么可叫你不放心的。不过，那西海大皇子才用了丹药不久吧，怕还有些反复。你选在这个时候跑上天来，当心出差错。”

他这个话说得婉转，却是明明白白一道逐客令。面上方才瞧着还好的颜色，也渐渐有些憔悴。他这强打的精神，大约也撑不了多久了。

为了全他的面子，我只得又做出个被他提点猛然醒悟的模样，咋呼一声："唔呀，竟把这一茬儿忘了，那我先下去了，你也好好养伤。"

说出这个话时，我觉得难过又心伤。

我决定回青丘去问问折颜，看夜华他究竟伤得如何。

我一路火急火燎地赶回去，折颜却不在青丘了。

四哥叼了根狗尾巴草挨在狐狸洞外头的草皮上，边晒太阳边与我道："折颜他前几日已回桃林了。据他说近日做了件亏心事，因许多年不做亏心事了，偶尔为之便觉得异常亏心，须回桃林缓一缓。"

我凄凉地骂了声娘，又踩上云头一路杀向十里桃林。

在桃林后山的碧瑶池旁寻得折颜时，尚在日头当空的午时，但他的嘴封得紧，待从他口中套得攸关夜华的事，已是月头当空的子时。

说那正是半个多月前，六月十二夜里，他同四哥在狐狸洞外头的竹林赏月，天上突然下来一双仙君。这一双仙君捧了天君的御令，十万火急地拜在青丘谷口，请他去一趟九重天，救一个人。天上一向是药君坐阵，天君既千里迢迢请他出山，这个人必是药石罔效，连药君也束手无策了。他对这一代的天君没什么好感，但本着让天君欠他一个人情的心态，还是跟着前来恭请他的仙君们上天了。

上得九重天后，他才晓得天君千里迢迢来求他救的这个人，是我们白家的准女婿夜华。

他见着夜华时，夜华的情形虽不至于药石罔效，却也十分不好，右胳膊全被饕餮吞了，只剩一副袖子空空荡荡，身上的修为，也不过一两万年罢了。

提到这一处，他略有感伤，道："你这夫君，年纪虽轻，筹划事情却稳重。说早前几日他便递了折子给天君老儿，唔，正是你去西海的第二日，在那折子中提说东海瀛洲生的神芝草怎么怎么的有违仙界法度，列了许多道理，请天君准他去将瀛洲上生的神芝草一概全毁了。天君看了深以为然，准了。他去瀛洲两日后，便传来瀛洲沉入东海的消息，天君很欣慰，再过一日他回来后，却是伤得极重的模样。天君以为他这孙子闹得如此田地全是被守神芝草的四大凶兽所害，深悔自己高估了孙子，当初没给他派几个好帮手。我原本也以为他身上的修为是在瀛洲毁神芝草时，被那四头畜生耗尽了。后来他将那颗丹秘密托给我，我才晓得那四头畜生除开吞了他一条胳膊，没讨着半分旁的便宜，反叫他一把剑将它们砍了个干净。他弄得这么一副凋零模样，全是因取回神芝草后即刻散了周身的修为开炉炼丹。他那一身的伤，唔，我已给他用了药，你不必担心，慢慢将养着就是，只那条胳膊是废了。呃，倒也不是废了，你看他身上我给他做的那个胳膊，此时虽尚不能用，但万儿八千年的渐渐养出灵性来了，恐也能用的。"

月亮斜斜地挂在枝头，又圆又大，凉幽幽的。

折颜叹息道："他不放心旁人，才托我送那丹药给你。他觉得他既是你的准夫君，你欠墨渊的，他能还便帮你还一些，要我瞒着你，也是怕你脑子忒迂，晓得是他折了大半修为来炼的便不肯用。唔，也怕你担心。哪晓得你一向不怎么精细的性子，这回却晓得在喂了那西海大皇子丹药后，跑到他元神里头查一查。不过，夜华这个凡事都一力来承担的性子，倒挺让我佩服，是个铿锵的性子。"再叹息一声，唏嘘道，"他五万岁便能将饕餮、穷奇、浑敦、梼杌那四头凶兽一概斩杀了，前途不可限量。可那一身精纯的修为，却能说散就散了，实在可惜。"

我的喉头哽了两哽，心沉得厉害。

折颜留我住一宿，我感激了他的好意，从他那处顺了好些补气养生的丹药，顶着朗朗的月色，爬上了云头。夜华他既已由折颜诊治过，正如折颜他劝我留宿时所说，即便我立时上去守着他，也帮不了什么，不过能照看照看他罢了。可纵然我只能做这么一件不中用的小事，也想立刻去他身旁守着。

我捏个诀化成个蛾子，绕过南天门打盹儿的几个天将并几头老虎，寻着晌午好不容易记下的路线，一路飞进了夜华的紫宸殿。

紫宸殿中一派漆黑，我落到地上，不留神带倒个凳子。凳子咚地一声响，殿中立时亮堂了。夜华穿着一件白纱袍，靠在床头，莫测高深地瞧着我。我只见过他穿玄色长袍的模样，他穿这么一件薄薄的白纱袍，唔，挺受看，一头漆黑的长发垂下来，唔，也受看。

他盯着我瞧了一会儿，微皱眉道：" 你不是在西海照看西海的大皇子吗，这么三更半夜急匆匆到我房中来，莫不是叠雍出什么事了？"他这个皱眉的样子，还是受看。

我干干笑了两声，从容道："叠雍没什么，我下去将西海的事了结了，想起你手上受的伤，怕端个茶倒个水的不大稳便，就上来照看照看你。"

夜华他既费了心思瞒住我，不想叫我担心，为了使他放心，我觉得还是继续装作不知情的好。

他更莫测地瞧了我一会儿，却微微一笑，往床榻外侧移了移，道："浅浅，过来。"

他声音压得沉沉的，我耳根子红了一红，干咳道："不好吧，我去团子那处同他挤挤罢了，你好生安歇，明日我再过来瞧你。"便转身溜了。没溜出夜华的房门，殿中蓦地又黑下来。我脚一个没收住，顺理成章又带倒张凳子。

夜华在背后抱住了我。他道："如今我只能用这一只手抱着你，你若不愿意，可以挣开。"

阿娘从前教导我该如何为人的媳妇时，讲到夫妻两个的闺房之事，特别指出了这一桩。她说女孩儿家初为人妇时，遇到夫君求欢，依着传统需得柔弱地推一推，方显得女儿家的珍贵矜持。

我觉得方才我那干干的一咳，何其明白又柔弱地表达了我的推拒之意。但显见得夜华并没太当一回事。可叹阿娘当初却没教我若那初为人妇的女子的夫君不接受她的推拒，这个女子又该怎么做才能仍然显得珍贵矜持。

夜华垂下来的发丝拂得我耳根发痒，我纠结了一阵，默默转身抱着他道："我就只占你半个床位，成不？"

他咳了一声，笑道："你这个身量，大约还占不了我的半个床位。"

我讪讪地推开他，摸到床榻旁，想了想还是宽了衣，挑开一个被角缩了进去。我缩在床角里头，将云被往身上裹了裹，待夜华上得榻来，又往里头缩了缩。他一把捞过我，将我身上的云被三下五除二利索剥开，扯出一个被角来，往他那边拉了拉。但这床云被长得忒小了，他这么一拉又一拉，眼见着盖在我身上的云被被他一拉一拉的全拉没了。虽是七月仲夏夜，九重天上却仍凉幽幽的，我又宽了外袍，若这么睡一夜，明日便定然不是我照看夜华，该换他来照看我了。

面子这个东西其实也没怎的，我往他身旁挪了一挪，又挪了一挪。他往床沿翻了个身，我再挪了一挪。我这连着都挪了三挪，却连个云被的被角也没沾着。只得再接再厉地继续挪了一挪，他翻了个身回来，我这一挪正好挪进他的怀中。他用左手搂过我，道："你今夜是安生躺在我怀里盖着被子睡，还是屈在墙角不盖被子睡？"

我愣了一愣，道："我们两个可以一同屈在墙角盖着被子睡。"我觉得我说这个话的时候，脑子是没转的。

他搂着我低低一笑，道："这个主意不错。"

这一夜，我们就抱得跟一对比翼鸟似的，全挤在墙角睡了。

虽然挤是挤了点，但我靠着夜华的胸膛，睡得很安稳。模糊中似乎听得他说，你都知道了吧，你这性子果然还同往常一般，半点欠不得他人的人情。他说得不错，我确然一向不喜欠人的人情，在睡梦中含糊地应了他两句。但因我见着他放下了一半的心，稍睡得有些沉，也记不得应了他些什么。

半夜里，恍惚听得他咳了一声，我一惊。他轻手轻脚地起身下床，帮我掖好被角，急急地推开殿门出去了。我凝了凝神，听得殿外一连串咳嗽，压得忒低，若不是我们狐狸耳朵尖，我又特地凝了神，大约也听不到他这个声儿。我摸着身旁他方才躺过的地方，悲从中来。

他在外头缓了好一会儿才回来，我装睡装得很成功，他扯开被子躺下时，一丝儿也没发觉我醒着。我隐约闻到些淡淡的血腥气，靠着他，估摸着他已睡着时又往他怀中钻了钻，伸出手来抱住他，悲啊悲的，渐渐也睡着了。第二日醒来，他从头到脚却瞧不出一丝病模样，我几乎疑心是昨日大悲大喜大忧大虑的，夜里入睡魔怔，做了一场梦。

但我晓得，那并不是梦。

我一边陪着夜华，一边有些想念团子。但听闻近日灵山上开法会，佛祖登坛说法，教化众生，团子被成玉元君带去凑热闹了。

我担心西天佛味儿过重，团子这么小小的，将他闷着。夜华不以为然，道："他去西天不过为的是吃灵山上出的果蔗，况且有成玉守着，坛下的神仙们都闷得睡着了，他也不会闷着。"我想了想，觉得很是。

夜华的气色仍不大好。折颜说他的右胳膊全不能用，我每每瞧着都很窝心，但他却毫不在意。因他受伤这个事上到一品九天真皇，下到九品仙人，各个品第的皆有耳闻，这几日倒是没人敢拿鸡毛蒜皮的事来叨扰于他，令他难得悠闲。

我担忧夜华的伤，想住得隔他近些。一揽芳华离紫宸殿偏远，不若庆云殿近便，且那又是夜华他先夫人住过的，我便暂且歇在了团子的庆云殿。他们天宫大约没这个规矩，但体谅我是从青丘这等乡野地方来的，甚包容地在庆云殿中替我收拾了张床榻。

开初几日，我每日都一大早地从床上爬起来，冒着黎明前的黑暗，一路摸进夜华的紫宸殿，帮他穿衣，陪他一道用膳。因我几万年都没在这个点上起来过了，偶尔会打几个没睡醒的哈欠。

后头就有一天，我刚费神将自己从睡梦里头捞起来，预备迷糊地赶去紫宸殿，恍一睁眼，却见着夜华他半躺在我身旁看书。

我的头枕着他动不得的右手，他左手握着一卷行军作战的阵法图，见我醒来，翻着书页道了句：“天还没亮，再睡睡吧，到时辰我叫你。”

说来惭愧，自此，我便不用每日大早地摸去他殿中，都是他大早来团子的殿中，早膳便也理所应当从紫宸殿移到了庆云殿。

在天宫过的这几日同青丘也没旁的不同，皆是用过早膳后散散步，散步后一同去书房，书房中泡两壶茶，他做他的事，我做我的事，到夜里再就着幢幢的烛火杀几盘棋。

药君时不时会来洗梧宫站站，我在跟前时，他多半说不出什么。见着他便令我想起夜华身上的伤。我不大愿意见着他。除此外，一切都甚合我意。我活到这把年纪，少年的事虽已不大记得清，但尚且还能辨别，即便当年我同离镜在一起的时候，也没觉得像现在这样圆满过。

我虽年事有些高了，但当年做少女时桃花忒少，大把诗一样的情怀攒着没用出去，如今，受这些情怀的触动，偶尔也想同夜华月下花前一番。但洗梧宫的位置高出月亮许多，要正经地来赏一赏月，只能不停朝脚底下看，且要运气好才见得着，更不用指望那月光能柔柔地铺在我们身上，造出一个朦胧又梦幻的意境来了。玩文谈月之事只得含恨作罢。好在我同夜华散步的时候，也能见得些花花草草，勉强算是花前了几回。

从前在青丘的时候，一大早被夜华拖着散步，围着狐狸洞近旁的水潭竹林走几圈，多是他问我午饭想用些什么，我们就这个事来来回回磋商一番，路过迷谷的茅棚时，顺道叫迷谷去弄些新鲜食材。

近来在天上，膳食不用夜华操心，他便另养出个别的兴趣，爱好在散步的时候听我讲讲头天看的话本。我翻这些闲书一向只打发个时间，往往一本翻完了，到头来却连书生小姐的名都记不全，只约略晓得是个什么故事。

但夜华既有这个兴趣，我再翻这些书便分外上心些，好第二天讲给他听。几日下来，觉得在说书一途上，本上神有些天分。

七月十七，灵山上的法会毕。算起来团子也该回天宫了。

七月十七的夜里，凉风习习，月亮上的桂花开得早，桂花味儿一路飘上九重天。

我同夜华坐在瑶池旁一顶亭子里，亭子上头打了几个灯笼，石头做的桌子上放了盏桐油灯。夜华左手握着笔，在灯下绘一幅阵法图。

当初我拜师昆仑虚，跟着墨渊学艺时，阵法这门课业经受两万年的考验，荣幸地超过道法课、佛法课，在诸多我深恶的课业中排了个第一。我一见着阵法图，不仅头痛，全身都痛。于是乎只在一旁欣赏了会儿夜华握笔的指法，便歪在一张美人靠上闭目养神去了。

方一闭眼，就听到远处传来团子清越的童声，娘亲娘亲地唤我。

我起身一看，果真是团子。

他着了件碧莹莹的小衫子，一双小手拽着个布套子扛在左肩上，那布套子瞧着挺沉。他扛着这个布套子走得歪歪斜斜，夜华停了笔，走到亭子的台阶旁瞧他，我也下了美人靠踱过去瞧他。他在百来十步外又喊了声娘亲，我应着。他放低肥肥的小身子慢慢蹲下来，将扛在肩膀上的布套子小心翼翼地卸到地上，抬起小手边擦脸上的汗边嚷嚷："娘亲，娘亲，阿离给你带了灵山上的果蔗哦，是阿离亲自砍下来的果蔗哦！"想了想又道："阿离都是挑的最大最壮的砍下来的，嘿嘿嘿嘿……"嘿完了转身握着封好的口，甚吃力地拖着那布套子一步一步朝我们这方挪。

我本想过去帮一帮忙，被夜华拦住道："让他一个人拖过来。"

我一颗心尽放在团子身上了，没留神一丛叫不上名字的花后头突然闪出个人影来。这个人影手中也提着一只布套子，却比团子拖的那一只小上许多。

他两三步赶到我们跟前，灯笼柔柔的光晕底下，一张挺标致的小白脸呆了一呆。

团子在后头嚷："成玉成玉，那个就是我的娘亲，你看，我娘亲她是不是很漂亮？"

唔，原来这个标致的小白脸就是那位格外擅长在老虎尾巴上拔毛，太岁头上动土的成玉元君。

成玉元君木愣愣望着我，望了半天，伸出手来捏了捏自个儿的大腿，痛得龇了龇牙，龇牙的这个空隙中，他憋出几个字来："君上，小仙可以摸一摸娘娘吗？"

夜华咳了一声。我惊了。

这成玉虽宽袍广袖，一身男子装束，他说话的声调儿却柔柔软软的，胸前也波涛汹涌，忒有起伏，一星半点也瞧不出是个男子。依本上神女扮男装许多年扮出来的英明之见，这成玉元君，原是个女元君。

夜华尚没说什么，团子已噌噌噌跑过来，挡在我跟前，昂头道："你这个见到新奇东西就想摸一摸的癖性还没被三爷爷根治过来吗？我娘亲是我父君的，只有我父君可以摸，你摸什么摸？"

夜华轻笑了一声，我咳了一咳。

成玉脸绿了绿，委屈道："我长这么大，头一回见着一位女上神。摸一摸都不成吗？"

团子道："哼。"

成玉继续委屈道："我就只摸一下，只一下，都不成吗？"

团子继续道："哼。"

成玉从袖子里摸出块帕子，擦了擦眼睛道："我年纪轻轻的，平白无故被提上天庭做了神仙，时时受三殿下的累，这么多年过得凄凄凉凉，也没个盼头，平生的愿望就是见到一位女上神时，能够摸一摸，这样一个小小的念想也无法圆满，司命对我忒残酷了。"

她这副悲摧模样，真真如丧考妣。我脑子转得飞快，估摸她口中的三殿下，团子口中的三爷爷，正是桑籍的弟弟，夜华的三叔连宋君。

团子张了张嘴，望了望我，又望了望他的父君，挣扎了半日，终于道："好吧，你摸吧，不过只准摸一下哦。"

夜华瞟了成玉一眼，重回到石桌跟前绘他的图，提笔前轻飘飘道："当着我的面调戏我老婆，诓我儿子，成玉你近日越发出息了嘛。"

成玉喜滋滋抬起的手连我衣角边也没沾上一分，老实巴交地垂下去了。

团子将那沉沉的布套子一路拖进亭子，像模像样地解开，果然是斩成段的果蔗。他挑出来一段尤其肥壮的递给我，再挑出一段差不多肥壮的递给他父君。但夜华左手握着笔，右手又坏着，没法来接。

团子蹭过去，踮起脚来抱着他父君那没知觉的右手，皱着鼻子啪嗒掉下来两颗泪，带着哭声道："父君的手还没好吗，父君什么时候能再抱一抱阿离啊？"

我鼻头酸了一酸。折颜说他的手万儿八千年再也好不了，他瞒着团子，瞒着我，该怎么便怎么，自己似乎也不大看重。我为了配合他演这一场戏，只得陪着他不看重。但我心里头其实很介怀这个事。可木已成舟，再伤怀也无济于事，他为我失了右手，从今往后，我便是他的右手。

夜华放下笔头来，单手抱起团子，道："我一只手照样抱得起你，男孩子动不动就落泪，成什么体统。"眼风里扫到我，似笑非笑道："我虽然一向觉得美人含愁别有风味，你这愁含得，却委实苦了些。我前日已觉得这条胳膊有些知觉，你别担心。"

我在心中叹了一叹，面上做出欢喜神色来，道："我自然晓得你这胳膊不久便能痊愈，却不知痊愈后能不能同往常一般灵活。你描得一手好丹青，若因此而做不了画，往后我同团子描个像，还须得劳烦旁人，就忒不便了。"

他低头笑了声，放下团子道："我左手一向比右手灵便些，即便右手好不了也没大碍。不然，现在立刻给你描一幅？"

我张了张嘴巴。不愧是天君老儿选出来继他位的人，除了打打杀杀，他竟还有这个本事。

一直老实巴交颓在一旁的成玉立刻精神地凑过来，道："娘娘风采卓然，等闲的画师都不敢落笔的，怕也只有君上能将娘娘的仙姿绘出来，小仙这就去给君上取笔墨画案。"

成玉元君忒会说话，忒能哄人开心，一句话说得我分外受用，抬了抬手，准她了。

成玉来去一阵风地架了笔墨纸砚并笔洗画案回来，我按着夜华的意思抱着团子歪在美人靠上，见成玉闲在一旁无事，便和善地招她过来，落坐在我身旁，让夜华顺便将她也画一画。

团子靠在我怀中一扭一扭的。

夜华微微挑眉，没说什么。落笔时却朝我淡淡一笑，他这一笑映着身后黛黑的天幕，柔柔的烛光，仿若三千世界齐放光彩，我心中一荡，热意沿着耳根一路铺开。

即便右手丝毫不能动弹，他用墨敷色的姿态也无一不潇洒漂亮。唔，我觉得我选夫君的眼光真是不错。

这幅图绘完时，我并未觉着用了多少时辰，团子却已靠在我怀中睡着了。成玉凑过去看，敢言不敢怒，哭丧道："小仙坐了这么许久，君上圣明，好歹也画小仙一片衣角啊。"

我抱着团子亦凑过去看。

夜华左手绘出的画，比他的右手果然丝毫不差。倘若让二哥晓得他这个大才，定要引他为知己。

我一动一挪，闹得团子醒了，眨巴眨巴眼睛就从我膝盖上溜下去。他瞧着这画，哇哇了两声，道："成玉，怎么这上头没有你。"

成玉哀怨地瞟了他一眼。

我见成玉这模样怪可怜的，挨了挨她的肩头，安抚道："夜华他近日体力有些不济，一只手画这么些时候也该累了，你多体谅。"

成玉右手拢在嘴前咳了两声："体……体力不济？"

夜华往笔洗里头扔笔的动作顿了顿，我眼见着一枚白玉雕花的紫毫在他手中断成两截。

咳咳，说错话了。

团子很傻很天真地望着成玉，道："体力不济是什么意思？是不是父君他虽然抱得起阿离却抱不起娘亲？"

我呵呵干笑了两声，往后头退了一步。那一步还未退得踏实，猛然天地就掉了个个儿。待我回过神来，人已经被夜华扛上了肩头。

我震惊了。

他轻飘飘对着成玉吩咐道："将桌上的收拾了，你便送阿离回他殿中歇着。"

成玉拢着袖子道了声是，团子一双小手蒙着眼睛，对着他直嚷采花贼采花贼。成玉心虚地探手过去捂团子的嘴。

五万多年前我同桑籍订亲时，阿娘教我为人新妇的道理全针对他们天宫，但夜华在同我的事上却没一回是按着他们天宫的规矩来的，从前和离镜的那一段又因为年少单纯，在闺阁之事上寻不出什么前车之鉴，我在心中举一反三地过了一遭，觉得事已至此，只有按着我们青丘的习俗来了。

我的三哥白顾曾编过一个曲儿，这个曲儿是这么唱的："妹妹你大胆地往前走，看准了立刻就出手，用毛绳儿拴，用竹竿儿钩，你若是慢上一些些儿哎，心上的哥哥，他就被旁人拐走喽。"我的三哥，他是个人才，这个曲子很朴素地反映了我们青丘的民风。

一路宫灯晕黄的光照出我同夜华融在一处的影子，他步子迈得飞快，我趴在他的肩头，眼见着要拐出回廊，拐到洗梧宫了，我晕头转向道："你们天宫一向讲究体统，你这么扛着我，算不得一个体统吧？"

他低低笑了声，道："时时都讲究体统，难免失许多情趣，偶尔我也想不那么体统一回。”

于是我两个就这么甚不体统地一路拐回了他的紫宸殿。他单手扛着硕大的不才在下本上神我，走得稳稳当当，气也没喘一口。他殿中的小仙娥们见着这个阵势，全知情知趣地退了出去，退在最后头的那一个还两颊绯红地做了件好事，帮我们关上了大门。

我同夜华做这个事本就天经地义，这小仙娥脸红得忒没见过世面了。

上一回在西海水晶宫，夜华他十分细致轻柔，今夜却不知怎的，唔，略有点粗暴。

他将我放倒在床上，我头枕着他不大稳便的右胳膊，他左手牢牢扳过我，寻着我的嘴，低笑着咬了一口。他这一口虽咬得不疼，但我觉得不能白被他占这个便宜，正预备咬回去，他的唇却移向了我的耳根。

耳垂被他含在嘴里反复吮着，已被吮得有些发疼了，他轻轻一咬，一股酥麻立刻传过我的四肢百骸，我听得自己蚊子样哼了两声。

我哼的这两声里，他的唇渐渐下滑，不巧遇到一个阻碍，正是我身上这件红裙子。这还是年前二嫂回狐狸洞小住时送我的，说是拿的什么什么丝做的珍品。对这个我没什么造诣，只晓得这衣裳一向穿起来不大容易，脱起来更不大容易。此番他只一只手还灵便，脱我这不大容易脱的衣裳却脱得十分顺溜，眨眼之间，便见得方才还穿在我身上的裙子被他扬手一挥，扔到了地上。

他脱我的衣裳虽脱得行云流水，轮到脱他自个儿的时，却笨拙得很。我看不过眼，起身去帮他。他笑了一声。我手上宽着他的外袍，他却凑过来，唇顺着我的脖颈一路流连，我被他闹得没法，手上也没力，只能勉强绞着他的衣裳往左右拉扯。

我不得不佩服自己，这么几拉几扯的，他那身衣裳竟也叫我脱下来了。

他的头埋在我胸口，在刀痕处或轻或重地吮着。这刀痕已经好了五百多年，早没什么感觉了，可被他这样绵密亲吻时，不知怎的，让我从头发尖到脚趾尖都酸软下来。心底也像猫挠似的，说不出什么滋味，只觉难耐得很。我双手圈过他的脖颈，他散下的漆黑发丝滑过我的胳膊，一动便柔柔一扫，我仰头喘了几口气。他靠近我的耳根道：“难受？”嘴上虽这么轻怜蜜意地问着，手却全不是那么回事，沿着我的脊背，拿捏力道地一路向下抚动。

他的手一向冰凉，此时却分外火热。我觉得被他抚过的地方，如同刚出锅的油馃子，酥得一口咬下去就能化渣。他的唇又移到我下巴上来，一点一点细细咬着。我抿着唇屏住愈来愈重的喘息声，觉得体内有个东西在迅速地生根发芽，瞬间便长成参天大树。

这棵树想将我抱着的这个人紧紧缠住。

他的唇沿着下巴一路移向我的嘴角，柔柔地亲了一会儿，咬住我的下唇，逼着我将齿关打开。我被他闹得受不住，索性狠狠地反亲回去，先下手为强，将舌头探入他的口中。他愣了一瞬，手抚过我的后腰，重重一揉，我被刺激得一颤，舌头也忘了动，待反应过来时，已被他反过来侵入口中……

这一番纠缠纠缠得我十分情动，却不晓得他这个前戏要做到几时，待他的舌头从我口中退出来时，不由得催促道："你，你快些！"话一出口，那黏糊细软的声调儿将我吓了一跳。

他愣了愣，笑道："我的手不大稳便，浅浅，你上来些。"

他这个沉沉的声音实在好听，我被灌得五迷三道的，脑子里像搅着一锅米糊糊，就顺着他的话，上来了些。

他挺身进来时，我抱着他的手没控制住力道，指甲向皮肉里一掐，他闷哼了声，凑在我耳边低喘道："明日要给你修修指甲。"

从前在凡界摆摊子算命，生意清淡的时候，我除了看看话本，时不时也会捞两本正经书瞧瞧。有本挺正经的书里提到"发乎情，止乎礼"，说情爱这个事可以于情理之中发生，但须得因道德礼仪而终止。与我一同摆摊子的十师兄觉得，提出这个说法的凡人大约是个神经病。我甚赞同他。本上神十万八千年也难得有朵像样的桃花，若还要时时克制自己，就忒自虐了。

事后我靠在夜华的怀中，他侧身把玩着我的头发，不知在想些什么。我觉得脑子里那一锅米糊糊还没缓过劲来，仍旧糊着。

糊了好一会儿，迷迷蒙蒙的，猛然却想起件大事。

阿弥陀佛，四哥说得也并不全错，我万儿八千年里头，极偶尔的，的确要粗神经一回。我上九重天来照看夜华照看了这么久，竟将这桩见着他就该立刻跟他提说的大事忘光了。

我一个翻身起来，压到夜华的胸膛上，同他眼睛对着眼睛道："还记得在西海时我说要同你退婚吗？"

他一僵，垂下眼皮道："记得。"

我凑过去亲了亲他，同他鼻尖抵着鼻尖，道："那时我没瞧清自己的真心，说的那个话你莫放在心上，如今我们两情相悦，自然不能退婚，唔，我在西海时闲来无事推了推日子，九月初二宜嫁娶、宜兴土、宜屠宰、宜祭祀，总之是个万事皆宜的好日子，你看要不要同你爷爷说说，我们九月初二那天把婚事办了？”

他眼皮猛地抬起来，一双漆黑的眸子里倒映出我半张脸，半晌，低哑道：“你方才，说什么？”

我回过去在心中略过了过，觉得也没说什么出格的，又琢磨一阵，或许，依着他们天宫的规矩，由夜华出面找天君商议定下我和他的婚期，不大合体统？

天宫的规矩也忒烦琐了。

我想了想，凑过去挨着他的脸道：“是我考虑得不周全，这个事由你去做确然显得不大稳重，要不然我去找找我阿爹阿娘，终归我们成婚是桩大事，还是让老人们提说才更妥当一些。”

我说完这个话时，身上猛地一紧，被他狠狠搂住，我哼了一声。他将我揉进怀中，顿了半晌，道：“再说一次，你想同我怎么？”

我愣了一愣。我想同他怎么，方才不是说得很清楚了吗？正欲再答他一次，脑子却在这时候猛然拐了个弯儿。咳咳，夜华他这是，怕他这是变着法子从我嘴里套情话吧？

他漆黑的发丝铺下来同我的缠在一处，同样漆黑的眼有如深潭，床帐中幽幽一缕桃花香，我脸红了一红，一番在嗓子眼儿滚了两三遭的情话，本想压下去，却不晓得被什么蛊惑，没留神竟从唇齿间蹦了出来。我说：“我爱你，我想时时地地都同你在一处。”

他没搭话。

我们青丘的女子一向就是这么坦白，有一说一，有二说二，但夜华自小在板正的九重天上长大，该不会，他嫌弃我这两句话太轻浮奔放了吧？

我正自纠结着，他沉默了一会儿，突然翻身将我压住，整个人伏到我的身上来。我吃力地抱着他光滑的脊背，整个人被他严丝合缝贴得紧紧的。他咬着我的耳垂，压着声儿低低道：“浅浅，再为我生个孩子。”我只觉得轰地一声，全身的血都立时蹿上了耳根。耳根如同蘸了鲜辣椒汁儿，火辣辣地烫。我觉得这个话有哪里不对，一时却也想不通透是哪里不对。

这一夜浮浮沉沉的，约莫卯日星君当值时候才沉沉睡着。平生第一回晓得春宵苦短是个什么滋味。

我醒过来时，殿中暗着，夜华仍睡得很沉。这么一醒过来便能见着他，我觉得很圆满。

我微微向上挪了些，抵着他一张脸细细端详。他这一张脸神似我师父墨渊，我却从未将他认作墨渊过，如今瞧来，也有些微的不同。譬如墨渊一双眼便不似他这般漆黑，也不似他这般古水无波。

墨渊生得这么一张脸，我瞧着是无上尊崇的宝相庄严，夜华他生得这么一张脸，我最近瞧着，却总能瞧出几分令自个儿心神一荡的难言之色。

我抵着他的脸看了许久，看了一阵后瞌睡又来了。我只道他沉睡着，翻了个身打算再眯一会儿，却被他手伸过来一把捞进怀中。我一惊。他仍闭着眼睛道："你再看一会儿也无妨的，看累了便靠在我怀中躺一会儿吧，墙角终归没我怀里暖和。"

我耳根子一红，讪讪干笑了两声，道："你脸上有个蚊子，咳咳，正要帮你捉来着，你这么一说话，把它吓走了。"

他哦了一声，道："不错，你竟还有力气起来帮我捉蚊子。"一个使力将我抱到了他的身上："起来还是再睡一会儿？"

我一只手抵着他的肩膀，注意不压着他太甚，一只手摸着鼻头道："倒是还想睡，可身上黏黏糊糊的，也睡不大着了，叫他们抬两桶水进来，我们先沐个浴再接着睡吧。"

他起身披了件衣裳下床，去唤小仙娥抬水了。

经了这一夜，我觉得夜华他身上的伤大约已好得差不多，放了大半的心，琢磨着寻常瞒着他添进他茶水的养生补气的丹药，也该适时减些分量了。

我同夜华那一纸婚约，天君不过文定时送了些小礼，尚未过聘。我在心中计较着，已排好日子让阿爹暗地里去敲打敲打天君，催他尽早过聘选日子，唔，当然，最好是选在九月初二。

夜华如今没剩多少修为，我担心他继天君之位时过不了九道天雷八十一道荒火的大业。自古以来这个大业便是继任天君和继任天后一同来受，我打算快些同他成婚，因想着届时受这个大业时，我能代他受了。如今我身上的修为，虽当初封印擎苍时折了不少，但独自受个天雷荒火的，大约也还受得起。不过，到时候怎么将夜华骗倒，不许他出来，却是个问题。夜华他显见得没我年轻时那么好骗。

我想了许多，沐浴后渐渐地入睡。

本以为这一桩桩一件件事已理得顺风顺水，没想到一觉醒来之后，夜华一席话却生生打翻我这个算盘。

他将我搂在怀中，闷闷道，九月初二是不行了，我们这一趟大婚，至少还须得缓上两个多月。

因他这两个多月，要下凡历一个劫。

这一个劫，同那四头凶兽有脱不了的干系。

说夜华此前虽是奉天君的命去瀛洲毁神芝草，但天君并未令他砍了父神留下的四头凶兽。父神身归混沌这么多年，用过的盘碗杯碟，即便缺个角的都被他们天族扛上九重天供着了，更遑论这注了父神一半神力的四头凶兽。

夜华毁了神芝草，是件大功德，砍了那四头守草的凶兽，却是件大罪过，功过相抵，还余了些罪过没抵掉，便有了他下凡历劫的这个惩罚。

所幸三千大千世界中的十亿数凡世，天君老儿给夜华挑的这个凡世，它那处的时辰同我们四海八荒的神仙世界差得不是一星半点。我们这处一日的时辰，它们那处便是满打满算的一年。是以夜华虽正经地下去轮回转世历六十年生死劫，也不过只同我分开两个多月罢了。

但即便只同夜华分开两三个月，我也很舍不得。我不晓得自己对他的这个心是何时至此的，但将这个心思揣在怀中，我觉得甜蜜又惆怅。

大约我同夜华今年双双流年不利，才无福消受这桩共结连理的好事。想到这里，我叹了一叹，有些萧瑟。

夜华道："你愿意等我两个月吗？"

我掐指算了算，道："你八月初下界，要在那处凡世待上两个多月，唔，将婚期挪到十月吧，十月小阳春，桃李竞开，也是个好时候。"想了想又担忧道："虽于我只是短短两个月，于你却是极漫长的一生，司命给你写的命格你有否看过？"

上回司命给元贞写的那个命格，我有幸拜读后，深深为他的文采折服。

我受少辛的托，去凡界将元贞的命格略搅了一搅，没能让司命他费心安排的一场大戏正经摆出来，难保他没在心中将我记上一笔。若因此而让他将这一笔报在夜华身上，安排出一段三角四角多角情……我打了个冷战。

夜华轻笑一声，亲了亲我额角道："我下界的这一番命格非是司命来写，天君与诸位天尊商议，令司命星君将命格簿上我那一页留了白，因缘如何，端看个人造化。"

我略宽了心，为保险起见，还是款款嘱咐："你这一趟下界历劫，即便喝了幽冥司冥主殿中的忘川水，也万不能娶旁的女子。"他没说话，我踌躇了一会儿，道："我什么都不担心，就怕……呃……就怕你转生一趟受罚历劫，却因而惹些不相干的桃花上来。你……你大约也晓得，我这个人一向并不深明大义，眼睛里很容不得沙子。"

他拨开我垂在耳畔的头发，抚着我的脸道："如今连个桃花的影子都没有，你便开始醋了？"

我讪讪咳了两声，我信任夜华的情意，他若转生也能记得我，我自然无须这般未雨绸缪。可仙者下界历劫，一向有个变态规矩，须得灌那历劫的仙者一大碗忘川水，忘尽前尘往事，待归位后才能将往常诸般再回想起来。

他拢了拢我的发，笑道："若我那时惹了桃花回来，你待怎么？"

我想了想，觉得是时候放两句狠话了，板起一张脸来，阴恻恻状道："若有那时候，我便将你抢回青丘，囚在狐狸洞中，你日日只能见着我一个，用膳时只能见着我一个，看书时只能见着我一个，作画时也只能见着我一个。我管你只能见着我一个舒坦不舒坦呢，我舒坦就成了。"设身处地想了想，补充道："那样，我大约是舒坦的。"

他眼中亮了一亮，手拨开我额前发丝，亲着我的鼻梁，沉沉道："你这样说，我倒想你现在就将我抢回去。"

SHILI TAOHUA

唐七公子

第二十一章 魂兮归来

八月十五闹中秋，广寒宫里年前的桂花酿存得老熟了，嫦娥令吴刚在砍树之余挑着酒坛子，第一天到第三十六天的宫室挨个儿送了一壶。我将送到洗梧宫的这壶温了温，同夜华各饮了两盅，算是为他下界践行。

我原本想跟在他身旁守着，他不允，只让我回青丘候着他。

夜华不愿我跟着，大约是怕我在凡界处处回护他，破戒使术法，反噬了自己。但我觉得能让他少受些磨难，被自个儿的法术反噬个一两回也没怎的。心里盘算着先做段戏回青丘，令他放心，待他喝了忘川水转世投生后，我再厚颜些，找到他跟前去。

爱一个人便是这样了，处处都只想着所爱之人好，所爱之人好了，自己便也好了。这正是情爱的妙处，即便受罪吃苦头，倘若心里头有一个人揣着，天大的罪天大的苦头，也不过一场甜蜜的煎熬。

司命星君做给我一个人情，同我指了条通往夜华的明路。

夜华历劫的这一世，投身在江南一个世代书香的望族，叔伯祖父皆在庙堂上供着要职。

司命兴致勃勃，啧啧赞叹，说依他多年写命格写出来的经验之谈，这种家庭出身的孩子将来必定要承袭他父辈们的衣钵，凭一支笔杆子翻云覆雨于朝野之巅，而夜华向来拿惯了笔杆子，这个生投得委实契合。

但我晓得凡界此种世家大族最讲究体统，教养孩子一板一眼，忒无趣，教养出的孩子也一板一眼，忒无趣，全不如乡野间跑大的孩子来得伶俐活泼。夜华本就不大活泼，我倒不指望他转个生就能转出活络性子来，只是担忧他童年在这样的世家里，会过得寂寥空落。

夜华投的这一方望族姓柳，本家大少爷夫人的肚子争气，将他生作了长孙，取名柳映，字照歌。我不大爱这个名，觉得文气了些，同英姿勃发的夜华没一丝相衬。

我回青丘收拾了四五件衣裳，打了个包裹，再倒杯冷茶润了润嗓子，便火急火燎地赶去折颜的十里桃林，想厚颜无耻地再同他讨些丹药。

不过走到半路，便见着折颜踩着一朵祥云急急奔过来，后头还跟着骑了毕方的四哥。

他们在我跟前刹住脚。

四哥一双眼睛冒光，道："小五，大约你今日便能一偿多年的夙愿了。我们刚从西海赶回来，叠雍他昨夜折腾了一夜，今早折颜使追魂术追他的魂，却发现墨渊的魂已不在叠雍元神中。我们正打算去炎华洞中瞧瞧，墨渊睡了七万年，想是挑着今天这个好日子，终于醒了……"

我愣了一愣，半晌没回过神来。待终于将这趟神回过来时，我瞧得自己拉着四哥在我跟前晃荡的右手，嗓子里蹿出结巴的几个字："师……师父他醒了？他竟醒了？"

四哥点头，复蹙眉道："你包裹落下云头了。"

我晓得墨渊不出三个月便能醒来，掐指一算，今日离叠雍服丹那日却还不满两月，这样短的时日，他竟能醒过来。他真的醒过来了？

七万年，四海之内，六合之间，我避在青丘里，虽没历那生灵涂炭天地暗换，却也见着青丘的大泽旱了七百七十九回，见着那座百年便移一丈的谒候山从烛阴他们洞府直移到阿爹阿娘的狐狸洞旁。七万年，我人生的一半。我用一半的人生做的唯一一件事便是候着师父他老人家醒来。如今，他终于醒过来了。

折颜在一旁低低一叹："倒也不枉夜华那小子散了一身修为。"

我酸着眼角点了点头。

四哥笑道："夜华那桩事我听折颜说了，他倒是颗实实在在的情种。可你这时运也忒不济了些，刚偿清墨渊的债，又欠下夜华的。墨渊你能还他七万年心头血，这夜华的四万年修为，你却打算怎的？"

我抽出折扇来挡住发酸的眼角，答他："我同夜华终归要做夫妻。我以为夫妻间相知相爱，谁欠谁的，无须分得太清。"

折颜站在云头笑了一声，道："这回你倒是悟得挺透彻。"

毕方轻飘飘道了声恭喜，我应承了，还了他一声谢。

折颜和四哥走在前头，我拨转云头，跟在后头。夜华那处可暂缓一缓，当初我拜师昆仑虚学艺时，很不像样，极难得在墨渊跟前尽两回弟子的孝道。后来懂事些，晓得尽孝时，他却已躺在了炎华洞中。

此番墨渊既醒了，我强抑住一腔欢喜之情，很想立时便让师父看看，他这个最小的弟子也长大了，稳重了，晓得疼惜人了。

小十七过得很好。

因我做墨渊弟子时是个男弟子，正打算变换成当年司音的模样，却被折颜抬手止住了，道："凭墨渊的修为，早看出你是女娇娥，不拆穿你不过是全你阿爹阿娘一个面子，你还当真以为自己唬弄了他两万年。"

我收好折扇，做出笑来："说得是，阿娘那个术法唬弄唬弄我十六个师兄还成，我一向就怀疑要唬弄成功师父他老人家有些勉强。"

我们一行三个靠近枫夷山的半腰，我抢先按下云头，半山月桂，幽香阵阵。

踩着八月的清秋之气，我一路撞进炎华洞中。

缭绕的迷雾里，洞的尽头，正是墨渊长睡的那张冰榻。

这样要紧的时刻，眼睛却有些模糊，我胡乱搭手抹了把，手背指尖沾了些水泽。

冰榻上影影绰绰坐着个人影。

我几步踉跄过去。

那侧靠在冰榻上的，正是……正是我沉睡多年的师父墨渊。

他偏头瞧着近旁瓶子里养的几朵不值钱的野花。那神情姿态，同七万年前没一丝分别，却看得我几欲潸然泪下。

七万年前，我们师兄弟轮值打扫墨渊住的厢房，我有个好习惯，爱在屋里的小瓶中插几束应节的花枝。墨渊每每便是这么细细一瞧，再对我赞许一笑。

每得他一个赞许的笑，我便觉得自豪。

我撞出的这一番动静惊了他，他转过头来，屈腿抬手支着腮帮，淡淡一笑："小十七？唔，果然是小十七。过来让师父看看，这些年，你长进得如何了。"

我稳住步子，揣着急擂鼓般的心跳声，眼眶热了几热，颤巍巍扑过去，抖着嗓子喊了声师父，千回百转的，又伤感又欢喜。

他一把接住我，道："怎么一副要哭出来的模样，唔，这身裙子不错。"

折颜撩开雾色踏进来，后头跟着四哥，笑道："你睡了七万年，可算醒了。"

炎华洞中清冷，我打了个喷嚏，被四哥拖出了洞。折颜同墨渊一前一后踱出来。

当年昆仑虚上，我上头的十六个师兄，除了九师兄令羽是墨渊捡回来的，另外十五个师兄的老子们在天族里头都挺有分量。七万年前墨渊仙逝后，听说师兄们寻了我几千年，未果。后来便一一被家里人叫回去，履他们各自的使命去了。

四哥曾悄悄去昆仑虚探过一回，回来后唏嘘道，当年人丁兴盛的昆仑虚，如今只剩一个令羽和几个小童子撑着，可叹可叹。

我不晓得若墨渊问起我昆仑虚，我该怎么将这桩可叹的事说出口。

我一路忐忑地回狐狸洞。

不想他开口问的第一件事却并不是昆仑虚。

他坐在狐狸洞中，迷谷沏上来一壶茶，我给他们一一倒了一杯，趁我倒茶的这个空隙，他问折颜道："我睡的这些年，你可曾见过一个孩子，长得同我差不多的？"

我手中瓷壶一偏，不留神，将大半水洒在了四哥膝头。

四哥咬牙切齿对着我笑了一笑，隐忍地将膝头水拂去了。

四海八荒这么多年里，我只见过一个人同墨渊长得差不离，这个人便是我的准夫婿夜华。

夜华同墨渊长得一张脸，起初我虽有些奇怪，但并未觉得他们有何干系。

我觉得大约长到极致的男子都会长成这个模样，夜华标致得极致了，自然就是这个模样了。

但听墨渊说话的这个势头，他们两个，却不仅像是有干系，且还像是有挺大的干系。

我竖起一双耳朵来切切听着，折颜呵呵了两声，眼风里瞟了我一眼，道："确然有这么一个人，你这小徒弟还同他挺相熟。"

墨渊望过来看了我一眼，我脸红了一红。这境况有几分像和情郎私订终身的小鸳鸯，却运势不好摊上个坏嘴巴的妹子，被妹子当着大庭广众将贴身揣着的风月事嚼给了爹娘，于是，我有点不好意思。

折颜一而再再而三地给我递眼色。我瞧他递得眼都要抽筋了，只得故作从容道："师父说的这个人，嘿嘿，大约正是徒弟的未婚夫，嘿嘿，他们天族这一代的太子，嘿嘿嘿嘿……”

墨渊端茶水的手一顿，低头润了口嗓子，半晌，不动声色道：“这个选娘子的眼光，唔。”抬头道：“你那未婚夫叫什么？何时出生的？”

我老实报了。

他掐指一算，淡淡然喝了口茶：“小十七，我同胞的亲弟弟，就这么给你拐了。”

我五雷轰顶道：“啊？”

眼风里虚虚一瞟，不止我一个人，折颜和四哥这等比我更有见识的，也全目瞪口呆，一副被雷劈熟了的模样。

墨渊转着茶杯道：“怪不得你们惊讶，就连我也是在父亲仙逝时才晓得，当年母亲虽只生下了我一个，我却还有一个同胞的弟弟。”

墨渊说，这件事须从母神怀上他们一对兄弟开始说起。

说那一年，四极摧，九州崩。母神为了补撑天的四根大柱子，大大动了胎气。生产时，便只能保住大的没能保住小的。父神深觉对不住小儿子，强留下了那本该化于天地间的小魂魄，养在自己的元神里，想看看有没有这个天数和机缘，能为小儿子做一个仙胎，令他再活过来。父神耗一半的法力做成了仙胎，小儿子的魂魄却无论如何也唤不醒。父神便将这仙胎化作一颗金光闪闪的鸟蛋，藏在了昆仑虚后山，打算待小儿子的魂魄醒过来再用。

可天命如此，没等着他们小儿子的魂魄醒转过来，母神父神已双双身归混沌。

父神仙逝前，才将这桩事说给墨渊听了，并将元神中小儿子的魂剥了下来，一并托给墨渊。墨渊承了亲兄弟的魂，也同父神一般，放在元神中养着。沧海桑田，墨渊养在元神中的胞弟却一直未能醒来。

墨渊道：“大约我以元神祭东皇钟时，他终于醒了。如今我能再回来，估摸也是我魂飞魄散之时，他费神将我散掉的魂一片一片收齐了。我隐约间有印象，一个小童子坐在我身旁补我的魂，七八千年地补，补到一半，却有一道金光直达我们处的洞府，将他卷走了。他走后，我便只能自己修补，多有不便，速度也慢下来。此番听你们这个说法，他已是天族的太子，估摸那时天上的哪位夫人逛到昆仑虚，吞下了父亲当年埋下的那枚鸟蛋，仙胎在那位夫人腹中扎了根，才将他卷走的。”

折颜干干笑了两声，道：“怪不得我听说夜华那小子出生时，七十二只五彩鸟绕梁八十一日，东方的烟霞晃了三年，原来他竟是你的胞弟。”

方才初听得这个消息时我五雷轰顶了一回，因从未想过有一日竟能和墨渊攀上这样的亲。如今听他说完这段因果，我忒从容地进入了大惊之后的大定境界，甚而觉得夜华他长得那个样子，生来就该是墨渊的胞弟。

九重天上的史籍明明白白地记载道，父神只有墨渊一个儿子。可见这些写史的神官都是些靠不住的。信这些史籍，还不如信司命闲来无事编的那些话本子。

墨渊想去瞧一瞧夜华，但他方才醒来，要想恢复得如往常那般，还须正经闭关休养个几年。我担心他身子骨不灵便，贸然去凡界走一趟于休养不利，便昧着良心找了个借口搪塞，约定待他将养好了，再把夜华领到他跟前来。

炎华洞虽灵气汇盛，但清寒太过，不大适宜此时墨渊将养了。他一心想回昆仑虚后山常年闭关的那处洞府住着，我虽不大愿意他瞧着如今昆仑虚凄清的模样伤情，但到底纸包不住火，他终归要伤这么一回情。想着晚伤不如早伤，喝过两回茶后，我便跟着墨渊同回昆仑虚了。折颜和四哥闲来无事，也跟着，毕方便也跟着。

我们一行五人飘着三朵祥云挨近昆仑虚，四哥曾说现今的昆仑虚十分可叹。

我果然叹了一叹。

自山门往下，或立或蹲或坐着许多小神仙，紫气青气混作一团，氤得半座山云蒸霞蔚，仙气腾腾复腾腾，是个人都看得出它是座仙山。

呃，我在此间学艺那两万年，昆仑虚一向低调，不过七万年，它竟如此高调了？

毕方驼着四哥，缩了爪子落下去，挑了个老实巴交的小仙攒拳求教。

小神仙眨巴眨巴眼睛，道：“我也不晓得，我是出来打酱油的，路上听说有道龙气绕着隔壁山头氤氲了三四天，许多仙友都凑来瞧热闹了，我就一道来看看。这一趟没白跑，那龙气，啧啧啧，不是一般的龙气啊，真好看，我都坐在这里看了两天了。你把这个鸟放出去捉会儿虫子吧，下来和我们一同看，保准能饱你的眼福，我这还有个位置，来，我们俩蹲着挤一挤。”

四哥道了谢，推辞了那小神仙的一番好意，默默无言地回来，咳了声：“没什么，他们仰慕昆仑虚的风采，特地过来膜拜膜拜。”

折颜笼着袖子亦咳了声，揶揄笑意从眼角布到眉稍，与墨渊道：“昆仑虚本就是龙骨顶出的一座仙山。许是它察觉你要回来了，振奋得以龙气相迎吧，是以吸引了周边一些没甚见识的小仙。”

墨渊不动声色地抽了抽嘴角。

为了不打扰半座山的小神仙们看热闹，我们一行五个皆是隐身进的山门。九师兄忒因循守旧了些，山门的禁制数万年如一日，丝毫未有什么推陈出新。

我以为今日大约只能见着令羽，甫进山门，十来步开外列出的阵仗却将我唬了一跳。我的十六个师兄，皆穿着当年昆仑虚做弟子时的道袍，梳着道髻，分两路列在丈宽的石道旁。

院中的树仍是当年西方梵境几位佛陀过来吃茶时带来的娑罗双。我的十六位师兄垂着双手肃穆立在娑罗双树下，仿佛七万年来他们一直这般立着。

大师兄率先红了眼眶，扑通一声跪在地上，颤声道：“前几日九师弟传来消息，道昆仑虚龙气冲天，时有龙吟之声，不知是什么兆头，我们师兄弟连夜赶回来，虽想过许是师父您老人家要回来的吉兆，却总让人难以置信。今日在殿中觉察到您于山门外徘徊的气泽，我们匆匆赶出来，却终赶不及去山门亲自迎接您。师父，您走了七万多年，总算是回来了。”话毕，已是泣不成声。他面容虽还是年轻时的面容，年纪却也一大把了，哭得这样，叫人鼻头发酸。另外的十五个师兄也一一跪下泣不成声。十六师兄子阑哭得尤其不成声。

墨渊沉了沉眼眸，道：“叫你们等得久了，都起来吧，屋里叙话。”

这一番叙话，开初各位师兄先哭了一场，哭完了，便叙的是当年不慎被他们搞丢了的不才在下本上神，司音神君我。

提到我，大师兄悲得几欲岔气。当年本是我给他们下药，又盗了墨渊的仙体连夜赶下昆仑虚。我的这一番错处他绝口不提，只连声道没能看住我，将我搞丢了，是他的错。这些年他不停歇地找我，却毫无音信，大约我已凶多吉少。他身为大师兄却这般失职，连小师弟也保不住，请师父重重责罚。

我靠在四哥身旁，听他这么说，红着眼圈赶紧坦白：“我没有凶多吉少，我好端端地站在这儿，我不过换了身衣裳，我就是司音。”

众位师兄傻了一傻，大师兄一个趔趄摔倒在地，缓了好一会儿，爬起来抱住我抹着泪珠儿辛酸道：“九师弟说人人心中都有一个断袖梦，当年那鬼族二王子来拐你时，我打得他绝了这个梦，却没及时扼住你的这个梦，可怜的十七哟，如今你竟果然成了个断袖，还成了个爱穿女装的断袖……”

四哥忍不住扑哧笑出了声。

我忍着泪珠儿悲凉道：“大师兄，我这一张脸，你看着竟像是男扮女装的吗？”

十师兄拉开大师兄讷讷道：“你以前从不与我们共浴，竟是这个道理，原来十七你竟是个女儿家。”

四哥拉长声调道：“她是个女——娇——娥——”

我踹了他一脚。

大师兄从前并不这样，果然上了年纪，就容易多愁善感些。

叙过我后，又叙了叙师兄们七万年来各自开创的丰功伟业。

我的这十六位师兄，年少时大多不像样，我跟着他们，虽不再上树打枣下河摸鱼了，却学会了斗鸡走狗赛蛐蛐儿，学会了打马看桃花、喝酒品春宫，纨绔们做的事我一件件都做得娴熟，瞒着师父在凡界胡作非为，还自以为是颗千年难遇的风流种。

将我带成这样，我的十六位师兄功不可没。可就是将我带成这个模样的一堆师兄们，如今，他们竟一一成才了。老天排他们的命数时，想必是打着瞌睡的。

但老天打的这个瞌睡却打得我很开怀，想必师父他老人家也很开怀。

开怀一阵后，耳朵里灌着师兄们的丰功伟业，再想想他们建功立业时我都做了些甚，两相一对比，惨淡之情沿着我的脊梁背油然而生。

四哥拿支笔在一旁刷刷记着，不时拊掌大喝：“传奇，传奇。”惨淡之情外，又令我油然而生一股丢人之情。

十师兄安慰我道：“你是个女儿家，呃，女娇娥嘛，女娇娥无须建什么功立什么业，我的妹妹们便成天只想着嫁个好婆家，十七你只须嫁个好婆家就功德圆满了。”

十六师兄笑嘻嘻道：“十七如今这年岁，不用说婆家了，孩子怕已经好几个了吧，对了，何时让师兄们见见你的夫君。你这个容貌品性，也不知嫁到了怎样一个夫君。”

他这个话真是句句踩我的痛脚，我抹了把头上的汗，讷讷干笑两声：“好说，好说，下下个月我大婚，届时请你们吃酒。”

墨渊一直坐在一旁微抬眼皮听着，我那吃酒两个字方从口中蹦出，他手中茶杯一歪，洒了半杯水出来。我赶紧冲过去收拾。折颜咳了两声。

九师兄令羽将昆仑虚打理得很妥帖，四哥个把月不回狐狸洞，他房中的灰便要积上半寸。我已七万年不曾踏足昆仑虚，做弟子时睡的那间厢房却半点尘埃也无。我微有汗颜，躺在床榻之上，翻了个身。

隔壁住的是十六师兄子阑。我听得他敲了敲壁角，道："十七，你睡着了吗？"

我鼻孔里哼了一声，以示未睡着。但这一声比蚊子的嗡嗡声大不了多少，我觉得他大约未听到，又应了声："尚未睡着。"

他顿了一会儿，声音挨着壁角飘过来，道："这七万年，为了师父，你受苦了。"

我的印象当中，这位十六师兄总喜欢挑我的刺，同我反着行事。我说东他必然指西，我说甲好他必然将甲贬得一文不值。他如今说出这个话，我不得不多个心眼疑一疑，他到底是不是我的十六师兄，遂提高了声调道："你果然是子阑？"

他默了一默，哼了声："活该你这么多年嫁不出去。"

他果然是子阑。

我呵呵笑了两声，不同他计较，躺在床上再翻了个身。

我活到现在这个岁数，虽历了种种憾事，但此时躺在昆仑虚这一张微薄的床榻上，却觉得过去的种种憾事都算不得遗憾了。月光柔柔照进来，窗外并无什么特别风景。

二哥常用知足常乐来陶冶我的心性。我从前不晓得什么叫知足，觉得知足不如擅忘能乐，过日子过得稀里糊涂颠三倒四。如今我晓得了，擅忘不过是欺瞒自己来求得安乐日子，知足却能令人真正放宽心。真正放宽心了，这安乐便是长久的安乐了。揣摩透了这个，一时间，我觉得自己圆满得很。迫不及待想说给夜华听一听。

但此时的夜华大约听不懂我说的这些。这个时辰，他正满周岁了吧。唔，不知他满周岁时会是个什么模样。那眼睛是像他现在这样寒潭似的吗？那鼻子是像他现在这样高高挺挺的吗？唔，不晓得和团子长得像不像。

我想了许多，渐渐地睡着了。

墨渊回来这件大事不知怎的传了开去，第二日一大早，天上飞的地上爬的，凡是有些灵根的，都晓得远古掌乐司战的上神回来了。

传闻里说的是，墨渊他头戴紫金冠，身披玄晶甲，脚蹬皂角靴，手握轩辕剑，怀里揣着个娇滴滴的小娘子，于八月十六未时三刻，威风凛凛地落在了昆仑虚山头。墨渊他落在昆仑虚山头上时，沿着昆仑虚的长长一道山脉全震了三震，鸟兽们皆仰天长鸣，水中的鱼龙们也浮出来惊喜落泪。

这传闻编得忒不靠谱，听得我们上下十七个师兄弟几欲惊恐落泪。

紫金冠、玄晶甲、皂角靴并轩辕剑正是墨渊出征的一贯装束，七万年来一直供在昆仑虚正厅中供我们做弟子的瞻仰。那娇滴滴的小娘子，我同四哥琢磨了许久，觉得指的大约是不才在下本上神我。

这么个不像样的传闻，却传得八荒众神人人皆知，于是一拨接一拨地前来朝拜。

墨渊他本打算回昆仑虚的第二日便闭关休养，如此，生生将日子往后顺了好几日。

来朝拜的小神仙们全无甚特别，有的被大师兄二师兄带到墨渊跟前说几句话，有的只在前厅喝两口茶，歇歇就走了。只第三日中午来的那个青年有些不同寻常。

这个青年穿一身白袍，长得文文静静，面上瞧着挺和顺。

墨渊见着他时，冷淡神情微怔了一怔。

白袍青年得以觐见墨渊，却并不参拜行礼，只挑了一双桃花眼，道："许久不见上神，上神精神依旧。仲尹此番来昆仑虚，只因昨夜姐姐与我托梦，让我捎句话给上神，我姐姐，"他笑了笑，道，"她说她一个人，孤寂得很。"

我招了近旁七师兄身旁伺候的一个童子过来，令他过去给那白袍的仲尹添一杯茶水。

墨渊没说话，只撑了腮淡淡靠着座旁的扶臂。

折颜瞟了墨渊一眼，朝仲尹和善道："仲尹小弟，你这可是在说笑了，你姐姐少绾女君已灰飞烟灭十来万年了，又怎能托梦与你。"

仲尹和气地弯了弯眼角，道："折颜上神委实错怪仲尹，仲尹果真是来传姐姐的话，没半点旁的意思。我本不愿费这个神，只是见梦中姐姐可怜，有些不忍，今日才负累来昆仑虚走一趟。折颜上神说仲尹的姐姐灰飞烟灭了，是以不能托梦给仲尹。可座上的墨渊上神当初也说是灰飞烟灭了，如今却还能回得来，我姐姐她虽灰飞烟灭，魂都不晓得散在哪里了，托个梦给我，又有何不可呢？"

话毕矮身施了个礼，自出了正厅。

待那叫仲尹的出得正厅，折颜念了句佛。

墨渊从座上下来，没说什么，踱去后院了。我抬脚想跟过去瞧瞧，被折颜拦住了。

二师兄苦着一张脸凑过来："师父就这么走了，若还有仙友来朝拜，该当如何？"

折颜惆怅地望了望天，道："都领去前厅喝茶吧，喝够了送出去便是。唔，茶叶还够不够？"

我算了算，点头道："很够，很够。"

我一向觉得我的师父墨渊，他是个有历史的人。一切都有丁有卯，师父他果然是个有历史的人。但听那白袍仲尹说的这么些只言片语，描绘的，却仿佛是一段血雨腥风的历史。我有些担忧。本着做弟子该尽的孝道，打算将前厅的小神仙招呼完了，便去墨渊的厢房中宽慰宽慰他。

是夜，待我敲开墨渊的房门，他正坐在一张古琴跟前沉思，晕黄的烛光映得他面上神色略显沧桑。我立在门口愣了愣，他一双眼从古琴上头抬起来，淡淡笑道："站在门口做甚，进来吧。"

我默默蹭过去，本意是前来宽慰他，憋了半日，却一句话也没憋出来。话说他的那桩事，我其实一星半点也不明了，但听那白袍青年的说法，躲不过是一段风月伤情。倘若是段风月伤情，若要规劝，一般须拿句什么话做开头来着？

我正想得入神，耳中不意钻进几声零落琴音。墨渊右手搭在琴弦上，随意拨了拨，道："你这个时时走神的毛病真是数万年如一日。"

我摸着鼻子笑了笑，笑罢凑到他近旁，拿捏出亲切开解的口吻："师父，人死不能复生，那仲尹大约也是挂念亲姐，你却别放在心上。"

他微怔了怔，低头复随意拨弄了三两下琴弦，才淡淡道："你今夜过来，只是为的这桩事？"

我点了点头。

琴音缭乱处戛然而止。

他抬头一双眼瞧过来，瞧了我半晌，却问了个毫不相关的问题，他问的是："你对他，可是真心？"

我反应了半天才反应过来他问的是夜华，心中虽觉得在长辈跟前说这个事有些不好意思，但扭扭捏捏却不是我一向的做派，摸了摸鼻子诚实道："真心。十二万分的真心。"

他转开眼去，望着窗外半晌，道："那便好，我便放心了。"

呃，他今夜神色有些古怪，难道，难道是担忧我做女儿家做得不大像样，以致嫁得不好？我想通了这个道理，喜滋滋安抚他："师父不必忧心，夜华他很好，我们两个情投意合，我对他真心，他对我也是一样的。"

他仍没回头，只淡淡道："夜深了，你回房歇着吧。"

自那日后，墨渊难得到正厅来。我那夜跨了大半个庭院去宽慰他，待从他房中出来后才发觉其实并未宽慰到他什么。我有些愧疚。大约这样的事，还须得自个儿看开，旁人终究插不上手的吧。

本以为见不到墨渊，便能浇一浇这些前来朝拜的小神仙的热情，不想他们依旧踊跃得很。且越到后头，来喝茶的神仙们的时辰便拖得越久，喝茶的盅数也日渐增多。四哥估摸这是一股攀比的邪风。正譬如我小时候同他也常攀比谁能在折颜处摘到更多的桃子，喝到更多的酒。于是迫不得已贴了张告示，上头明文告知了来昆仑虚朝拜的神仙们，每人只能领一盅茶喝，且不能添水。可即便如此，来朝贺的小仙仍前仆后继，多得恼人。

我在前厅里头扮茶博士扮了十二日，第十二日的夜里，终于熬不住，将四哥拉到中庭的枣树底下站了站，求他帮我瞒七八炷香的时辰，好让我去凡界走一趟，瞧瞧夜华。

枣树上结的冰糖枣已有拇指大小，果皮却仍青着，不到入口的时节。四哥打下两个来，掂在手中，道："你这么偷偷摸摸的，就为这个事，该不是怕被你师兄们晓得了，笑话你儿女情长吧。"

他也有看走眼的时候。

我这样同我的师兄们全没干系，不过担忧墨渊晓得他胞弟在凡世历劫，势必要去瞅一瞅，凡世浊气重，有碍他仙体恢复。四哥会这么想，大约他觉得女儿家面皮都薄些，即便我已上了岁数，亦不能例外。哪晓得我这一张脸皮竟比他估量的要厚上许多，我有点汗颜。

四哥伸出根手指头来，道："若是允你七八炷香，我今夜便无须睡了。顶多允你一炷香。夜华他不过下个凡尘历个小劫，没甚大不了的，这你也要跟去瞧上一瞧，黏他黏得忒紧了些。"

我不动声色地红了红耳根子。今日这功夫下得不是时候，我竟忘了下午他在回廊上同折颜争了两句口角。但能得一炷香的时辰也令我满足了，谢了四哥放开步子往山门走。

他将手中掂着的两粒枣子投进一旁荷塘，轻飘飘道了句："若过了一炷香你还不回来，莫怪做哥哥的亲自下来提你。"可见四哥他今日赌折颜的气赌得厉害。

昆仑虚星河璀璨，夜色沉沉，凡界却青天白日，碧空万里。我落在一间学塾的外头，隐了行迹，听得书声琅琅飘出来："叔向见韩宣子，宣子忧贫，叔向贺之……"

我循着琅琅的书声往里瞧，一眼便瞧中了坐在最后头一个眉清目秀的孩子。这孩子的一张脸虽在凡人里头算出众得很了，却稍嫌稚嫩，约莫长开了也及不上夜华那张中看，但眉眼间冷淡的神色却搬了夜华十成十。

书声毕，授课的夫子睁眼瞟了瞟手中的课本，道："柳映，你起来与他们解解这段吧。"眉眼冷淡的这个孩子应声而起。我心中一颤。本上神眼色忒好了些，这孩子果然是转世的夜华。我就晓得，他无论转成什么模样我都是认得他的。

他一条一条解得头头是道，夫子捻着一把山羊胡子听得频频嘉许，令我想起十六师兄子阑当年在课堂上的风光。

这事其实是段丢脸的伤心事。当年本上神年少无知，被一众师兄带得不上进惯了，课上墨渊讲学，我觉得没意思，便常与志趣相投的十五师兄丢字条传小话，以此寻乐子。但我们道行浅学艺不精，十回里头有九回都要被墨渊逮住。墨渊他责罚人的法子万古长青，一被逮住，势必是当着众师兄的面背一段冗长的、枯燥的佛理。可怜我连他指定的那些佛理的边边角角是什么都不晓得，更遑论当场诵出来。我踌躇复踌躇，期期艾艾。十六师兄永远是在这时候被提起来，当着我的面流畅背出那段佛理，等闲还能略略将诵的段子解一解。于是乎，凡是有识之士，都立刻能一眼瞧出来我这个不长进的弟子，诚然的确是个不长进的弟子。

十五师兄和我同病相怜，我们觉得子阑实在聪明得讨人嫌，指天指地地发誓，一辈子都不跟这种聪明人相好，还写了封书两两按了手印，埋在昆仑虚中庭的枣树底下，以此见证。

可如今，夜华在学堂上的这副聪明相，我瞧着，却讨人喜欢得很。

我隐在学塾的窗格子外头，直等到他们下学。

两个小书童帮夜华收拾了桌面，簇着他出了门。我也在后头跟着，不晓得如何才能自然地显出身形来凑上去跟他搭个讪。我辗转着，犹豫着，踌躇着。背后嗖嗖两声，我下意识一拂袖子，两颗疾飞而来的小石头立刻拨转方向，咚咚砸在路旁一株老柳树的树干上。

动静引得夜华回头，三四个半大毛孩子唾了声，跑开了。边跑边唱着一首童谣，这童谣一共七句话，道的是："米也贵，油也贵，柳家生了个小残废。前世作孽今世偿，天道轮回没商量。纵然神童识字多，一个残废能如何。"我脑子里轰了一声。抬眼去看夜华的右臂。

天君他奶奶的。夜华是他的亲孙子，他一颗心却也忒毒了些，转个世也不给备副好肉身，夜华右臂的那管袖子，分明……分明是空荡荡的！！

簇着夜华的两个小书童忠心护主，要去追那几个小兔崽子，被止住了。那几个小兔崽子我瞧着眼熟，在脑中过了过才想起是夜华的几个同窗。身为过来人，他们的心思我自然摸得透彻，多半是自己功课不好瞧着夜华却天纵奇才，于是生了嫉妒之心。可嫉妒归嫉妒，默默在一旁不待见便得了，编个这么恶毒的儿歌委实太过。哼，这样不长进的兔崽子，将来吃苦的时候，就晓得当年做这些混账事的糊涂了。

夜华左手拂了拂右臂那管空荡荡的袖子，微皱了皱眉，没说什么，转身继续往前走。我看在眼中，十分心疼，却又不能立刻显出身形，以防吓着他们几个，只能空把一腔心酸生生憋回肚里去。

我从黄昏跟到入夜，却总没找着合宜的时机在夜华跟前显出真身来。那两个小书童时时地地跟着他，跟得我分外火大。夜华他戌时末刻爬上床，两个小书童宽了他的衣裳服侍他睡下，熄灯后立了半盏茶的工夫，终于打着哈欠退下去睡了。

我吁出一口气来，解了隐身的诀，坐在夜华床边，借着窗外的月光，先挨近细细瞧了瞧他，再伸出手来隔着被子将他推醒。他嗯了一声，翻了个身，半坐起来蒙眬道："出什么事了？"待看清坐在他跟前的不是他的书童而是我时，他愣了。他木愣愣呆望着我，半晌，闭上眼睛复躺下去，口中含糊道了句："原来是在做梦。"

我心中一抖，急匆匆再将他摇起来，在他开口之前先截住话头，问他："你认得我？"我心知他必定不认得了，方才那句大约也只是被闹醒了随口一说，可总还揣着一丝念想，强不过要亲口问一问。

他果然道：“不记得。”皱了皱眉，大约瞌睡气终于散光了，顿了半日，道：“我竟不是在做梦？”

我从袖子里掏出颗鸽蛋大小的夜明珠来，好歹借着点亮光，拉过他的手蹭了蹭脸，笑道：“你觉得是在梦里头吗？”

他一张脸，竟渐渐红了。

我大为惊叹。转生后的夜华，竟原来如此害羞吗？

我挨着他坐得更近些，他往后靠了靠，脸又红了红。这样的夜华我从未见过，觉得新鲜得很，又往他跟前坐了坐，他干脆退到墙角了，明明一张白净的面皮已红透了，面上却还强装淡定道：“你是谁，你是怎么进我房中的？”

我想起从前看的一段名戏，讲的是一个叫白秋练的白鲟精爱上一个叫慕蟾宫的少年公子，相思成疾，于是乎深夜相就，成其一段好事。夜华这样，令我起了一丝捉弄之心，掩面忧郁道：“妾本是青丘一名小仙，几日前下界冶游，慕郎君风采，于郎君结念，甚而为郎憔悴，相思成灾，是以特来与郎一夜巫山。”末了再含羞带怯瞟他一眼。这个话虽麻得我身上一阵紧似一阵，但瞟他的那个眼风，我自以为使得很好。

他呆了一呆。半晌，脸色血红，掩着袖子咳了两声道：“可……可我只有十一岁。”

…………

一炷香的时辰很快便过了。转世的夜华比他寻常要有趣很多。看来这个凡世的柳家教养孩子，比九重天上孤零零坐阵的天君教养得法些。我略放宽了心。

我未同他说什么因果前世，他也信了我确然只是一个于偶然间为他的风采倾倒，动了凡心种了情根暗暗思慕上他的小仙。只不过一直纠结于自己不过十一岁而已，是怎么将我这看来已超了豆蔻年华许多的女神仙倾倒了的，且自己还残了只手。

劝服他的这个过程分外艰辛。

我期待他能像一般孩子那么好哄，但他这辈子投生投的是个神童，将要是个才子。才子这等人向来要比一般人更难说动些，于是我只能指天指地发誓做保，时不时还须得配上些柔弱怅然的眼风，低泣两声，这么一通闹腾，才终归使他相信了。

临别时我们彼此换了定情物，我给他的是当初下界帮元贞渡劫时他送的那个珠串。这个珠串能保他平安。我不能常陪着他，他戴上这个珠串也可叫我不那么忧心。他将脖子上套的玉佩取下来，套在我脖子上。我凑到他耳边，不忘将大事再嘱托一遍："万不能娶旁的女子，得空了我便多来看你，等你长大了，我就来嫁给你。"他红着脸镇定地点头应了。

我说得空了便多去瞧瞧夜华。可回到昆仑虚后，却一直没能得出空来。

墨渊终于定下了闭关休养的日子，在七日之后。折颜要为墨渊炼些丹药，令他闭关时带进洞里配着疗养，点了我来帮他打下手。我成天在药房与丹房中徘徊来去，连歇下来喝口茶润嗓子的空闲都没有。赶在九月初二上午，将炼成的丹药装在一个玉瓶中呈给墨渊，让他带进了洞。他入洞前神色恹恹，没同众师兄说什么话，只单问了我一句："夜华他对你好吗？"我诚实答了，他点了点头，入了洞。

墨渊入关后，总算没神仙再来朝拜了。我数了数山上的茶叶，将将喝尽。

十五个师兄一一告辞回自己任上，留下了各自的小童子帮着九师兄照应。我跟着折颜和四哥便也告辞下山。

下山后，我一路飞奔前往凡界。

算来夜华如今已该十七八岁了，凡人就数这个岁数的风华最茂，不晓得六日前才十一岁的小夜华，他在凡世里风华茂起来时，会是个什么模样。

我怀着一颗激动的心，轻飘飘落在柳家大宅前。

可将柳家的地皮一寸一寸翻遍了，也没找着夜华。这一颗激动的心被冷水浇个透心凉。

我失望地出了柳家，寻个僻静处显出身形来，想了想，走到柳府前找了个看门的小仆一问。这一问，才晓得夜华他早几年便登科及第，去这凡世的天子脚底下做官去了。

柳府的小仆眼朝天豪情万丈："我们大少爷是个百年难得一见的神童，天纵奇才啊天纵奇才，十二岁就入了太学，五年前皇帝爷爷开恩科，少爷随便一考就考了个头名的状元，从翰林院编修平步青云，如今已经做成了户部的尚书大人，天纵奇才啊天纵奇才。"

我对夜华做的什么官没兴趣，但晓得他的落脚处在哪里却很欣慰，重抖擞起精神来，捏了个诀闪上云头，朝他们天子的脚底下奔过去。

SHILI TAOHUA

唐七公子

第二十二章 伤情过往

我在尚书府的后花园里寻到了夜华。

我寻着他时，他身着黑缎料的常服，正同一个素服女子把酒看桃花。他坐的那一处，头上一树桃花开得烟烟霞霞。

与他对案的素服女子像是说了句什么，他端起案上酒盅，朝那女子盈盈笑了笑，那女子立刻害羞状低了头。

他这一笑，虽和煦温柔，看在我眼中却十分刺目。

六日不见，他当我的定情物白送了，果然给我惹了乱七八糟的情债吗？我醋意上涌，正待走近去探个究竟，背后突然传来一个声音，“多日不见上神，素锦在此给上神请安了。”

我一愣，转过身来。

这隐身的术法本就只是个障眼法，障得了凡人的眼障不了神仙的眼。我看着跟前一袭长裙扮相朴素的素锦，颇有些不习惯道：“你怎么在此处？”

她一双眼瞧着我，微弯了弯：“君上一人在凡世历劫，素锦担心君上寂寞，特地做了君上心心念念的人放到他身旁陪着，今日西王母办茶会，素锦得了一个帖子，路过此处，便顺道下来瞧瞧素锦做给君上的这个人，她将君上服侍得好不好。”

我滞了滞，转头望向同夜华在一处的那个素服女子。方才没太留神，如今一瞧，那女子果然只是个披了人皮的人偶。我摸出扇子淡淡敷衍了句：“有心了。”

她殷切望着我道：“上神可知素锦是按着谁的模样做的这个人偶吗？”

我偏头细细打量了几眼，没觉得那素服女子一张脸有甚特别。

她眼神缥缈道：“上神可听说过，素素这个名字？”

我心中一颤。素锦这小神仙近日果然大有长进，甫见便能精准地踩到我的痛脚。我怎么会不晓得团子那跳了诛仙台的亲娘，夜华那深爱过的先夫人叫什么名。但自从我察觉自己对夜华的心思后，便仔细打包了有关团子他亲娘的所有八卦，扔进箱子里上三道锁锁了起来，发誓绝不将这箱子打开，省得给自己找不痛快。我并不是夜华他爱上的第一个人，每每想起便遗憾神伤。但天数如此，也无从埋怨。只能叹一叹时运不济，情路多舛。

素锦瞧了瞧我的神色，道："上神无须介怀，如今君上是个凡人，才瞧不出他面前坐的是个人偶，能得一个成全，叫他把心心念念的梦想圆满了。待君上回归正身，即便那人偶长的是素素的脸，依着君上的脾性，又焉能将一个人偶看在眼中。"

她这是在告诉我，如今夜华已将这人偶十分的看在眼中了？

我呵呵笑了两声："你倒不怕夜华他回归正身时，想起你诓他这一段，怪罪于你。"

她神色僵了僵，勉强笑道："素锦不过做出一个人偶来，放到君上府前的街市上，若君上对她无意，两人也只得一个擦肩之缘。但却是君上一眼瞧中了她，将她带回了府中。倘若到时候君上怪罪素锦，素锦也无话可说。"

我胸口一闷，抚着扇子没搭话。

她柔柔一笑，道："可见，若真是将一个人刻进骨子里的喜欢，那即便是喝了幽冥司冥主的忘川水，也还能留得些印象，转回头再爱上这个人的。对了，"她顿一顿，慢悠悠道，"上神可知，君上三百年来，一直在用结魄灯集素素的气泽？"

脑中刹时像拍过一个响锣，震得我不知东南西北，胸中几趟汹涌翻滚。

他，夜华他此前是打算再做一个素素出来吗？

六日前那一夜，我坐在夜华的床边问他认不认得我，他说不认得。六年后，他却将街上一个本该也认不得的女子领回了家中。果真是他爱我不如他当初爱素素深，便识不得我。又或者说……或者说，三道锁锁住的那口箱子轰隆一声打开，或者说只因我蒙上眼时有几分像他那位先夫人，夜华他才渐渐爱上的我？灵台上半分清明不在，脑子乱成一团糨糊，连累得心口也痛了几痛。

可纵然脑子里乱成一团，我钦佩自己仍将上神的架子端得稳妥，从容状道："情爱这个事你参详得不错，果然要如此通透，才能忍着夜华的忽视，还能在他侧妃这个位置上一坐就是两百多年。现今的小辈中，你算是识大体的了，做的这个人偶做得挺细致，让她陪着夜华也好，省了本上神许多功夫。回头夜华若要怪你诓了她，本上神记得帮你说两句好话。"

她一脸的笑凝在面皮上，半日没动弹，良久弯了弯嘴角，道："多谢上神。"

我抬手挥了挥，道："西王母的茶会耽搁了就不好了。"

她低头跪安："那素锦先退下了。"

待素锦走后，我转头瞟一眼，那人偶正同夜华斟酒。桃树上几瓣桃花随风飘下来，散在夜华的发上。那人偶伸出一只白生生的手，轻轻一拂，将花瓣拂下去了。她抬起头来望着夜华羞涩一笑，夜华没说什么，饮了杯酒。我的头乍然痛起来。

四哥时常说我这狐狸脑子里头筋没长全，做事情全随心而行，所幸阿爹阿娘造化好，才叫我没吃多少大亏，但也很丢了些九尾白狐一族的脸。固然我觉得他丢脸丢得比我多过几重山去了，但念着他比我大，我让着他。

如今，我才觉得四哥说的话句句都是道理。我做事情着实随心，又不大动脑子。譬如夜华最初同我表那个白，他说他喜欢我，他说着我便听着，从没想过四海八荒一众的女神仙里头他怎么就偏偏瞧上了我，即便后来我也瞧上了他，两情相悦之时，也没想过去问问他这件要紧事。若他果真是因着团子娘才喜欢的我，我白浅和一个替身、和眼下这个与他斟酒的人偶又有什么分别？虽也晓得同个死人计较显得忒没肚量，但情爱这个事，却实实在在容不得人充大度体面。

心头一把邪火半天浇不下去，我揉着额角，觉得是时候把同夜华的一些事摊出来仔细想想了。遂捏诀上云头，一路迷迷瞪瞪回了青丘。

当晚，我拿出结魄灯来，在夜明珠底下观赏。这盏灯一直存在西海大皇子处助他养气凝神，墨渊醒后被折颜取了回来，一直搁在青丘。在九重天上时，夜华没问起，我便也忘了还。

夜明珠铺开的一片白光底下，结魄灯燃起黄豆大一点灯苗，瞧着无甚稀奇。可谁晓得，这无甚稀奇的一盏灯里头，却盘着一个凡人三百年的气泽。

我越想心头越沉，素锦说的话虽不可全信，却还有天庭中的小仙娥奈奈的话参考，如今我得空来一桩桩一件件盘算过去，夜华他这三百多年来，确然是对团子的亲娘情深似海。他是个长情之人，这似海的一腔深情，磨了三百年都没被磨成飞灰，怎么一见着本上神，他就立刻移情别恋了？

我越想越觉得肝胆里那把邪火烧得旺，连带着肺腑之间攀过一道又一道委屈。我爱夜华是因着他这个人而爱他，譬如他同我的师父长得像，我也没一刻将他当作墨渊过。若我也将他看作墨渊的替身，怕是每次见到他都要恭敬问安，半点亵渎不得。

我既是这样对他，自然希望他也这样对我。倘若他是因我像团子娘，而他对团子娘相思不得，这才退而求其次寻的我。那我白浅委实受不起他这个抬举。

迷谷在外头低声道：“姑姑，需同你抬些酒来吗？”

我沉默应了。

迷谷抬来的酒全是些没存得老熟的新酒，阳刚之气尚未被泥土调和得阴柔，灌进口中，嗓子处便是一股燥辣之意，烧得我发昏的脑袋愈加昏沉。大约迷谷他见我今日回来时有些魂不守舍，便心领神会了，才特地挑出这些烈酒，一得令便搬进我房中。

我喝得眼前的结魄灯由一盏变成了十盏，自觉喝得差不多了，站起来跌跌撞撞去睡觉。蒙蒙眬眬却睡不着，总觉得桌上有个东西亮亮的，刺得人眼睛晃，难怪总睡不着。我坐在床沿上眯着眼睛去看，依稀是盏灯。哦，大约是那盏结……结什么玩意儿的灯来着?

我想了半天没想起来。

那灯明晃晃亮得人心头发紧，我身子软着爬不起来，便隔着七八步去吹桌上的灯，吹了半晌没吹熄，想用术法将它弄熄，却一时想不起熄灯的术法是哪一个。我暗叹一声倒霉，干脆随便捏了个诀朝那结什么玩意儿的灯一比。哐当一声，那灯似乎碎了。也好，灯上的火苗总算熄了。

这么一通折腾，天上地下全开始转圈，我立刻倒在床上睡死过去。

这一睡，我睡了两天，睡得想起了许多往事。

原来五百多年前，擎苍破出东皇钟，我费力将他重新锁进去后，并没同阿爹阿娘他们说的那般，在狐狸洞里安详地睡了两百一十二年，而是被擎苍种了封印，落在了东荒俊疾山上。

什么素素什么团子娘什么跳诛仙台的凡人，那根本统统都是彼时无能又无知的本上神老子我。

我还奇怪飞升上神的这个劫怎的如此好历，不过同擎苍打了一架，短短睡了两百一十二年，便在睡梦中位列上神了。三百年前从狐狸洞中醒过来，我目瞪口呆瞧着自己从银光闪闪变成金光闪闪的元神，还以为是老天做给我一个人情，感激地觉得这个老天爷他是个仁慈的老天爷。

殊不知，同擎苍打那一架不过是个引子，我飞升上神历的这个正经劫，却是一个情劫。我赔进一颗真心不说，还赔了一双眼睛。若不是擎苍当初将我的仙元封印了，跳诛仙台时还得赔进去一身修为。老天办事情半点不含糊，仁慈仁慈，他仁慈个鬼。

我总算明白过来夜华他在青丘时为何常做出一副欲言又止的模样；明白过来凡界住客栈那夜，蒙蒙昽昽的一句“我既望着你记起，又望着你永不再记起”并不是我睡迷糊了幻听，一切都有丁有卯，是夜华他当年冤枉了我，他觉得对不住我。

他怕是永不能晓得我当初为何要给团子起名叫阿离，永不能晓得我为何要跳诛仙台。

旧事纷至沓来，三百年前那三年的痛却像就痛在昨天，什么大义什么道理，什么为了维护我这一介凡人的周全而不得不为的不得为之，此时我全不想管，也没那个心思来管。我从这一场睡梦中醒来，只记得那三年，宿在一揽芳华中的一个个孤寂的夜，一点点被磨尽的卑微的希望。这情绪一面倒向我、扑过来，我觉得无尽苍凉伤感。那三年，本上神活得何其窝囊，何其悲情。

我觉得如今我这个心境，要在十月同夜华成亲，有些难。我晓得自己仍爱他。三百年前我就被他迷得晕头转向，三百年后又被他迷得晕头转向，可见是场冤孽。爱他这个事我管不住自己的心，可想起三百年前的旧事，心中却芥蒂难消。我不能原谅他。

迷谷打水送进来供我洗漱，看了我一会儿，道：“姑姑，可要我再去抬些酒来？”

我伸手抹了把脸，才发现满手的水泽。

迷谷果然抬了酒进来。上一顿我喝了七八坛，以为将四哥存的全喝光了。迷谷却还能抬进来这么五六坛，可见他那几间茅棚中私藏了不少。

我每喝便醉，醉了便睡，睡醒又喝，再醉再睡，单调过了三四日。第五日傍晚醒过来，迷谷在我房中坐着，敛眉顺目道：“姑姑着紧身子些，窖中已无酒可搬了。”

迷谷多虑，我身子没什么可操心，终归只是没力气些，没像凤九那般不中用，伤个情喝个小酒喝得差点将黄胆吐出来。且经过这一番历练，大约酒量还能增进不少。

没了烈酒的滋润，我的灵台得以恢复半扇清明。这半扇清明里头，叫我想起件无论如何也不能忘的大事。我那一双长在素锦眼眶子里头的眼睛，须得寻个时日讨回来。

那时我历情劫，被素锦她趁火打劫夺了眼睛。如今我的劫既已经历完了，那双眼睛放在她眼眶子里头也终归不大妥当，她自己想必养着我的眼睛也不自在。

择日不如撞日，我唤出昆仑扇来，对着镜子略整了整妆容。唔，脸色看起来不大好。为了不丢青丘的面子，翻出一盒胭脂来仔细在脸上匀了匀。

我容光焕发地上得九重天，捏个诀轻易避过南天门的天兵天将，一路畅通无阻直达洗梧宫中素锦住的畅和殿。

典范她真会享福，正靠在一张贵妃榻上慢悠悠闭目养神。

我显出身形来，方进殿的一个侍茶小仙娥惊得呀一声叫唤。典范刷地睁开眼，见着是我，一怔，嘴上道："上神驾到，素锦不胜惶恐。"翻身下榻的动作却慢悠悠的，稳当当的，果然不胜惶恐。

我在一旁坐了。她拿捏出个大方的笑容来，道："素锦揣摩上神圣意，大约是来问君上的近况。若说起君上来，"顿了一顿，将那十分大方的笑做得十二分大方，"凡世的那个素素，同君上处得很好，也将君上他照看得很好。"

笑意衬得她面上那双眼睛盈盈流光，我抚着扇面做出个从容的模样来，道："如此这般，自然最好。夜华这厢托你的照拂令我放了心，是以今日，我便想着也来关怀关怀你。"

她疑惑地看我一眼。

我端庄一笑："素锦，本上神的眼睛你用了三百年，用得好不好？"

她猛一抬头，脸上的血色由润红至桃粉，再由桃粉至惨白，瞬间换了三个色，有趣。她颤着嗓子道："你……你方才说什么？"

我展开扇子笑道："三百年前本上神历情劫，丢了双眼睛在你这里，今日掂起这桩事，便特地过来取。你看，是你自己动手还是由本上神亲自动手？"

她往后退了两步，撞在身后贵妃榻的扶臂上，却没觉着似的，嘴唇哆嗦道："你是……你是素素？"

我不耐烦地摊开扇面："到底是由你亲自剜还是本上神帮你剜？"

她眼睛里全无神采，手紧紧绞着衣袖，张了几次口，却一句完整的话也没说出来。好半天，似哭似笑道："那个女人……那个女人她明明只是个凡人，怎么会是你，她明明只是个凡人。"

我端过桌案上一杯热气腾腾的浓茶，奇道："一个凡人怎么，一个上神又怎么？只因我三百年前化的是个凡人，窝囊了些，你这个小神仙便能来夺我的眼睛，诓我跳诛仙台了吗？"

她腿一软，歪了下去。“我……我”地我了半天没我出个所以然来。

我挨过去将手抚上她的眼眶子，软语道：“近日本上神人逢喜事，多喝了几坛子酒，手有些抖，大约比你自个儿动手痛些，你多担待。”

我手尚没下去，她已惊恐尖叫。我随手打出一道仙障，隔在畅和殿前，保准那些小童子小宫娥即便听到她这个声儿也过不来。

她瞳色散乱，两只手死死抓住我的手，道：“你不能……你不能……”

我好笑地拍了拍她的脸：“三百年前你就爱扮柔弱，我时时见你你都分外柔弱，就不能让本上神开开眼，看看你不柔弱时是个什么模样吗？夜华剜我的眼时说欠人的终归要还，当初你自己的眼睛是怎么没的，我们两个心知肚明。我的眼睛是怎么放到你眼眶子里去的，我们两个也心知肚明。你倒说说，我为什么不能拿回自己的眼睛，难道我那一双眼睛在你眼眶子里搁了三百年，就成你自己的东西了？”

话毕，手上利索一动。她惨号了一声。我靠近她耳畔：“三百年前那桩事，天君他悄悄儿办了，今日这桩事，我便也悄悄儿办了。当初你欠我的共两件，一件是眼睛，另一件是诛仙台。眼睛的债今日我便算你偿了。诛仙台的债，要么你也正经从那台子上跳下去一回，要么你跟天君说说，以你这微薄的仙力去守若水之滨囚着擎苍的东皇钟，永生永世再不上天。”

她身子一抽一抽，想是痛得紧了。此种痛我也历过，且彼时我是个凡人，自然比她还要痛些。她痛得气都抽不过来，却硬逼着蹦了三个字：“我……绝不……”

不错，总算没再同我扮柔弱，勉强硬气了一回。我抬高她满是血污的一张脸，笑了两声：“哦？那你是想让本上神亲自去同天君说。但我这个人一向此时说一套，换个时辰说的又是另一套。若是我去同天君提说，就不晓得那时候说的还会不会是此时口中这一套了。”

手底下她的身体僵了僵，继而痛苦地蜷成一团。我心中念了句佛，善恶果报，天道轮回。

毕方又出走了，四哥又去寻他了。十里桃林中，只得折颜一个。

当我将手上一双血淋淋的眼睛递给折颜时，他甚惊诧，对着日光端详了半日，道：“这眼睛逾三百年竟还能寻得回来，是个奇事。”又道，“你喝了我给的药，如今却又记起了那一段伤情的前程过往，也是个奇事。”

这双眼睛从一尊仙体上脱下来不能超过七七四十九日，否则只能作废了。

折颜觉得稀奇，大约他以为当初我那眼睛丢了便是丢了，没想到却安在了别人脸上，以至于今日将这眼睛要回来，还能重新安回我的眼眶子。

我勉强笑了笑。

他瞟了一眼我面上神色，心领神会我不愿谈论当初的过往，便只善解人意地咳了两声，没再多问。

折颜说他需花些时日来除这眼睛上的一些浊气，除尽了再与我换眼。我欣然允之，顺便从他后山中扛了几缸子酒，腾上云头回了青丘。

如此又是几日醉生梦死。我嘱咐迷谷帮我留意着九重天上太子侧妃的动向，且近日青丘闭谷，我谁也不见。

折颜酿的酒，其段数果然不知比迷谷私藏的高过几重山，昨日竟醉得吐了胆汁，头也疼得几欲拿把剑沿着额角从左到右穿过去。但这么着挺好，一闭眼就天旋地转的，再没什么空闲去想旁的事了。

迷谷劝我缓一缓，好歹闲个一两日莫再酗酒，多加保重。

可此次与我以往伤情都十分不同，一日不醉便无法成眠。

我醉得狠了便什么也不晓得，但醉得不狠时，隐约记得迷谷常来同我说说话。他说了许多话，大多是无关紧要之事。有两桩我记得清楚些，一桩是九重天上我着他多留意的那位太子侧妃不晓得受了什么刺激，终于悟了，向天君呈了书，甘愿脱出天族仙籍，到若水之滨一面修行一面守东皇钟。天君感念其善德，准了。一桩是下凡世历劫的太子夜华，本应喝了忘川水什么都记不得的，却笃信鬼神，穷其一生追寻青丘仙境，虽官至宰相然终身未娶，二十七岁郁郁病卒，遗言命家仆将尸首烧成一团灰，和着贴身带的一个珠串合葬。

我不晓得迷谷说这桩事时我是不是洒了两滴泪。若我当真洒了这么两滴泪，又是为什么洒的呢？我喝得多了，脑子转不快，想不大明白。

也不晓得过了几日，迷谷急匆匆踏进狐狸洞，来传话给我。说九重天上的太子殿下夜华君，已在青丘谷口等了七日，想要见我。

迷谷说他守着我这个做姑姑的下给他的令，不敢放任何人进来，即便是夜华他也不敢放进来。但七日已过，夜华没有半分要走的迹象，他做不得主，只好进来通传我，看看我的意思。

我几天没转的脑子终于转起来。

哦，夜华他在凡世时二十七岁便病卒了，两把黄土一埋，自然要回归正位。

不晓得怎么，心中突然一阵痛似一阵。我压着心口顺了桌腿软下去，迷谷要来扶，我没让他扶。

靠着桌腿望了一会儿房梁。我想见见夜华。

我想问问他三百年前，果然是因素锦背叛他嫁给了天君，他伤情伤得狠了，才一狠之下娶了化作个凡人的我？

他可是真心爱上我？他在天宫冷落我的那三年，可是为了我好？他爱着我的时候，是不是还爱着素锦？倘若是爱着的，那爱有多深？若我不是被诓着跳下了诛仙台，他是不是就会心甘情愿娶了素锦？他如今对我这样深情的模样，是否全因了心中三百年前的悔恨？

越想越不能继续想下去。我用手捂住眼睛，水泽大片大片从指缝中漫出去。若他说是呢？他全部都说是呢？

我不晓得自己会不会动手杀了他。

迷谷在一旁担忧道："姑姑，是见，还是不见呢？"

我长吸一口气，道："不见。跟他说，让他再不要到青丘来了。我明日便去找天君退婚。"

良久，迷谷回来，在一旁默了一会儿，道："太子殿下他，脸色十分不好。他在谷口站的这七日，一步也没挪过地方。"

我瞟了他一眼，灌了口酒，没搭话。

他磨磨蹭蹭道："太子殿下他托我带句话给姑姑你。他想问问你，你当初说，若他在凡界惹了桃花，便将他绑回青丘来锁着。纵然他在凡界除开捡了个同你做凡人时一般模样的侍女回家，伺候他病中的母亲外，半朵桃花也没招惹过，你当初许给他的这句话，却还算不算数？"

我一个酒坛子摔出去，失声道："不算数，什么鬼话统统不算数，滚，你让他滚，我半点都不想看到他。"

我心中却悲哀地晓得，自己不是不想见到他。只是心中梗着这一个结，不知道如何来见他。

第二日我并未上九重天去退婚。只觉得先姑且拖着吧，等哪日有心情再去。但短期内，怕是难得会有这个心情了。

第三日，第四日，第五日，迷谷说夜华他仍在谷口立着，没挪一步地方。我同他说，若他再提起夜华这个名字，便将他打回原形再去当个万儿八千年的迷谷树，他才终于住了口。

我已不怎么再喝酒。因自从晓得夜华在青丘外头立着时，我喝酒每每越喝越清醒，越清醒越伤情，越伤情越不能入睡。

屋漏偏逢连夜雨，这个我精神头忒不济的当口，一日清晨醒来，却感知到五百年前加诸在东皇钟上封印擎苍的那几成仙力，有大波动。

心中突突跳了几跳。果真多事之秋，近日的事多得前仆后继，半点不辜负“最烦恼是秋时”这个名号。大约，前鬼君擎苍他又一轮功德圆满，要破出东皇钟了。

我匆匆洗了把脸，着迷谷赶紧去十里桃林给折颜传个话，让他来帮我一把。

五百年前擎苍头一回破出东皇钟时，我勉强能拦住他将他重锁回钟里。但一场架打得东皇钟破损不少，我不得已只得耗五成修为将它补好。如今身上还剩的这些修为，笼统一算，蛮攻也罢，智取也罢，倘若还有几分自知之明，便该晓得无论如何也战不过他。

但擎苍不是个善主，被关了这么些年，保不准破钟而出后狂性大发，要重启这八荒神器之首灭噬诸天，将八荒四海并三千大千世界一应烧成惨白灰烬。

想到此处，方才睡梦中仍扰着我的风月烦恼事再不算什么烦恼事。我捞了昆仑扇，闪身纵上云头，急急朝若水奔去。打算在折颜赶来之前，先勉力撑一撑，万不能由着擎苍将东皇钟开启了。

我早晓得会在谷口处遇到夜华。他一直在谷口等着，若我出青丘，势必遇得到他。我闭了闭眼，假装无动于衷从他身边擦过，被他一手握住了袖子。他一张脸白得吓人，神情憔悴且疲惫。

这个要紧工夫哪里容得同他虚耗，我转过头一扇子斩断被他拉着的那半管袖子。刺啦一声，他愣了愣，喉咙里沙哑地滚出两个字：“浅……浅。”

我没搭理，转身继续朝若水奔。眼风里虚虚一瞟，他亦腾了云，在后头跟着。

多年以后，我常常想，那时候，那时候哪怕我就同他说上一句好话呢，哪怕就一句呢。可我只是冷冷瞟了他一眼。我一句话都没有说。

若水下视茫茫，一派滔天白浪，上空压着沉沉的黑云，高塔似的一座东皇钟矗在若水之滨，摇晃间带得一方土地轰隆鼓动。本应守着东皇钟的素锦不见踪影，估计见着这阵仗心中害怕，找个地方躲了。

半空的云层中见得若水之野土地神的半颗脑袋。五百年前我同这土地有过一面之缘。他在云缝中甚担忧地望着躁动的东皇钟，转头一瞟，见着我同夜华，赶紧拜上来惶恐道："姑姑仙驾，若水神君已去天上搬救兵了，令小仙在此候着。此次擎苍的这股怒气尤其不同，若水下的神君府都震了几震，小仙的土地庙也……"他自絮絮说着，忽地钟身闪过巨大白光，白光中隐隐现出一个人影来。

我暗道不好，正欲冲下云头，身形却忽地一滞。

夜华他在背后使了个绊子，趁我不留神给我下了定身咒，且电光火石间还祭出个法器来捆住了我双脚双手。我动弹不得，眼看着擎苍快要从钟里出来了，急声道："你放开我。"

他没搭理，将我一把推给若水土地，轻飘飘道了句："照看好她，无论发生什么也别让她从云头上跌下来。"话毕左手一翻，现出一柄寒光泠泠的宝剑。

我眼见他持着这柄宝剑，迎风按下云头，直逼东皇钟带出的那片银光，只觉得天都塌了。张了几次口，全说不出话来，泠泠风扫得我一双眼生疼。夜华逼近那片银光之时，我听得自己绝望道："土地，你放开我，你想个法子放开我，夜华他这是送死，他身上的那点修为，这是在送死啊！"

土地喃喃回应了些什么，大约是说这法器自有窍门，他解不开，这定身咒也定得古怪，他仍解不开。

求人不得只能自救，我凝气欲将元神从体中提出，却不想那法器不只锁神仙的肉身，也锁元神，我这一番拼死的挣扎全是无用。泪眼模糊中东皇钟钟身四周的银光已渐渐散去，夜华同擎苍斗法带出的电闪雷鸣直达上天。土地在我们身旁做出一个小小的仙障来，以防我被这些戾气伤着。

夜华他用来绑我的这个法器是个厉害法器，我大汗淋漓冲破了定身咒，却怎么也挣脱不开这个法器。

天昏地暗间，土地在我耳旁道："姑姑，此处仍有些危险，小仙这仙障也不知能撑住几时，要不挪挪地方吧。"

我听得自己的声音飘忽道："你走吧，我在这里陪着夜华。"

我此时虽被捆着，是个废物，于夜华他没有一丝用处，即便如此，我也想陪着他，看着他。

我从未见过夜华拿剑的模样，没想到他拿剑是这个模样。

传闻夜华的剑术了得，他手中剑名青冥，那些仰慕他的小神仙称青冥既出，九州失色。我初听得这个说法，觉得大约是他们小一辈的浮夸。今日见着青冥剑翻飞缭绕的剑花，九州失色诚然有些浮夸，但那光华却着实令人眼花缭乱，一动一静之间带出的雷霆之气，将我的眼晃得一阵狠似一阵。

他二人打得难分难解，我站得太高，不大能留意谁占了上风。但我晓得夜华他定然撑不了多久。我只盼着他能撑到折颜来，哪怕撑得他爷爷派的一干不中用的天兵天将来也好。

若水之滨飞沙走石，黄土漫天。忽听得擎苍长笑三声，笑毕长咳了一阵，缓缓道："今日败给你，我不服。若不是五百年前的大伤尚未养好，今日出钟又折了许多力气，我绝无可能败给你这黄毛小儿。"

那一派浓浓的烟尘渐散开，夜华以剑支地，单膝半跪在地上，道："终究你是败了。"

我悬着的一颗心总算放了下去，颤抖着与土地道："下方没什么了，你快将我放到地上去……"

土地手忙脚乱解仙障之时，东皇钟爆出一片血色红光。我灵台中半分清明不剩，擎苍不是败了吗？他既败了，那东皇钟缘何还能开启？

夜华亦猛抬头，沉声道："你在这钟上动了什么手脚？"

擎苍躺在尘土之上，微弱道："你想晓得，为何我动也没动东皇钟，它却仍能开启？哈哈，我不过用了七万年的时间，费了一番心思，将我的命同它连在一起罢了。若我死了，这东皇钟便会自发开启。看来我是要死了，不晓得与我陪葬的，是小子你，还是八荒的众仙……"

他话尚未说完，我眼睁睁见着夜华扑进那一团红莲业火。

是谁撕心裂肺的一声尖叫："不！"

不……不能？抑或是不要、不许？东皇钟开启了又怎么，八荒众神都被焚尽又怎么，终归我们两个是在一处的，烧成灰也是堆成一堆的灰，你怎么……你怎么能丢下我一个人？

夜华他扑进东皇钟燃出的红莲业火时，锁住我手脚的那一件法器忽然松了。是啊，若法器的主人修为散尽了，这法器自然再捆不住人了。

红莲的业火将半边天际灼得血红，若水之滨一派鬼气森森，我拼出全身修为祭出昆仑扇朝东皇钟撞去。钟体晃了一晃。在那红光之中，我寻不见夜华的身影。

仿若从地底传来的恶鬼噬魂声，那声音渐渐汇集，像是千军万马扬蹄而来，哐——东皇钟的悲鸣。

红光闪了几闪，灭了。一个黑色的身影从东皇钟顶跌落下来。

我踉跄过去接住他。退了两退，跌在地上。他一张惨白的脸，嘴角溢出丝丝的血痕，靠在我的臂弯中，眼中深沉的黑。一身玄色的长袍已被鲜血浸得透湿，却因着那颜色，并看不出他浑身是血。

折颜说："我一向觉得夜华总穿玄色十分奇怪，那次同他喝酒时便问了一问，我本以为他是极喜欢这个颜色的，他端着酒杯半天，却同我开玩笑道，这个颜色不大好看，但很实用，譬如你哪天被人砍了一刀，血浸出来，也看不出那是一摊血，只以为你撞翻了水罐子，将水洒在身上了。看不出来你受伤，你着紧的人自然便不会忧心了，你的仇人自然也不能因砍到了你而痛快了。"折颜告诉我这番话的时候，我也欣慰夜华这闷葫芦终于学会说玩笑话了。可到今日我才知道，他说的全是正经的。

三百年前，当我化成懵懂无知的素素时，自以为爱他爱得深入骨髓；待我失了记忆，只是青丘的白浅，当他自发贴上来说爱我，渐渐地令我对他也情动时，也以为这便是爱得真心了。

我不能原谅他当年不分青红皂白剜了我的眼睛，逼得我跳下了诛仙台；不能原谅如今他口口声声说爱我，不过是因着他当年欠了我的债，觉得愧疚；不能原谅他自始至终，从不懂我。说到底，我白浅活了这么一大把年纪，到头来，在情之一字上，却自私得毫无道理，半点沙子也容不得。可我前世今生接连两次栽到他的身上，两回深深动情都是因的他，如今想来，我也未必曾懂得他。

譬如他为什么总穿这一身玄袍。原来不是因为喜欢这个颜色，原来是为了不叫着紧的人忧心，不在仇人跟前示弱。我忘了，他一向是个打落牙齿和血吞的人。

七万年前，墨渊用元神生祭东皇钟时，口中吐的血，比他现在嘴角溢出的这几丝血痕，岂是多了百倍。他的修为远比不上那时的墨渊，那本应吐出的百倍的血，哪里去了？

我低下头猛地咬住他的嘴唇，全顾不得他身体那微微的一震，只管用舌头顶开他的齿关，用力探进他口中，能感到一股腥热的东西沿着我同他两口胶合的缝隙蜿蜒淌下，他一双眼睛黑得越发深沉。

我同夜华，在我是白浅的这一世里，相爱不过九重天上的个把月，最亲密的，不过那几夜。

他一把推开我，咳得十分厉害，大口大口咳出的血刺得我的眼睛狠狠花了一花。推我那一把想是已使尽了他最后的力，他就那么歪在地上，胸膛不停地起伏，却动弹不得。

我爬过去将他重新抱住："你又打算把它们全吞到肚子里？你现在才多大的年纪，即便软弱些，我也没什么可失望的。"

他好容易平复了咳嗽，想抬起手来，却终归没抬上来，明明连说话都吃力，却还是装得一副从容样子，淡淡道："我没什么，这样的伤，并不碍事。你……你别哭。"

我两只手都抱着他，没法腾出手来抹脸，只瞧着他的眼睛："用元神祭了东皇钟的，除了墨渊，我还没见到有谁逃过了灰飞烟灭的命运，便是墨渊，也足足睡了七万年。夜华，你骗不了我的，你要死了，对不对？"

他身子一僵，闭上眼睛，道："我听说墨渊醒了，你同墨渊好好在一起，他会照顾好你，会比我做得更好，我很放心。你忘了我吧。"

我怔怔望着他。

那一刹那仿如亘古一般绵长，他猛地睁眼，喘着气道："我死也不可能说出那样的话，我一生只爱你一个人，浅浅，你永远不能忘了我，若你胆敢忘了我，若你胆敢……"声音却慢慢沉了下去，复又低低响起："我又能怎样呢？"

我靠近他耳边道："你不能死，夜华，你再撑一撑，我带你去找墨渊，他会有办法的。"他的身子却慢慢沉了下去。

我靠近他的耳边大吼："你若敢死，我立刻去找折颜要药水，把你忘得干干净净，一点也不剩。我会和墨渊、折颜还有四哥一起，过得很好很好，永远也不会再想起你。"

他的身子一颤，半晌，扯出一个笑来，他说："那样也好。"

他在这世上，留给我的最后一句话是，那样也好。

第二十三章 三生三世

我坐在凡世一座楼子里听戏。夜华他离我而去已三年整。

三年前，若水一战，擎苍身死，夜华以元神祭东皇钟，魂飞魄散。玉清昆仑扇承了我半生仙力，向东皇钟那重重一撞，引得东皇钟悲鸣七日。

折颜说，他赶到时，夜华已气绝多时，我浑身是血，披头散发抱他坐在东皇钟底下，身周筑起一道厚厚的仙障，谁也靠近不得。东皇钟七日悲鸣，引得八荒众神齐聚若水。天君派了座下十四个仙伯来取夜华遗体，十四个仙伯在外头祭出鸣雷闪电连劈了七天七夜，也没将那道仙障劈出个缝来。

折颜道，我以为你要抱着夜华在若水之滨坐上一辈子，幸亏东皇钟钟声传得远，扰了墨渊的清修，第八日上头，将墨渊引来了。

他说的那些我全记不得。那时，我只觉得夜华他死了，我便也死了。其实抱着他在若水之滨坐上一辈子也不错。纵然他再也不能睁开眼睛，再也不能勾起嘴角淡淡地笑，再也不能靠在我耳旁沉沉唤我的名字，再也不能……可至少我能看着他的脸，我晓得他在我身旁。

折颜说墨渊是在第八日上头赶来的。他什么时候来的我不清楚，朦胧中大约有个印象，那时我坐在东皇钟底下脑中空空，前尘后事全不晓得，恍一睁眼却见着墨渊他立在仙障之外，皱眉瞧着我。

我一颗干成枯叶的心稍有些知觉，才反应过来自己仍活着，夜华生祭了元神散了魂魄，夜华他死了。我见着墨渊他就在近处，觉得墨渊他大约能有办法救一救夜华，他当年也是历了东皇钟这个劫的，最后仍回来了。我觉得只要能救得了夜华，只要能让他再开口叫我一声浅浅，莫说七万年，七十万年我也能等得心甘。

我撤了仙障，本想抱着夜华跪到墨渊身边求他救一救，真要起来时却全身无力。墨渊疾走两步过来，检视了半日，叹了口气沉重道："置一副棺木，让夜华他走得好些吧。"

墨渊重回了昆仑虚，我将夜华带回了青丘，十四个仙伯亦步亦趋地跟着。我觉得夜华他是我的，我不能交给任何人。一串仙伯在谷口候了半月，无功而返，回九重天同天君复命。

第二日，夜华他一双爹娘便驾临了青丘。

他那面上温婉又乖顺的亲娘气得浑身发抖，湿透的绣帕一面揩拭眼角一面道："我今日始知你原来就是当年那个凡人素素，我儿夜华却是造了什么孽，前后两次都栽在你身上。你做素素时他巴心巴肝为你，为了你甚而打算放弃太子位。你同昭仁公主之间的债，天君当年判你还她的眼睛，判你产下阿离后受三月雷劈之刑，你不过失了一双眼睛罢了，我儿却也代你受了雷刑，你便要死要活地去跳诛仙台。好，你跳了，我儿夜华他也随着你跳了。这是你飞升上神的一个劫，夜华他呢，诛仙台那一跳，整整睡了六十多年。如今三百年后，又因着你，因着你灰飞烟灭。我儿他，他这一生自遇见你便没一时快活。他为你做了这么多，你又为他做了什么？你什么也没做，却心安理得霸着他。如今他已死了，你连他的尸首也要霸着吗？我只问你，我只问你一句，你凭什么？"

我嗓子发涩，往后踉跄了两步，迷谷一把扶住我。

夜华他爹在一旁道："够了。"又转身与我道："小儿诛杀鬼君擎苍，以元神阻挡东皇钟灭噬诸天，乃是为天地大道而死，天君已有封彰。乐胥之言皆为妇人之见，上神不必放在心上。然小儿的尸首，上神确该归还。上神虽与小儿有过一纸婚约，终未大婚，占着小儿的尸首，于情于理，有些不合。小儿生前位列天族太子，天庭有不可废的方圆规矩，小儿此种，理当葬在第三十六天的无妄海中，还请上神成全则个。"

夜华被带回九重天那日，是个阴天，略有小风。

我亲遍了他的眉毛眼睛脸颊鼻梁，移向他的嘴唇时，心中存了极荒唐卑微的念头，希望他能醒来，能抵着我的额头告诉我："我不过同你开个玩笑。"可终归是我的痴念妄想。

夜华被他爹娘放进一副冰棺里头，当着我的面，抬出了青丘。我只留下了他一套染血的玄袍。

此前折颜送了棵桃树给我。我将它栽到了狐狸洞口，日日浇水添肥，不日这桃树便长得枝枝杈杈。桃树开出第一朵花那日，我将夜华留下的玄袍收敛入棺，埋在这桃树底下，做了个衣冠冢，不晓得待这棵桃树繁花满枝时，它会是个什么模样。

迷谷说："姑姑，您还记得您有个儿子吗，要将小殿下接回青丘吗？"

我摇了摇手。我自然记得我有个儿子，我给他起名叫阿离。但眼下我连自己都不大有工夫照顾，更遑论阿离。他在天上会被照顾得很好。

夜华被他爹娘带走后，我在桃树下枯坐了半月，整日里浑浑噩噩，眼前常出现他的幻影。皆是一身玄袍，头发柔柔散下来，发尾处拿根帛带绑了。或靠在我膝头翻书，或坐在我对面摆一张几作画，水君布雨时，还会将我揉在怀中，帮我遮雨。枯坐在桃树下的这半月，我觉得夜华他时时伴着我，我很满足。

我觉得心满意足，折颜、四哥连带迷谷、毕方四个却仿佛并不那么心满意足。第十六日夜里，四哥终于忍无可忍将我提进了狐狸洞，放到水镜跟前一照，敛着怒气道："你看看你都成了个什么样子，夜华死了你就活不下去了吗？"

四哥说得不错，我觉得我是活不下去了。可我不晓得是不是我灰飞烟灭了，就一定能找到夜华。灰飞烟灭这档事，总觉得大约是什么都不剩，一概回归尘土了。倘若我灰飞烟灭了，说不定就记不得夜华了，那还是不要灰飞烟灭的好，如今我还能时时看到他在我跟前对着我笑，这样挺好。

水镜里头的女神仙面色惨白，形容憔悴，双眼缚着厚厚的白绫，那白绫上还沾了几片枯叶。这个白绫长得同我日常缚的那一条不大一样。脑子慢吞吞转一圈。哦，月前折颜将我捉去换了眼，这个白绫是他制的上了药水的白绫，是以同阿爹为我做的不一样些。

四哥叹了口气，沉重道："醒醒吧，你也活到这么大岁数了，生离死别的，还看不开吗？"

也不是看不开，只是不晓得该怎么去看开。如果我晓得该怎么做，兴许就能看得开了。那夜喝醉打碎结魄灯，令我想起三百年前那桩往事时，不晓得怎么，全记不得夜华的好，排在眼前的全是他的不好。如今，夜华去后，却全想不起他的不好，脑中一日日闪的，全是他的好。我从前骂离镜骂得振振有词，说他这一生都在追求未得到的东西，一旦占有便再不会珍惜。我何尝不是如此。

长河月圆，夜深人寂。无事可做，只能睡觉。

我原本没想着能梦到夜华，这个梦里，我却梦到了他。

他靠在一张书案后头批阅公文，半晌，将一干文书归在一旁，微蹙眉喝了口茶，茶杯搁下时抬头盈盈笑道："浅浅，过来，跟我说说昨日又看了什么戏文话本。”

我沉在这个梦里不愿醒来。这真是老天爷赐的恩德。我枯坐在桃树下时，那些幻影从不曾同我说话，梦中的这个夜华，却同活着时没两样，不仅能同我散散步下下棋，还能同我说说话。

自此之后，我日日都能梦到他。我觉得睡觉真是个好活动。

其实换个角度来想一想，也就释然了。他们凡界有个庄周梦蝶的典故，说一个叫庄周的凡人做梦变作了只蝴蝶，翩翩起舞十分快乐。片刻后醒过来，却发现自己仍是凡人庄周。不晓得是庄周发梦变作蝴蝶，还是蝴蝶发梦变作了庄周。从前我实实在在地过日子，把梦境当作空幻。如今这样令我十分痛苦。那不如掉个个儿，把梦境当作真的来过日子，把现实全当作空幻。人生依然一样没差，不过换种过日子的方法而已，却能令我快乐满足。这也是一种看开吧。

折颜同四哥见我气色渐好，只是日渐嗜睡而已，便不再常看着我，大约他们已多多少少放下了心。

九重天没传来立新太子的消息，只听说昭仁公主素锦被永除仙籍了。因东皇钟异动时，她身为守钟仙娥，却未能恪尽职守，及时上报天庭。她身在其职却不能行其责，间接害得太子夜华与擎苍一战孤立无援，终以自身元神生祭东皇钟，魂飞魄散。天君痛失长孙，震怒非常，当即将她贬下了九重天，列入六道轮回，要经百世情劫。

我觉得天君对素锦这一罚罚得有些过了，大约是迁怒。但这些事终与我无干，便也只是当个闲闻来听听。

掉个角儿来走这条人生路，我走得很好。在这个人生里头，我相信夜华是活着的。

当初做给他的那个衣冠冢成了我最不愿见到的东西。因它时时提醒我，这一切都是你虚构出来的，夜华死了，他死了。我觉得那个地方是个极恐怖的地方，又狠不下心差迷谷将那衣冠冢掀了。便在狐狸洞中另开了一个洞口。

四哥得空时常带我去凡界逛一逛，聊以遣我的怀，顺便遣他的怀。游山时他会说：“你看这高耸入云的大山，站在山顶一看，这世间一切渺小如斯，不会令你心胸瞬时博大起来吗？不会令你觉得小儿女情伤不过是天边的浮云，一挥手便可抹去吗？”游水时他会说：“你看这飞流直下的瀑布，奔腾入河川，不舍昼夜，且从不回头。你看了这个瀑布，不会觉得人生亦是如此，不能回头，总是要向前看的吗？”游集市时他会说：“你看这蝼蚁一般的凡人，能在世上走的不过数十载春秋，且还受司命排的种种命格所困，种田的大多一生穷苦，读书的大多志不能展，养在深闺的好女儿大多嫁个王八丈夫。可他们仍欢欢喜喜地过着。你看了这些凡人，不会觉得自个儿比他们好上太多了吗？”

初初我还听着，后来他说上了瘾，每回都要这么说一说，我嫌弃他啰唆，再去凡界便只一个人了。

夜华去后第三年的九月初三，我在凡界听戏，遇见方壶仙山上一个叫织越的小神仙。在凡界听戏须得照着凡界的本子来，觉得角儿唱得好便捧个钱场，喝彩时投几枚赏钱到戏台上，也算不辜负了戏子们一番殷勤。

织越小仙大约头一回到凡界看戏，见红木雕栏后头一干看戏的扔银钱扔得热闹，眼红也想扔，却两袖空空的挺寒酸。她一眼看破我的仙身，喜滋滋自报了家门，找我借些打赏银钱。我虽有些奇怪她一个小神仙自当习得变化之术，变一两个银钱出来理当是桩小事，还是借了几颗夜明珠给她。后来才晓得她爹娘怕她下界冶游惹祸端，将她的仙力封了。

原本不过是个点头之缘，此后我去凡界看戏却回回都能遇上她，这点头之缘便硬生生被掰成了个长久缘分。织越生得喜辣活泼，又不缠着我打听我是谁家住哪里芳龄几何，我觉得难得。再则听戏时能有个人说说话，又不是四哥“你看这跌宕起伏的戏文……”这种说话，也挺不错。

这么一来二去的与她同听了十多场戏，算算日子，大约已两月有余。

今日，我又坐在这楼中听戏，戏台上挺应景地唱了一出牡丹亭。正是十月初五，宜婚嫁出行，忌刀兵，三年前今日此时，夜华他离我而去。我灌了一口酒，看戏台子上的青衣将水袖舞得洋洋洒洒。

这一段戏文直唱到“则为你如花美眷，似水流年，是答儿闲寻遍，在幽闺自怜”，织越小仙才姗姗来迟，觍着脸在我身旁占了个位置坐下了。

戏看到一半，她掩着嘴角凑过来偷偷摸摸道：“我那个天纵奇才却英年早逝的远房表哥，你还记得吗？”

我点头表示记得。

织越小仙除了常同我说戏，额外也常说起他这个远房表哥。按她的说法，她这个表哥英明神武，乃是个不世之才，只可惜命薄了些，年纪轻轻便战死沙场，徒留一双悲得半死的老父母加个整日啼哭不止的柔弱小儿，可怜可怜。她每每叹出可怜二字，脸上便果然一副悲天悯人之态。我却并不觉得她表哥一家多么可怜，大约近来已将生死看开。

织越执起茶壶倒了杯冷茶，润了润嗓子，左右瞧了瞧，再掩着嘴角凑过来："我那个表哥，我不是告诉过你他死了三年吗？三年前，合族都以为他只剩个遗体，元神早灰飞烟灭了。他们做了副玄晶冰棺将他沉在一个海子里，我当初还去瞧过的。昨儿那静了几十万年的海子却突然闹起来，海水嗖嗖朝上蹿，掀起十丈浪高，竟将那副玄晶冰棺托了起来。他们说将海水搅得腾起来的正是缭绕在冰棺四周的仙泽。你说怪不怪，我表哥的元神都灰飞烟灭了，却还能有这么强大的仙泽护着。合族的人没一个晓得怎么回事，我们几个小一辈的被赶出来时，族长正派了底下的小仙去请我们族中一个尊神。我爹娘说，指不定表哥他根本没死。唉，倘若他没死，小阿离便不用整日再哭哭啼啼了。"

四周刹那静寂无声，手中的酒杯啪一声掉在地上，我听得自己干干道："那海子可是无妄海？你表哥……你表哥他可是太子夜华？他可是九重天天君的长孙太子夜华？"

织越打着结巴呆呆道："你……你如何晓得？"

我跌跌撞撞冲出茶楼，冲到街面上才想起上九重天须得腾云驾雾。跌跌撞撞爬上云头，眼风不易扫到下面跪了一地的凡人，才又想起我是在集市上召的祥云驾的紫雾。

腾云上得半空中，天高地远，下视茫茫，我脑子里一片空白，无论如何也想不起去南天门的路。心中越是急切脑中越是空茫。我踩着云头在天上兜转了几个来回，不晓得该怎么办才好。

不料脚上一滑，险些就要栽下云头，幸好被一双手臂稳稳扶住。

墨渊的声音在后头响起："你怎的这般不小心，驾个云也能跌下去？"

我转过身紧紧扣住他的手腕，急切道："夜华呢？师父，夜华呢？"

他皱了皱眉，道："先把眼泪擦了，我正要找你说这桩事。"

墨渊说，父神当年用一半的神力做成仙胎供夜华投生，他投生后，这神力便一直随着他，藏在他的神识中。三年前他不晓得夜华还砍了瀛洲的四头凶兽得了父神的另一半神力，才以为他已没救了。想必夜华是以父神的全部神力抵了东皇钟的灭天之力，元神被这两份力冲得损伤了些，便自发陷入了一轮沉睡，却叫所有人都以为他是魂飞魄散灰飞烟灭了。连夜华他自己，怕也是这么想的。

墨渊说，他这一轮沉睡本应睡上个几十年，可玄晶冰棺是个好器物，无妄海虽是沉天族遗体的，其实却是个休养圣地，才叫夜华只三年便能醒来，实在歪打正着。

他说的这些话我大多没听见，只真切地听他说，小十七，夜华回来了，他刚落地便奔去青丘找你，你也快回去吧。

我从没想过夜华他竟能活着。虽默默祈祝了万万千千回，但我心中其实明白，那全是奢望。夜华他三年前便灰飞烟灭了，狐狸洞前的桃树下，还埋着他临死穿的那身衣袍，他死了。他临死前让我忘了他，让我逍遥自在地生活。

可，可墨渊说夜华他醒过来了，他没有死，他一直活着。

我一路腾云回青丘，不留神从云头上跌下来四回。

过了谷口，干脆弃了云头落地，踉踉跄跄朝狐狸洞奔。路旁遇到一些小仙同我打招呼，我也全不晓得。只是手脚不由自主地发抖，怕见不到夜华，怕墨渊说的都是糊弄人的。

狐狸洞出现在眼底时，我放缓了步子。很久不从正门走，不留神洞旁三年前种下的桃树已开得十分繁华。青的山，绿的树，碧色的潭水，三年来，我头一回看清了青丘的色彩。

日光透过云层照下来，青山碧水中的一树桃花，犹如九天之上长明不灭的璀璨烟霞。

那一树烟霞底下立着的黑袍青年，正微微探身，修长手指轻抚跟前立着的墓碑。

就像是一个梦境。

我屏着呼吸往前挪了两步，生怕动作一大，眼前的情景便一概不在了。

他转过头来，风拂过，树上的烟霞起伏成一波红色的海浪。他微微一笑，仍是初见的模样，如画的眉眼，漆黑的发。红色的海浪中飘下几朵花瓣，天地间再没有其他的色彩，也没有其他的声音了。

他伸手轻声道：“浅浅，过来。”

（全文完）

番外一：一生劫

那一年，千顷瑶池，芙蕖灼灼。他挚爱的女子，当着他的面，决绝地，跳下了九重垒土的诛仙台。

（上篇）

他的娘亲难产，他出生时，整整阵痛了七天。天上的灵胎，从没哪个像他一样磨人的。至他呱呱坠地，三十六天一刹那齐放金光，东荒鳌明俊疾山上的七十二只五彩鸟直冲上天来，绕着他娘亲住的寝殿，飞舞了九九八十一天。

上一回乍现这样的情状，还是他的二叔桑籍降生。那时，绕着天后娘娘寝殿飞舞的，也不过四九三十六只五彩鸟。

天君欢喜得老泪纵横，在凌霄殿上当着众臣的面，揖起双手朝东方拜道："无量善德，我天族终于迎来又一位储君。"是被上天选定的储君。

被上天选定的储君，按照天君的意愿生活着，从未辜负过天君的期望，也不能辜负天君的期望。

那时三界平和，天上的神仙们日子过得都很逍遥。

九岁的他扒拉着门槛靠在他父君的灵越宫宫门口朝下看，常能见到头上扎两个圆包包的小仙童们，三个一团两个一堆地捉迷藏、逗蛐蛐儿。他很羡慕。

小孩子天性爱玩闹，他却几乎从未和人玩耍过。

天君从灵宝天尊座下请来四海八荒唯一佛道双修的慈航真人授他课业。每日里，自辰时被抱上书房那张金镶玉砌的大椅子，一坐，便须坐七个时辰，直到万家灯火的戌时末。

他那个年纪，本应是被捧在手心里呵护的年纪。他的几个叔叔，都是被捧在手心里过来的。即便是他的父君，也从不曾受过这样的苦。

他那样小，当与他同龄甚或比他大些的仙童都在乐悠悠地逍遥度日时，他却只能日日守在书房里，对着慈航真人严肃的脸和一大堆典籍经册。只他的娘亲还怜惜他，时时炖一些甜汤来给他喝，到书房来见一见他。他那时才九岁，路都走不大稳，那些道法佛法太难参释，他当着他娘亲的面流过一次泪，他娘亲心中不忍，跑去天君殿上求情，天君勃然大怒，自此之后，直到他两万岁上修成上仙，再也没见过他的娘亲。

有一回，西天梵境佛祖办法会，慈航真人需赶去赴会，没人守着他做功课。他偷偷溜出去同太上老君座下两位养珍兽的童子逗了会儿老君养的那头珍兽，被他父君捉回去，请出大棍子来毒打了一顿。那时，他父君说的是："你怎的如此不上进，你将来是要继天君的位，比不得一般人。你的二叔桑籍落地时，不过三十六只五彩鸟绕梁，他便能在三万岁就修成上仙。你好生想想，鳌明俊疾山上七十二只五彩鸟庆你降生，你若不能在三万岁修成上仙，怎对得起那七十二只鸟千里迢迢赶上九重天上的恩情？"

那时，他父君将他看得那样紧，不过为了心中一个龌龊的念想，想让自己的儿子比过桑籍，却欺他年幼，说出这样一番冠冕堂皇的理由。他心中懵懵懂懂，却也没想得太多，只觉得委屈。

这事之后，他身边便多了一个叫素锦的小仙娥。他父君说是选给他的玩伴，他年纪小归小，却也晓得，像自己这样不分昼夜勤修佛法道法，根本没什么空余时候来同玩伴玩耍的。他父君不过找个人来看管监视他。

若是寻常的小仙娥，他自然有办法将对方整得叫天不应叫地不灵。总归他是天族未来的储君，即便将对方一巴掌拍得魂归离恨天了，天君不过重重将他罚一罚，罚完了，他仍是天君的孙子，天族的储君。可这位素锦小仙娥，却有些来历。

天族有一个旁支，不过五千余人，因尚武而不拘男女全做了天兵天将，自编成一支天军，直属于天族的首领。素锦的父亲便是这个旁支的头儿，顺理成章做了这支天军的头儿。两万年前鬼族之乱，上一代老天君钦点了十万天将与战神墨渊，令他将鬼族降伏。素锦的父亲带的这一支军队，也在这十万天将之列。

同鬼族的这一仗，打得十分惨烈。鬼族的二皇子妃窃了天将的阵法图，逼得墨渊不得不勉力急攻。那场急攻中，使的声东击西的一个计策，须得派出一支天兵做诱饵。素锦的父亲主动请缨。墨渊将列阵严谨的七万多鬼将打出一个缺口，素锦父亲带的这支军队，以五千人头，铺陈了墨渊的所向披靡、势如破竹。

鬼族之乱平息后，余下的九万天将重返九重天，只带回素锦父亲一封染血的遗书，寥寥几个字，红一块黑一块，劳烦老天君照看自己府里尚在襁褓中的幼儿，即便合族只剩下她一个人了，也要让她顶天立地地活着，重振自己一族的声威。

老天君感念素锦她爹的恩德，赏予他们一族的殷荣，却因这一族只剩素锦一个，便全落到了她的身上。更于皓德六万三千零八十三年，将素锦封做了昭仁公主，托付给那时刚成婚的长孙，这一代天君的长子——他的父亲抚养。

素锦不过长了他两万岁，按辈分，他却要唤她一声姑奶奶。

开初素锦立在他的案头，还让他有些不自在。渐渐地，他便能将她看作同桌案上的笔墨纸砚一般无二了。原本他便不大活泼，素锦的到来，令他更加沉默。他那时已长成一个十分漂亮的小孩，只是总不大说话。素锦不过两万来岁，也是少年心性，趁着慈航真人令他养神的时候，便总要来逗他说一说话。他觉得厌烦，逢着素锦找他说话，便皱一皱眉。至此，又养成一个爱挑眉皱眉的习惯。

他的授业恩师慈航真人在西方梵境本还有个封号，唤作大慈大悲救苦救难观世音。救苦救难的慈航真人以为正是自己将这样一个水嫩嫩的小孩折腾得如今这么不言不语的，心中内疚。便去天君座前委婉地提了一提，说他的道法佛法已学得很有几分根底，可以走出书斋，修习神仙们的术法了。

那几十年，他日日在书斋修习。慈航真人教授得法，除了最初的几年，因他年纪实在太小，有些力不从心。过了那最困难的一步，修着修着，便也得趣。渐渐地，将佛道两者都钻得很深，但终因只是清修，没蹚过世情，勘不破红尘。

天君请了大罗天界上清境的元始天尊收他做关门弟子。天界的三清四御，三清之首便是元始天尊。元始天尊统共只点化过灵宝天尊一位弟子，收徒收得十分严格。天君本人也不太有把握，元始天尊能否看得上他。他那日被慈航真人带着去上清境拜见元始天尊，那位天尊看了他两眼，竟没什么刁难，十分顺利地将他收作了自己的徒弟。那时，他不过是个才总角的小童子。

元始天尊授他仙术，素锦自然不能再跟着。能逃脱素锦的看管，他终于觉得有些雀跃。别的孩子雀跃起来，大多是欢笑着蹦两下。但那时他已养成了一副沉稳性子，更是忘了一张脸该动哪个部位才算是欢笑，即便雀跃，也只是在心中暗暗地雀跃。他一向聪明，再加上跟着元始天尊修习仙术，只他们两人，让他觉得十分自由，兴致很高，进步可谓神速。元始天尊只拈着胡须笑。

渐渐地，他从童子长成少年，听到越来越多的神仙背地里议论，说他长得神似那位自鬼族之乱后便消失的掌乐司战的墨渊上神。

便是天君也有一回将他的脸细细打量一番，叹道："当年墨渊上神在少年时代，大抵也是你这张脸。墨渊上神虽已灰飞烟灭了三万多年，灰飞烟灭这档事，于一般的神仙而言，也确然便是人生的尽头了，但他却不是个一般的神仙，也许能有办法保住一丝魂魄，经过两万多年的调养，再投生到你母妃的肚子里也说不定。"

天君这一番话，正暗示他或许是墨渊上神的转世。他一面觉得惊讶，一面觉得荒唐。惊讶的是，天界的典籍上记载的是墨渊上神自鬼族之乱后携徒归隐，却原来并没有归隐一说，这位骁勇的上神早已战死沙场。荒唐的是，神仙神仙，既是没将大名签在幽冥司命簿子上的神仙，又哪来的投生转世。

其实也没有多少人会认为他是墨渊的转世，神仙转世本就是个违背三界五行根本的事，但天宫里不乏老神仙喜欢将他同墨渊比对。那时他年轻气盛，除了学艺一途受了许多苦，一路上可谓顺风顺水，很受不住个别老神仙背地里说他不如当年的墨渊。跟着慈航真人与元始天尊两位师父修行时，便更加刻苦。

近两万岁那一年，西天梵境佛祖办法会，他跟着慈航真人同去。在灵山上，同佛祖座下的南无药师琉璃光王佛和南无过去现在未来佛以道法论佛法，大辩三日，得两位古佛盛赞，一时声名大噪。

天君很开心，夸赞道："当年桑籍已算是很有悟性，却也没你做得好。今次定要好好奖一奖你，你想要什么？"

他心中并未觉得快慰，低头道："孙儿想见一见母妃。"

天君脸色青了两青，冷声道："慈母多败儿，你要接我的衣钵，你母妃却注定不能将你养得成器，只能令你长成一副优柔寡断的性子。我不让你见她，是为你好。”

他抬头看了两眼他的爷爷，低头再道：“孙儿只想见一见母妃。”

天君怒道：“若要令我准你见她，你便在两万岁前修成上仙吧。”

这已是刁难，四海八荒，从没哪个神仙能在两万岁上修成上仙的，便是天界的尊神墨渊上神，当年也是两万五千岁才修得的上仙。墨渊之后又是多少万年，才出了个桑籍，能在三万岁上受劫飞升。

那时的他，离整满两万岁，不过须臾三四年。元始天尊晓得这桩事，只意味深长地笑了一笑。他父君来劝他道：“你母妃如今很好，你无须挂心，天君如此看重你，你便应事事顺他的心，何苦违逆他，惹得他不高兴。”

听了这番话，他略有动容，不能明白自己为何会摊上这样一个懦弱的父君，但也并不觉得难过。天君自小对他的那一番教导安排，本就是要化去他的情根，叫他灵台清明，六根清净，将来才好一掌乾坤，君临四海八荒，做一个能忍受并享受高处不胜寒这滋味的天君。

他想去见一见他的母妃，其实并不为年幼时他母妃对他的怜爱，那些事太远，远得他已记不清，连同他母妃的面貌。那时他才九岁。他只是想，他不是没有母妃的人，那至少，他要记得自己的母妃长的是个什么样子。

他的父君已不再令素锦日日陪着他。这么两万年处下来，他只当这位昭仁公主是他案头的一张晾笔架子，并未将她当一回事。她还会不会继续立在他案头，于他而言，实在没什么分别。

他自以为这两万年，素锦日日守着他也守得难受，熬到今日，大家终于都得解脱。出乎他意料的是，素锦却仍日日守在他的案头，他去元始天尊处时，便守在上清境的入口。他因忙着修行，要在两万岁前飞升上仙，也没多在意这桩事。

眼看着他两万岁生辰日近，天君本人几乎已忘了同他的那个赌约。

他生辰的前一日，素锦将九重天搜了个遍也没找到他。却忽闻第三十六天雷声滚滚，闪电一把一把削下来，划破云层，直达下界的东荒，携的是摧枯拉朽的势，一摞一摞的山石树木顷刻间化作灰烬。是个神仙都知道，这雷不是一般的雷，是神仙飞升才能经历的天雷。

凌霄殿上的天君一张脸瞬时雪白，这天雷，一旦降下来便逃不掉，经历了便寿与天齐，经历不了便就此绝命。

天君白着一张脸携众仙一同站在南天门口。

两盏茶过后，他一身血污，倒在一朵辨不出颜色的软云上头，慢吞吞腾回来。

他见着南天门上的天君，竟费力从云头上翻下来，踉踉跄跄拜倒在天君的跟前。他眼梢嘴角尚有细细血痕，面容却十分沉定，只淡然恭顺道："天君答应孙儿，若是能在两万岁前飞升上仙，便允孙儿见一见母妃，今日孙儿已历劫飞升，不知何时能与母妃相见？"

天君神色复杂地看了他几眼，终妥协道："把这一身的伤将养好了再去吧，省得你母妃担心。"

两万岁便修成上仙实在旷古绝今，他这一举在四海八荒立时掀起一场轩然大波。自此，再也没哪个神仙拿他同墨渊比对了。只他的师父元始天尊在玄都玉京中同来座下问道的灵宝天尊模糊赞过一回："大抵长得那个模样的，天生都带了副十分的仙骨，当年的墨渊上神如是，夜华亦如是。"

寻常人只见着他年纪轻轻便飞升上仙的体面，关怀他一身沉重伤势的却没几个。经了三道天雷的伤，自然比不得一般的伤。那日他能从云头上翻下来拜见天君，已是使了仅存的力。此后，只能日日躺在灵越宫里将养，便是用个膳行个路，也须得人来搀扶。

虽同处了两万年，他却一直没怎么放在心上的那位昭仁公主日日守在他的病榻前，端茶送药，搀他行路，扶他用膳。他以为是天君下的令，令她来照看自己，也没往旁的方面想。这一照看，便是三四年。有一日，却偶然听到两个嘴碎的宫娥议论，说这位昭仁公主思慕于他，他受的这一顿伤，累得昭仁公主背地里落泪落了好几场。

他那时已长成个十分英俊的少年，修仙路上又立了许多无人能出其右的勋绩，仙法卓然。虽然一张面容不苟言笑了些，却更衬得天界未来储君的威仪。不只那位昭仁公主，天族的许多少女都暗暗地思慕于他。

他两万年来被天君逼着只埋头修行，从未有空闲能分一分心去想那风月之事，陡然听说有人思慕他，心中惊了一惊，再听说是那位昭仁公主思慕于他，又觉得荒唐。昭仁公主素锦，是老天君钦封的公主，这一代天君名义上的妹妹，他父君尚且要称她一声姑姑，他更是要称她一声姑奶奶。姑奶奶喜欢上孙子？纵然他们谈不上什么血缘关系，他也觉得不可理喻。

他那样冷淡的性子，从来就不自找麻烦。素锦藏在心中不说，他便当不知道。只是后来素锦的殷勤服侍，能推他一概推了。女孩家的心思终归敏锐些，他那样三推四推之后，终有一日，素锦白着一张脸问他："你都知道了？"

他并不愿她将这事抖出来同他谈。那时他虽不谙风月，却也晓得有些事情，只适宜牢牢埋在土中，并不适宜大白天下。他只沉默着摇头，便要去拿茶喝。素锦却一把抓住他的袖子，哆嗦着一双手，道："我知道你全晓得。你既然都晓得，为什么要做出这副模样？"他冷冷反问道："你觉得，我该知道什么？"素锦那一张雪白的脸微微地泛红，手哆嗦得更厉害，半晌，才细声道："我……我……我喜欢你。"

素锦表的这个白，自然没能得到回应。他那句话将素锦伤得很深，他说："可我一直只将你看作我的姑奶奶，像尊敬我爷爷一般尊敬你。"

素锦眼角微红道："你……你是嫌我比你大了两万岁？可……可你将来要娶的那位正妃，青丘之国的白浅上神，却整整要比你大九万岁。"

他从小就是被当作下一代天君养着，修习课业虽辛苦，可除了天君、他的两位师父和他的父君，从来没人敢用这样不敬的口吻同他说话。他略有些生气，只道："有本事你便像白浅一样，让我非娶了你不可。"

很多年后，他一直记着当年对素锦说的这句话，因为正是他当年随口说的这一句话，令他在今后的人生中，付出了生不如死的代价。

（下篇）

又两万多年匆匆而过，他便要到五万岁了。

九重天上有千千万万条规矩。其中有一条，说的是生而非仙胎、却有这个机缘位列仙箓的灵物们，因违了天地造化升仙，须得除七情、戒六欲，才能在天庭逍遥长久地做神仙。若是违了这一条，便要被打入轮回，永世不能再升仙上天。

妖精凡人们修行本就不易，一旦得道升天皆是战战兢兢守着这个规矩，没哪个敢把红尘世情带到三清幻境中来的，活得甚是一板一眼。其中活得最一板一眼的，成了这一派神仙的头儿。这个头儿在规矩上的眼光向来很高。但就连这个头儿也承认，论起行事的方正端严、为人的持重冷漠，三十六天里没哪个比得过尚不满五万岁的太子殿下夜华君。

他三叔连宋找他喝酒，时不时会开他两句玩笑，有一回佐酒的段子是九重天底下月亮的盈亏，从月盈月亏辩到人生圆满，连宋被他噎了一回，想抢些面子回来，似笑非笑地拍了拍他的肩头，道："你这个人，自己的人生尚不圆满，却来与我说什么是圆满，纸上谈兵谈得过了些。”

他转着酒杯道：“我如何就不圆满了？”

连宋立时接过话头，端出一副过来人的架子，做沧桑状道：“观星台上夜观星相，单凭一双眼，便能识得月之盈亏。三清幻境外头晃一晃，经历了情滋味，才能识得人生之盈亏。”

连宋这么一说，他这么一听，听完后只淡淡一笑，并不当真。他从未觉得情这东西是个多么大不了的东西。

这趟酒饮过，七月底。天君令他下界降伏从大荒中长起来的一头赤炎金猊兽。

话说这金猊兽十年前从南荒迁到东荒中容国，凶猛好斗，肆虐无忌，令中容国十年大旱，千里焦土，举国子民颠沛流离。中容国国君本是个难得的好脾气，可第十个年头上，这金猊兽看上了国君的妻子，连个招呼都没打就将王后掳回了洞中，染指了。难得好脾气的中容国国君也怒了，这一怒便抹了脖子，一缕幽魂飘飘荡荡敛入幽冥司，将这头金猊兽的恶行一层一层告了上去。

赤炎金猊兽的名气虽比不上饕餮、穷奇等一干上古神兽，能耐却丝毫不输于他们。天君单令他一个人下界收伏这畜生，也存了打磨他这个继承人的意思。

他与赤炎金猊兽在中容国国境大战七日，天地失色之际，虽将这凶兽斩于剑下，却也因力竭被逼出了原身。他那原身本是威风凛凛的一条黑龙，他觉得招摇，便缩得只同条小蛇一般大小，在旁边的俊疾山上找了个不大起眼的山洞。俊疾山遍山头的桃树，正是收桃的季节，他在山洞里头冷眼打量一番，缓了缓，便一闭眼睡了。

这一场觉睡得酣畅淋漓。不晓得睡了几日，待他终于睁开眼，却发现现今处的地儿，全不是那个湿漉漉的山洞了，倒像是凡人造的一间茅棚。这茅棚摇摇欲坠，配上一扇更摇摇欲坠的小木门，令人情不自禁地觉得，一推那木门便能将整间茅棚都放倒。

屋外野风吹过，带起几片树叶子的沙沙声，小木门应声而开。先是一双鞋，再是一身素衣，然后，是一张女子的脸。

多年修得的持重沉稳被狠狠动了动，他脑中恍惚了一下，面前女子窈窕的身姿，同不晓得什么时候埋在记忆中的一个模糊背影两相重合，一股难言的情绪在四肢百骸化开，那滋味像是上辈子丢了什么东西一直没找着，历经千万年过后，终于叫他找着了。连宋大约会漫不经心地摇扇子：“这是动情了。”佛家大约会念声阿弥陀佛：“这是妄念。”

果必有因。他记不得的是，七万年前墨渊以元神祭东皇钟，他被一个嘶哑的声音唤醒，那声音无尽悲痛：“师父，你醒一醒，你醒一醒……”一遍又一遍，在他耳边缭绕不去，纵然唤的不是他，他却醒了。那声音的主人正是他眼前的这个女子。

前世的幻梦在他投生为天君长孙时他便一概不记得了，但那于红莲业火中刹那而生的劫缘，却深深烙入了他来生的命格。当初他于红莲业火中醒来，在这世间第一眼见到的，不是上方的天亦不是下方的地，而是此时对他盈盈而笑的这个女子。这个女子，她那时化了个男儿的模样，她叫司音。

他盘坐在床榻上，像被什么刺中一般，本是古水无波的一双眼，渐渐掀起黑色的风浪。

那女子左右端详了一会儿，“哟”了一声，欢快道：“你醒啦。”又来摸他头上的角，摸了一会儿，满足道：“我认识的几条蛇没一条长得像你这么俊的，你真是条不一般的蛇，头上居然还长了角。你这个角摸起来滑溜滑溜的，嘿嘿，手感挺好。”

他垂了垂眼眸，只静静瞧着她。

纵然他其实是条威风凛凛的黑龙，但这女子孤陋寡闻，大约没见过龙，只当他是条长得与众不同的小蛇，于是，想将他驯养成一条家蛇。家蛇有许多好处，譬如，她会将他抱在怀中同他说话，她会用那双柔柔的手捏了食材放到他嘴边喂他，她会分给他一半的床铺，夜里让他躺在她身旁入睡，还给他盖上厚厚的被子。他想，她大约从未养过蛇，不晓得蛇是不用睡在床榻上，也不用盖被子的，当然，龙更不用。

许多夜晚，他会在她入睡后化出人形来，将她搂入怀中，在第二日她醒来之前，再变回一条小黑龙。

她不会染布，穿在身上的一概是素服。比天上那些女神仙穿的云缎彩衣朴实得不晓得差了几重山，他却觉得这些素衣最好看。他给她起了个名，叫素素。素素，素素。

转眼便是九月，四海八荒桂花余香，在袅袅桂香中，素素又捡回来一只刚失了小崽子的母老鸹，成天忙着给这老鸹找肉吃，操在他身上的心便淡了许多。他虽表现得不动声色，却挺有危机感地意识到，在素素眼中，他这条小蛇，怕是同那只母老鸹没甚区别。他觉得这么下去不妥，便寻着一天素素又带着那老鸹出茅棚找肉去了，转身化出人形，召来祥云登上了九重天。

九重天上于情之一字最通透的，是他的三叔连宋。这一代的天君年轻时很是风流，但连宋的风流却比其老子更甚，是远古神族中排得上号的花花公子。

花花公子说："凡界女子我没沾过，但有句话说得好，鸨儿爱钞姐儿爱俏，凡是妙龄的女子就没哪个不爱俏郎君的，你到她跟前一站，对她笑一个，保准她骨头就酥了。"

他喝了口茶，不置可否。

花花公子又说："自古美人爱英雄，要不你做个妖怪出来，放到那山上去吓一吓她，吓得她魂不守舍时，你再持着青冥剑英姿飒爽地冲出去将那妖怪打死，如此你便成了她的救命恩人，她无以为报，自然只能以身相许。"

他将茶杯放在桌上转了一转，轻飘飘地道："哪日我清闲了，帮你做个妖怪去吓吓成玉，唔，一般的妖怪自然吓不到她，须做个尤其厉害的，能打得过她的，将她打得气息奄奄了你再去救她，她大约也会无以为报，对你以身相许。"

"花花公子"干笑了两声，摇着扇子无奈叹息："美人计你瞧不上，英雄计你又心疼她，怕将她吓着了。那不如反过来，使个苦肉计，你自己捅自己两刀，躺到她家门口，她不能见着一个大活人死在自家门口，自然要勉力将你救上一救。如此，你为了报答她，伤好后硬留下来与她为奴为仆缠着她，她能奈你何？"

茶杯搁在桌上，"嗒"的一声，他以为此计甚好。

真用上苦肉计，也无须当真砍自己两刀，神仙自有那障眼的法术。

他同连宋这一顿茶喝完，立时拨下云头。此次下界，他做了个仙障，为避天上的耳目，将俊疾山层层罩了起来。落到素素的茅棚跟前时，他捏了个诀，比照着当年飞升上仙时身上受的伤，将自己弄得浑身血淋淋的。

这个计策果然很成功，素素推开那扇摇摇欲坠的小木门，一眼见着他，十分惊恐，立时将他拖进了茅棚中。素素止血的法子十分笨拙，他躺在床榻上侧身瞧着她满头大汗捣鼓草药的背影，觉得有点满足。但她是被惊吓得狠了，上药的手抖啊抖啊的，一勺药汁大半都要洒在地上，剩下的一半有小半洒在他袍子上，剩那么几滴，大约能有幸捂得他的伤口。他瞧着她苍白的侧脸、微微抿起的嘴唇，良心发现，胸膛里软了一软，趁她转身添草药时，动了动指头，令那做出来的伤口迅速自行愈合了。添完草药的素素回头见着他这好得飞快的一身伤口，惊得目瞪口呆。他觉得她这目瞪口呆的模样挺可爱。

素素不大放心他，留他在茅棚里休养几日，正中他的下怀。她不提醒他走，他便佯装不知，伤好了也绝口没提过离开的事。直到第十二天的上午。

第十二天大早，素素端了一碗粥到他跟前，委婉表示，她一个弱质纤纤的女流之辈，养个把小动物倒不成什么问题，但要养活他一个大活人着实有些困难，眼见着他身上的伤已经好得差不多了，大约也是时候该离开这里了。她一番话说得吞吞吐吐，显然下这么一道逐客令她也有些不好意思。

他端起粥来喝了一口，淡淡道："你救了我，我自然要留下来报答你的。"

她连忙摆手道不用，他没搭话，只不紧不慢地将一碗勉强能入口的粥仔细全喝了，才瞧着眼巴巴的她淡淡一笑，道："若不报答你，岂不是忘恩负义。不管你受还是不受，这个恩我是必须得报的。"

她脸色青了一阵白了一阵。他托着腮帮瞧着她，觉得她这个死命纠结却又顾面子强撑着不发作的模样实在可爱。他完全没料到，接下来她会说出一句比她方才那模样还要可爱一百倍的话来。她说的是："你若非要报恩，不如以身相许。"

他们对着东荒大泽拜了天地发了誓言。洞房花烛这一夜，他们缠绵后，他抱着熟睡的她，觉得很圆满。

但命这个东西真是玄得很。人说万般皆是命，半点不由人。凡人的命由神仙来定，神仙的命则由天数来定，都逃不过一个时来运转，一个时变运去。他是上天选定的天君储君，因他的二叔桑籍惹出的那一段祸事，天君红口白牙许了青丘白家一个约，四海八荒都晓得他将来势必要娶青丘的白浅上仙。他从前觉得人生不过尔尔，无论是娶青丘的白浅还是娶白丘的青浅，全都没差别，不过卧榻之侧多一个人安睡罢了。但如今，他有了爱着的女子，从前的一切，便须得从头来计较。

桑籍的前车之鉴血淋淋地铺在前头，且他还坐了个甩也甩不掉的储君之位，只等五万岁一到，便要被封为太子，他同她的这桩事，便更加难办。他周密考量了几日，种种法子皆比对了一番，选了个最凶险的，却也一劳永逸的。可巧南海鲛人族近日正有些不寻常的动向，也算为他彻底脱开天宫这张网酿了个机缘。但这件事他独自来做难免令人生疑，要叫个在天君面前说得上话的人帮着遮掩遮掩。他七七八八挑拣一番，选了倒霉的连宋来当此大任。

连宋摇着扇子上上下下将他打量一番，遗憾道："依着这个态势，南海那一仗必不可免了。届时我自然能在父君面前帮你作作证，证实你确然灰飞烟灭渣子都不剩了。不过，就为着那么一个凡人，你真要将唾手可得的天君之位弃了？唔，他们凡界称这个叫什么来着，哦，不爱江山爱美人，非是明君所为。"

他只转着茶杯似笑非笑："我对这三千大千世界没抱一丝一毫众生大爱，勉强坐上那位子也成不了什么明君，倒不如及早将位子空出来，让给有德之人。桑籍当年被流放，第三年便得了我。我这一灰飞烟灭，说不定，不用三年，天君便能再寻着一个更好的继承人。"

连宋弯起眼睛笑了笑，只道了一个字："难。"

不久，素素便怀了孕。他虽高兴得不知怎么才好，但多年修出的沉稳性格使然，瞧着比一般初为人父的要镇定许多。怀孕后的素素在吃之一字上更加挑剔，那段时日，他的厨艺被磨炼得大有长进。

所有的一切都按着他的计算在一步一步平稳发展。两月后，鲛人族终于发动叛乱。连宋执着白子笑道："按理说，鲛人族那位首领不是这么毛躁的性子，以他那周密的个性，至少还得延迟一个月，莫不是，你从中动了什么手脚吧。"

他略扫一扫棋盘，淡淡道："他们早一日将此事摊到明面上来，届时天君令我下去调停这桩事，我也多些胜算。"

连宋将白子落下，哈哈一笑："你莫用这些冠冕堂皇的理由来唬弄我，主要是你那娘子怀了身孕，你等不及了吧？"

他食指中指间携的黑子嚓一声落到棋盘上，大片白子立时陷入黑子合围之中，他抬头轻飘飘地一笑，道："不过一箭双雕罢了。"

天君果然下令，让他下南海收伏鲛人族，一向在天宫神龙见首不见尾的连宋亦请战，天君准了。他怕素素担心，只同她道，要去个很远的地方办件很重要的事，怕她寂寞，从袖中取了面铜镜给她，答应她不忙时便与她说说话。

为了瞒过天君，在南海的战场上，他生生承接住了鲛人族头领拼尽全力砍过来的一刀，鲛人族在巫庙中供奉了千万年的斩魄神刀从他胸膛直划到腰腹，砍出极狭长的一道刀痕。他撞到刀口上的力度拿捏得十分到位，深浅正合适，再深一分便指不定真散成飞灰了，浅一分又显不出伤势的要命。

他出事后，连宋即刻接了他的位。哀兵必胜，太子这一趟被鲛人族的头儿砍得生死未卜，令下头的将士们异常悲愤，仅三天便将南海翻了个底朝天，鲛人一族全被诛杀。

如此，只待连宋回天宫添油加醋地同天君报个丧，说他已命丧南海灰飞烟灭，这一切便功德圆满了。只是他千算万算，没算到在这个节骨眼上，素素竟闯出了他设在俊疾山上的仙障，一眼被天宫发现。他这场戏再没法做下去，被抬着回天宫那日，久旱的南海下了第一场雨。

他活到这么大，从不晓得后悔是个什么东西。如今，他昏沉沉地躺在紫宸殿的床榻之上，却十分后悔未将俊疾山上的仙障再加得厚实些。他以为那时在南海伤得太重，连累下在俊疾山上的那道仙障缺了口，才叫素素闯了出去。他不晓得，即便将那仙障下得十道城墙厚，他那娘子依然闯得出去。

天君到洗梧宫探望于他，先问过他的伤势，顿了一会儿，才缓缓道："前几日我偶尔瞧得下界一个凡人，腹中竟有你的骨血，这是怎么回事？"

他躺在床榻上应了一声，淡淡道："孙儿降伏赤炎金猊兽时，受了些小伤，蒙那凡世女子搭救。她腹中的胎儿，算是孙儿报的恩。"

天君点了点头，道："既是报恩，倒也没什么，你未来要接我的衣钵，太重情却不是个好事，你只须记着这一点，我便也没什么好操心。她既怀了你的孩子，便将她接到天上来吧。"

他瞟了一眼床帐上盛开的大朵芙蕖，仍是淡淡地："将一个凡人带到天上，终不成体统，她本就身在凡世，何必带到天上来费事。"

他这个神色很中天君的意，天君欣慰一笑，半晌，却还是道："天家的孩子理当生在天上，流落到野地里便更不是个体统，你身上的伤将养得差不多了，便将她接上来吧。"

他口中的体统自然比不上天君提的这个体统。他其实晓得这与体统不体统的没甚干系，大抵是天君不信他那一番说辞。桑籍当年将少辛带回天上，若不是桑籍运气好，少辛最后会落得个什么下场他最明白不过，可如今他却不得不重蹈桑籍的覆辙，将她带进天宫。

他那时便晓得，他与她再无可能。此后在这偌大的天宫中，他与她只能做陌路。他不能将她扯进这趟混水，不能令她受半点伤害。他甚至有些庆幸，幸好她尚未爱上他，在这段感情中，幸好只是他剃头挑子一头热。能在俊疾山上得着那五月的时光，即便将来她将他忘得干干净净，他也没什么遗憾了。三年，只要能保她平安度过这三年，待她产下孩子，天君没什么理由好继续将她留在天宫，届时，他便让她喝下幽冥司的忘川水，将她送回俊疾山。她会活得开怀逍遥，在俊疾山上自在终老，而他只要能时不时地透过水镜看看她，便心满意足了。

他将素素带回天上，将她安顿在一揽芳华，着了他寝殿中刚从下界一座仙山提上来的一个最老实憨厚的小仙娥去服侍她。转眼两年过，这两年，外头有眼色的都看出来他对这带上天的凡人并不大在意，天君也看出来了。但其实有时候，他同她两人独处时，也会时不时控制不住对她的温柔。好在那些失了分寸的举动，只他和她晓得罢了。

所幸，这两年里头，没有任何人去找她的麻烦。她虽然身处在这天宫中，好歹出淤泥而不染地没同九重天沾上半点干系。

但这两年的七百多个夜里，他整夜整夜不能合眼。

第三年开春，北荒形势不大妙，天君令他前去驻守，时时关注北荒的动向。他带着手下几个魁星，一路赶赴北荒。却未料到这不过是天君一个计策，只为了将他支开罢了。

天君在他身上下了五万年的心血，绝不容许半点意外发生。

他走后的第二日，天君新纳不久的妃子，原昭仁公主素锦在他的书房中自导自演了一场大戏。她对着他书案上的一张晾笔架子演得惟妙惟肖："你娶一个凡人，不过是报复我背叛你嫁给了天君，是不是？可我有什么办法，我有什么办法，四海八荒的女子，谁能抵挡得了天君的恩宠？啵，告诉我，夜华，你爱的仍然是我，对不对，你叫她素素，不过是因为，不过是因为我的名字里嵌了个素字，对不对？"

他其实从不晓得昭仁公主素锦的"锦"是哪个锦，"素"又是哪个素。他记得九重天上一品到九品的每个男神仙的仙阶和名字，只因批阅文书时须常用到。这昭仁公主的名字写出来该是哪两个字，他却着实没那个闲工夫去查证。

纵然这番话若是被他听到，不过嗤一声无稽之谈，或是关照一句"你撞邪了？"可听到这番话的，却不是他，而是素素。

他自然不晓得，素素已听了许多专编给她一个人晓得的闲话。

半年后，他重回天宫，尚未踏进洗梧宫，便见服侍素素的小仙娥奈奈一路急匆匆小跑过来，见着他声带哭腔道，素素在诛仙台与素锦娘娘起了争执。

诛仙台这地方于神仙而言自来是个不祥地，等闲的神仙站上去半点法力也使不出，素素大约不会落下风，他心中微宽了宽。可待他皱眉赶过去时，虽没见着素锦加害素素，却正见着素素一手将素锦推下了诛仙台。素锦那身花里胡哨的宫装搭着围栏一晃，他一颗心骤然提紧，倘若那昭仁公主出了事……

他翻下诛仙台将素锦救上来时，已察觉她的眼睛被台下戾气所伤。那一刹那，他脑子里一闪而过的竟是五万年前桑籍的那桩事。他记得，桑籍所爱的那条小巴蛇不过因了在天宫的两三分骄纵，便被天君一道令旨关进了锁妖塔。素锦似乎说了些什么，他全没在意。三年前那一回他舍身撞上鲛人族的斩魄神刀时，心中也没沉得这样厉害。素素扑过来道："不是我，不是我，我没有推她，夜华，你信我，你信我……"

她不停地申辩，模样可怜，他看得心中一痛，可头两年她实在被保护得太好，不晓得现下这个情状，她这样的做派更易落人口实。素锦捂着眼睛低低呻吟了两声。守在远处的几个小仙娥已提着裙子小跑过来。

多年对阵练就的临危不乱令他在片刻间恢复理智，心中已有了个将这桩事囫囵圆满的算盘。可这桩事本就是天君的算计，争的便是谁的动作更快，时间更充裕。他被支在北荒半年多，又如何能在此事上赢过天君。那算盘尚未开拨，便被天君座下的几个仙伯截住了。

书房中，天君正邀了几个天族旁支的头儿议事。这几个头儿哀怜昭仁公主的身世，一向照顾素锦。见着素锦这等模样，全都怒火中烧。

天君一派端严坐在御座上，喝了口茶，淡淡道："素锦她是忠烈之后，合族老小皆为天地正道抛了头颅洒了热血，我天族本应善待她，此番却让她被一介凡人伤得这样，此事不给个合宜的说法，未免令诸位卿家心寒。"

他不愿将她扯进九重天上这趟浑水，小心翼翼又小心翼翼，可，终究是躲不过。

素锦应景地抽泣了两声，几个垂首立在一旁的头儿敢怒不敢言，天君仍端严地瞧着他。他一身帝王术五成皆是从御座上这老头儿处悟得，合着桑籍的事略略一想，约莫也揣测得出他在想什么。

素素有否将素锦推下诛仙台已无甚紧要。天君摆出的这出戏临近收官，他坐等自己这不长进的孙子不顾一切为那凡人开脱，激怒书房中立着的几个他特地挑选出的莽撞臣子，好借着下方几位臣子的口，将那凡人判个灰飞烟灭。他坐在这高高的天君之位上，最晓得怎么对他的继承人才是好，怎么对他的继承人又是不好。

房中静默片刻，素锦低低的抽噎声在半空中一拨儿一拨儿打转。

他双手握得泛白，却只恭顺道："天君说得很是。方才孙儿也没瞧得真切，只听天妃说素素这么做是无心之过。纵然是无心之过，却也令天妃的一双眼受伤颇重。这双眼，素素自然是要赔上的。身为凡人却将一位天妃推下了诛仙台，虽天妃晓得她是无意，但素素如此确然罪无可恕，不晓得判素素受三年的雷刑，可否令天妃同众卿家满意？”

天君等了半日，却没料到他说出这么一番识大体的话，众臣子无可挑剔，只得连呼太子圣德，无半点偏袒徇私，他们做臣子的十分满意。

天君冷着一张脸无奈点头，准了。

他再上前一步，继续恭顺道：“素素她曾有恩于孙儿，天君教导孙儿，得恩不报，枉为君子。当初既是孙儿将她带上天宫，如今她出了这桩事，自然当由孙儿负起这个责任，她腹中还有孙儿的骨血，于情于理，孙儿都须得再求一求天君，让孙儿代她受了这三年的雷刑。”

他一套话说得句句是理，天君脸上没什么大动静，待他话毕，只低头喝了口茶，复抬头时面上一派祥和，再准了。

他亲眼见着素素那一推将素锦推下了诛仙台，赔眼是顺天君的半口气，顺素锦的半口气，顺那几个头儿的半口气，但最紧要的，却是将欠素锦的一分不少全还给她。神仙同凡人扯上干系，这本已是乱了天数，便最忌讳纠缠不清。老天自会将这些纠缠理顺扯清，譬如素素欠素锦的，今日不还，老天总有一日会排一个命格在她头上，令她连本带利还个彻底。

他最不愿她受到伤害。可他不晓得，纵然他有滔天的本事，也无法保她一个周全。因这个劫难乃是她的命中注定。

素素被剜眼后，他亦即刻前往第三十三天的神霄玉府领那雷霆万钧之刑。雷部主神九天应元雷声普化天尊刚严正直，丝毫没因他是太子便有所放水。那万钧的雷霆虽伤不了人命，但每一道落到身上，却痛苦得如元神被瞬间撕裂，是个安全又折磨人的刑罚。他每日都须得承四十九道雷霆加身。便是素素分娩那日，也不例外。身上的伤痕一道叠一道，十分狰狞。他怕素素发现，惹她担心，便再不敢到一揽芳华陪她过夜。

待素素生产后便送她回俊疾山已是遥不可及的幻梦，既然无论如何也无法避免伤害，他想，他便要一生将她拴在身旁。他那时并不晓得，这不过是他一厢情愿的痴心妄想。他深爱的那个人，那个时候，他无论如何也不能与她得到幸福。因他不过是她飞升的情劫。他注定是她飞升的情劫。不是他，也会是别人。他不晓得命运的残酷。

素素跳下诛仙台，他亦决绝地跳了下去。诛仙台不过诛神仙的修行，若是寻常，本要不了他的命，可他刚受了雷霆加身，没半分力气，这么一跳，摆明是寻死。天君本以为逼死那女子后不过令他这孙子消沉几天，从此他仍是九重天上最完美的天君储君。他没料到他孙子将那女子看得这样重。从凌霄殿一路赶到诛仙台将他救上来时，他已近油尽灯枯。那一瞬间，高高在上的天君刹那苍老了许多。

他那一睡便是六十多年。醒来后万念俱灰，不晓得为什么自己要醒来。他的母妃乐胥瞧着不忍心，从药君处拿了颗忘情丹放到他跟前，他却只是淡淡一瞥。虽则情伤的痛苦像钝刀子割肉一般时时凌迟着他，但他觉得，素素是他五万年来生活中唯一的色彩，若连这唯一的色彩也抹去了，他便再不是他了。虽然痛苦，但他不愿忘记她。

他对素素的执着便也是素锦对他的执着。可素锦对他的执着却害死了素素，他是真的想杀了她。洗梧宫跟前青冥剑当胸刺过，穿着大红嫁衣的素锦不可置信地低喃道："为什么？"他觉得无趣，只反手将剑抽离，冷冷瞟了她一眼，转身踏入宫门，一扬手，紧闭了洗梧宫的大门。

但素锦实在太好强，她从小虽是个孤儿，七万年来却一直顺风顺水，只有他，一回又一回地令她栽跟头。她当着八荒众神将本族圣物结魄灯呈给了天君，三月后，成功住进了洗梧宫。

一转眼三百年匆匆而过。

所幸，老天爷并不如想象中那般缺德。劫缘劫缘，他同她的那一趟劫熬过了，便该是缘了。

三百年后，在折颜的桃花林中，他遇到一位女子。第二日东海水君的水晶宫中，那女子矮身坐在一张石凳上教训他二叔的夫人，右手握着一枚扇子，左手拇指与食指成圈，余下三根手指在石桌上轻轻敲击。那正是素素无意识常做的动作。那训人的口吻，亦极似素素。

他脑中轰的一声。从珊瑚树的阴影中走出来，唇边携了丝三百年来皆未有过的笑意："夜华不识，姑娘竟是青丘的白浅上神。"

番外二：所谓征服

白止帝君家的老四满周岁时，十里桃林的折颜来串门子。

须知青丘的狐狸方生下来落地时，虽是仙胎，却同普通狐狸也差不多，全不是人形。待到周岁上，吸足了天地精气和他们阿娘的奶水，方能化个人形。且是将将生下来的婴儿的人形。

将将生下来的婴儿，那必然是皱巴巴的。

纵然青丘白家的老四日后漂亮得如何惊天地泣鬼神，彼时，也只是个皱巴巴的，只得两尺长的小娃娃而已。

九尾白狐这个仙族，是很捡便宜的一个仙族，天生便得一副好皮相。不过人长得好了，便十分难以忍受自己有一天竟会长得难看，甚或，自己曾经竟有一天长得难看过。

白家老四便是个中的翘楚。

其实九尾白狐的一生皆是光鲜亮丽的一生，硬是要说个不光鲜的，便只是他们初化人形的时候。然彼时尚是个小婴儿的白狐们自然并不知道什么是美什么是丑，也就并不会纠结自己的相貌。即便后来长大了，想起来自己当婴儿的时候是个多么丑的婴儿，略略宽慰一下自己婴儿并不能分出什么美丑，也便过了。

然白家老四却很不同寻常。有句话说智者多虑。老四在做尚不能化成人形的小狐狸时，皆是由白家的老三带着。做狐狸时的老四是只十分漂亮的小狐狸，老三便抱着他到处给人看："这只小狐狸漂亮吧，没见过这么漂亮的小狐狸吧，嘿嘿嘿嘿，这是我弟弟，我娘刚给我添的弟弟。”遇到个别长得不是那么好看的小狐狸，白家老三会偷偷撇一撇嘴，挨着老四的耳朵悄悄说：“唔，那么只丑巴巴的狐狸，啧啧啧啧……”

是以那个时候，尚不满周岁的、冰雪聪明的白家老四，便对美丑相当有概念了。

白家老四满周岁，白止帝君低调，只办个满月的家宴，折颜同狐狸洞交情一向好，自然也来了。

老三小心翼翼地将自己的弟弟抱出来，折颜喝了口酒，眯着眼睛看了半天：“唔，白止，你这小儿子怎的生得这般丑。”

折颜这么说，自然因为他未曾娶亲，没带过孩子，不知道天下的小婴儿生下来都是这么丑的。白家老四因注定要长成个美人，从他皱巴皱巴的小脸上仔细探究一番，其实也能勉强地寻出几分可爱。

白家老四从来没被人用丑字形容过，他听见折颜这么说他，小小的婴儿身躯一震。

他十分悲愤，十分委屈。眼眶里立刻包了一包泪。

但他觉得他纵然小，也是个男子汉，他的哥哥们在他做狐狸时便教导他男子汉能洒热血不流泪，他牢牢地记着，便咬了嘴唇想把眼泪逼回去，但他没有牙齿，咬不动。于是这坚强隐忍的模样在外人看来，便只是扁了嘴巴，要哭又哭不出来，如此，便更丑了。

折颜拍了拍他的胸口，笑道：“也许长开了就没那么丑了。”

白家老四终于哇的一声哭出来了。

九尾狐狸本来兴在周岁宴上定名，却因白家老四今日很不给面子地一直哭，这事便也草草地搁下。因青丘历来有个规矩，给小娃娃起名字乃是个慎重的事，名起好了，先要念给这小娃娃听一听，得他的一笑，才算作数。纵然小娃娃并不是真听了这个名，觉得合自己的心意才笑的。念给小娃娃听时，旁边儿须再坐一个人，来逗惹这个小娃娃。可见今这情势，白家老四正伤心得很，自然是笑不出来的。

定名的仪式便顺延到了第二年白家老四的生辰。

这一年，白家老四已长开了，白白胖胖的，玲珑玉致，十分可爱。折颜在桃林闲得很，自然还要来。

生辰头天，白家老四特特去问了自己的爹，去年那个叔叔还会不会来。白止帝君惊讶道："什么叔叔？"白家老四扭捏地绞着衣角道："那个说我长得丑的漂亮叔叔。"

白止帝君十分惊奇自己这小儿子竟有这么好的记性，点头道："自然是要来的。"

于是，白家老四欢欢喜喜地跑到狐狸洞外一汪潭水边，蹲在潭边上练习了半日最可爱的表情、最迷人的表情、最委屈的表情、最天真的表情……

第二日，惠风和畅、天朗气清。白家老四早早地从被窝里爬出来，搬了个小板凳坐在狐狸洞前，热血沸腾地等着折颜。

他等啊等啊等，等啊等啊等，时不时地再到潭水边上去对着水面理理衣裳，蘸点潭水将头发捋一捋，然后回到板凳上坐着继续等。

近午时，折颜终于腾了朵祥云来到狐狸洞跟前。见着端端正正坐在板凳上的白家老四，眼睛一亮，一把抱起来笑道："这么漂亮的小娃娃，是从哪里冒出来的？"

漂亮的小娃娃白家老四老实地趴在折颜怀里，他觉得有些眩晕，但是表面上还是装得很淡定。这个叔叔说他漂亮耶，他终于承认他漂亮了耶……

趴在折颜怀里的白家老四矜持地抿起嘴唇来，"吧唧"对着折颜亲了一口。

番外三：所谓桃花

夜华君自沉眠中醒来的次年，九重天坐镇凌霄宝殿的天君老人家，要做一个满万岁的寿辰。

这个寿辰打算办得尤其隆重，因除了聚八荒众神共贺自己的大寿外，天君他老人家还琢磨了一层更深的意思。要借这个机缘，为夜华君得以重回九天之上，酬一酬天恩。

既然存了这个考量，赴宴的神仙上到几位洪荒上神，下到一众平头小地仙，便都请得很齐全。

听说几位上神今次也很卖天君面子，连素日不怎么搭理九重天的折颜上神，都接了帖子。

这个令人振奋的消息一放出去，四海六合都动了几动，家中有女尚待字闺中的天族神仙们，动得尤其厉害。

试想，墨渊上神、折颜上神、白真上神，三尊金光闪闪尚未婚配的上神齐聚一堂，此种境况万万年难得一遇，万一哪家闺女撞了大运，趁着这个晚宴叫三尊上神中无论哪一位瞧上，容他们高攀上去……再则，夜华君虽已有白浅上神做了正妃，但侧妃的位子仍空悬着……

诸位心中的算盘打得雪亮，于是乎，大宴这日个个仙者皆拖家带口而来，凌霄宝殿上容不下这许多神仙，只得临时将宴会挪到老君一向办法会的三十二天宝月光苑。

八荒众神一如既往地惦记自己敬重自己，且还拖家带口来惦记自己敬重自己，让天君感到很满意。因此，宴会上譬如哪家女眷想僭越礼制来奏个小曲献个小舞，天君也准得挺痛快。

一时宝月光苑莺歌燕舞，赴宴的女仙们个个祭出看家的手段争奇斗艳，园子里本燃了八部高香，熏出的些微佛味儿全被女仙们的脂粉掩得严严实实。

因夜华君坐的太子位上有白浅上神镇守，上神今日一袭红裙，衬着天上地下难得一见的绝色容颜更显貌美，令人不敢直视。上神的面色虽做得十足柔和，但女仙们若想将眼波朝着太子殿下处抛一抛……当然等闲者的确不敢抛这个眼波，偶有两个年纪小不懂事的，那眼波尚抛在一半，已被上神她轻描淡写点过来的目光冻成了冰渣子。

太子殿下手中握着杯茶暖手，嘴角含着淡淡笑意，并不说话。但十成中有八九成女仙都心细地留意到，纵然她们今天个个打扮得花枝招展跟花蝴蝶似的，太子殿下的眼神却坦坦荡荡的一丝一毫也未放在她们身上。她们觉得，有可能是自己打扮得还不够鲜艳扎眼。

太子殿下此时正颇有兴致地瞧着他面前的几案。长案前，白浅上神凝神剥着一个核桃，手边积了一大堆核桃壳，一个空茶杯中已装了整整半杯剥好的核桃肉。核桃肉，据说补脑。

太子殿下瞧了半晌，伸手到杯中捞了一块，却被白浅上神急急地按住手："再等片刻，你看，你拿的这个尚未去衣，核桃衣味苦，连着一起吃倒显不出核桃肉的美味，我将手上这个核桃剥好就来去衣，你先用旁边的糕点垫一垫。"蹙眉又想了一想，拿过一根细竹签忧心忡忡地道："我还是先将这一块去了衣让你尝尝，或许我剥完了再给你你却不如现在有胃口了。"侧头瞧见折颜上神跟前的桌子上竟搁了一盘果肉丰厚的板栗，顺手捞过来殷切地向太子殿下道："我估摸单吃核桃容易腻，夹着栗子吃不错。你等等我再给你剥两把栗子。"

折颜上神并了两根手指敲打桌面："哎哎，你别给我顺完了，好歹留半盘，真真还要吃的。"

太子殿下咳了一声，道："既然四哥爱吃这个，还是留给四哥吧。"半垂眸瞧着准太子妃的白浅上神，含笑暖声道："我的伤已大好，不用再将我像阿离一般养着。"

就见白浅上神抬手握住太子殿下的右手，放在手中轻轻摩挲，望着太子殿下的眼睛："怎么能说已经大好了呢？"

当是时上神她微微仰着头，一双波光流转的眼睛里似含着苦涩，似含着轻愁，那张脸配上那样的神情，连她们这些女仙瞧着都觉得很要命。太子殿下竟然还能沉稳以对，令她们觉得相当钦佩。当然，太子殿下到底是真沉稳还是假沉稳，这个恕她们眼拙。

关于太子夜华，有太多赫赫的传说。过往的每一个传说，穿越仙山雾海传到众位女仙的耳朵里，都令她们对太子的仰慕拔高一分。这种仰慕经年累月地积下来，逾千年后，终使得夜华君成为她们闺梦中的头一号良人。

其实她们今天，虽然奉各自父母的命，主要是将眼波放在墨渊、折颜、白真三尊上神的身上，但夜华君自她们幼年已然深深烙印进心中，这种印记一时半会儿岂能消除得了。宴会甫一开场，已将爹娘的嘱咐忘在脑后，个个眼光只有意无意地朝太子殿下处扫。当然，只敢偷偷地扫。

曾经，她们在各自的梦中，都梦想过许多次般配得上太子殿下的女子该是如何。初听闻是青丘的白浅上神时，因白浅的年纪，难免为她们的太子殿下委屈。

这种委屈经历时光的淬炼，又难免转成些个小算盘，觉得白浅的年纪忒大，竟也能做夜华君的正妃，她们这等青春正盛美貌初放的年轻仙娥，没有道理般配不上夜华君。须对自己自信些。

然而，待今日于煌煌朝堂上亲见传说中白浅上神的真颜，好不容易提拉出来的自信，却似水中的一个泡泡，被烈日稍一烤，啪的一声就灭了。

十中有八九个仙娥顺命地觉得，输给这样一个美人，她们认了。

但另有一两成仙娥挣扎地觉得，做仙，不能这么肤浅，或许这个白浅上神空有一副皮囊，若性子怪癖些对太子殿下不够温柔顺从，她们，说不定还能努一把力，寻个时机撬撬这位上神的墙脚。

宴过三巡，却连这一两成颇有胆色的仙娥，也纷纷打了退堂鼓。上神她老人家对太子殿下岂止温柔顺从，所作所为，简直称得上一个宠字。

宠这个字涌出来，她们自己首先吓了一大跳。显然将这个字放在一向神姿威严的夜华君前头不大合宜。

但今日她们所见，白浅上神帮君上他剥了核桃又剥栗子，剥了栗子又剥花生，榛子松仁也剥了许多；伺候的仙婢倒给君上的茶，白浅上神她先尝了觉得温热适宜才端给君上；一干位阶不低却难得上一趟九重天的真人来敬君上酒，也一一被白浅上神挡住，实在挡不住的，则全进了她的肚子。

上神这等将君上护得严严实实的做派，令诸位预备撬墙脚的仙子陡然感到一种巨大的压力，意欲遁了。

但难得见一次太子，此时遁了岂对得起她们头上逾十斤的金钗、身上仅二两的轻纱？她们很纠结。

纠结中她们有一事不是十分明白，上神方才剥给君上的那些个坚果，她们雪亮的目光瞧得清清楚楚，悉数被君上包起来趁着上神不注意放入了她的袖袋。

但，君上为着上神的心既已到如此地步，那为何上神被下头的小仙们敬酒时，君上却并不拦着，只在一旁高深莫测地把玩着一个空酒杯？

她们觉得，是不是自己还有机会？

但仅一刻钟后，她们便醒悟了。

美人什么时候最有风情？

凡界有个西子捧心愈增其妍的掌故，还有个昭君含愁的掌故。美人，一旦和愁绪扯上边，便愈添其美。

但除了前两个掌故外，凡界还有一个贵妃醉酒的掌故。

可见，和愁绪扯上边的美人，再饮酒饮至微醺……

她们瞧着夜明珠的柔光底下，醉眼迷离倚在太子殿下肩上的白浅上神，大彻大悟。美人含愁微醺，此种风情，方可称之为风情无边。太子殿下方才，只是静候着这一出罢了。她们心碎地觉得，太子殿下高，太子殿下忒高。

高明的太子殿下半抱半扶着这样一个微醺的美人，俊美的脸上倒是一派端严，像是他扶着的不是个美人，是个木头桩子。

或许，是她们想多了？小仙娥们的心中，又有一些澎湃起伏。

趁着一支歌舞结束的间隙，太子殿下着天君跟前伺候的仙官轻声吩咐了一两句什么，又见那个仙官颠颠地跑到高座跟前同天君耳语了一两句什么，天君冲着太子殿下点了一点头，太子殿下便扶着上神先撤了。

她们留神太子殿下低头时白浅上神正偎过来，太子他似乎笑了一笑，说了一句："这个样子，不枉我等这么久。"白浅上神嘟囔了一句什么，整个人朝他怀中又靠了靠。小仙娥们的心，一齐啪地碎了。

太子殿下将白浅上神搂在怀中，笑意十分温存，抬头挽着她离席时，倒又恢复了一向端严的神色，但脚底下的步子，却不像脸上的神情那样端严得四平八稳。

年轻的小仙娥们哀怨地望着太子殿下的背影，唏嘘一阵，复又惆怅一阵。看来，她们的爹娘说得不错，果然她们走过的路不如爹娘们走过的桥多。她们今日正经应将目光放在墨渊、折颜、白真三位上神身上，否则也不至于受这个打击，且浪费许多时间。

小仙娥们拾起破碎的心，黏巴黏巴补缀好，收拾起精神，次第整了容颜，目光虚虚一瞟，瞟向墨渊上神。

却见高座上哪里还有墨渊的人影。

听说这位尊神素来不爱这种宴会，今次能来天君亲做的这个席面上露一露脸已是不易，当然不能指望他老人家坐到最后。

再则，墨渊上神的地位太过尊崇，她们不如各自胆肥的爹娘，敢将他老人家从前只在传说中出现的形象放在风月事中计较。本没有抱着这种奢望，他半途离席，列位仙子倒不至于多么失望。目光又转向折颜同白真两位上神。

这两位上神倒是没有开溜。

但是折颜上神的目光，竟然也没有放在她们的身上。折颜上神正在帮白真上神剥葡萄，白真上神趴在长案上打瞌睡。白真上神似乎在睡梦中打了个喷嚏，折颜上神皱了皱眉头，将随身携的一顶大氅披在白真上神身上，然后，温和地望了一会儿白真上神的睡颜，低头帮他掖了掖领角，还掏出帕子来揩了揩他嘴角流出的口水，还温柔地抚了抚他的鬓角……

石化的小仙娥们觉得，自己似乎发现了什么，又似乎没有发现什么。

多年以后，提及这场宴会，天君依然记忆犹新，时常感慨。因此后天宫里头办的宴会，再也没许多年轻小仙娥齐聚一堂争相同自己献舞的情景，但凭这一点，尤显得那场宴会的珍贵。

连宋君清正严肃地摇着扇子宽慰他父君："那些小仙皆是为父君而来，父君自那以后再未做过寿宴，天宫中寻常宴会又岂能劳动得了她们轻移莲步，父君也要怜悯她们一番心意，万莫怪罪。"一席话说得天君瞬间开怀。

伺候天君的仙伯仙官们恍然，怪不得天君底下有三个儿子一个孙子外加一位天后数个妃嫔，却每每最爱同三儿子说说话，不是没有道理。

白浅上神好八卦，听说这个事后十分稀奇，一日在喜善天天门口截了连宋君堪堪问上去："那些小仙娥再不上天宫果真是因你父亲？看不出天君宝刀未老，一大把年纪依然能俘获许多芳心，且都是一颗颗稚嫩的芳心，令人钦佩，令人钦佩。”

连三殿下展开扇子莫测一笑：“这个疑问，你不如存着回去问问你的夫君。”

收回扇子时，却又想起当年寿宴第二日，南天门旁遇到夜华君时的两句闲谈。

他问：“天上天下多少人欲见白浅的真颜，多多少少存着些难言的心思，我以为你必不会让她赴这个宴会，你携她一同入宴，倒是出乎我意料。不过，既然已经赴宴，我记得你一向守礼数，父君寿宴这等大场合，一半就开溜却不大像你的作风。且我隐约瞧见你临走时，传音入密同折颜上神丢了句什么？”

夜华轻飘飘答：“他们拖家带口地来，有什么心思，你我想必心知肚明。有些念想，早断了早清静。连同那些男仙对浅浅的，也是一个道理。如此方得一个太平，你说是不是？”太子殿下说这番话时，像想起了什么，眉梢眼角，都透着一段温软之意。

时隔许多年后，连同自己也经历许多红尘事，九重天数一数二的花花公子连宋君再回想起这段话，琢磨着，这些话说得，其实挺有点意思。

三月春盛，烟烟霞霞，灼灼桃花虽有十里，但一朵放在心上，足矣。

番外四：所谓重奖

洗梧宫的小仙官小仙婢们发自内心地觉得，最近他们君上不太高兴。

虽然君上为人一向冷漠持重些，他们服侍他许多年从未见他那张脸上有过什么大表情，但自从白浅上神上了九重天，君上在白浅上神的面前，表情时时都很和煦。

可近日，即便上神在君上的跟前，君上他也时而皱眉。

小仙官小仙婢们暗自琢磨，这很不一般。

譬如昨日。

昨日君上连议了几日事，好容易得出一个空闲，携白浅上神在瑶池旁边赏花。

当是时，瑶池旁仙雾缈缈，一池的芙蕖顶着雾色托出洁白的花盏。白浅上神看了心情甚好，握住君上的手，切切地关怀君上的圣体："忙了几日，此时还来陪我，你累不累？若累了我们去前边的亭子坐坐，你在我腿上躺一躺。"

君上的眼中含了笑，回握住上神的手，正要答话，小天孙阿离不晓得突然从什么地方冒了出来："娘亲娘亲，前头有一只大蝴蝶，阿离扑了半日没扑到，娘亲快来帮一帮阿离！"话罢一溜烟牵着上神跑了，小短腿风火轮似的转得飞快，眨眼就消失在前头的鹊桥底下。

他们清楚地看到，徒被晾在瑶池旁的君上，皱了皱眉。

又譬如今日。

今日上神心血来潮，要亲手给君上做件贴身的寝衣，在自个儿的长升殿中为君上量体。

上神拿着一众布样子在君上身前身后比了又比，烦恼地道："每个布样都这么衬你，"思忖地道，"难道每个布样我都要给你做一件吗……"君上轻声一笑道："这些话，该拿来说你才对。"

她们这些知情知趣的小仙婢自然晓得，该是她们回避的时候了。

正待此时，小天孙阿离却不晓得又从什么地方冒了出来，小肥手一把抱住上神的腿："娘亲娘亲，夫子布置的课业太难了，有好几处阿离都弄不明白，娘亲快来当阿离的救兵！"

她们还没有回过神，小天孙牵着上神的手"噌噌噌"又跑了，跨过门槛时差点摔一跤，被上神扶起来抱在怀中，毫无留恋地迈过门槛，走了。

君上一人站在大殿中，脚底下还落了两个布样。她们瞧见，君上不仅皱了皱眉，额角似乎还有青筋跳了两跳。

再譬如这天夜里。

这天夜里发生了什么，小仙官和小仙婢们自然并没有看到。

这个神秘的夜晚，糯米团子阿离在他娘亲的长升殿用过晚膳，小肚子吃得鼓鼓的懒得挪动，如同往常，又一次赖在了他娘亲的寝床上。

夜华君同几个魁星议完事，沿途的路上攀了枝刚蓄起花苞的无忧花，踩着雪亮星光一路踱回长升殿，挑起窗前的纱帐。无忧花啪的一声落在地上。睡得正熟的团子呼噜呼噜，摸着胀鼓鼓的小肚子翻了个身。夜华君的眉，皱了皱，额头的青筋，跳了两跳。

太子殿下觉得今夜无须再容忍，抬手就将团子从白浅上神的怀中捞了起来，来去一阵风将团子送回了他的庆云殿。重回长升殿时，干脆祭出青冥剑来当门闩，严严实实闩住了大门。

白浅上神撑腮在灯下看着他笑，待他走近了，竟起身来主动圈住他的脖子，一双妙目流光溢彩，含着与往日不同的深意，堪可入画，靠他更近些才道："你今日倒有趣，同团子置什么气。"吐气如兰就在他耳畔，下巴搁在他的肩上。

太子殿下眼中的墨色浓得化不开，揽着白浅上神正要往内室中带。殿外突然响起爪子挠门声，伴着一阵小石头砸门的响动，团子在门外头软着哭腔期期艾艾地叫唤："父君放阿离进去，阿离要跟娘亲一起睡，父君为什么不让阿离同娘亲睡，娘亲的床那么大，阿离就占一个小角落也不成吗？呜呜呜呜呜……"太子殿下踉跄了一步，白浅上神赶紧将他扶着。

这一夜，太子殿下的眉头皱起来就没有平下去过。

团子最终还是被放进了长升殿，他甫进来时，就觉得长升殿比他下午赖着娘亲时冷了许多，父君脸色深沉地瞧着自己，他打了个哆嗦，睡觉的时候就多盖了两床被子。但他有心眼地在被窝里拱啊拱，拿张小帕子将自己的手和娘亲的手绑在一起，以防着半夜父君再将自己抱出去。他觉得最近父君很小气。

但团子的悠哉日子没有逍遥多久。

三日后，学塾的夫子宣令近日要出一次小考，考一考众学子们四海八荒上至天尊下至地仙数万吉神的位阶功名。且此次小考不同以往，第一名者，将有重赏。

团子念的这个学塾，夫子乃是司天曹桂籍、掌天下文运的文昌帝晋文神君。晋文神君在仙箓云笺之中位列一品，且素来与家底丰厚的多宝元君最是交好，他说是重赏，必定是重重的大赏。这一帮天族贵胄之后的幼童摩拳擦掌，前所未有地个个专心备考。

团子自然是其中一位。因还有三个月就是他娘亲的生辰，团子近日一直忧愁着娘亲的生辰要送一份什么礼。他这么小，还没有自立门户，他的都是父君的，拿父君给的东西送娘亲有什么意思，显不出自己对娘亲的心意，为此团子很是烦恼。恰此时礼物却从天而降，团子觉得，这就是成玉口中常常念叨的天意了。天意都向着自己，可能天意也晓得自己是这九重天的小天孙，天意真是有悟性。

自己认认真真地备考，靠实力为娘亲赢得这个重礼，娘亲一定十分感动，觉得自己这么乖巧，定要时时瞧着自己才开心，然后干脆令自己从庆云殿搬到长升殿陪着她，以后自己就再也不用被父君从殿里丢出去，嘿嘿嘿嘿。

怀着这个"嘿嘿嘿嘿"的美好梦想，团子认认真真地备考了十日，这十日，他都没有去打扰他娘亲。实在想娘亲的时候，他就这样在心中勉励自己："有娘的孩子像个宝，没娘的孩子像棵草，今天吃得苦中苦，明天不被丢出去！"咬着笔头握着拳，默默地念完这段话，他就又有了恒心。

皇天不负苦心人，这句话真是亘古的真理。团子用功了十日，加之身为小天孙，对于天上地下神仙们的功名位阶本就记得牢靠些，这次的小考，团子水到渠成地拿了个第一。

晋文神君笑盈盈地瞧着他："竟是小天孙考中头名，看来小天孙今次果然用了功，这个重赏，倒要落在小天孙的头上。"

被晋文神君大加赞赏的小天孙，额头上必胜的绑带还没有取下来。必胜的小天孙瞧着唉声叹气的落魄同窗们，很得意。心中又有一丝甜蜜，自己得到的这个重赏，一定是个很特别的重赏，娘亲知道了一定会为自己感到自豪，一定会很高兴。

团子想得不错，他考了第一名，得了晋文神君的重赏，他娘亲的确很高兴，但最高兴的，却是他的父君。

夜华君虽向来沉稳，神色不形于外，但洗梧宫的仙官仙婢们却本能地感到，太子殿下近日如沐春风，心情岂可用高兴二字来形容，简直是十分特别尤其高兴。因儿子学业上谱出一些还算不上如何的成绩就高兴得如此，太子殿下真是一位慈父，令他们更加尊敬。

昆仑虚的令羽上神坐在昆仑虚的中庭，同不日前才被他娘亲亲自护送来的团子谈心："听晋文说，阿离你当初可是很渴望这个重奖，还为了这个重奖废寝忘食地狠狠用功了十日。但是如今看起来，既已顺利拿到这个重奖，你怎么这么不开心呢？"

团子闷闷地抱着头，软着哭腔："因为我……我不知道这个不能退的重奖，是到昆仑虚跟随墨渊伯父学艺三年啊，呜呜呜呜呜呜呜呜呜……"

番外五：所谓大名

团子最近有点忧郁。

他娘亲肚子里新添了个小宝宝，正一心一意养胎，他回回去他娘亲的寝殿，他娘亲都在睡觉。他父君近日也不像往常那般由着他，时时都来逼他的课业，教训他已快要为人兄长，日后须得做弟弟妹妹的榜样。就连善解人意的成玉，也被他三爷爷拐去下界的方壶仙山给地仙们讲道去了，让他想倾诉也没个倾诉对象。

团子觉得，他这个小天孙当得很没趣。他冥思苦想了很久，决定离家出走。于是打了一个小包裹，包裹里有模有样地放了两套小衣裳，还放了三个刚从蟠桃园摘回来的桃子当路上的干粮。他扛着这个小包裹已走到了南天门，突然觉得，这一趟离家出走也不晓得出走到几时才能回来，临走之前还是再看一眼娘亲吧。

他磨磨蹭蹭地摸到他娘亲的寝殿外，不巧正门却守着几个仙娥。离家出走这样的事本该是件机密事，不宜闹得过大，他摸着胸口沉思了一会儿，掉头往窗户边走，决定爬到窗户上偷偷地瞧他娘亲一眼。

他刚靠近窗户，小耳朵一动，听到屋中有人叙话。低沉的这个是他的父君，懒洋洋的这个是他的娘亲。

他娘亲说："哎哎，方才这小东西又动了一动，你要不要摸一摸？"

他父君"唔"了一声道："这才七个月，照理还没长全，怎的这样能折腾，阿离以往在你肚子里也是这般的吗？"

团子听到自己的名字，刷地竖起了耳朵。

他娘亲说："团子乖得很，哪像眼下这个，我记得团子是第三年上头才有动静的，前两年就像肚子里揣了枚睡着的蛋，我轻松得很。说来几日不见团子了，我正有件好事要说给他听，他听了一定很欢喜。"

团子心中一阵荡漾，几乎要爬上窗台跳进屋里，但他克制住了自己。

他父君奇道："好事？"

他娘亲立刻道："好事，一件天大的好事。团子就阿离一个小名，他如今这么小，叫着也不觉奇怪，但日后待他长大，这么喊就忒不像样了，我翻了几日诗书，终于给他起了个大名。"

团子心中一阵激动，差一点就要暴露行踪，但他仍然克制住了自己。

他娘亲说："有个叫李贺的凡人写得两句有气势的好诗，我很中意，说是'黑云压城城欲摧，甲光向日金鳞开'。这两句诗中，又以这个黑字用得尤为出彩。另外，他们凡人爱在名后加个子表示尊重，我觉得这习惯倒也挺不错的。"

他父君说："于是？"

他娘亲说："于是我给团子起了个大名叫黑子。"

黑子"咕咚"一声栽倒在地。

他父君沉吟道："这个名字……"

他娘亲忐忑道："我想了两日，你觉得，你觉得不好吗？"

黑子在心中呐喊："说不好啊，快点说不好啊，不然我真的离家出走了哦，我真的真的离家出走了哦。"

他父君沉吟了一会儿说："日后倘若阿离登基，尊号便是黑子君？"

他娘亲也沉吟了一会儿："黑子君……"

他父君一本正经地说："挺好的，这个名字。"

黑子倒地不起。

第二日，九重天大乱，仙童仙娥们奔走相告："小天孙不见了，据说离家出走了。"

离家出走的黑子坐在青丘的狐狸洞中，他四舅白真咬了一根狗尾巴草问他："说真的，你怎么突然跑到青丘来了，你阿爹阿娘虐待你吗？"

黑子包了一包泪，心酸地说："因为娘亲她给我起名叫黑子，呜呜呜……"

番外六：岁岁年年

擎苍元神俱灭的消息传来，他正坐在昆仑虚后山的桃林行晚课。时值九月，桃树已不及往日繁茂，抬眼一望，便能见得远处缥缈的烟云。

身旁小童惴惴道："据来通传的那只老仙鹤说，白浅上神大约已失了神志，抱着气绝多时的夜华君坐在东皇钟下，身周筑了一顶厚实的仙障，谁的话也听不得。天地众神齐聚若水之滨，却惮于那仙障，无一人能近他二人的身。就连十里桃林的折颜上神亦无法可想，只说白浅上神是个烈性子，待她神志清醒，指不定会毁天灭地与夜华君殉葬，这才唤了那只老仙鹤赶紧来昆仑虚请师尊，以免酿成大祸。但师尊他老人家入关之时已有旨意，不得随意相扰，荆生计较半日，此事还需令羽上神您定夺定夺……"

烟云渐渐散开，露出一座一座青青的山峰，他摩挲着手中的道经，许久，道："那鬼君擎苍，他死前可留下只言片语？"

荆生小童愣了愣："老仙鹤倒没提起这个，不过听说擎苍死状极惨，周身满是血洞子，几乎被夜华君的青冥剑刺成了个莲蓬。"

他手中道经蓦地一抖，突然便想起初见擎苍的那一日。

那一日，惠风和畅，天朗气清，他被十七师弟缠得没法，带着他去发鸠山捉精卫鸟。

他们师兄弟正沿着漳水鬼鬼祟祟追一只雏鸟，眼看就要到手，一匹枣红马却猛然从林子深处蹿出来。小精卫鸟吃了一惊，尖叫一声，直冲云霄，飞得影都没了。

十七师弟捋起袖子就要同马背上的青年干架，他赶紧阻挡，岂料那眉目浓丽的青年只是淡淡一笑，手中一根捆仙索，电光火石之间，便将他师兄弟二人串成一双。他们一双师兄弟，小的被甩在背后，大的被抱在胸前。那是他拜入墨渊门下以来，头一回未出招便受制，不由得羞愤交加。青年在他耳旁低低笑道："你叫什么名字？我娶你做我夫人好不好？"

他初见他时，天蓝水碧，他一身月白骑装，身后是一派青青的茂林。

两百多年前，若水的土地有机缘同他一起吃酒，席间多喝了两杯，附在他耳边道："这话小神本不该替他通传，但小神忍了这许多年，见他被关了那么久，还惦记着上神，却觉得他有些可怜。"

他杯子一歪，酒洒了两滴。

若水土地继续道："那擎苍两百多年前其实破钟出来过一回，也是机缘巧合，幸亏青丘的白浅上神途经若水，及时将他关了回去，才未将这桩事闹大，否则也是小神我的失职……"

他不动声色地饮下杯中的酒。

若水土地擦了把脑门上的汗，艰难道："敢问……敢问两百六十二年前，可是上神正满十三万岁的生辰？"

酒杯"砰"的一声掉在地上。

若水土地再擦了把脑门上的汗，蚊蚋般道："那前鬼君，在被白浅上神重锁入东皇钟时，一直喊着上神的名字，一直在说，一直在说，要再见你一面，当着你的面贺你十三万岁的生辰，当着你的面问你一句，你可还记得七万年前大紫明宫的擎苍……"

他的记性一向不大好，这些事情却记得很深。

荆生将他从地上扶起，他整了整衣饰，道："你先回去吧，我这就去通传给师父。"

他的眼角攒出一滴泪。他将它擦干了，缓步向墨渊闭关之处走去，背后徒留下一派枯败的桃林。